VALE WINTERSET

VALE WINTERSET

JONATHAN EDWARD DURHAM

Tradução de **Giovanna Chinellato**

TORDSILHAS

Vale Winterset

Tordesilhas é um selo da Alaúde Editora Ltda, empresa do Grupo Editorial Alta Books (Starlin Alta Editora e Consultoria LTDA).

ISBN: 978-65-5568-319-6.

Translated from original Winterset Hollow. Copyright © 2021 Jonathan Edward Durham. ISBN 9781625862082. Published in arrangement with Credo House Publishers, a division of Credo Communications LLC, Grand Rapids, Michigan. PORTUGUESE language edition published by Alaúde, Copyright © 2025 by STARLIN ALTA EDITORA E CONSULTORIA LTDA.

Impresso no Brasil – 1ª Edição, 2025 – Edição revisada conforme o Acordo Ortográfico da Língua Portuguesa de 2009.

Dados Internacionais de Catalogação na Publicação (CIP)

D928w
1.ed. Durham, Jonathan Edward
Vale Winterset / Jonathan Edward Durham; tradução de Giovanna Chinelatto. - 1. ed. - São Paulo: Tordesilhas, 2025.
372 p. ; 16 x 23 cm.

ISBN 978-65-5568-319-6

□ Grimm. 2. Terror. 3. Mistério. 4. Contos. 5. Animais. 6. Fábulas. 7. Moral. I. Título.

CDD 813.6

Índice para catálogo sistemático:
1. Literatura americana contemporânea - 813.6

Produção Editorial: Grupo Editorial Alta Books
Diretor Editorial: Anderson Vieira
Vendas Governamentais: Cristiane Mutüs
Coordenadora Editorial: Mariana Portugal
Produtora Editorial: Viviane Corrêa

Tradução: Giovanna Chinellato
Copidesque: Luíza Thomaz
Diagramação: Rita Motta

ALTA BOOKS
GRUPO EDITORIAL

Rua Viúva Cláudio, 291 – Bairro Industrial do Jacaré
CEP: 20.970-031 – Rio de Janeiro (RJ)
Tels.: (21) 3278-8069 / 3278-8419
www.altabooks.com.br – altabooks@altabooks.com.br
Ouvidoria: ouvidoria@altabooks.com.br

Editora **afiliada à:**

Para a minha família,
sem a qual eu não seria nada, não chegaria a lugar algum.

PARTE UM

O COELHO NO CAMPO DE CENTEIO

A mesa estava posta e havia vinho de cevada e cerveja para acompanhar
Parentes estavam presentes e sorriam: o Dia da Cevada acabara de chegar
Céu azul-aurora, torta de abóbora e barrigas cheias de pães
Histórias antigas de glória e ouro e os caminhos trilhados pelos anciãos

O Vale nunca esteve tão em paz em seu refúgio do búfalo onipresente
As raposas nunca tão travessas, a melodia das corujas nunca tão contente
A brisa nunca tão calorosa como naquela bela manhã de outono
Todo sapo em seu pequeno pântano, sem nenhum medo a lhe tirar o sono

Toda folha era um perfeito sopro de laranja, verde e marrom
E toda relva parecia perfeita em cada trecho e tom
Toda tigela de sopa aquecia por completo cada coração
Assim como a torta de batata-doce e o creme de cebola servido no pão

Mas quando o sol começou a perseguir o farol e o mar
O grupo se cansou de jogos e música e se sentou com chá para tomar
E embora a luz estivesse partindo, o que as crianças achavam injusto
Ainda havia dois lugares desocupados, veja bem, para Runny e o urso robusto

Duas cadeiras de carvalho vazias, duas tortas intocadas
Duas tigelas de sopa esperando para serem tomadas
Duas ausências não mencionadas enquanto toda criança era com força abraçada
Pois aqueles a quem se devia o banquete haviam desaparecido na madrugada

Foi na colina onde ficava o moinho de cevada por todo aquele tempo
Que o coelho encontrou um cantinho para se sentar ao relento
Com as orelhas deitadas para trás, mais baixo do que o capim
Ele esperou até toda a trovoada do búfalo passar enfim

Esperou até a testa estar cansada demais para franzir
E sua perna agitada bater no chão até parar de sentir
Então ergueu o focinho peludo, as orelhas e os olhos para ver
O final amargo do amigo urso, apoiado na árvore, pronto para ceder

E mesmo ao crepúsculo, ele via a grama onde o vermelho manchou
O ponto do duelo pelo qual o búfalo clamou e bradou
Deitado ao lado do amado urso, o velho Runny chorou sem floreio
Sem ninguém por perto para lamentar pelo coelho no campo de centeio

UM

John Eamon Buckley sequer sabia seu primeiro nome até já ser um jovem adulto, mas tal era a situação em que foi criado. Havia, claro, incontáveis minas explosivas enterradas ao longo de sua criação, mas, pelo que se lembrava, essa havia sido a primeira a saltar e arrancar um pedaço da sua realidade. Uma década depois, ele ainda se lembrava da primeira vez em que o escutou — a sílaba solitária e forte se derramando da boca de uma assistente social que parecia ter sido encomendada junto a sua escrivaninha modular; o prédio ao seu redor era frio, cinzento e ainda cheio dos fantasmas da delegacia, do hospício ou de seja lá que coisa horrível costumava ser. *John? Quer um copo de água? Como você está lidando com isso tudo, John?*

Eamon ainda não sabia como responder a essa pergunta, e durante sua jornada à vida adulta havia se acostumado com a ideia de que jamais conseguiria colocar tudo em palavras, e, além disso, nem sabia se valeria a pena. *Como se conta uma história dessa para alguém? Como seria possível que entendessem?* Toda noite, Eamon ainda se perguntava isso quando estava deitado, em algum horário absurdamente tarde, com os punhos vazios cerrados e os olhos vidrados no teto bege, plano e chapiscado. Queria voltar no tempo e se forçar a contar tudo para ela. Queria se forçar a gritar com tanta força que ainda escutaria os ecos uma década depois. Queria envolver seu eu mais novo com os braços e prometer que tudo ficaria bem, ou falar qualquer uma das outras centenas de gentilezas possíveis, mas a tentação de mentir para si mesmo sempre foi amarga demais, mesmo em teoria, mesmo naquele exato momento em que tudo começava a borbulhar garganta acima. Então, não houve gritos e não houve resposta daquele John recém-formado, e também não houve história de onde esteve ou como vivia. Pelo menos, não para uma desconhecida enfiada atrás de uma escrivaninha. Nem mesmo depois de todos aqueles anos.

As coisas não estavam necessariamente ruins nos dias anteriores ao desaparecimento do pai de Eamon, mas com certeza estavam diferentes. Diferentes de uma forma que só alguém criado por um homem deixado livre para alimentar os próprios surtos de raiva e violentos caprichos agorafóbicos poderia entender. Diferentes de maneira com que só alguém que não sabia separar ficção e realidade e que não havia escutado nada além das palavras do pai até ser forçado a sair para o grande mundo lá fora aos 14 anos poderia se identificar. Mas havia ao menos certa paz naqueles dias antes de Eamon saber a verdade, e as coisas eram simples — havia certa tranquilidade quando existiam limites e ele dormia profundamente bem sob a luz direta das estrelas e o coro dos grilos e corujas. As coisas eram simples e descomplicadas naquela época, e embora houvesse bastante espaço para se aventurar e tempo de sobra para matar, não havia, infelizmente, batata frita... e *essa* era uma mina na qual ele estava sempre disposto a pisar.

— Meu Deus, que delícia isso — disse Caroline, com a dicção comprometida devido à boca cheia de fatias douradas de uma batata perfeitamente frita.

Ela estava espremida no canto da janela de um sofá *booth* de restaurante ao lado do namorado, Mark, ambos sentados de frente para Eamon, que, como sempre, não tinha ninguém ao lado para fazer o papel de sua alma-gêmea. Ele era solitário mais pelo conforto da circunstância do que qualquer outra coisa, mas os três haviam se tornado muito próximos nos últimos anos, então Eamon, apesar da natureza antissocial, nunca chegou ao ponto de se transformar em um ermitão completo... e estava plenamente ciente de que devia isso apenas àqueles dois.

Ele escolheu sua próxima vítima da pilha de carboidrato no centro da mesa, passou na grossa poça de ketchup na lateral do prato e enfiou na boca, mas logo identificou que tinha algo faltando e imediatamente recorreu ao saleiro.

— Eu já pus sal — contestou Mark. — Você me viu colocar. Eu vi você vendo eu colocar.

— Eu vi você salgar a camada de cima, mas nós acabamos de comer a camada de cima, então agora alguém precisa pôr sal na de baixo. Não é uma lógica tão complicada assim — retrucou Eamon, com um sorrisinho bem-intencionado enquanto dava às iguarias agora desenterradas um banho dos cristais abençoados por Deus.

— Viu? Ele entende — rebateu Caroline, dando uma mordida recém-salgada e exagerando sua reação de prazer para Mark. — Perfeitas.

— Vocês realmente transformaram isso em ciência, né? — disse Mark.

— A mecânica da relação entre o sal e a batata frita é descomplicada, mas isso não significa que não seja necessário refletir sobre o assunto. Acho que a verdadeira questão aqui é... por que *você* não deu a mesma atenção? — retrucou Eamon antes de abençoar também a poça de ketchup com alguns movimentos do pulso. — Tomates também precisam de amor, sabe... não que eu queira entrar em detalhes técnicos nem nada.

Caroline enfiou outra batata entre os lábios normalmente tímidos, levou uma mão ao peito e se inclinou contra a janela, tomada pela total maravilha de tudo.

— Minha nossa, ele me entende de um jeito que você jamais conseguiria — provocou, sem jamais perder uma oportunidade de alfinetar o namorado. — Tomates também precisam de amor. *Tanto* amor.

Mark lhe franziu a testa, meio de brincadeira, e respondeu:

— É, bom, se você acha que tem tomate de verdade nesse negócio... tenho um segredo para te contar.

— Eu amo segredos! — exclamou Eamon. — O que é? Alguma coisa empolgante?

— Você entendeu o que eu quis dizer. Não me faça levantar daqui.

Eamon, é claro, sabia exatamente o que Mark quis dizer, mas quando o amigo dava abertura, sempre aproveitava a chance de se fazer de bobo, e nunca deixava de se unir a Caroline para brincar com a natureza mais simplista dele. Mark era um cara descomplicado, mas isso era mais uma virtude do que uma falha aos olhos dos amigos, já que nunca estava fechado demais em si mesmo para negar atenção a eles. Mesmo que não passasse de um debate vazio e leviano, era sempre bem-vindo e, sinceramente, Eamon costumava preferir isso a qualquer coisa que exigisse uma introspecção indesejada. Mark estava longe de ser um artista em qualquer aspecto da vida, mas não importa o pincel que tivesse à mão, sempre trazia uma promessa mais agradável do que um espelho.

Caroline também era o porto seguro de Eamon em sua constante batalha para se ajustar ao mundo para além de sua criação, embora por motivos completamente diferentes, e mesmo que no fundo não fosse tão direta e positiva quanto Mark, ela entendia Eamon de uma maneira que ele não entendia. Sabia como era se sentir deslocada, mesmo em situações familiares. Sabia o que era olhar para a mesa e não encontrar um lugar, mesmo que fosse sua própria mesa, e, na maior parte do tempo, bastava um olhar gentil na direção de Eamon ou uma mão amiga em seu ombro para lembrá-lo de que ele não era o único que se sentia sozinho e que carregava o fardo das circunstâncias nas quais nascera. Para lembrá-lo de que ela também tinha uma história cercada de espelhos.

Os milkshakes chegaram sob a aprovação silenciosa e sorridente de Mark e Eamon, e aplausos reais de Caroline, que bateu palmas como uma menininha quando a bebida viscosa de morango foi colocada à sua frente. Mark, por sua vez, jamais negava chocolate quando era uma opção, e Eamon aparentemente ainda não tinha evoluído para além da deliciosa previsibilidade da baunilha.

— Querem mais alguma coisa? — perguntou a garçonete, já na metade do giro de volta em direção à cozinha quando Eamon a interrompeu com uma pergunta diferente.

— Na verdade, ahn... eu só queria saber se... esse é o Runny? — Sua voz se afinou ao apontar para o desenho em linhas finas de um coelho com aparência um tanto elegante à frente do cardápio, logo debaixo do nome da lanchonete, Cantinho da Millie.

— Se isso é *o quê?* — disparou de volta a garçonete, como se Eamon estivesse falando alguma língua morta há séculos.

— O Runny? O coelho no campo de centeio? Eu só achei que...

— Você quer *rum com centeio*? — questionou ela, através de olhos tomados por olheiras.

— Não, não... eu estava perguntando se o desenho no cardápio era...

— Peru — interveio Caroline. — Tomate, alface, sem cebola e a maionese à parte. E pode ser para viagem? — A garçonete deu de ombros e rabiscou alguma coisa no bloquinho antes de se virar e voltar para a cozinha, batucando as sapatilhas no chão. — Acho que ela não gosta muito de ler — acrescentou, antes de dar um chutinho de brincadeira na canela de Eamon sob a mesa.

— É, mas isso não quer dizer que ela seja boba — retrucou Mark, apontando um dedo para os amigos como se estivesse se preparando para um ataque que sabia estar por vir. — Alguns de nós, não-leitores, somos bem espertos e tal. E tipo... muito bonitos.

— Aham. Isso também não quer dizer que ela necessariamente *não* seja boba — argumentou Eamon, levantando as sobrancelhas e sorvendo o milkshake enquanto Caroline acariciava a bochecha gorda do namorado com seus dedos graciosos e perfeitos. — Mas, para uma mulher, devo admitir que ela é mesmo *muito* bonita.

— Tá, mas, tipo... não tão bonita quanto eu, né? — perguntou Mark, esticando o pescoço e alisando a lapela imaginária, ciente de sua aparência nada memorável, mas contente em fazer parte da brincadeira, mesmo que às próprias custas.

Caroline pegou um dos cardápios e analisou o desenho na capa, um esboço em carvão com linhas perfeitamente finas de um lagomorfo escondido em meio ao capim, com o pelo coberto por um sobretudo xadrez e a cabeça coroada com uma boina cinza.

— Bom, mas *realmente* parece com ele — disse. — Sem ninguém por perto para lamentar pelo coelho no campo de centeio.

Livros eram onipresentes na infância de Eamon, já que não havia muitas opções de entretenimento além de histórias, jogos e o paraíso infinito ao ar livre que era o deserto de árvores de Idaho, onde ele crescera. Porém, apesar da coleção aparentemente infinita das obras de Verne, Defoe, London, Dumas e Twain nas prateiras decrépitas que rodeavam sua cabana, Eamon nunca tinha ouvido falar em *Vale Winterset* até a breve e amargurada estadia com sua primeira família temporária. Era uma história marcante, uma maravilha que ultrapassava gerações, e desde a primeira vez em que cravou os dentes no conto encantador sobre um grupo de animais que se preparava para as festividades anuais do Dia da Cevada, Eamon imediatamente compreendeu por que a obra-prima de E. B. Addington só cresceu em popularidade ao longo das décadas seguintes à sua publicação.

Vale Winterset tratava-se de um daqueles livros únicos e atemporais que era simples, puro e claramente divertido à primeira vista, porém muito mais profundo sob a superfície. Falava sobre a vida, perdas, dificuldades, medo, coragem e sacrifício de uma forma tão vívida que era quase fácil passar batido, e imediatamente se infiltrou debaixo da pele de Eamon e ali permaneceu, como uma tinta boa e forte, desde o dia em que abriu a capa pela primeira vez. Suas páginas eram tomadas por poesia simples e lições complicadas, e mesmo aos 26 anos, ele ainda se deleitava a cada palavra como se pertencessem exclusivamente a ele. Amava cada reviravolta e cada personagem, e embora todos tivessem características adoráveis e divertidas, Runny, o coelho, sempre teve um lugar especial em seu coração, já que Eamon entendia bem até demais o desejo de escapar para o meio do capim e ficar imóvel até que nada nem ninguém soubesse que ele estava lá. Sem ninguém por perto para lamentar. Ninguém mesmo.

Mais de sessenta anos depois de sua publicação, *Vale Winterset* continuava sendo muitas coisas para muita gente, mas também era o motivo pelo qual Eamon, Caroline e Mark estavam no vilarejo sonolento de West Rock em Washington, uma cidadezinha acomodada na costa do Oceano Pacífico que era totalmente comum exceto por seu morador mais famoso, o próprio E. B. Addington. Eles estavam em um tipo de peregrinação... haviam ido até lá para prestar homenagem ao homem que lhes dera muito sem sequer saber seus nomes. Para reverenciar e ver a área da famosa propriedade que inspirou o livro, mesmo que à distância. Estavam lá para agradecer e deixar claro para ele o quanto tudo lhes importava... e estavam perto agora. Tão perto.

West Rock tinha certo charme só por não estar fingindo ser algo que não era. Surpreendentemente, não havia livrarias abarrotadas com a obra de Addington, nem lojinhas de *souvenir* vendendo chaveiros com a silhueta de seus personagens ou passeios guiados pelas ruas por onde ele andou. Na verdade, não havia menção alguma ao autor nas vitrines e fachadas que polvilhavam o coração da cidade conforme este serpenteava pela costa rochosa por menos de um quilômetro. Aos olhos de Eamon, não era muito diferente de Boise, exceto pelo fato de ser um pouco menor e menos preocupada em ser uma encruzilhada de subculturas quase idênticas e rota de transportadoras regionais. Conforme caminhavam à beira-mar na direção do único píer da cidade, ele não conseguia deixar de sentir que West Rock não dava a mínima para o fato de eles estarem ali, para começo de conversa, e um novo conforto desconhecido aflorou em seu ser. Três coelhos no campo de centeio e nada mais.

Mark e Caroline estavam saltitando pela rua principal, empurrando o ombro um do outro e fazendo brincadeiras sobre seus respectivos interesses de leitura, ela mastigando o sanduíche de peru e ele com as mãos nos bolsos enquanto Eamon ficava vários passos para trás. Essa era sua posição de preferência quando estava com eles, e embora estivesse plenamente ciente de que esse ritmo dava a impressão de que ele estava segurando vela, vestia com orgulho a camisa só para poder ver os dois juntos. Ficava feliz em ver *eles* felizes, e se sentia menos torturado em termos existenciais ao testemunhar tamanha disparidade neste mundo parecer tão natural e tão incontestavelmente correta. Mark e Caroline eram como uma prova viva para ele. Eram prova de que tudo podia dar certo, mesmo quando não deveria. Prova de que ser diferente não é o mesmo que ser disfuncional, mesmo quando a matemática da coisa parece tão exata.

Mark era quase um gigante: no ensino médio, costumava jogar na dianteira do time de futebol americano, e tinha um palmo a mais de altura do que a maioria das pessoas, mas carregava todo esse peso com conforto e facilidade surpreendentes. Seus passos eram longos e confiantes conforme navegava pela costa, e embora suas bochechas pálidas estivessem ficando vermelhas com a brisa salgada da maresia, sua disposição animada não falhava nem por um segundo. Caroline, por outro lado, era absurdamente esbelta, e os hábitos que adotara ao longo de uma vida de atletismo na escola onde os três se conheceram lhe foram muito úteis durante a faculdade e o início da vida adulta. Ela era tão graciosa em seus movimentos quanto na empatia; sua pele marrom-clara se garantia plena contra o sol do início de setembro e seus cachos pretos como piche dançavam a cada jogada das pernas. Como casal, à primeira vista não pareciam combinar muito, mas para qualquer um que os conhecesse, mesmo que só de passagem, eram simplesmente incompletos um sem o outro. Duas metades do mesmo punhado de barro. Dois sopros da mesma rajada de vento.

Eamon, por sua vez, não emanava nada fisicamente, exceto a colcha de retalhos que era o país onde havia nascido. Tinha pouco menos de um metro e oitenta de altura e fora amaldiçoado com os grossos cachos ruivos que tomava o cuidado de sempre manter curtos o bastante para não se tornar um incômodo. Apesar de magro, ossudo e tímido, não tinha nada de incapaz. Uma vida de caçadas, perseguições e coletas na natureza havia aprimorado seus sentidos a um nível acima da média, mas, embora essas habilidades tenham sido essenciais para a sobrevivência dele e do pai, agora não se passavam de fósseis que ele ignorava com muita determinação para evitar remexer demais na bagagem que tantas vezes o fazia se sentir tão deslocado. Às vezes, tudo o que queria era ser gordinho, descoordenado e alheio a tudo e todos ao seu redor... vezes em que queria muito ser algo que não era. Literalmente qualquer coisa. Até um par de olhos azuis serviria.

Conforme se aproximavam do píer, que parecia mais uma grande doca do que uma construção oficial ou autorizada, Eamon estava com a mão no bolso da calça, remexendo nas passagens de cortesia para a balsa que levava à Ilha Addington. Ele sabia que estavam lá, mas isso não o impedia de passar os dedos pela superfície e sentir as dobras no meio para garantir que não havia cometido nenhum erro horrendo que estragaria a pequena peregrinação deles. Havia recebido as passagens junto à assinatura de uma revista para fãs de *Vale Winterset* chamada *O Banquete do Sapo* que tinha descoberto por um feliz acaso.

Ele e Mark haviam dividido um apartamento quando se formaram no ensino médio, mas desde o dia em que batizaram o novo lar com um engradado de alguma bebida barata e péssima, Eamon sabia que seria só questão de tempo até o melhor amigo querer morar com Caroline. Não houve ciúmes nem mágoa da parte dele quando Mark foi falar sobre se mudar, e, sinceramente, a amizade deles não vacilou nem por um segundo. Eamon estava feliz pelos dois e sabia que seu futuro juntos seria fortalecido com isso, o que não tornava menos assustadora a ideia de se sentir um pouco mais isolado. Havia algo no fato de morar com alguém que forçava Eamon a ser mais sociável do que seria do contrário. Algo no ato de compartilhar a vida que o designava a aprimorar o talento social e ser mais aberto à possibilidade de se comprometer com as normas, mesmo que a nível superficial. Parte dele, porém, estava morrendo de medo de deslizar de volta às sombras das quais lutara tanto para escapar no momento em que pisasse num espaço onde não precisava responder a ninguém.

Tratava-se de um desafio que Eamon definitivamente não queria enfrentar aos 23 anos, mas sabia que era necessário, então encontrou um apartamento em um canto esquecido de Boise que conseguia bancar com seu escasso salário de auxiliar de gerente de vendas, enfiou os poucos pertences que tinha em seu carro compacto e marchou mais uma vez rumo ao grande desconhecido. *O Banquete do Sapo*, curiosamente, estava aguardando em sua caixa de correio como se fosse parte de um estranho e fortuito pacote de boas-vindas. Estava endereçado ao inquilino anterior, mas dava a sensação de estar fadado a lhe pertencer, como se alguém, em algum lugar, estivesse tentando lhe dizer que talvez não fosse tão diferente assim. Como se talvez o campo de centeio também estivesse procurando por ele.

Naquela noite, Eamon se sentou no chão nu de seu apartamento e leu a nova revista de capa a capa sob a espreita de quatro paredes brancas, sérias e vazias. Era repleta de fanfics do pior tipo, avaliações dos muitos desenhos animados de *Vale Winterset* que foram produzidos ao longo dos anos, e página atrás de página de arte submetida pelos leitores, mas nem era o conteúdo que lhe importava naquele momento... era a conexão. A conexão que ainda sentia toda vez que uma nova edição trimestral aparecia enterrada em meio às contas e propagandas de cartão de crédito. Uma conexão que, de certa forma, livrou sua decisão de passar um final de semana na Ilha Addington do fardo usual de ansiedades quando, enfiado entre as páginas de elogio e homenagem, ele encontrou um punhado de cupons para uma travessia gratuita na balsa, que só valiam para um único dia do ano: 7 de setembro. O Dia da Cevada.

Havia outras sete pessoas esperando no píer, a maioria parecia ter entre 20 e 35 anos, mas todos aparentavam, um pouco excessivamente, ser ratos de biblioteca, mesmo à distância. Eamon não conseguia se lembrar de qual fora a última vez em que esteve na presença de tantos jovens desconhecidos sem ver uma única peça de roupa xadrez, mas havia uma boa quantidade de veludo cotelê e suéteres questionáveis em termos de moda, e quase todos usavam óculos grandes de uma grossura ou outra.

— Bom, a gente com certeza encontrou seu bando — comentou Mark, assentindo para Eamon, que agora andava ao lado dele e de Caroline.

— Meu bando?! Você ouviu o que disse? — retrucou Eamon, de nariz torcido. — Meu bando passou por muita coisa e, sinceramente, a gente não precisa dos seus estereótipos insensíveis neste momento, tá?

Ele esperou Caroline apoiá-lo com alguma forma de desdém fingido, o que, conforme solicitado, ela expressou com um "Hum" perfeitamente crítico.

Eamon continuou:

— E olha aqui, só porque estão todos olhando pro chão e visível e horrivelmente desconfortáveis na própria pele não quer dizer que sejam *meu bando*.

— E aquele com cabelo ruivo? — desafiou Mark.

— Na verdade, aquele parece *mesmo* com você — acrescentou Caroline, examinando de cima a baixo o jovem mais perto da água. — Talvez se você perder uns oito centímetros e ganhar uns quinze quilos?

Eamon não tinha como discordar, mas, antes de conseguir pensar em uma resposta sagaz, o mais animado e pesado dos desconhecidos tomou a iniciativa de dar-lhes as boas-vindas de maneira teatral, sem um pingo de vergonha.

— Desejo-lhes um bom-dia, companheiros Valeanos! — bradou, afastando-se do parapeito com uma edição de capa de couro da obra-prima de Addington debaixo do braço. — Os senhores e a senhorita vieram compartilhar do banquete da Cevada com este grupo de almas indomadas?

Mark congelou onde estava e revirou os olhos com tanta força que tanto Caroline quanto Eamon conseguiram escutar suas córneas cravando novas dobras em sua massa cinzenta.

— Tá, eu estou indo pra casa — anunciou, dando meia-volta ao mesmo tempo em que Caroline se colocou à sua frente para lhe dar uma nova perspectiva.

— Comporte-se! É só uma travessia de balsa. Não é como se você fosse passar o final de semana com eles — argumentou ela.

Mark respirou fundo, resignado, e forçou um sorriso de dar dó antes de responder ao cumprimento do cavalheiro com o linguajar do *seu* bando, os indiferentes:

— E aí?

— Ah, um acadêmico! — exclamou o autodeclarado porta-voz do grupo.

— Ele está tirando sarro de mim, não está?

— Nããão, não, não. Ele só está...

— Sim, definitivamente está tirando sarro de você — interrompeu Eamon, e voltou a atenção para os outros. — Todos estão esperando a balsa? — perguntou, brandindo as passagens gratuitas de *O Banquete do Sapo*.

— De fato! — gritou o pregoeiro. — Somos meros viajantes cansados em busca de uma travessia segura à...

Mark ergueu o dedo de maneira tão singular que fez o outro parar no meio da frase, e não perdeu tempo em voltar sua atenção para o sujeito que se parecia com Eamon, como se dissesse "*você... você tem permissão para falar.*"

— É, cara, a gente está só esperando para ir até a ilha — respondeu o ruivo, e o restante do grupo confirmou, assentindo e balançando as próprias passagens gratuitas no ar salgado de setembro. — Já faz quase uma hora.

Mark se virou como se sua palavra fosse decisiva e declarou:

— Bom, aí está, nada de balsa.

— Na verdade, agora que você falou... não estou vendo nenhuma placa, nem nada — refletiu Eamon, procurando ao redor por qualquer indício de que ao menos estavam no lugar certo.

— É isso, então, vamos embora — disse Mark, dando meia-volta de novo só para ser desvirado à força por Caroline.

— Amor, espera uns minutinhos. A gente já está aqui. Vai, dirigimos tipo umas sete horas.

— Tá. Mas se eu tiver que escutar mais uma palavra do Capitão Feira Medieval ali, eu juro que vou enfiar aquele livro tão fundo na garganta dele que não vai conseguir participar de um torneio de justa por uma semana. — Eamon inclinou a cabeça de um lado a outro como se estivesse avaliando a qualidade da ameaça de Mark. — O que foi?

— Sei lá — respondeu ele. — Tipo, foi uma boa, mas eu teria escolhido algo mais para... "tão fundo na garganta dele que vai cagar cartas de uíste por duas semanas", ou coisa do tipo.

— Uuuh, bem melhor! — opinou Caroline.

— Odeio tanto vocês. E para que fique registrado: cartas de uíste são só cartas normais de baralho, então quem é o sabichão agora, senhor sabichão?

— Com certeza não sou eu — respondeu Eamon, mas ao baixar os olhos para os cupons subitamente inúteis em suas mãos, seu devaneio silencioso sobre a viagem de um final de semana foi interrompido pelo ronco forte de um motor a diesel e todos se viraram para ver um velho barco de pesca arrastar-se pelo mar. A embarcação decrépita deu uma grande volta pela linha da costa e parou devagar antes de avançar em marcha a ré até a popa estar perto o suficiente para Eamon ver que *O Estalão* estava pintado no casco em letras gastas. O barco estava em frangalhos, e seu capitão não parecia muito melhor ao sair da cabine vestindo calças de lona, jaqueta fleece e uma barba que passava uma imagem muito peculiar que ele claramente não tinha intenção de evitar.

— Todos a bordo! — disse, ao pegar uma corda grossa e amarrar o barco no cunho mais próximo.

O grupo todo lhe lançou um olhar cético, mas foi Mark, que ainda não tinha encontrado um desconhecido de quem tivesse vergonha demais para conversar, que se elegeu o *consigliere*.

— Todos a bordo do quê? — questionou.

— Vocês querem conhecer a ilha ou não?

— Espera. Essa é a balsa? — perguntou Eamon enquanto o resto da congregação aos poucos se aglomerava ao redor deles, o que fez o capitão apontar para uma grande embarcação de passageiros que estava ancorada a uns cem metros dali, aparentemente abandonada para morrer.

— Não. *Aquela* é a balsa. *Este* é *O Estalão* — respondeu o capitão, esticando os braços para o lado em um gesto amplo.

— Bom, então quando a balsa vem?

— Não vem. Está desativada há uns cinco ou seis anos, algo assim.

Caroline pegou os cupons da mão de Eamon e os ergueu para o capitão ver.

— Mas então por que continuam enviando cupons? — perguntou, sob um coro de murmúrios afirmativos.

— Está achando que eu tenho cara de prefeito? — explodiu o capitão.

— Ei! — alertou Mark.

— Desculpa. Não foi por mal. Sou o Capitão Gene — disse ele, então desceu até a doca e ofereceu a mão a Mark ao mesmo tempo em que desviava os olhos para a embalagem vazia de lanche para viagem que Caroline ainda estava segurando. — Acho que a Millie não queria perder o movimento extra com o turismo — respondeu com uma risadinha, apontando com a cabeça para a lanchonete. — Tenho quase certeza de que ela está enviando isso aí há uma ou duas décadas já. Enfim, faz um tempo que eu busco as sobras aqui. Levo as pessoas até a ilha entre locações para pesca e transporte de caçadores para uma ilha ou outra. Acho que todo mundo gosta de ter umas moedinhas a mais no bolso. Então, vocês estão curtindo o dia do trigo ou o quê?

— Dia da Cevada! — gritou o tagarela do fundo do grupo.

— Tanto faz. Olha, são vinte dólares por travessia, ida e volta. Eu posso não ser muito fã de livros e feriados de mentira... — continuou Gene enquanto subia de volta no barco e abria um cooler cheio de cerveja gelada e algumas garrafas de Jack Daniels. — Mas isso não quer dizer que eu não saiba celebrar.

De súbito, Mark começou a gostar muito mais daquela excursão.

— Curti esse cara — disse, quando Gene sorriu e chutou uma portinhola cortada no casco do barco. — Afinal, a gente dirigiu mesmo umas sete horas.

— Era só disso que precisava? — perguntou Eamon ao amigo. — Um cooler cheio de cerveja?

Mark se voltou para ele com a expressão mais neutra do mundo e disse, apenas:

— Você não me conhece?

Ele subiu no barco e todos os outros imediatamente se sentiram um pouco mais confortáveis com a situação. Assim, um a um, eles o seguiram. E quando Mark abriu uma latinha e esvaziou um bom tanto no seu primeiro gole agradecido, ele brindou em silêncio a um livro que nunca tinha lido e confiou num homem que mal conhecia enquanto partiam rumo à Ilha Addington.

DOIS

O mar estava agitado, mas tanto Gene quanto *O Estalão* pareciam à altura do desafio. O capitão claramente conhecia aquelas águas como a palma da mão, e navegava com facilidade pelas ondas, cortando linhas precisas e familiares por entre o amontoado de pequenas ilhas que salpicavam a costa antes de chegar ao mar aberto. Era um terreno que Eamon desconhecia, e ele estava grato por ter um momento para processar tudo no relativo silêncio dos colegas viajantes, que agarravam os parapeitos com toda força e se esforçavam para não precisar engolir o almoço uma segunda vez. Na verdade, Eamon nunca tinha visto o mar, e embora a vista que tinha no momento não se parecesse em nada com as imagens do azul perfeito e infinito que fora levado a esperar, era de tirar o fôlego mesmo assim. Ele sentia certo poder emanar do casco calejado de *O Estalão*, e isso o transportou de volta aos dias em que a força desenfreada da natureza era uma preocupação genuína, e o respeito por sua fúria, necessário para sobreviver. Ele também tinha um capitão à época, só que, enquanto Gene estava preocupado em levá-los em segurança para outro lugar, o único desejo de seu pai fora *impedir* que fossem para qualquer parte.

Eamon não via o pai, Jack, há quatorze anos, mas ainda podia escutá-lo gritando no fundo de sua mente de vez em quando. Sua voz se distorcera com a idade e se tornara indistinta com a distância, mas continuava inegavelmente alta, em especial naqueles momentos em que Eamon embarcava numa aventura rumo a algo novo. *Não tem nenhuma cidade perto que valha a pena visitar, nem por um segundo. Não tem ninguém com quem valha a pena conversar além de mim. E nenhuma terra que valha a pena atravessar que não seja a nossa ou a de Deus. Está me entendendo? Você está aqui… e está aqui para sempre… E esse é o único jeito de sobreviver nesta vida. Eu não vou deixar você acabar como o restante deles.* A colcha da infância de

Eamon havia sido costurada em retalhos de um tecido grosso de devaneios malucos e xenofóbicos, e até o dia em que ele deixou o abrigo da cabana de sua infância, não tinha como questionar sua veracidade, já que qualquer réplica aos argumentos do pai simplesmente não existia no mundo deles. Havia só aquela vida... e a certeza de todo o resto estar amaldiçoado, sem nada no meio-termo. *Se alguém vier até a cabana quando eu não estiver em casa... você corre. Se encontrar alguém quando estiver na floresta... você corre. Se escutar qualquer coisa que não seja o rangido dos pinheiros e o farfalhar do vento... você corre.*

Eamon não tinha parentes para lhe dizer o contrário; de acordo com o pai, haviam todos morrido no mundo lá fora. Até sua própria mãe falecera no parto, então, para um jovem que não tinha como conhecer nada diferente, a dádiva de uma vida solitária sempre deveria ser valorizada acima da morte que seria viver de qualquer outra maneira. O sentimento estava cravado de maneira tão profunda em seu coração que Eamon levou anos de penosa adaptação para entender que ninguém se importava o suficiente com ele para lhe desejar qualquer tipo de mal mortal hereditário, e embora isso lhe desse certo alívio das ansiedades da infância, também o fazia se sentir de alguma forma mais insignificante. Havia vezes em que ele desejava estar *mesmo* no centro de alguma grande conspiração, nem que fosse só para se tornar o foco de algo além do punhado de boletos no final do mês. Vezes em que desejava que alguém prestasse atenção suficiente para odiá-lo. Qualquer coisa, na verdade.

Como sempre, foi Caroline quem tirou Eamon de outro de seus pesadelos existenciais acordados com uma trombadinha no ombro.

— Está tudo bem?

— Aham, tá. Só estou processando tudo — respondeu ele, gesticulando para a maravilha incontestável que os rodeava.

— Eu também nunca tinha vindo tão longe assim. É lindo.

— Parece que só continua até o infinito. Sabe, eu até gosto mais dessa ideia do que de saber que tem outra costa em algum lugar lá fora. — Eamon fez uma pausa para deixar os ombros balançarem com o mergulho do deque nas ondas e sentir o espirro salgado e novo das cristas espumantes em seus lábios rosados. — Quase faz a gente se perguntar por que alguém se daria ao trabalho de sequer chegar do outro lado.

— Existe beleza no desconhecido, mas também existe beleza na verdade — respondeu ela. — Acho que alguns de nós gostam de acreditar...

enquanto outros simplesmente precisam ter certeza. Aposto que consigo adivinhar qual dos dois você é. — Ela conseguiu arrancar um quase-sorriso do amigo ao lhe dar outra ombrada antes de desviar o olhar para Mark, que estava fazendo o maior alvoroço com Gene por causa de uma lata de alguma coisa espumante. — Own, acho que ele fez um novo amigo.

— Inacreditável — sussurrou Eamon, com um rolar bem-intencionado de olhos. Realmente parecia que Mark tinha feito um novo amigo e, embora Eamon não conseguisse escutar a conversa por causa do ronco do motor a diesel e o quebrar das ondas de Washington, ele assumiu, e acertou, que Mark estava se esforçando para demonstrar interesse e aparentar ser um bom conhecedor de algum aspecto do mundo de Gene.

— *O Estalão,* hein? Baita nome — comentou Mark, com uma confiança irracional. — O que significa?

— É um substantivo, significa um padrão pelo qual outras coisas são mensuradas.

— Eu... sei disso. Mas queria saber se não tem um significado mais profundo ou coisa do tipo. Tem?

— Sei lá — respondeu Gene, enquanto ajustava o curso pelas águas. — Você tem que perguntar pro cara de quem eu ganhei jogando pôquer.

— Caramba! Você ganhou um *barco* no pôquer?

— Não — respondeu o capitão, com uma risadinha. — Mas é uma história melhor do que falar que comprei por uma mixaria no leilão do banco, não é?

— É. Com certeza, é. — Mark deu outro gole na cerveja enquanto desviava o olhar para um nicho no painel, onde viu uma pistola de calibre .45 exageradamente grande que faria Billy the Kid corar. — Você acha que vai encontrar problemas?

— Se achasse, meu bebê aí estaria na cintura — respondeu Gene, apontando a proa para uma grande ilha à distância. — Nada com que você deveria se preocupar, a não ser que, na verdade, seja um urso bem eloquente, pois aí... — O capitão parou no meio da frase e levou um momento para olhar Mark de cima a baixo antes de continuar: — Ah, esquece.

— Tem urso por aqui?

— Tem uns imensos. Dos cinzentos. Fazem lanchinho de uma nove milímetros, então nem vale arriscar.

— Eita. Você já precisou atirar em algum?

— Ainda não, mas o dia está só começando — respondeu Gene, com os olhos brilhantes, enquanto dava outro gole na cerveja e reduzia a velocidade.

— Ah, esqueci de te mostrar o que eu trouxe! — exclamou Caroline. Ela tirou a mochila dos ombros e abriu o zíper, liberando o perfume de pêssego e lavanda, a marca registrada do creme para as mãos que vinha defendendo com unhas e dentes nos últimos anos. Era um cheiro que Eamon aprendeu a amar, já que sempre que o sentia sabia estar a menos de um passo de uma aliada. Depois de vasculhar a bolsa e jogar de lado um tubo tamanho família do negócio, ela puxou um livro de capa dura brilhante intitulado *O Vale de Addington*. — Encontrei na biblioteca.

Eamon se inclinou para se apoiar no ombro dela e juntos folhearam página por página de fotos maravilhosas da ilha do autor, um lugar tão cheio de vidas preciosas e coberto por tamanha beleza estonteante que ficou famoso por inspirá-lo a escrever sua obra-prima. Tratava-se apenas de uma narrativa visual da região que ele costumava chamar de lar, mas as fotos eram tão vibrantes e seus elementos tão dignos da imortalidade que de fato não restava mais nada a ser dito.

— Uau — foi tudo o que Eamon conseguiu dizer conforme corriam os olhos pelos registros dos cenários pitorescos e colinas ondulantes, florestas densas, penhascos rochosos e cachoeiras intimidadoras, e até um farol, que, de acordo com a legenda, era a inspiração para o moinho de cevada que tinha um papel tão importante em *Vale Winterset*. — Parece mesmo com o Vale — disse ao pegar o livro das mãos dela e colocar no próprio colo. — Será que vamos ser convidados pro banquete?

— Bom, eu trouxe bolacha — respondeu ela, puxando da mochila um pacote de água e sal que pegara no Cantinho da Millie. — Pode se banquetear à vontade se quiser.

Eamon riu e continuou examinando o restante das imagens tranquilas que estavam expostas sobre seus joelhos, e enquanto Caroline cobria as mãos com pêssego e lavanda para salvá-las da ira da maresia, eles escutaram um estouro relutante das entranhas de *O Estalão* assim que Gene soltou o acelerador e assumiu um ângulo mais direto para aquela que era então a única ilha à vista. Era a única terra que Eamon conseguia localizar ao redor, e depois de uma última espiada por cima dos ombros para se certificar de que a costa, West Rock, e tudo para além dela não passava agora de promessas enterradas no horizonte, um largo e deselegante sorriso abriu caminho por seu semblante.

Eamon tinha certeza de que a Ilha Addington seria quieta, tranquila e muito aconchegante, já que cada pedacinho das fotos que já tinha visto, inclusive a história ilustrada que Caroline encontrara, havia passado essa impressão, mas, mesmo antes de chegarem, ficou claro que era um trecho massivo e imponente de terra que se espalhava por quilômetros para todas as direções. A linha da costa era um amontoado de rochas pesadas e pontudas, e os picos da ilha eram tão robustos que se tornava impossível dizer onde a praia curvava, mas a magnitude do que havia do outro lado prometia tantas maravilhas que até a doca caindo aos pedaços lhe causou arrepios desde as solas dos pés assim que pisou na primeira tábua empenada.

A clareira de desembarque parecia intocada há mais de meio século e a área ao redor não dava uma impressão muito diferente, com os limites tomados pelo mato e o antigo galpão de barcos que ficava ao lado todo destruído, podre e pendendo para o leste, como se quisesse desesperadamente alcançar o sol da manhã. Eamon deixou as pontas do capim fino que cobria o chão fazerem cócegas em suas palmas ao caminhar pelo mesmo caminho do mar que tinha certeza de que Addington percorrera em seu tempo ali. Era um lugar selvagem e caótico, mas havia certa beleza inerente às suas fronteiras ferais, quase como se a morte de Edward o houvesse devolvido ao seu antigo estado natural, e agora que não era mais seu lar, estava livre para ser, mais uma vez, nada além de livre. Na verdade, nada mais, exceto pela cerca que ainda existia em seu leito.

Ultrapassava com facilidade a altura de dois andares e era feita de barras pesadas que tinham um vão próximo demais para um homem passar. Embora houvesse um caminho que parecia serpentear até o fundo, onde eles sabiam que ficava a mansão, este estava bloqueado por um majestoso portão com um recorte da letra "A", fechado por pesadas correntes. Eamon tentou ver mais para dentro da propriedade, mas a casa em si ficava tão longe e as árvores eram tão grossas que a única coisa que eles conseguiam reconhecer era a grande torre que espiava por cima das copas das árvores. Era uma decepção, de certa forma, que a mansão não fosse fazer parte do passeio deles, dado o nível de segurança, mas Eamon e Caroline haviam lido tanto sobre a famosa casa e estavam tão deleitados com a alma da jornada que já bastava poder vislumbrar aquela pontinha e estar tão perto de sua história.

Edward Bartholomew Addington já era um gigante antes mesmo de conceber *Vale Winterset*. Por gerações, sua família foi a realeza da indústria têxtil na Inglaterra, então ele já era mais rico do que qualquer homem deveria ter o direito de ser quando decidiu expandir seus interesses para o outro lado do oceano em algum ponto do início do século XX, e simplesmente achou adequado construir um castelo à altura de sua grandeza ao chegar. Ele mandou erguer uma alta e luxuosa mansão vitoriana, com jardins espalhados pelo entorno, ambientes para todas as ocasiões e mais quartos do que poderia contar. E, como sempre se considerou uma pessoa social e popular que amava festas, a Mansão Addington logo se tornou o centro da alta-sociedade no Noroeste Pacífico, que ainda estava no início de seu desenvolvimento. A propriedade majestosa sediou todas as festas, banquetes e bailes importantes por décadas desde sua inauguração, e cada evento atraía hordas de políticos, atores, escritores, artistas e barões da indústria para se entregar às diabólicas tentações que jaziam por trás das portas abertas de Edward. Quando a fervorosa década de 1920 aflorou e *Vale Winterset* começou a dominar a classe literária, diz a lenda que as festas jamais pararam até serem massacradas pela Grande Depressão e a morte de Addington enfim esvaziar para sempre os corredores de sua mansão. Eamon fechou as patas ao redor do ferro que cercava a ilha e soube que não pertencia ao outro lado, mas da sua parte já era uma honra só estar na presença dos fantasmas do lugar e ser testemunha de seus ossos. Todas as pessoas importantes haviam sido convidadas à Ilha Addington em algum momento, e agora... agora John Eamon Buckley também.

Depois que todos se cansaram de vagar pela clareira e lançar olhares transfixados através da cerca, não demorou muito para começarem a se reunir perto do portão. Embora o acesso que tinham à propriedade fosse desanimador, a disposição geral do grupo era exatamente o oposto. Rowan, o outro ruivo, e seu colega de quarto da faculdade, Patrick, acenderam uma vela cada e enfiaram nos elos da corrente que fechava a entrada, como se estivessem em uma vigília para um amigo querido que partira. Paige e Thomas, um casal jovem que fora à ilha com o amigo Gareth, o pregoeiro do píer, deram um jeito de encontrar algumas flores entre os arbustos e amarraram-nas em pequenos buquês que colocaram aos pés do portão. Os dois viajantes mais velhos, Talia e Percy, que à primeira vista pareciam um pouco sérios e presunçosos, passaram cartas escritas à mão pelas barras, como se o próprio Edward os estivesse esperando, e Caroline, que havia sido um tanto artista quando era mais nova, deixou uma coleção de esboços simples que desenhara na infância: um coelho, um urso, uma raposa, um sapo e uma coruja.

Eamon não tinha pensado em levar nada como oferenda, mas se sentiu compelido a deixar algo, então juntou alguns punhados de pedras que haviam sido alisadas pela maré e simplesmente escreveu *Obrigado* no meio de um trecho nu de terra ao lado da entrada da propriedade. Não era nada elaborado ou premeditado, mas era de coração, e embora ele soubesse ser tolice acreditar que a obra de Addington significava mais para ele do que para todos os outros ali, não conseguia deixar de pensar assim.

Vale Winterset era a história de uma comunidade de animais que nunca teve um dia ruim na vida até um coelho curioso chamado Runnymeade enfiar o nariz para fora de seu santuário e irritar um bando de búfalos devastados pela guerra que estava migrando para o oeste em busca de terras melhores e alimento mais doce. Era um conto simples sobre o primeiro contato de uma tribo ingênua com o mundo real e o primeiro Dia da Cevada que quase não aconteceu, mas era também muito mais do que isso para muita gente, inclusive Eamon, que em determinado ponto da vida precisava desesperadamente de um aliado para ajudá-lo a navegar pelas mecânicas da sociedade. Ele ainda acreditava do fundo da alma que, se não fosse pela sua identificação com a narrativa desoladora e belamente ilustrada de Addington, talvez não estivesse mais pelo mundo para pregar suas dádivas e saborear seus ensinamentos. *Vale Winterset* o salvou tanto de si mesmo quanto do legado do pai… e aquela pequena pilha de pedrinhas, por mais singela que parecesse, era o agradecimento mais sincero que já havia oferecido a alguém.

Depois que todos fizeram suas declarações aos pés do portão, sentiram-se um pouco mais conectados uns com os outros, e não tardou para começarem as conversas sobre personagens preferidos, trechos marcantes e quais adaptações eles amavam, odiavam ou viam com indiferença. Não foi surpresa para ninguém quando Gareth prontamente proferiu seu amor por Flackwell, o Sapo, um enérgico e dramático anfíbio que se orgulhava de seus apurados talentos culinários, e Thomas, que era cozinheiro em um restaurante de uma rede popular em algum shopping nada impressionante enfiado num canto de periferia, não teve como não concordar. Talia e Percy, que não perderam tempo em anunciar seu *status* de doutorandos em Literatura de Língua Inglesa, elogiaram a complexidade do personagem Phineas, o Raposo, e discorreram sem parar sobre suas grandes falhas e bagagem emocional de gerações enquanto as velas do portão queimavam até sobrarem só toquinhos. Eles falaram sobre a maestria dele nos jogos e seu amor por esportes como nada além de uma desculpa para ignorar os desafios mais importantes da vida e sobre como sua reviravolta trágica era mero resultado de um ódio pessoal há muito suprimido e masculinidade frágil enfim borbulhando à superfície depois de tantos anos. Foi claramente exaustivo, mas pelo espírito festivo do dia, todos pareceram engolir contentes a exasperação e deixá-los falar até o fim do sermão.

Caroline foi a primeira a se manifestar em favor de Binghamton, o urso construtor que tinha o maior martelo do vale, embora não fosse a única a se considerar sua fã. Admirava a natureza quieta e prestativa dele, sempre pronto para consertar a cabana de um vizinho ou construir uma nova mesa quando uma família tinha uma ninhada, e sem nunca ficar em cima de ninguém atrás de pagamento, já que o simples prazer de seu ofício era sempre recompensa suficiente. Na verdade, ela sempre teve um pouco de inveja da aparente facilidade com a qual Bing aceitava ser quem era... da naturalidade com a qual ele se moldara a algo tão valioso que uma comunidade que não fora pensada para o seu tamanho passou a depender de suas habilidades para a própria sobrevivência. Ele era um tipo de talismã para ela, e embora Caroline soubesse que o urso não passava de uma fagulha da criatividade de um autor, não conseguia deixar de guardar um lugarzinho especial para a fera imaginária em seu coração de carne e sangue.

E enquanto alguns dos outros falaram de Runnymeade, o Coelho, com sua tendência a se meter em política e sua perna inquieta, Eamon segurou a língua, por acreditar que era melhor não dizer certas coisas, principalmente aquelas que se tornavam de alguma forma mais sagradas com a presença deles na Ilha Addington. Runny era sociável, extrovertido e impulsivo, e mesmo que Eamon não fosse nenhuma dessas coisas, tinha com frequência a mesma sensação de culpa de quem é. Sabia como era tomar uma decisão da qual não podia escapar, e se odiar por isso, mesmo quando os demais não o odiavam. Conhecia a dor de assistir a seu mundo desmoronar com o eco de simplesmente colocar um pé à frente do outro, e conhecia bem demais o chamado do campo de centeio.

Porém, depois de todas aquelas palavras serem ditas e o sol começar a perseguir o horizonte, uma onda calorosa e inesperada percorreu o grupo quando Gareth se posicionou à frente dos portões de ferro, abriu sua edição de capa de couro da obra-prima de Addington e começou a ler em voz alta. Eamon e Mark compartilharam um bufar às primeiras palavras, mas não precisou de mais do que um verso para todos os presentes perceberem que Gareth tinha um talento inegável para a performance, e, um a um, acomodaram-se enquanto a voz dele bradava pela praia com as palavras que tanto amavam...

Eu quero ver o mundo, disse ele, do fundo do coração e do topo da afobação
Eu quero pastar no capim vizinho, pelo qual ainda não tracei caminho
Quero ver onde a água termina, correr para além desta campina
Prometo ser astuto, avançar de fininho, e voltar depressa ao nosso moinho

Mas, Runny, disse o sapo, desolado, sei que não sou o único aliado
Que não o quer ver partir sem nada, todo sozinho nessa jornada
Seu lugar é aqui, aqui comigo, com cada parente e rosto amigo
Seu lugar é nesta baixada, no Vale onde cresce verde a cevada

Foi uma baita leitura e até Mark teve de admitir que estava gostando, sentado ali com Caroline em seus braços e um cobertor da mochila dela enrolado ao redor dos ombros para protegê-los da brisa que começara a soprar do mar. O Capitão Gene também estava, surpreendentemente, absorto em tudo aquilo, e levara sua cadeira de descanso da doca até a clareira de cascalho onde estavam os outros. A estadia deles era quase um espetáculo para ele, uma desculpa para saciar a curiosidade mórbida que todos os humanos parecem ter acerca daqueles que trilham outros caminhos na vida, mas era inegável que fora tocado pela performance de Gareth, e fez questão de dar uma cerveja para todos que estivessem com sede e oferecer um gole de uísque para esquentar a todos que estavam tremendo.

Que mal faz se eu for? É um dia ou dois, para que esse temor?
A cevada estará no mesmo lugar quando eu voltar
O sol vai se pôr, a brisa, soprar, as crianças continuarão a brincar
E eu serei um coelho melhor devido à jornada que farei ao redor

Mas o que você quer que não tem aqui?, perguntou o sapo com a testa a franzir
O que sequer acha que tem, depois do Vale e além?
O ar é puro, a água é cristalina, a relva é sempre verde na nossa campina
Afinal, veja bem, este é seu lar, aqui você me tem

Este é seu lar, aqui você me tem. Uma frase poderosa lida por uma voz poderosa… um verso que fez todos os casais se abraçarem com mais força e todos os solteiros desejarem ter alguém em quem se aninhar. Eamon estava acostumado a ficar sozinho, mas isso não ajudava nem um pouco, e embora compreendesse por que sua incapacidade de se abrir com qualquer um tornava um relacionamento impossível, ele sempre teve esperanças de que um dia superaria seus traumas e aprenderia a se tornar vulnerável o suficiente para estar com alguém. Mas esse momento ainda não havia chegado e Eamon achava que não tinha muito o que pudesse fazer para acelerar as coisas, então aprendeu alguns anos antes a se contentar em deixar a vida seguir o próprio ritmo e sua natureza evoluir como preferisse. Era uma correnteza enlouquecedora, mas o havia carregado até então, e mesmo que ainda não o tivesse levado ao lugar onde queria estar, trouxera-o para o mundo afora e, ao menos por isso, ele era grato.

Eu sei, amo aqui, sempre o fiz, disse Runny, sabe que sou um coelho feliz
Mas mesmo assim quero esticar minhas asas e voar para lá das nossas casas
Prometo que vou voltar, Flack, e que nunca vou te enganar
Prometo que preciso ir só para ver, isso já vai me satisfazer

Com essas palavras, Runny se abaixou, e lá para o alto ele saltou
Então se virou para o vale em que viveu e, por toda vida, chamou de seu
E pulou rumo ao que estava além, pois era triste para Runny também
Não lhe trazia nenhuma paz, deixar seu querido sapo para trás

Este é seu lar, aqui você me tem. Eamon mal escutou Gareth declamar as últimas duas estrofes, pois ainda estava saboreando essas palavras com toda a alma. De repente, tinha doze anos de novo. De repente, estava sendo chamado de John por uma estranha enfiada atrás de uma escrivaninha de novo. De repente, estava à beira de uma estrada que não conhecia, com tudo o que tinha enfiado numa mochila, a incontáveis quilômetros do único lar que já conhecera e certo de que seu pai jamais voltaria. De repente, teve certeza de que passaria o resto da vida apavorado, e, de repente, sentia tudo isso e nada ao mesmo tempo.

Foi Caroline, é claro, que percebeu os olhos de Eamon se enchendo de lágrimas, e Caroline, é claro, que partiu em seu resgate. Assim que Gareth terminou a frase seguinte, ela começou a aplaudir. Era evidente que ele queria continuar, mas sua teimosia, no entanto, não era páreo para a dela, e pouco depois todos os outros começaram a bater palmas também. Eles se levantaram e se reuniram ao redor de Gareth em sinal de respeito por sua leitura, e foi em algum ponto dessa distração que Eamon, agradecido, conseguiu encontrar um momento para se recompor. Gareth se inclinou em uma reverência e parecia genuinamente grato pelo reconhecimento dos demais, e quando abriu uma latinha de cerveja que lhe fora jogada como se fosse um buquê de flores, sentiu-se um pouco como o próprio Addington, por meros um ou dois segundos… mas apesar da sensação, Gareth não tinha como permitir a passagem deles pelo portão.

O grupinho era certamente insignificante se comparado aos eventos decadentes que eram comuns na ilha em seu apogeu, mas era caloroso e sincero, e cada um sentia que era melhor assim. Cada um, exceto o Capitão Gene, na verdade, que estava dormindo profundamente em sua cadeira dobrável com meia garrafa de uísque no colo.

— Está esfriando. Acha melhor a gente acordar ele? — perguntou Mark, com um leve calafrio.

— Não, a não ser que você queira que ele leve a gente para casa bêbado — respondeu Eamon.

— Eu sei que *parece* má ideia, mas ninguém precisa estar sóbrio para fazer alguma coisa flutuar. Tipo, o quão difícil deve ser dirigir um barco… na água?

— Sinceramente, acho que não quero descobrir hoje a resposta para essa pergunta.

— Além disso — acrescentou Caroline —, não está *tão* frio aqui fora, seu bebê chorão. Vamos só aproveitar enquanto dá.

Mark olhou para as nuvens que deslizavam no céu, vindas do mar.

— É, bom, vamos ver quem vai ser o bebê chorão quando começar a chover.

— Você — rebateu Caroline. — Vai ser você.

— Com certeza, você — acrescentou Eamon, e a testa franzida de Mark só tornou tudo mais divertido. — Vamos dar um passeio.

— Passeio? Onde? — questionou Mark.

— Qualquer lugar, cara. Vamos lá. Eu quero tentar ver melhor a casa.

— Essa que está rodeada por uma cerca gigante? *Essa* casa? — protestou Mark, com as mãos na cintura, enquanto Eamon e Caroline começavam a subir pelo sinuoso caminho de terra que seguia pelo perímetro da ilha.

Eamon olhou por cima do ombro e gritou:

— Você que sabe, cara! Tenho certeza de que Gareth deve ser muito divertido depois de algumas cervejas! Vocês vão poder conversar sobre uíste e coxa de peru no rolete e tal.

Mark nunca tomou uma decisão tão rápido na vida.

— Pelo amor de Deus, me espera — disse, correndo para compensar a distância que se formara entre eles. — Vocês sabem que eu não jogo uíste de verdade, né? Gente?

A vegetação era densa e selvagem dos dois lados do caminho, e mesmo que o trio tivesse andado vários quilômetros ou tão perto disso que não fazia diferença, ainda não haviam tido nem um vislumbre da Mansão Addington. Na verdade, não pareciam nem estar mais perto do que quando estavam aos portões escutando Gareth expor a alma na frente de velhos estranhos e de novos amigos.

— Escuta, eu não quero ser o cara chato aqui, mas tenho certeza de que a gente não vai conseguir ver nada além desta estrada nesta estrada, não importa o quanto a gente ande — reclamou Mark.

— Eu odeio admitir, mas acho que ele tem razão — acrescentou Caroline.

— Como assim *odeia* admitir que eu tenho razão?

— Eu gaguejei?

— Sabe, se eu não te amasse tanto, ia te odiar *para caramba.*

Eamon, que estava andando à frente dos dois em vez de ficar para trás como era seu costume, se virou e começou a andar de costas.

— Só mais um quilômetro, pode ser? Aí a gente volta.

— Só mais um quilômetro de árvores e terra? É que, tipo, a gente consegue ver isso na volta também — sugeriu Mark.

— Ah, sei lá, vai que tem alguma coisa que valha a pena ver depois daquela curva.

Caroline deu um sorriso travesso ao envolver a cintura de Mark com o braço e se jogar contra ele.

— Deixa ele ir um pouquinho mais. Ele só quer ver um coelho.

— Um coelho? — perguntou Mark, incrédulo. — A gente pode voltar para casa e ver coelhos. Boise está transbordando deles.

— Tá, mas ele quer ver um *aqui.*

— Por quê?

— Eu só quero ver o que ele viu, sabe? — explicou Eamon, trotando adiante com as mãos nos bolsos. — Addington disse que escreveu *Vale Winterset* em partes porque se sentia muito mal por ter perturbado a vida selvagem quando começou a construir a mansão aqui. Disse que era tudo tão lindo que não tinha como não escrever sobre. Que a culpa o teria engolido vivo se não encontrasse um jeito de prestar homenagem.

— Vai, amor — pediu Caroline. — Eu te contei essa história umas mil vezes já.

— Bom, em minha defesa, eu provavelmente não estava ouvindo. — Mark esticou o braço e deu um peteleco na cerca de ferro que ainda ladeava o caminho pelo qual seguiam. — Ele se sentiu tão mal que colocou uma cerca de metal em volta da coisa toda, né? Parece que estava realmente *muito* devastado com isso. Por que vocês gostam tanto desse livro mesmo? Eu sei que os poemas são bons e tal, e assisti aos desenhos, mas...

— Sei lá — respondeu Eamon. — Nunca leu alguma coisa e sentiu que tinha sido escrita só para você?

— Não.

— Desculpa, deixa eu reformular a pergunta. Você já leu alguma coisa na vida?

— Há, há. Engraçadinho. A resposta também é não.

Os três deram uma risadinha antes de Eamon tomar sua poção de sinceridade e se abrir com eles:

— É difícil explicar. É que... esse livro me ensinou muitas coisas que eu precisava aprender, numa época em que eu tinha mesmo que aprender. Fez eu ter menos medo de tudo. Ter um pouco mais de coragem para enfiar a cabeça para fora do vale, imagino.

— Ah, isso é uma daquelas, ahn, metáforas, não é?

— Nossa, eu amo quando você banca o bobinho — disse Caroline, e ficou nas pontas dos pés para lhe dar um beijo rápido nos lábios.

— Posso ser mais bobo ainda se você quiser. — Mark parou e a abraçou, e ela inclinou a cabeça contra a dele. — Posso entrar no modo Lenny Small bem aqui, bem agora... com o Eamon olhando e tudo. Que tal?

— Quem é que está fazendo metáforas de coelho agora, hein?! — gritou Eamon de alguns metros à frente. — Viu? Não é uma sensação boa?

Quando Mark e Caroline finalmente o alcançaram de novo, ficaram surpresos ao encontrar Eamon de frente para um pinheiro gigante que tinha tombado, aparentemente por causa do vento. Estava caído no meio do caminho, com as raízes na direção da costa e o tronco passando direto pela robusta cerca de ferro. Era evidente que Eamon estava encantado com o tamanho da coisa, pois passava os dedos pelo tronco como se estivesse prestes a lhe sussurrar algum conselho sábio sobre morrer com dignidade.

— Eita! Que árvore grande — disse Mark, o poeta.

— Não brinca! — acrescentou Caroline, desviando os olhos para cima, para as raízes que tinham facilmente duas vezes a sua altura. — Deve ter sido uma baita tempestade.

— E recente — comentou Eamon. — Ainda está vivo.

Com a ponta dos dedos, ele acompanhou uma série de ranhuras na pele do pinheiro antes de olhar para a cratera que havia deixado e examinar se o chão parecia recém-exposto e livre de brotinhos.

— Você está tendo um momento de conexão íntima... com uma árvore? — perguntou Mark, legitimamente na dúvida. Caroline lhe deu um soco no rim, só com a força necessária para a ficha dele cair. — Desculpa.

Eamon estava, de fato, tendo um momento de conexão íntima com a árvore. Um momento que só foi interrompido por um farfalhar de folhas e um borrão de pelos correndo sob o tronco.

— Vocês viram? — perguntou, com os olhos brilhando como uma lamparina.

— Não vá me dizer que você viu um...

— Coelho. Eu também vi — confirmou Caroline. — Passou correndo pela cerca.

Bastou um olhar de Eamon para Mark entender o que estava prestes a acontecer, e um olhar rápido para a namorada não o convenceu de que ela tivesse uma ideia diferente. O único protesto dele foi revirar os olhos e remexer inquieto as pernas, mas até Mark sentia o cheiro de aventura no ar. Até ele conseguiu sentir o destino agindo e apreciar o romantismo de ter um coelho como guia de um sonho tão puro, e antes que desse o primeiro passo para o que quer que estivesse do outro lado... até ele olhou por cima do ombro e para além do grande oceano para se certificar de que tudo o que conhecia não estava mais à vista.

TRÊS

Eles perderam o coelho de vista assim que entraram na propriedade, mas isso não importava muito agora que estavam pisando na mesma terra em que Addington pisara e respirando o mesmo ar puro. Verdade seja dita, a área dentro da cerca não parecia muito diferente do caminho que já haviam percorrido, mas isso não significa que não era imediatamente reconhecida como especial. Havia uma sensação, algo no espaço, que fazia o melhor tipo de calafrio percorrer a coluna de Eamon e os pelos de seus braços se esticarem em direção ao céu. Era tudo tão eletrizante, vital e perfeitamente necessário que a ideia de que teria de ir embora em alguns segundos, minutos ou até horas já estava deixando-o nostálgico por seu abraço. Era a mais abençoada sensação de lar, e a maior e mais azulada veia de Eamon já pulsava por mais.

O trecho mais distante da costa, no entanto, era belo e surpreendentemente variado. A maior parte se recobria de grossos pinheiros, imponentes figueiras, majestosas sequoias e poderosos abetos, mas também havia colinas suaves e vales pacíficos, formações rochosas, bolsões de campinas e rios e riachos que pareciam cantar conforme avançavam descoordenados em direção à costa, que não passava de uma memória agora. Era como se o mundo exterior não importasse... como se os rigores e os incômodos da rotina simplesmente não tivessem autorização para passar pelas infinitas e verdes copas das árvores, e o fedor da loucura moderna fosse obscurecido pelo perfume dos arbustos floridos e do capim silvestre. Mesmo antes de percorrer o primeiro quilômetro, Eamon entendeu por que Addington havia escolhido aquele lugar para construir seu castelo, e também entendeu sua relutância em mudá-lo, mesmo que apenas para garantir que lhe pertencesse para sempre. Por Deus, era tudo tão adorável!

Mark e Caroline seguiam a liderança de Eamon enquanto ele avançava pelo que parecia ser o centro da ilha, já que não tinha como nenhum deles saber quão grande de fato era aquele trecho de terra. Sabiam que tinha fim, mas espiralava o suficiente para parecer que não, e Eamon desejava, do fundo da alma, que realmente não tivesse. Ele os guiou por trechos de floresta densa e pastos baixos, pelas margens de um rio agitado e rumo ao outro lado, onde o observaram se torcer à distância. Pela primeira vez, foram Mark e Caroline que ficaram para trás do amigo e sorriram ao vê-lo feliz. Eamon parecia se encaixar no abraço da ilha, e quer fosse sua familiaridade com a natureza vindo à tona ou apenas o feliz acaso de encontrar algo real no que entrelaçar os sentimentos que afloraram entre as páginas do livro de Addington, pouco importava aos seus amigos, desde que pudessem presenciar seu largo sorriso.

Quando acharam que precisavam descansar um pouco da caminhada, encontraram um pequeno laguinho e se sentaram às suas bordas. Caroline brincou que Eamon, perdido em pensamentos com o olhar focado nas ondulações da superfície, estava esperando um sapo vir recebê-lo com um lanchinho, mas a verdade é que ele estava pensando em sua casa de novo. Pensando nas águas em que costumava pescar e no quanto seu reflexo mudara desde aqueles dias. Seus olhos pareciam exaustos, e o queixo tinha agora ângulos bem definidos e masculinos, e embora a barba rala nas bochechas já lhe fosse familiar àquele ponto, era nova para a superfície envidraçada que o encarava de volta. Ainda conseguia escutar o pai chamando enquanto ele fingia não escutar no fundo do lago perto de sua cabana, e por um momento podia jurar que viu as botas do pai na margem, bem ao lado dos tênis sem cadarço gastos de que Eamon tanto gostava. Ele ainda conseguia vê-las, claras como o dia, perfeitamente detonadas e remendadas uma centena de vezes, decoradas com uma letra "J" maiúscula que havia sido gravada no couro atrás do calcanhar. "J" de Jack. "J" do John presente e futuro que nunca existiu.

Logo o início da noite começou a descer do forro celeste, e quando Eamon e os demais começaram a caminhar de volta para a costa, plenamente cientes de que ainda tinham um barco a pegar, não tiveram como não parar ao encontrar uma clareira coberta por gramínea alta e resistente. O coração de Eamon quase explodiu de alegria quando viu o centeio se espalhar por dezenas e dezenas de metros para todos os lados, e mesmo com o tempo contado, ninguém pareceu se ressentir do instinto dele de se sentar bem no meio do campo, envolver os joelhos com os braços e simplesmente *ser*. Ele sentia uma paz universal e atemporal, com os olhos enfiados sob a maré de sementes e os grilos tecendo sua música nas tramas do final do dia, e conforme Eamon começou a inspirar com o peito todo em vez de só os pulmões, sentiu pela primeira vez na vida que era parte do eixo central em vez de uma mera peça da roda. Foi uma reestruturação como nunca presenciara antes, mas estava mesmo ficando tarde, e bastou uma rajada do ar frio e sem sol para lembrar a todos de que seu tempo na natureza estava terminando... então, com o coração no campo de centeio e a cabeça mais uma vez nadando em meio às preocupações do continente, Eamon conduziu os amigos em direção à doca.

Eles avançaram pelos campos de relva e de volta ao bosque fechado, o que lhes forneceu certa proteção da brisa crescente, e embora a urgência de seus passos refletisse a preocupação em perder a carona, nem Mark tinha como ignorar o que encontraram quando chegaram às colinas seguintes. Era um pedestal erguido para uma estátua, cuidadosamente posicionado no topo de uma leve inclinação no terreno e com uma placa de cobre vazia ao centro. Não havia mais nenhum outro detalhe para chamar a atenção deles, mas a escolha de colocá-lo no meio de um campo tão comum dava-lhe uma estranha e atraente importância que Mark não tinha como não estragar no mesmo instante. Ele pulou para cima do bloco de pedra e enfiou a mão dentro do casaco como se fosse um Napoleão ampliado, mas bem quando estava prestes a cuspir qualquer baboseira divertida, captou algo com o canto dos olhos e subiu depressa à próxima colina.

— Aquilo é um labirinto de sebes? — perguntou quando os outros chegaram para compartilhar a vista.

— Não sei o que mais poderia ser — respondeu Eamon. Parecia ter cem metros quadrados e ser feito de arbustos densos e altos que algum dia já foram meticulosamente podados, mas que agora estavam caóticos, livres e infestados com legiões de trepadeiras serpejantes que haviam conseguido rastejar por cada abertura e sobre todo caminho antes de morrer.

— Caramba, tinha que ser casa de gente branca! — disse Caroline, um pouco falsa, mas igualmente intrigada conforme os três desciam a caminho do labirinto.

— Você está me dizendo que não teve um desse quando era criança? — provocou o namorado.

— O que é aquilo bem no meio? — Eamon apontou o queixo para uma redoma com estrutura de madeira ao centro de tudo. Seu ponto mais alto espiava por entre a cobertura de plantas como uma grande montanha.

— Sei lá — respondeu Caroline —, mas só tem um jeito de descobrir.

— A gente tem *mesmo* que voltar — argumentou Mark, parando.

— Então pode voltar! — gritou ela por cima do ombro. — Eu vou descobrir como essa gente vive!

— Tá, tudo bem, mas se nós morrermos aqui… eu vou ficar bem bravo com vocês dois — lamentou ele, com as mãos nos quadris. — Pode até ser que eu escreva uma reclamação formal. Estão me ouvindo? — perguntou quando os outros dois se afastaram. — Eu disse que talvez até…

— Nossa, certeza de que isso é coisa de melindrosa abstinente dos anos 1920 — disparou Caroline assim que parou na entrada e esperou o retardatário chegar.

Mark cutucou o chão ao lado dela com o sapato e, notando algo, se abaixou e pegou o estojo de um projétil de arma de fogo. Ele o segurou na palma da mão e comentou:

— É, *baita* amante dos animais era esse Addington. Deve ter sido um coelho bem grande, hein?

— Provavelmente um urso pequeno — rebateu Eamon, pegando e inspecionando o estojo. — Parece calibre .257, .303 ou coisa do tipo. Igual à munição de rifle para caçar veado. — Eamon procurou marcas na base do metal, mas o tempo não havia sido gentil ao longo dos anos, então ele só enfiou o fóssil no bolso.

— Você vai guardar isso?

— Guardar não, só… Sei lá, não parece que pertence a este lugar.

De alguma forma, isso fez sentido para Mark. Afinal, aquele era um lugar de beleza estonteante e a presença de uma ferramenta de guerra parecia errada. Quando Eamon e Caroline desapareceram entre a vegetação, Mark encontrou mais dois estojos caídos na grama e também os colocou no bolso do casaco.

— Querido, o que acha de me encontrar entre as sebes para tomar um ou dois martínis? — gritou Caroline de dentro das paredes, em seu melhor sotaque transatlântico.

O interior do labirinto era estreito e escuro, mas as plantas haviam crescido de maneira quase perfeita, as trepadeiras se abriam e formavam uma copa por entre a qual se infiltravam os últimos raios de sol. O lugar era cheio de curvas e voltas, becos sem saída e falsos acessos, mas os três logo chegaram ao centro e encontraram um desafio de natureza completamente diferente.

— O que… o que é isso? — perguntou Caroline ao se aproximarem da estrutura em formato de redoma que haviam visto da colina, uma coisa curiosa que aos poucos revelou ser uma jaula de apertadas treliças com seis metros de diâmetro e feita de bambu laqueado.

Mark segurou uma das barras e a chacoalhou com força, mas a construção era tão sólida que, mesmo depois de muitos anos, mal se mexeu.

— Isso é loucura — disse Eamon ao passar os dedos pelo pesado cadeado de ferro que estava pendurado perto da porta, desfazendo-se em ferrugem e abandonado aberto há décadas.

Mas, enquanto a jaula em si já se mostrava interessante o suficiente, era o exército de tabuleiros de xadrez que havia sido montado ao redor, como números num relógio, que tornava a cena verdadeiramente bizarra.

— Xadrez? — perguntou Mark, correndo a mão por uma mesa de tampo quadriculado que fora entalhada a partir de uma única peça de granito. Havia doze delas no total, cada uma colocada apenas perto o bastante da jaula para que quem estivesse dentro pudesse alcançar as peças e jogar.

Caroline pegou uma torre do tabuleiro mais próximo e a revirou nas mãos. Era pesada, robusta e bem detalhada, mas não era um castelinho como estava acostumada a ver... tinha uma ponta cônica como aquela que coroava a Mansão Addington. O rei e a dama pareciam ser representações de Edward e sua esposa, Elizabeth: ele de terno e cartola e ela de vestido de baile e pérolas no pescoço. Curiosamente, o restante das peças parecia tirado direto do livro que o tornara famoso. Os cavalos eram bustos de grandes ursos mostrando os dentes para o vento e os bispos eram raposas esbeltas com o nariz para o ar em direção ao céu, e enquanto os peões do lado branco eram coelhos de pé sobre as pernas traseiras, seus equivalentes pretos eram sapos esticados para apanhar a próxima refeição com a língua.

— Não sei se esse é o termo certo, mas tudo isso é meio... perverso, não é? — perguntou Caroline ao colocar a torre de volta em sua casa.

— É, também acho — respondeu Eamon. — É como se fosse uma orgia de xadrez ou sei lá.

Ele rodeou toda a circunferência da jaula, olhando para cada tabuleiro apenas por tempo suficiente para ter uma ideia dos jogos que ainda estavam congelados no meio de seus gambitos, e embora Mark e Caroline não entendessem muito além de sua estética, Eamon entendia. Xadrez havia sido uma indulgência habitual noturna quando ele ainda vivia com o pai — uma lição contínua de estratégia e pensamento tático que havia sido astutamente disfarçada de jogo. Parecia bastante inocente à época, mas conforme Eamon cresceu e as lentes de seus óculos se expandiram, ele percebeu que não havia quase nada que o pai lhe ordenasse que não fosse alguma tentativa finamente velada de prepará-lo para uma luta que jamais viria. Nenhum minuto que tenha vivido que não estivesse de alguma forma a serviço dos medos do pai.

Eamon se tornara depressa um ótimo jogador, e mesmo que não encostasse há anos num tabuleiro, ainda tinha sagacidade suficiente para entender que, embora doze pessoas diferentes estivessem jogando do lado de fora da jaula, só havia um oponente do lado de dentro. Os jogadores do perímetro eram amadores, no máximo, suas estratégias claramente comprometidas por uma noite de bebedeira e falta de experiência, e isso se revelava nos resquícios caóticos das partidas, mas o jogador enjaulado era incisivo, agressivo e habilidoso... até onde Eamon conseguia ver, ele ou ela não estava a mais do que três ou quatro movimentos de declarar xeque-mate em cada uma das mesas.

— Doze partidas de uma vez? — murmurou Eamon para si mesmo.

— O quê? — gritou Caroline, do outro lado da jaula.

— Nada. É só que... eu nunca vi nada igual — respondeu ele, caminhando pelas ruínas da festança. Havia filtros e bitucas de cigarro cobrindo o chão como uma camada significativa de relva, ao passo em que garrafas, rolhas de champanhe e pacotes de tabaco faziam o papel de flores em meio ao entulho. Os restos da noite de excessos chegavam à altura da canela nos cantos mais escuros do lugar, mas tudo parecia muito sedimentar e pouco fossilizado até Eamon tropeçar num copo de martíni e decidir limpar a camada encardida que se acumulava ali há mais de meio século.

— Olha só isso — disse, enquanto Mark e Caroline se reuniam ao redor para espiar o receptáculo de vidro opaco com as letras "EBA" gravadas em uma fonte linda na lateral.

— Uau — exclamou Mark. — Ok, *isso* vale a pena pegar.

Eamon não tinha como discordar, mas sequer teve tempo para pensar em enfiar o pequeno tesouro no bolso antes de as primeiras gotas de chuva começarem a marcar sua superfície coberta de terra. A torrente chegou rápida e forte, e desta vez não tinha como dar uma última olhada ao redor nem nada, não importa o quão interessantes, divinas ou enfeitiçantes as coisas parecessem ser. Só havia tempo de correr, e enquanto os céus deixavam clara sua decisão de não se conter, nem um coro sequer das mais doces sereias da ilha poderia ter convencido os três do contrário.

Não houve brincadeiras enquanto disparavam por campos abertos onde a tempestade os golpeava de todos os ângulos e corriam por densas florestas onde as gotas pesadas da chuva tamborilavam a copa sobre suas cabeças.

Não houve provocações amigáveis enquanto deslizavam para cima e para baixo pelas colinas do contrário inofensivas, e não houve sarcasmo enquanto margeavam os riachos outrora encantadores que já estavam transbordando com o excesso de água, mas depois de percorrer vários quilômetros, suas roupas estavam encharcadas e os pés empoçados e já doloridos de bolhas. Eles entenderam então o preço a pagar por invadir um paraíso que não lhes pertencia e por respirar um ar que não deveriam, cada um sentindo o equilíbrio da coisa a todo passo tortuoso. Cada um se ocupando com os cálculos do arrependimento.

Quando enfim pararam para descansar, ficaram surpresos com o quanto estava escuro, dado que o sol havia se posto há menos de uma hora, mas estavam tão distantes de qualquer coisa que lembrasse a civilização que não havia sequer um sussurro de luzes artificiais, e as estrelas não tinham chance contra a grossa camada de nuvens que eles sabiam pairar acima. Estava tudo enlouquecedoramente preto, e o fato de que bem poderiam estar em qualquer outro lugar da terra onde o sol não brilhava só tornava mais amargo o sabor do ar da noite.

— Tá, onde diabos a gente está? — perguntou Mark, com as mãos nos joelhos e todo seu ser arfando em uma tentativa desesperada de recuperar o fôlego.

— A gente só pode estar perto — respondeu Eamon, com o queixo escorrendo água da chuva. — A cerca quebrada ficava do lado leste da ilha, e a gente está correndo no sentido oposto de onde o sol se pôs já faz meia hora.

— Nós vamos perder nossa carona — acrescentou Caroline, andando para frente e para trás com as mãos na cintura, como se houvesse acabado de terminar uma prova difícil de 400 metros rasos. — Sem chance de eles esperarem a gente. Simplesmente não...

— Nós temos que continuar. Não pode faltar muito, certo?

Depois de se entreolharem em silêncio, Caroline e Mark assentiram em acordo e esperaram Eamon assumir a liderança de novo, mas ele não deu mais do que dois passos antes de pousar o pé em uma pedra polida à máquina.

— Espera — pediu, então deu mais alguns passos e encontrou degraus que davam num pátio tão grande que as beiradas continuavam escondidas na escuridão. — Eu acho... Acho que estamos na casa. Na casa *dele*.

— Então deu ruim — disse Mark, conforme os três andavam até o centro do patamar da escada. — Digo, a gente está perto, mas como vamos passar pelo portão para chegar até o barco? Aquele ferro tem uns seis metros de altura.

— Vamos ter que continuar indo para o leste até achar a cerca, seguir por ela até a árvore caída e aí estaremos em casa — sugeriu Caroline. — Certo? — Ela e Mark se viraram para Eamon em busca de confirmação, mas ele já havia sumido. — Eamon? *Eamon?!*

Eles procuraram pelo pátio escuro até enfim encontrar o amigo de pé perto de uma janela aos pés da alta mansão, com as mãos ao redor do rosto para proteger os olhos da chuva e a atenção totalmente focada em alguma coisa que não era a jornada de volta ao continente.

— Ei, eu sei que você quer ver isso, mas a gente precisa mesmo ir — disse Mark, colocando uma mão em seu ombro.

Eamon não respondeu imediatamente, mas quando se afastou da grande janela saliente, estava com a expressão mais estranha do mundo.

— Tem uma luz acesa — sussurrou. — Lá dentro. Está dançando como se fosse... uma lamparina ou sei lá. Olha!

— Eu não me importo, cara, a gente tem mesmo que...

— Não era para ter ninguém aqui.

— *A gente* também não era para estar aqui. Então, a não ser que você queira passar o resto da noite nessa chuva congelante, precisamos... — O pedido urgente de Mark foi interrompido pela cena de outra lamparina sendo acendida, esta perto o suficiente para que ambos vissem sem precisar se esforçar muito, e pelo mais breve instante... Eamon teve certeza de ter visto uma sombra se afastar das chamas enquanto elas ganhavam força e afloravam em um laranja bem vibrante.

Caroline assumiu uma posição melhor sobre o outro ombro de Eamon e, apesar de manter suas preocupações pragmáticas com a tempestade que rugia ao seu redor, se permitiu levar pela curiosidade.

— Eu vi. Eu também vi.

— Ei. Ei! — gritou Mark, batendo palmas à frente do rosto deles numa tentativa de fazê-los despertar do estupor. — Tem uma luz acesa. E daí? Olha, eu sei que o fulano lá está supermorto e tal, mas tenho certeza de que tem tipo... um caseiro ou coisa assim que provavelmente passa aqui de vez em quando para se certificar de que não tem nenhum invasor ou sei lá morando aqui, certo? Digo, faz sentido, não faz? Gente... só... *vamos!*

Era uma coisa magnífica que Mark fosse a voz da razão, mas Caroline e Eamon ainda não pareciam interessados em lhe dar qualquer atenção. Ele até podia estar munido de uma clareza que raramente agraciava sua lógica e do vigor que normalmente abastecia sua língua, mas essas coisas não eram páreo para a total maravilha de se sentir perdido em uma história preferida... e como tanto Eamon quanto Caroline estavam tomados pela fantasia de encontrar algum capítulo novinho em folha, nenhum dos dois registrou uma palavra sequer do que ele disse.

O rangido de uma porta lamentosa cortou pela chuva como um trovão. Os três se viraram e encontraram apenas sombras, mas o estranho farfalhar seguido de cliques que parecia passos sofridos deixou perfeitamente claro que alguém se aproximava. Eles queriam fugir, mas não conseguiam; todos os seis pés estavam ancorados com firmeza no piso de pedras pelo árduo arrependimento da própria curiosidade, enquanto uma silhueta escura se aproximava devagar, acompanhando a parede da casa.

O desconhecido teve o cuidado de ficar sob a marquise do telhado para não ser vítima do mesmo dilúvio com o qual eles estavam batalhando por uma hora, e em questão de poucos momentos de ar paralisado nos pulmões, estava à frente da mesma janela que eles, ofuscado pela luz inconstante da lamparina. O coração de Eamon começou a bater com o dobro da velocidade quando viu o formato da sombra, mas a mente não lhe permitia processar a informação como nada além de loucura. Mesmo seu grande e caloroso coração não lhe deixou acreditar até o raspar de um fósforo soprar vida ao pavio da lamparina a óleo que o desconhecido estava segurando... e de súbito à sua frente estava uma resposta incontestável e uma centena de perguntas fervilhantes. Uma corda resistente e milhares de pontas soltas.

Era um coelho idoso. Seu pelo era grisalho e falho, os bigodes finos e muito longos, e ficava evidente por sua postura delicada que aquele corpo já havia rodado mais quilômetros do que os três deles juntos. Ele era tão alto quanto Eamon, e embora sua estética fosse lagomorfa do começo ao fim, sua presença e graciosidade pareceram inegavelmente humanas quando ele ajustou os óculos e espiou os três visitantes de cima a baixo. Um colete de veludo estava abotoado em sua barriga e um lenço combinando envolvia o pescoço de maneira frouxa, e embora a mão esquerda ainda estivesse ocupada com a lamparina a óleo que carregava, a direita segurava o topo de uma bengala que havia sido entalhada de um único pedaço de madeira. Com certeza não parecia estranho que uma criatura da sua idade fizesse uso de tal auxílio, mas havia um motivo mais importante, já que sua perna direita fora substituída por uma pesada prótese de madeira que parecia ter sido transportada de algum século passado. E quando os olhos de Eamon se desviaram da perna ausente ao colete, depois ao rosto gentil e até às orelhas, das quais uma estava envolta por um cachecol xadrez como uma atadura de lã, ele continuou sem conseguir acreditar no que estava vendo.

— Boa noite — disse a criatura idosa, para o total espanto de todos os presentes. — Runnymead, o Coelho, a seu dispor. — Runny esforçou-se para lhes fazer uma reverência, mas o corpo cansado só lhe permitiu abaixar de leve a cabeça. Era um gesto inegavelmente simples, mas bastou para fazer os limites da realidade de Eamon sangrarem branco e implorarem para sua visão pulsar em conjunto com o coração ainda disparado. Certamente, era loucura. Certamente, era qualquer coisa menos realidade. Ele queria acreditar no que via só pela fé nos próprios sentidos, mas também queria acreditar no oposto por muitos outros motivos. Por seu passado. Por seu presente. Por John. Mas quando Eamon olhou para os amigos em busca de um sopro de encorajamento ou de alerta, já que qualquer um dos dois seria bem-vindo, a loucura falou de novo. — E desejo um bom Dia da Cevada para todos vocês.

PARTE DOIS

O BANQUETE DO SAPO

Flackwell levava jeito para cozinhar, um talento que todos passaram a apreciar
Levava jeito com torta, bolo e assado, deixando cada amigo encantado
Uma paixão por alimentar o vizinho, agradar todo irmão e sobrinho
Mão boa com batata e alho-poró gratinado, abóbora e ervilha em seu ensopado

Parecia coisa de feiticeiro, um truque à sombra do pinheiro
Fazia magia com uma colher na mão, só ele, o fogo e o caldeirão
Uma vez por ano, seu grande momento, ganhava fama por seu alimento
Pois preparava de antemão para o Dia da Cevada a melhor refeição

Flackwell correu em direção ao moinho, com papel, pena e um sorrisinho
Anotou então num lembrete tudo o que queria servir no banquete
Acho que vamos ter doce, sim, e torta de cebola e agrião do jardim
Vamos ter ovo enfeitado com ramalhete e tortinha de brócolis cortado em florete

Acho que vamos ter assado de abóbora, saboroso e acompanhado de amora
Acho que vamos ter caldo de vegetais, caloroso e molhado no pão de cereais
Um mingau de aveia para aquecer o coração seria um ótimo antepasto, não?
E talhas de vinho frutado em tons corais do qual eles não vão se esquecer jamais

Flackwell subia a colina de um salto para abrir o moinho lá no alto
Onde a comida que o Vale juntava sempre pronta o aguardava
Achou estranho que estava destrancado e só encontrou um broto tombado
Só um salsão onde o resto ficava, largado entre o batente e a trava

Ele abriu a porta devagar e ficou horrorizado ao se deparar
Com o chão nu sob seu pé, nem uma folhinha ou grão no rodapé
Tudo vazio como neve, roubado por alguém de mão leve
Uma brincadeira de tanta má-fé que Flackwell sentou e chorou, até

Sinto muito, disse um Runny arrependido, às vezes sou um coelho tão descomedido
E Flackwell se virou e viu o amigo chegar, saindo dos arbustos a se aproximar
Não fui eu, prometo, juro, foi o búfalo que encontrei lá fora, no escuro
Eles me seguiram até nosso lar depois que saí para me aventurar

Eu falei, Coelho, para você não ir, é perigoso esse desejo de partir
E sem comida para o frio, vamos morrer de fome, você não previu?
Olha o que fez, olha o que eles tomaram, essas feras tudo roubaram
Olha o que causou ao atravessar o rio, nosso moinho está todo vazio

QUATRO

Eamon inspirou com força o ar do redespertar e, enquanto inflava os pulmões com a essência da vida, sentiu a pele esquentar com o calor de um fogo real, antes mesmo de permitir que os olhos se abrissem. Nunca havia ficado inconsciente antes, então nunca sentira o estranho espanto que acompanha a volta ao mundo depois do imenso e escuro nada. Era uma sensação totalmente nova para ele, e logo tentou se lembrar de todos os seus passos, na esperança de descobrir onde estava. Da cabana que definiu sua infância à saída para o mundo além das asas do pai, de um lar temporário a outro, até os horrores ilimitados do ensino médio, então a oeste de seu esquálido apartamentinho na costa de Washington e através das águas para onde tinha certeza de estar — em algum lugar na mansão supostamente fechada de E. B. Addington.

Eamon não sabia quanto tempo ficara desmaiado, mas foi o suficiente para suas roupas secarem com o calor do fogo, e quando se levantou para ver os sapatos cuidadosamente posicionados à frente da lareira, teve o primeiro vislumbre do quarto que o cercava. Tinha certeza de que era um escritório de algum tipo, pois as paredes estavam cobertas de prateleiras cheias de livros antigos com capa de couro sobre assuntos variados, com títulos e autoria em relevo prata ou dourado e encadernação luxuosa e de qualidade. Eamon correu os dedos pelas lombadas e, como o rato de biblioteca que era, deliciou-se com os nomes das obras. *Paraíso Perdido, Hero e Leandro, Os Contos da Cantuária, Robinson Crusoé, As Viagens de Guliver, Frankenstein, Ivanhoé* e incontáveis outros — todos clássicos atemporais e sem igual, tesouros do mundo escrito guardados em um cofre que ele sentia provavelmente ter sido construído exatamente para esse propósito. Uma despensa para um banquete de páginas.

Eamon seguiu em direção à parede mais distante, onde encontrou uma janela com um montante de ferro grosso cortando pelo vidro, que por sua vez era tão velho que já se acumulava mais espesso na base de cada painel. Ele se esforçou para ver através dele, na expectativa de entender de que lado da propriedade estava, mas a escuridão era tão completa lá fora que só conseguiu identificar a própria silhueta contra o brilho do fogo. Não era segredo que a família Addington fosse rica muito antes de Edward sequer colocar uma caneta no papel, e a mistura de móveis de vários estilos descombinados que compunha o escritório parecia ecoar a profundidade histórica de seu status. Na verdade, a única uniformidade no cômodo era o fato de que cada peça da mobília aparentava ser tão cara quanto a seguinte, já que, além do sofá vitoriano ricamente detalhado sobre o qual Eamon acordara, havia um armário elisabetano para guardar bebidas alcoólicas, uma cadeira *shaker* ao lado da qual descansava um globo terrestre perdidamente desatualizado e uma escrivaninha com tampo de rolagem estilo William e Mary que ficava na parede oposta à lareira. Era uma história estranha e sinuosa, mas ainda assim dava a sensação de estar correta. Era confuso, impossível de catalogar e totalmente fragmentado, mas seu esqueleto ainda estalava com honestidade.

A boca de Eamon ficou seca com a possibilidade de o próprio Addington ter descansado seu ser naquela exata mesa ao lado da qual ele estava, e quando a curiosidade ofuscou a confusão do despertar, ele abriu o tampo e encontrou precisamente o que tinha esperanças de ver: páginas manuscritas. O tempo amarelara e esmaecera perfeitamente os papeis, e embora a caligrafia fosse elegante, graciosa e contida, a tinta era selvagem e tempestuosa como só uma verdadeira caneta-tinteiro conseguia produzir. Os escritos eram antigos, com certeza, mas isso só deixou Eamon ainda mais empolgado de que houvessem sido tecidos pelas mesmas mãos que cunharam o livro que salvara sua vida. E conforme pegou com gentileza uma página da pilha e começou a ler, podia ter fornecido energia para Londres inteira com a eletricidade que fluía da ponta de seus dedos...

Eu sempre tive consciência de minha natureza mais pobre, porém, ao longo da vida, aprendi a abraçá-la como um frade abraça seu chamado dos céus. Quem sou eu para negar as dádivas que ele me deu e, além disso, quem sou eu para chamar esses anseios de outra coisa senão dádivas? Parece-me que é exatamente a questão dessa definição que determina se uma pessoa viverá assombrada ou, do contrário, empoderada por tais coisas. Parece-me que são as lentes e não o espécime que determinam o que vemos... o que tememos...

o que lamentamos não ter... o que tentamos matar ou o oposto, guardar no coração. Parece-me que...

Eamon estava tão absorto na presença da prosa de seu herói que sequer notou o movimento no escritório até a porta já ter se fechado. Ele se virou para a entrada, e foi só ao ver a silhueta escura de seu anfitrião que finalmente se lembrou dos *últimos* passos da jornada que o levara àquele lugar... a chuva, a corrida e o coelho. Seus batimentos começaram a pulsar contra a pele e a respiração se tornou desesperada ao enfrentar, pela segunda vez naquela noite, a dura realidade de ter que engolir o que até tão recentemente era impossível. Porém, Runny era um anfitrião atencioso e já estava acostumado com essa situação, assim, teve o cuidado de esperar perto da porta por tempo suficiente para Eamon aceitar sua presença antes de avançar para a luz carregando uma bandeja de chá fumegante recém-preparado.

— Se você precisar se sentar, prometo não considerar isso um insulto.

Eamon tateou pela cadeira que estava enfiada debaixo da escrivaninha e se jogou com toda sua incerteza no assento enquanto o coelho atravessava o quarto a passos mancos, abria a gaveta de cima e colocava a bandeja no topo. Não levou muito tempo, mas foi o bastante para Eamon o olhar da cabeça ao pé sem parecer precipitado demais e atualizar sua compreensão de que se tratava de algo velho... velho e quebrado. O coração dele se apertou com a visão do pelo falhado, das costas curvas e do cachecol enrolado na orelha, mas mesmo assim esticou a mão para tocá-lo apenas para sentir o calor de sua existência contra a pele. Ele simplesmente tinha de se certificar de que era real, e no momento em que esbarrou a pontinha do indicador no pelo ao redor do quadril de Runny, soube que seus olhos estavam sendo sinceros... e de alguma maneira enlouquecedora, isso só tornou a circunstância do coelho ainda mais lastimável.

— Você está se sentindo bem? — perguntou Runny, dando alguns passos para trás para que Eamon pudesse respirar.

— Você... você fala? — sussurrou Eamon, ignorando a bebida quente ao seu lado.

O coelho deixou escapar um suspiro, remanejou o peso para apoiar a maior parte na bengala e respondeu:

— Sim, e conversamos no pátio mais cedo nesta mesma noite. Bom, um de nós, ao menos. A propósito, por que essa é sempre a primeira pergunta que todo macaco antropomórfico faz ao se encontrar na minha presença?

— Macaco antropomórfico?

— Foi uma piada — explicou Runny. — Era para você ter dado risada e aí eu supostamente diria algo do tipo "viu, não somos tão diferentes", então passaríamos a nos dar tão bem quanto canetas tinteiro e filigranas. Mas parece que meus dias de humorista ficaram tão para trás quanto os de dançarino — acrescentou, batendo três vezes com a bengala na perna boa. — Eu dançava um ótimo charleston quando tinha duas dessa, só para você saber.

O coelho puxou um banquinho para o centro do cômodo e se sentou, descansando as patas no topo da bengala e permitindo que uma postura relaxada o dominasse.

— Perdoe-me pelo comentário do macaco, é que é tão desanimador ser sempre a atração de circo. Sou um coelho velho e claramente já me cansei disso. — Runny esperou o convidado oferecer algo como reconhecimento, mas tudo o que Eamon conseguiu fazer foi assentir com a cabeça e tentar engolir em seco o ar abafado do escritório. — Vai ser muito mais fácil para você se tentar relaxar. Sei que sua espécie gosta de suas dádivas, mas seria bom parar de se achar o próprio Prometeu, pensando que tudo o que faz é o fogo dos deuses... senão esta noite vai acabar sendo bem longa para nós dois.

— Desculpa — Eamon finalmente se forçou a dizer. — É que... isso é tudo um pouco inesperado.

— Compreensível. Talvez alguns goles de chá ajudem a acalmar um pouco os seus nervos. Minha própria receita. Casca de amieiro, grãos de trigo, conserva de seda verdadeira e restos de guaxinim.

— Ah — reagiu Eamon, dando seu melhor para não fazer desfeita.

— Isso também foi uma piada — comentou Runny, apontando com o queixo para o bule de porcelana de onde ainda pendiam várias cordinhas de chá comprado pronto. — É Earl Grey, da Lipton.

Eamon soltou uma risadinha, pegou a xícara da bandeja e deu uma boa cheirada só para garantir.

— Eu não vou tipo... encolher até sumir quando beber isso, vou?

— Oras, Alice, o que você escolhe fazer depois de beber seu chá não é da minha conta.

Eamon sorriu e se sentiu imediatamente mais confortável depois que Runny entendeu a referência. Confortável o suficiente para dar um bom gole, pelo menos.

— Meus amigos estão bem?

— Ótimos! Estão na sala de estar, a propósito. Se divertiam muito na última vez que passei por lá, assim como o restante de seus companheiros.

— O restante de... quem?

— Do seu grupo de turistas ou coisa do tipo — respondeu o coelho, dedicando um momento para coçar o cachecol que cobria sua orelha caída.

— *Eles* estão aqui?

— De fato. Nossa cerca não é mais tão segura quanto costumava ser, e vocês parecem compartilhar das mesmas curiosidades.

— Posso ver eles? Meus amigos?

— Claro que sim. Você não é um prisioneiro aqui, só achei que, depois da queda que teve quando... desmaiou... poderia se beneficiar de um pouco de paz e silêncio.

— Ah. Bom, obrigado — respondeu Eamon, subitamente ciente de um galo na parte de trás da cabeça, o qual examinou com a mão livre. — Quanto tempo eu fiquei desacordado?

— Algumas horas, ou perto disso. Tempo suficiente para as tortas se bronzearem e a sopa encorpar — respondeu o coelho, com a pronúncia lenta de um vovozinho.

— Tortas?

— Minha nossa, jovem, não sabe que hoje é o Dia da Cevada? — Um sorriso agraciou as beiradas da boca de Eamon assim que quaisquer vestígios de ceticismo que ainda rodeavam sua mente se derreteram por completo. — Não seria a mesma coisa sem torta de nabo-sueco, seria?

— O Dia da Cevada é... real? — Ele abriu um largo sorriso, envolveu a xícara de chá com as duas mãos e se inclinou na direção do anfitrião.

— Imagino que deva depender da sua perspectiva. Da minha, é real desde que eu me lembro. É um dia muito especial, como sabe. O dia em que nos despedimos do verão e damos as boas-vindas ao frio. O dia em que nos despedimos de amigos e damos as boas-vindas a um sono longo e tranquilo. Um dia muito especial mesmo.

Eamon não tinha como não sorrir como se fosse o maior sortudo do mundo enquanto bebia o restante de seu chá, reclinava-se na cadeira e chacoalhava a cabeça na mais doce descrença.

— Está tudo bem? — perguntou Runny.

— Sim. Digo... sim. Só não consigo acreditar que é mesmo você. *Você*, do livro. *Você mesmo.* Digo, aquele livro tem mais de 70 anos. Como...

— Eu sou um coelho idoso, como pode ver. Mais velho do que a maioria. Estou nesta terra há mais tempo até do que o mais velho da *sua* espécie, na verdade, e se o espírito quiser, ficarei aqui por mais um bom tempo.

Nós somos as tartarugas dos nossos gêneros, se a comparação ajuda... e teimosos, ainda por cima. Difíceis de matar e mais difíceis ainda de conviver — disse Runny, com uma piscadinha.

— Nós?

— Os que restaram. Os últimos. Nós.

— Nós *quem*? — perguntou Eamon, e Runny deu uma risadinha para si mesmo e se levantou com um grunhido nobre, claramente contente com o ar de mistério que havia criado.

— Talvez seja hora de nos juntarmos aos outros — disse, inclinando a cabeça de lado.

O coelho se virou e mancou até a entrada do cômodo, o farfalhar seguido por clique de seus passos ecoando pelos antigos chãos de madeira e sua forma se dissipando em uma sombra conforme se distanciava da lareira. Ele abriu a pesada porta e olhou para trás, esperando encontrar Eamon aos seus calcanhares, mas, para sua surpresa, o convidado estava de pé ao lado da lareira, encarando a grande pintura a óleo acima dela. Fora feita por mãos experientes, e embora as cores estivessem desbotadas e os detalhes turvos por anos de fumaça da lareira e cinzas, continuava sendo um retrato marcante de um jovem lorde britânico sentado com uma matilha de cães de caça aos pés, e o olhar jovial fixo no próprio artista. Estava quase inexpressivo, mas seus olhos pareciam vivos, florescendo em um azul vibrante e ousado contra o fraque vermelho-escuro e o cabelo laranja-queimado. Eamon esticou a mão para tocar um ponto na moldura do qual parecia ter sido tirada uma plaqueta com nome, mas Runny falou do outro lado da sala antes que seus dedos chegassem aonde pretendiam.

— Não é ele, se é isso o que você está se perguntando.

Eamon recuou a mão e se virou para trás, sentindo-se um pouco envergonhado por ter sido pego num momento de curiosidade.

— Está tudo bem. Ele é um Addington, é claro, só não é o *seu* Addington. Não é Edward. Algum tio-pentavô, primo de vigésimo grau ou maluquice do tipo. Meio que uma tradição deles, esses retratos todos. Famílias famosas e sua busca por imortalidade, coisa e tal... — explicou Runny, antes de dar outro momento para Eamon respirar. — Bom, temo que seja hora de seguir adiante. Estamos ficando atrasados.

E com algumas batidinhas da bengala nas tábuas do chão, ele se virou e conduziu Eamon para a porta.

O grande corredor onde ficava o escritório era infinito e majestoso, e parecia percorrer toda a largura da mansão. Era adornado com lamparinas a óleo e portas para incontáveis cômodos, e o teto tinha a altura de uma galeria, o que era adequado, já que as paredes estavam cobertas por centenas de pinturas que pareciam acompanhar toda a história da família Addington desde o final da era medieval. Havia paisagens do território interminável que eles chamavam de lar, retratos de seus castelos magnânimos, casas de campo britânicas e cabanas para se refugiar, representações de amados animais de estimação, de festas ostensivas e das muitas fábricas que eles haviam construído, e, é claro, retratos dos próprios membros da família. A cada vinte passos mais ou menos, observando-os de cima, havia armaduras posicionadas contra as paredes como guardas em um palácio real, algumas com piques e outras com as luvas de metal envoltas em lanças de justa. Estavam todas cobertas por uma boa camada de poeira, mas não havia sequer uma indentação ou risco em lugar algum para macular suas linhas precisas e cuidadosamente curvadas, o que fez Eamon se indagar se já haviam realmente servido ao seu propósito algum dia.

Ele assumiu que fosse uma espécie de linha do tempo, enquanto seguia seu anfitrião peludo em direção ao centro da mansão, e ficou observando como as roupas pinceladas nas telas mudavam de vestidos elisabetanos a trajes vitorianos e depois ternos eduardinos e outras vestimentas com sensibilidades mais modernas. Era toda a história da família, e mesmo que ele quisesse desesperadamente saber quem era cada um deles, Eamon não conseguia associar nomes aos rostos, já que as plaquetas das molduras haviam sido removidas como no escritório.

— Para onde foram todos os nomes deles? — perguntou, alguns passos atrás do coelho coxo.

— Sacrifícios de guerra, sinto informar — respondeu Runny. — O bronze era um material escasso durante a sua Primeira Guerra Mundial, e o pai de Edward, um tanto patriota, embora não o suficiente para alistar a própria família... chocante, eu sei... despiu suas posses daquilo que brilhava e enviou para as fábricas de munição. Oferendas de bronze dos ricos e oferendas de sangue dos pobres. Algo que tende a se repetir na história da sua espécie, ouvi dizer.

— Acho que eles também não quiseram mandar estas armaduras para serem derretidas, né? — refletiu Eamon, dando um peteleco com a unha no peitoral de um lanceiro.

— Tenho certeza de que *disseram* que mandaram e, como esperado, mandaram para cá, em vez disso. Tenho certeza de que houve muita fanfarra quando elas estavam sendo empacotadas e despachadas, mas era exatamente o que eles queriam, não?

— Você sabe muito. Muito sobre a gente, quero dizer.

— Tem pouco nesta casa além de livros para ler e quadros para admirar, e eu fiz mais dessas duas coisas na minha época do que gostaria de admitir. Sempre gostei desta — comentou Runny, batendo a bengala na moldura do quadro de um jovem rico sentado com as pernas cruzadas e um coelho no colo. — *Este* é Edward.

Eamon passou os dedos pelos buracos dos parafusos que um dia seguraram o pedacinho de bronze de Edward e seguiu o novo amigo em direção ao centro da Mansão Addington, onde o grande corredor desembocava em um átrio cavernoso.

Pelo que lembrava, Eamon nunca havia entrado num lugar com tantas coisas mortas. Era inesperado e inegavelmente perverso, e até Runny sabia que era digno de nota, já que parou no meio do cômodo como se fosse a atração principal do tour. Estavam pendurados em cada centímetro da parede e amontoados em todo canto: zebras e babuínos e tigres e gazelas, elefantes e pumas e alces e ursos de todos os tipos... as aves de rapina mais raras e as cabeças de tantos rinocerontes, veados e girafas que Eamon não conseguia nem começar a contar. Os maiores de todos os cadáveres cuidadosamente preservados estavam no meio do espaço, como exibições num museu particular de história natural pertencente a Addington, arranjados em poses ferozes como que a fazer seus caçadores parecerem de alguma forma mais corajosos por terem-nos assassinado. Tudo o que Eamon conseguiu fazer foi se aproximar da majestosa casca de um tigre branco e sentir o esmalte de suas presas antes de perceber que era um gesto rude e recuar o toque... antes de compreender que o fascínio que estava sentindo era justamente o motivo pelo qual tal coisa fora arrancada do mundo.

— Ele era um caçador? — perguntou para Runny, subitamente consciente do estojo de bala em seu bolso.

— Isso te surpreende?

— Não sei. — Eamon tinha experiência com caça, logo, não achava uma prática inerentemente cruel, caso feita da forma adequada e com o devido respeito pela vida que era tomada, mas essas coisas... essas eram troféus... corpo, carne, pele e tudo. Enfim, cedeu: — Acho que sim, aham. Não deveria?

— Se conhecesse a família dele, não. Não são todos dele, é claro — disse o coelho, apontando para as centenas de almas ao redor deles. — Era uma das tradições de que mais gostavam. Caçar raposas, atirar em pombos e coisa do tipo. Basta dizer que a indústria têxtil lhes dava muitas oportunidades para viajar e não era da natureza deles voltar para casa sem uma lembrancinha ou duas... ou duzentas. Como eu disse, oferendas de sangue dos pobres. Edward era um homem complicado — completou Runny, aproximando-se de Eamon a ponto de ficarem a meros palmos de distância. — O bom, o mau... o generoso, o cruel... o ermitão, o abstêmio... o preto, o branco e todos os tons de cinza. Sabe, dizem que é melhor nunca conhecer seus heróis, mas eu digo que é melhor saber exatamente quem você coloca no pedestal, não concorda?

Eamon baixou os olhos para os pés como se a resposta estivesse escrita nos seus cadarços, e foi só então que notou: os dois estavam pisando em um longo tapete estilo oriental, que ia do centro da sala até uma imensa porta dupla na parede dos fundos, com um brasão decorativo pintado em ambas as partes, de dobradiça a dobradiça.

— O que tem *naquela* sala? — perguntou, apontando.

— Mais do mesmo.

— Posso ver?

Runny esperou um momento passar enquanto Eamon o olhava nos olhos grandes e marrons, e disse apenas:

— Esta é uma noite para celebrar. Melhor mantê-la leve, se pudermos, não acha?

Eamon assentiu, e embora o balançar de sua cabeça dissesse uma coisa, sua profunda curiosidade dizia, silenciosa, outra completamente diferente.

— O que significa o brasão? — perguntou, apontando para a decoração na porta, que era de um escudo dividido em quatro partes, cada quadrante preenchido com o entalhe de uma flecha, um tear, o cajado de um pastor ou um barco. As cores eram azul e branco com um detalhe ou outro em amarelo, e de ambos os lados do escudo havia um leão com as garras cravadas na beirada, um macho e uma fêmea, mas era claramente sobre a inscrição na base que Eamon estava perguntando. *Honora Familiam.*

— Honra tua família. O quê? Não vá me dizer que seus parentes não têm um brasão próprio! — brincou Runny. — Que vergonha!

A risadinha de Eamon se dissipou a um olhar sério, cabisbaixo, ao acrescentar:

— Na verdade, eu não tenho parentes.

— É, bom, às vezes é melhor assim, vai por mim. De qualquer forma, nós temos mesmo que ir — disse o coelho, com mais três batidinhas da bengala. — Sinto muito, mas não consigo passar muito tempo neste cômodo sem minha pressão subir a níveis que não são aconselháveis para um coelho da minha idade. Espero que você entenda.

— Eu... claro.

— Bom garoto.

— Quantos anos você *tem*, afinal? — perguntou ele, com uma inocência infantil, seguindo Runny em direção à outra metade do grande salão.

— Anos suficientes para me lembrar desta terra antes de ser rasgada por um asfalto infinito. Suficiente para me lembrar dos céus antes de serem assediados por grandes pássaros de metal. Suficiente para saber que há muitas, muitas coisas das quais sinto falta e que jamais verei novamente. Sou velho o bastante para saber que é melhor não responder a essa pergunta. — Com um sorriso travesso, acrescentou: — Basta saber que sou...

— Um coelho velho. Entendi. — concluiu Eamon, imitando o jeito de falar de seu anfitrião de maneira gentil.

— Exato.

Eles caminharam devagar pelo corredor que levava ao hall da entrada principal e dali para o fim do grande salão, onde encontraram as paredes cobertas não por retratos, mas sim mapas de, aparentemente, todo tipo possível. Registros da Inglaterra de séculos passados, representações do novo mundo datadas de um tempo em que ninguém sabia chamá-lo de outra forma, desenhos de mares sem fim com monstros serpentinosos nadando entre as cristas brancas das ondas e rascunhos primordiais da África, da Ásia, das Ilhas Ocidentais e de tudo que havia no meio — todos estampados com a letra "A" que estava se tornando cada vez mais familiar para marcar onde ficavam as fábricas e pontos comerciais da família. Era assustador ver seu alcance titânico mapeado com tamanho detalhamento, já que havia até várias dezenas de As espalhados pelos Estados Unidos e um deles, na verdade, logo depois de Boise.

Embora a infinidade de mapas fosse um banquete para os olhos de Eamon, foi seu nariz que assumiu a vanguarda seguinte em sua jornada quando o inconfundível aroma de pão fresco flutuou pelo salão. Era como uma memória calorosa e nutritiva que ele estava relembrando pela primeira vez, mas foi só alguns passos depois que suas orelhas captaram o tlim-plam de potes e panelas ecoando pelas paredes. Runny sequer notara que seu convidado havia ficado para trás até se virar e perceber que estava andando sozinho, e quando enfim notou Eamon de pé na porta da cozinha e com o nariz no ar, isso serviu-lhe como um lembrete nada sutil de que a idade havia roubado seus sentidos outrora tão aguçados.

A cozinha era ampla e munida de tudo do que um chefe precisaria para alimentar um batalhão de cem convidados, que dirá um punhadinho de turistas teimosos. Havia meia dúzia de fogões e dois majestosos fornos à lenha, uma chapa de fritura e diversas fritadeiras independentes, assim como estações para o preparo de saladas, antepastos frios e sobremesas, e uma série de caixas de gelo, fogareiros e lâmpadas de aquecimento. Panelas de cobre e de ferro fundido pendiam de ganchos em todo cantinho disponível, e a maioria das superfícies que não eram usadas para cozinhar estava abarrotada de potes de armazenamento, assadeiras e pilhas de pratos e mais pratos. O nível glorioso da cozinha era mais do que digno do fascínio de Eamon, mas eram os movimentos sutis e graciosos do chefe que prendiam sua atenção... e o personagem do próprio cozinheiro que aqueceu seu coração. Todo sapo em seu pequeno pântano, sem nenhum medo a lhe tirar o sono.

Flackwell, o Sapo, tinha um palmo a menos que Runny, mas até pela forma com que chacoalhava uma panela e manejava um batedor, Eamon conseguia perceber que era muito menos reservado. Havia algo de teatral em tudo o que fazia, uma elegância na forma como envolvia o milho assado na base de purê e uma alegria desenfreada na maneira como pressionava as beiradas da massa nas bordas da forma de torta para que ficasse com a grossura perfeita por toda a circunferência. Até seus trajes eram mais ousados que os de seu amigo peludo. O avental branco, manchado de gordura e aparentemente feito sob medida, não era longo o suficiente para cobrir as calças apertadas de cavalheiro, que pareciam feitas sob medida. A camisa de abotoar, o colete azul-real e os sapatos de couro engraxado estavam engomados, passados e brilhantes, como se alguma inspeção estivesse por acontecer. E como se tudo isso não fosse exuberante o suficiente, Flackwell estava preenchendo os vazios entre um e outro tilintar e raspar dos utensílios de seu trabalho com uma música...

E naquele dia o moleiro encontrou um texugo no trigo estocado,
E naquele tarde o padeiro achou boa ideia fazer um assado,
E naquela noite o moleiro estava muito bêbado para perguntar por que
Havia meio texugo misturado no seu suflê!

— Ele é muito prestativo na cozinha, mas tenho certeza de que você já sabia disso – comentou o coelho ao se aproximar de Eamon. — De qualquer forma, o que seria do Dia da Cevada sem um banquete?

A voz do sapo era poderosa, dinâmica e livre, e Eamon não conseguia nem imaginar que maravilhoso seria aquele banquete se a paixão da performance transbordasse para os pratos.

— Eu conheço essa música — disse Eamon, todo melancólico. — Já li umas mil vezes... mas nunca tinha escutado. Pelo menos, não assim.

— É uma música antiga. Nossa gente vem cantando há gerações. Era a preferida de Edward. Imagino que seja por isso que a colocou no livro. Pareceu um detalhe pessoal demais para ele tomar emprestado à época, mas quanto mais penso nisso, mais aprecio ter algo nosso imortalizado dessa forma. Não que ele fosse se importar, veja bem. Sempre foi *teimoso* como uma mula, aquele lá.

Eamon estava plenamente ciente de que já havia esgotado sua quota de perguntas no curto período em que esteve acordado, mas a cada resposta que se derramava dos lábios do Coelho, só sentia vontade de saber mais. Essas histórias... pareciam fogo em meio à tundra congelada para ele. Calorosas, encorajadoras e completamente necessárias, e ele cederia com gosto seu casaco, sapatos de neve ou até as páginas de seu livro preferido para alimentar essa chama. Eamon daria tudo para conhecer todas elas... sorver de sua alma e se deitar no chão da mansão, inflado, feliz e delirantemente bêbado com seu charme. Sem nem hesitar, trocaria todo seu repertório de conhecimento pela promessa do que estava por vir, mas até o momento o anfitrião parecia contente em sanar suas curiosidades, então a possibilidade de que pudesse reter ambos dançava madura e tentadora por sua mente.

— Como vocês vieram parar aqui? — perguntou, sem tirar os olhos do balé culinário que se desenrolava à sua frente. — Aqui nesta casa, quero dizer. Na mansão de Edward. A forma como você fala do passado e de como as coisas mudaram... parece que sente falta de casa ou algo assim, mas já não está em casa?

— *Essa* pergunta, sinto informar, não tem uma resposta simples a não ser que você queira reformular seus termos — respondeu Runny com a sagacidade de um político e a reticência de um veterano.

Eamon se virou para o anfitrião no mesmo instante em que Flackwell começou o ritual de afiar a faca de cozinheiro em uma pedra de amolar.

— Não entendi. Definir o quê...

— É *mesmo* uma historinha adorável, no entanto, não é? — interrompeu o coelho. — Muito jeitosa, ou sei lá. Um escritor tão inspirado pela beleza de seus arredores que não tinha como não colocar uma caneta no papel. Um homem tão puro e talentoso que simplesmente não tinha como não se tornar um difusor da abundância e da generosidade imaculada da natureza, certo? — Runny conseguia ver que o semblante de Eamon estava começando a empalidecer com o medo da desilusão e, no mesmo momento, o garoto percebeu que havia certa dor no que o coelho estava prestes a dizer, mas também que suas palavras seriam gentis pelo bem dos dois. — Nós somos, de fato, do Vale, como você sempre acreditou. Como sempre lhe disseram. Mas aquele lugar não é aqui. Não é nesta ilha. *Aquele* lugar... está escondido por imensas montanhas num berço sem fim de campos de relva e enfiado na terra a um mês de distância a saltos do embalo do mar. Não é muito longe de onde *você* mora, acredite se quiser.

— Como... como sabe onde eu moro? — perguntou Eamon, com um olhar desconfiado.

— Passei um tempo com seus amigos enquanto você ainda estava dormindo no escritório. É só enfiar alguns coquetéis naquele grandão que vocês chamam de Mark e ele não para mais de falar.

— Pois é. Desculpa, eu não quis...

— Tudo bem. — Mas Eamon conseguia ver que Runny estava tudo menos bem quando o coelho idoso apoiou mais o peso contra a bengala e inclinou a cabeça na direção do piso de azulejos para deixar que as lágrimas empoçando seus olhos assumissem um caráter mais nobre. — Nós somos de um lugar muito parecido com o descrito no livro de Edward. Era pacífico, privativo e completo, e cheio das criaturas mais abençoadas pelo espírito que existem. Era maravilhoso e selvagem e nos dava tanto de tantas formas que, mesmo agora, não consigo mensurar. Lá, tínhamos tudo que poderíamos querer, e se for para ser honesto comigo mesmo, o que parece ficar mais difícil a cada dia... tenho saudades todos os dias. E aumenta toda vez que as memórias agraciam meus pensamentos.

— Por que abandonariam um lugar assim? Parece o paraíso. Eu não...

— Uma tempestade feroz e implacável — disse Runny com o tipo de seriedade que só vem de feridas profundas e irreversíveis. — Não havia nada a ser feito para impedi-la. Ao menos, *nós* não podíamos impedi-la.

— Uma tempestade? — As engrenagens da cabeça de Eamon começaram a rodar, mas não levou mais do que um instante ou dois para ele entender que a resposta criptografada de Runny nascera mais da elegância do que da ocultação, e quando o ritmo da faca de Flackwell contra a tábua se dissipou ao nada, ele já sabia a resposta para a pergunta seguinte. — Você está falando *da gente*, não está? Quando avançamos para o oeste?

Runny ergueu a cabeça e os olhos do chão. Suas lágrimas haviam sido contidas, já que os muitos anos tornaram os momentos de fraqueza menos longos e mais fáceis de engolir com certa de dignidade.

— Todos temos nosso próprio búfalo, suponho. De qualquer forma, em algum lugar no meio da tempestade estava Edward, tentando expandir os bens da família... e para resumir uma história longa e exaustiva, foi assim que viemos parar aqui. É pacífico o suficiente, mas não é nosso lar. O Vale tem hoje um significado diferente para os remanescentes de nós.

A cabeça de Eamon estava inundada por uma saraivada de sentimentos, memórias, empatia e perguntas. A história de Runny lhe soava tão familiar em tantos aspectos que ele queria desesperadamente escutá-la, mas as únicas palavras que lhe subiram aos lábios foram:

— Eu sinto muito que isso tenha acontecido com você.

Elas pareciam bruscas e vazias à primeira vista, mas quanto mais marinavam no ar da cozinha entre eles, mais Eamon as considerava adequadas e sinceras.

— Espero que sim — retrucou o coelho, enquanto a música do sapo preenchia o espaço novamente...

E naquela manhã o moleiro sentiu a cabeça girar sem parar
E naquela tarde ele decidiu ficar em casa e descansar
E naquele dia ele não imaginou a confusão que espreitava
Quando acordou e à porta encontrou texugos com cara bem brava!

Assim que o verso terminou, Flackwell enfiou a cabeça no forno para espiar o que quer que estivesse assando antes de dar meia-volta para uma panela borbulhante, mergulhar uma colher no purê laranja e provar uma boa colherada.

— Inaceitável! — disse para si mesmo, colocando uma mão no quadril e balançando a cabeça antes de provar uma segunda vez. — Isto está inaceitável! O que aconteceu com as abóboras daqui?! O que *aconteceu* com a produção nesta... Runny! *Runny!* — gritou, antes de se virar e encontrar seu coelho à porta ao lado de Eamon. — Aí está você!

Flackwell atravessou a cozinha com a pesada panela nas mãos e, com uma careta, a enfiou debaixo do nariz de Runny.

— Olha! Olha a textura desta coisa! Rala, farinhenta e empedrada! *Olha* como está empedrada! Que lixo de abóbora é esse que você me trouxe?! Comprou mantimentos velhos da guerra na promoção, foi?

— Parece ótimo para mim — respondeu Runny, com uma irritação que era claramente familiar para os dois.

— Parece, é?! Parece ótimo?! Para *você*? — rugiu o sapo, puxando a colher e deixando a mistura pingar de volta na panela. — Nem tem gosto de abóbora, pelo amor do espírito! Só tem gosto de... de laranja. A cor, não a fruta. Horrível! E quem é *esse cara*? — acrescentou ao notar Eamon pela primeira vez.

— Este é Eamon.

— Oi — cumprimentou o garoto, sentindo-se jogado no meio de uma briga entre amantes de outro mundo.

— Ah. Eamon, o vertiginoso — brincou Flackwell. — E aí, como está a cuca?

— Bem, eu acho.

— Ótimo, ótimo. — Flackwell fez uma pausa para olhar Eamon de cima a baixo, como se estivesse tentando determinar exatamente o quão gordurosa e macia poderia ser sua carne. — Bom, você parece jovem e enérgico o bastante para ter papilas que não se reduziram ao nada — continuou, lançando um olhar torto para Runny no processo. — Prove!

Ele pegou uma colherada de purê e esticou o braço para Eamon provar, o que, depois de uma breve hesitação, ele fez.

— Ai, meu Deus, está delicioso! — exclamou Eamon, o vertiginoso, depois de experimentar a mistura macia e amanteigada, com um toque de castanhas e tempero perfeito.

— Ele esquece que nem todos temos a sorte de ter a língua de um sapo. Seus padrões o tornam... difícil de lidar, até nos melhores dias — comentou Runny, dando uma pancadinha com a bengala na perna de Flackwell, como se estivesse lembrando-o de se comportar.

— De verdade, é a melhor coisa que eu já comi na vida — continuou Eamon.

— Bom, pelo menos *alguém* aprecia meus pratos por aqui.

Runny revirou os grandes olhos gentis quase do avesso.

— Eu aprecio seus pratos, e você *sabe* disso.

— Ah, é? *Sei*, é? Sei mesmo, considerando que você não fala isso há meio século?

— Eu como tudo o que você me serve, certamente é *algum* indício.

— Você é um coelho. Comeria meus sapatos se eu os servisse debaixo de um cloche.

Eamon aproximou a mão só mais um pouquinho da panela de purê que Flackwell ainda estava segurando.

— Talvez só mais uma colherada?

— Pedindo para repetir. Viu isso? Apreço! — exclamou o sapo, orgulhoso, permitindo que Eamon comesse mais.

— É, bom, mas antes de ficar todo se achando assim, não se esqueça de que ele acabou de acordar de uma concussão. — Runny ficou de costas e mancou cozinha afora, gritando por sobre o ombro: — Se precisar de mim, vou estar cuidando sozinho desta casa absurdamente grande sem receber nem um obrigado em troca!

E quando o claque-claque de seus passos desapareceu na distância, Flackwell e Eamon ficaram sozinhos pela primeira vez, este felizmente alheio aos olhares curiosos do sapo, já que ainda estava preocupado demais com o purê sedoso à frente de seu rosto.

— Você é a cara da sua gente mesmo, não é? — perguntou Flackwell, e sua atitude dramática deu lugar a algo mais genuíno e profundo.

— Como é? — perguntou Eamon, sem entender direito o que havia sido dito.

— *Eamon!* — a voz de Runny ecoou do final do corredor e, embora houvesse perguntas a serem feitas e comidas a serem saboreadas, Eamon deixou seu novo conhecido na cozinha onde parecia pertencer e desapareceu de volta para o corredor.

CINCO

Se o escritório de Addington era o cérebro de sua mansão, então certamente o salão de bailes era o coração pulsante. Um lugar pensado para receber incontáveis convidados da alta sociedade era agora anfitrião só de memórias, congelado no tempo em preparo para uma celebração que nunca aconteceu e enterrado sob a poeira da própria inutilidade. Os candelabros ainda estavam abastecidos de velas e as mesas ao redor da pista de dança ainda cobertas por toalhas de linho branco e postas com talheres de prata e taças elegantes de cristal, e embora as flores do arranjo de mesa estivessem há muito mortas, seus caules permaneciam petrificados e imóveis como pequenos túmulos longos e finos.

O fosso de orquestra à frente da sala estava montado com cadeiras suficientes para uma filarmônica inteira, e o púlpito do maestro fora entalhado em mogno queimado de forma a combinar com a cornija onde a parede encontrava o teto, que por sua vez era coberto por afrescos contínuos como que a tornar o espaço uma Capela Sistina moderna. E mesmo que os tons estivessem desbotados e fracos devido a meio século de negligência, a lembrança dos verdes vibrantes e azuis profundos, amarelos ensolarados e laranja ousados, ainda dançava de um canto a outro. Mas não havia tributos ao paraíso cristão nesses murais como nas grandes obras-primas italianas que os inspiraram. Em vez disso, apenas Diana era homenageada ali. Só a caça recebia o destaque glorioso desse espaço, com raposas correndo de matilhas de cães ferozes, pombos tombando sobre arbustos, grandes ursos encarando de pé a morte e seu arco retesado ao máximo, e veados, machos, fêmeas e bebês, saltando para salvar suas vidas enquanto os espectros da ignorância rodopiavam e se mesclavam sob eles.

Embora o fascínio mais cerebral de Addington pela vida e a morte estivesse pingando do teto, seu amor pelas coisas carnais também não perdia espaço na parede oposta, onde ficava um balcão de bar do tamanho de dois bondes, de uma ponta a outra. O revestimento do fundo era uma gloriosa composição de madeira escura, espelhos e detalhes em cobre, e as prateleiras estavam equipadas com um estoque infinito de licores e vinhos de todo o mundo... nenhum dos rótulos finos, decorados e cheios de pedigree se repetia. Mesmo à luz fraca de uma noite em que os candelabros não estavam acesos e não havia velas brilhando sobre as mesas, o bar do salão de bailes reluzia como a joia da coroa que era. Uma joia de valor imensurável, cravejada com pedras de todo tom de âmbar, caramelo e vermelho-cereja. Um elegante adereço para uma beldade livre.

O fundo do salão tinha um pequeno cassino com mesas de *blackjack*, pôquer, dados e roleta, e havia até várias fileiras de caça-níqueis acompanhando a parede, com alavancas cheias de teia de aranha e pátinas formando uma colagem triste e contrastante de ferrugem marrom, prata opaca e madeira sem trato. Diziam os boatos que Addington, embora tenha nadado no dinheiro da família por toda a vida, pagava por suas festas com o dinheiro dos convidados menos astutos nas apostas, mas tais acusações costumavam ser rebatidas como mera inveja azedando os comentários de quem havia caído na sarjeta e simplesmente perdido o direito de voltar. Também havia entretenimento o bastante para os avarentos, como raias de bocha e mesas de damas, xadrez, gamão, bilhar e sinuca. Era como um parque de diversões para aqueles preciosos demais para ter contato com a dura realidade plebeia de vendedores de algodão-doce, artistas de circo e lama marcada por pegadas de botas baratas. E embora no passado pessoas lotassem esse espaço para aumentar o próprio status apenas pelo fato de terem sido convidadas a entrar, agora havia apenas um punhado sortudo.

— Acho que esse uísque escocês tem uns oitenta anos — comentou Mark, e sua cabeça surgiu de trás do balcão do bar com uma garrafa de algo que parecia ser muito caro na mão.

Caroline, que estava sentada do outro lado em uma das banquetas revestidas de couro, pegou-a e, depois de um olhar apressado, parecia ter a mesma incerteza sobre a idade e a qualidade.

— É, pelo menos *parece* velho. Isso é bom ou ruim?

— Álcool velho não é sempre melhor que álcool novo? As pessoas ficam sempre falando de vinho envelhecido e tal.

— É, mas velho *assim*? Tipo, não chega um ponto em que vinho envelhecido só vira vinagre?

— Vira?

— Tenho certeza. Acho que álcool *bom* pode até ficar melhor com a idade, mas precisa cuidar do jeito certo ou algo assim — explicou ela, tentando entender pelo menos alguma coisa do rótulo desbotado.

— Bom, você não acha que isso aqui é caro? — perguntou Mark, pegando a garrafa de volta.

— Como que eu vou saber?

— Olha onde a gente está — respondeu ele, abrindo os braços para mostrar os arredores. — Acha mesmo que esse cara estava servindo licor barato aqui, pros milionários, senadores e... outros ricos ou sei lá?

— É, faz sentido.

— Parece que tinha cera ou alguma coisa no rótulo... *isso* é chique pra caralho... e está em outra língua, então a gente sabe que *tem que* ser bom.

— É só letra cursiva, amor — disse Caroline, com um sorriso gentil.

— O quê? — Mark ergueu a garrafa para a luz do candelabro e descobriu que, como sempre, a namorada estava totalmente certa. — Macallan, reserva particular... dos barris exclusivos... da família Addington... com nossa gratidão por uma vida de patrocínio. Que a cota dos anjos... esteja sempre em suas taças... — leu ele. — Ah, fala sério, a gente *precisa* provar isso! — Então colocou dois copos no balcão.

— Mas você *gosta* de uísque escocês?

Mark desapareceu para baixo de novo e ressurgiu com um saca-rolhas que parafusou na cortiça em meio a protestos inúteis da parceira:

— Acho que não é assim que...

— Quão ruim pode ser? — interrompeu. — Não é igual a uísque, ou bourbon, ou sei lá, só que de gente irritante?

— Nós somos gente irritante?

— Bom — disse ele, soltando a rolha aos poucos — nós estamos no salão da mansão de um autor mundialmente famoso, bebendo a marca pessoal de álcool dele e confraternizando com os personagens de carne e osso de seu livro, então... acho que somos, é. — A rolha saiu com um *pop* molhado e Mark serviu a ambos três dedos do líquido âmbar-dourado. Ele cheirou o copo, deu de ombros desinteressado e levantou o drinque para Caroline, que retribuiu com o mesmo gesto. — Um brinde a você, meu amor.

— Um brinde a *nós* — respondeu ela. Os dois deram um gole para provar e imediatamente estremeceram horrorizados com o gosto de açúcar estragado e a mistura rançosa. — Meu Deus, isso está... — Tossindo de maneira monstruosa, empurrou o copo para longe. — Isso está *horrível*.

Olhou para Mark, que estava congelado em desgosto, com o uísque azedo ainda dançando por sua língua. Ele precisou usar de todas as forças só para engolir, e quando o fez, soltou o ar com um movimento da sola dos pés ao topo da cabeça.

— Nós *não somos* gente irritante — disse Mark, enfiando depressa a rolha de volta na garrafa. — Vai ver tem um litrão de cerveja escondido em algum lugar por aqui.

— Serve, acho. Também não confraternizamos muito.

Os dois olharam ao redor, para os outros, que pareciam muito em casa no salão, jogando alguma coisa, apreciando a vista e alimentando-se do romantismo daquilo tudo como se não houvesse nada de estranho sobre onde estavam ou na companhia de quem estavam.

— É, desculpa por isso — murmurou ele. — Eu sei que é, tipo, um sonho se tornando realidade para você, é só que... sei lá, acho que tem alguma coisa estranha.

— Ah, você *acha*? — rebateu ela, com uma piscadinha divertida.

— Você entendeu o que eu quis dizer. Essas... *coisas*... sozinhas nessa casa imensa e velha. Parece que já era para alguém ter descoberto sobre isso a esse ponto, não?

Caroline esticou os braços por cima do balcão e pegou a mão dele em ambas as suas.

— Bom, ele escreveu *um livro inteiro* sobre eles. Não tem culpa se todo mundo achou que era inventado.

— É, acho que sim.

— Sabe, minha avó era metade indígena blackfoot e ela...

— Não acredito! — Ele deu um sorrisinho torto. — Eu não fazia ideia! Você só me contou isso umas mil vezes.

— Enfim, ela costumava falar sobre espíritos animais o tempo todo. Animais que refletem certas personalidades... que falam as mesmas verdades que alguns de nós... que incorporam nossa natureza, por bem ou por mal. Pensa só... o Pé Grande, o Coelhinho da Páscoa, lobisomens, sapos que viram príncipes, raposas que comem uvas azedas... vai ver eles estão entre nós esse tempo todo e a gente só estava envolvido demais com nossas merdas humanas para acreditar que pudesse existir algo no mesmo nível lá fora. — Caroline soltou uma das mãos da dele e pegou seu queixo, gentilmente virando o rosto para que os olhares se encontrassem. — Ou vai ver é uma dádiva destinada a tão poucos que, quando a recebem, as pessoas sabem que é melhor não estragar fofocando por aí.

— Ou vai ver contam para todo mundo e os outros só acham que eles estão malucos — acrescentou Mark, pegando a mão dela do rosto e acariciando seus dedos com o polegar.

— Viu? Você entende.

— Você sabe muito bem que eu *não* entendo.

— É parte do seu charme.

— Bom, então, nesse caso, eu sou muito, *muito* charmoso.

— *Nisso* a gente concorda — disse Caroline, pouco antes de Mark se esticar por cima do balcão, agarrá-la debaixo dos braços e erguê-la para o outro lado enquanto ela dava um gritinho que era uma combinação adorável de surpresa e diversão.

— Agora — disse ele —, me ajuda a encontrar alguma coisa aqui que não tenha gosto de morte, porque esse lugar está começando a me assustar e eu preciso *mesmo* de um drinque. O raposo estava segurando um cantil o tempo todo, então deve ter algo em algum lugar por aqui.

O raposo em questão, é claro, era Phineas, que naquele momento estava sentado a uma das mesas de pôquer de Addington com os pés apoiados para cima no topo de feltro, como se estivesse simplesmente entediado demais para prestar atenção no jogo à sua frente. Finn era tão velho quanto Runny, mas parecia muito mais jovem em espírito — menos preocupado em ser sábio e educado e mais envolto nos próprios trejeitos, como se ainda fosse um homem jovem e não tivesse aprendido que bravata não é o mesmo que ter substância. Era esbelto sem parecer fraco, e ágil, elegante e forte, mesmo que o pelo vermelho estivesse começando a enferrujar nas beiradas e o cinza do nariz houvesse há muito rastejado para cima dos olhos azuis. A única peça de roupa que se dava ao trabalho de vestir era uma jaqueta de couro marrom da virada do século, uma coisa velha e gasta que parecia mais funcional do que estética, já que pendia solta de seus ossos, e enquanto a mão esquerda segurava todas as cinco cartas, a direita envolvia um cantil do qual ele dava goles entre as apostas ao mesmo tempo em que os olhos corriam ao redor em uma busca desesperada por algo mais interessante a cativar sua atenção. Até o jazz da década de 1920 gritando do gramofone atrás do balcão já não era mais novidade, pois Finn o escutara centenas de vezes, e mesmo que os rostos ao seu redor fossem novos, ele tinha a sensação de já os ter visto também.

— Qual é o coletivo de humano? — perguntou, para ninguém em particular, voltando o foco para a mesa onde acumulava uma quantidade substancialmente maior de fichas em um jogo de pôquer fechado com Gareth, seu amigo Thomas e a namorada dele, Paige.

— Como assim? — perguntou Thomas, deslizando o restante de suas fichas para o centro da mesa.

— Você sabe — continuou Finn, — como uma vara de porcos ou um rebanho de ovelhas. Qual é o termo? Uma ameaça de humanos? Uma praga de gente? Uma infecção de pessoas? Qual?

— Acho que não tem — respondeu Gareth, e também empurrou o restante das fichas que tinha para o monte de apostas, seguido por Paige, que fez o mesmo.

— Bom, *deveria*. — Finn deu um gole do frasco, sentou-se com as costas retas e avaliou se todos estavam jogando *all-in*. — Ah, graças ao Espírito — disse, virando as cartas de sua mão e revelando quatro valetes. — Alguém ganha disso? Não? Ótimo.

— Uhn, bom jogo — disse Gareth. — Foi divertido.

— Foi? — questionou o raposo. — Pôquer fechado nem é pôquer de verdade, e ninguém pagou nada pelas fichas, então... foi divertido mesmo?

Houve um momento de silêncio constrangido antes de Thomas perguntar a Paige se ela queria jogar damas, deixando Gareth sozinho com Finn, para grande irritação do raposo.

— Desculpa, eles não são muito de fazer apostas — explicou Gareth, dedilhando nervoso sua edição de capa de couro do livro de Addington, que estava ao seu lado sobre a mesa.

— Pôquer não é aposta — rebateu Finn.

— O quê?

— *Pôquer...* não é aposta. Não tem uma casa para jogar contra, não tem chances a favor de ninguém. Aposta é coisa de quem acredita na sorte e odeia ter dinheiro. Roleta é aposta. Dados é aposta. Pôquer é esporte.

Gareth se sentiu numa saia justa demais, mas deu seu melhor para manter a conversa fluindo:

— Bom, nesse caso, sinto muito que o *jogo* tenha sido entediante, acho.

— Bom, eu sinto muito que você sinta muito que o jogo tenha sido entediante, mas, em minha defesa, eu roubei o tempo todo, então acho que não posso ficar irritado com ninguém além de mim mesmo.

— Você roubou?

— Sim. — Com isso, Finn manipulou o deque de cartas com destreza impressionante, embaralhando-as meia dúzia de vezes e cortando de novo e de novo em suas palmas habilidosas antes de casualmente dar quatro mãos com as faces viradas para a cima sobre a mesa: quatro valetes, quatro damas, quatro reis e quatro ases.

O queixo de Gareth caiu.

— Como você fez isso?

— Olhos atentos e mãos ágeis. E prática. Não tem muito mais o que fazer nesta mansão vazia. Nunca fui muito de ler — respondeu o raposo, franzindo a testa para a cópia de *Vale Winterset* de Gareth. Finn pegou as cartas e começou a embaralhar mais uma vez, com movimentos tão precisos que Gareth estava quase hipnotizado pelo entrelaçamento perfeito dos cantos e o flap-flap calmante que faziam.

— Mas... por que você roubaria? — perguntou, enfim, olhando das mãos do raposo de volta a seus olhos.

— Como é?

— Se você gosta tanto do esporte, isso não é meio que estragar o propósito do jogo? Roubar?

— Bom — disse Finn, abrindo um leque perfeito de cartas sobre a mesa antes de pegar seu cantil e continuar: — Se eu estivesse *mesmo* jogando por esporte, então imagino que você teria razão, não faria muito sentido, não é?

— Por qual *outro* motivo você jogaria um jogo?

— Agora, *essa* é uma pergunta reveladora, mas não muito surpreendente dada a sua... espécie.

— Minha espécie?

Finn não respondeu, em vez disso só assentiu e ficou encarando o teto por tempo suficiente para o companheiro seguir seu olhar até o afresco da caçada a uma raposa acima deles.

— Meia dúzia de homens a cavalo, o dobro de cachorros e *uma* raposa apavorada correndo pela própria vida. Agora, mesmo se esses homens *valentes* com todos os cães treinados, as montarias incansáveis e as armas perfeitamente lubrificadas não conseguissem matar a raposa... não é como se tivessem perdido de verdade, é? Não é como se fossem ser mortos por não terem jogado bem, certo?

— Acho que não — concordou Gareth, que estava inegavelmente intrigado pelo sermão que se desenrolava à sua frente.

— Então por que sequer jogam? Para que gastar sua energia? Qual a motivação, para começar?

Gareth olhou fundo nos olhos de Finn enquanto pensava em uma resposta e viu sinceridade, astúcia e algo implacável dançando lado a lado. Era um balé enfeitiçante que parecia não ter figurino nem intervalo, pois o raposo simplesmente retribuiu o olhar envidraçado de Gareth e deixou claro com um inclinar sutil da cabeça que não desviaria tão cedo.

— Porque a gente se sente bem quando ganha — disse enfim o jovem gordinho, e concluiu a resposta com um pesado piscar de olhos.

— Exato — confirmou o raposo. — A gente se sente bem quando ganha... mesmo quando nem existem chances de perder.

Finn virou as cartas para baixo e começou a espalhá-las sobre a mesa, um processo claramente aleatório como que a eliminar a possibilidade de trapaça da mente de ambos. Quando estavam devidamente embaralhadas, fez um montinho perfeito e tornou a abri-las em leque à frente de Gareth.

— Escolhe uma.

O jovem robusto estava hesitante de participar em mais jogos dada a nova sensação de ter cordas enroladas nos pulsos e puxadas pelos céus, mas também ainda estava bêbado com o carisma do raposo.

— Vai em frente — encorajou Finn.

Depois de um tempo, Gareth estendeu a mão, escolheu uma carta qualquer e segurou-a de forma que só ele podia ver que era o ás de espadas.

— Agora — continuou o raposo —, se eu te dissesse que você nunca mais vai embora deste lugar se isso aí for um ás na sua mão... você diria que eu roubei? Ou diria que eu simplesmente sou melhor nesse jogo?

Gareth não sabia o que dizer; sua única reação foi inspirar de leve.

— É claro que sua resposta não é a grande questão aqui — continuou Finn, e levantou-se da cadeira para dar uma volta na mesa até estar perto o suficiente para se inclinar e sussurrar na orelha de Gareth: — A *grande* questão... é que sua resposta não importa para mim... e também não importa muito para *você* — concluiu, pegando o ás da mão dele e o enfiando entre as páginas de sua cópia de *Vale Winterset.* — Pode ficar com ela. Vai te ajudar a marcar a página em que está nesse livrinho detestável que vocês tanto amam.

Phineas lhe deu um tapinha no ombro e foi embora trotando para o bar, e assim que o raposo se distanciou, Gareth soltou um suspiro de alívio que parecia estar preso em sua garganta há horas. Fora abalado por algo impossível de colocar em palavras, mas, ao mesmo tempo, se encantara com uma experiência que jamais achou que teria. Metade dele queria dar meia-volta e correr, mas a outra metade queria mais da estranha sensação que estava percorrendo seu corpo, e como se soubesse exatamente como a saciar, virou o restante das cartas para cima e revelou nada além de ases, cinquenta e um deles, e todos de espadas.

O raposo se sentou no final do bar onde a banqueta de couro estava gasta como se não tivesse suportado nada além do peso dele por quase um século.

Era o lugar mais perto do gramofone, que estava no balcão dos fundos ainda emitindo jazz para ninguém em particular, e enquanto Finn bebia de seu cantil, encarava o imenso e cônico alto-falante com os olhos desfocados e a mente vagando para dias passados e lugares que costumava conhecer. Mark e Caroline, que haviam relaxado um pouco depois de alguns coquetéis inspirados em uma garrafa de bourbon Wild Turkey bebível que encontraram debaixo do balcão, estavam silenciosamente debatendo se falar com o raposo seria invadir um momento privado quando Mark tomou a decisão pelos dois.

— Não é seu dia preferido? — perguntou.

— Como é? — rebateu Finn, ainda vidrado no toca-discos à sua frente.

— Achei que esse era para ser seu dia preferido ou coisa do tipo, mas você não parece muito empolgado.

Finn não respondeu imediatamente, e não fez o mínimo esforço para esconder a irritação que sentia por estar sendo interrogado na própria casa.

— Desculpa — disse Caroline —, ele só bebeu um pouco, não queria...

— Não se desculpe por ele — retrucou Finn, girando sua banqueta para encarar os dois. — Se ele quer pedir desculpas, deixe que o faça.

Caroline lançou um olhar cheio de expectativas para o amado, mas ele ainda não tinha captado a ideia.

— O que foi? Só estou puxando conversa. Não é como se eu tivesse insultado ele ou coisa do tipo. Não sei, só está sentado lá olhando pro nada como se não quisesse estar aqui e eu...

— Na verdade — interrompeu o raposo —, este *é* meu dia preferido. O único dia pelo qual anseio o ano todo. Amo tanto, de fato, que se não fosse pelas nossas tradições do Dia da Cevada... eu já teria deixado há muito este lugar.

— O quê? Esta casa?! Esta casa é incrível, por que ia querer ir embora? — perguntou Mark, então descobriu que seu copo estava vazio e deu um gole do de Caroline. — Digo, tá, com certeza é meio assustador, mas...

— Não esta casa, idiota. Esta terra. Esta vida. É a nossa celebração deste dia que me faz seguir em frente, entende? Bom, isso e meu amiguinho aqui — respondeu Finn, balançando o pouco de líquido que restava em seu cantil. — Eu amo este dia... só odeio esta parte dele. Ficar de babá dos macacos enquanto o sapo faz a parte dele na cozinha — explicou, gesticulando ao redor para os outros que haviam cruzado o canal com eles.

— Espera — disse Caroline, com o interesse subitamente desperto pela conversa. — Já vieram outros antes?

— Vocês acham mesmo que são os primeiros apóstolos de Edward a vir xeretar nesta ilha no Dia da Cevada? Vocês, humanos... sempre tão ansiosos para tomar crédito por uma descoberta. É adorável. Acontece todo ano, se quer saber a verdade. Todo... maldito... *ano*.

— É só que... achei que alguém já teria dito alguma coisa a esta altura.

— Tenho certeza de que falaram. Olha só, quando voltarem para casa, contem para todo mundo que quiserem e vão ver quantos acreditam.

Os olhos de Mark brilharam com o orgulho de uma previsão acertada e ele terminou triunfante o resto do drinque de Caroline.

— Viu? Eu não te disse?

— E depois por que não aproveitam para contar que passaram no País das Maravilhas e tomaram chá com o Chapeleiro Maluco? Pelo menos *aquele* livro tem um pouco de imaginação real por trás. — Finn inclinou o cantil entre os dentes de novo até as últimas gotas pingarem em sua língua.

— Você não gosta do livro? — perguntou Caroline, com uma curiosidade genuína.

— Era para eu gostar?! Era para eu *gostar* do livro que foi escrito sobre mim sem minha permissão?! Era para eu *gostar* do livro que ficou tão famoso que todo mundo no planeta acha que me conhece?! — Finn se levantou da banqueta e lentamente se aproximou de seus parceiros na conversa, arrastando o cantil pelo balcão com um barulho arrepiante. — Era para eu *gostar* do livro que me transforma em uma decepção para todo mundo se eu não fizer comentários sarcásticos e espertos o tempo todo, jogar seus jogos ou responder suas perguntar *horríveis* sobre o lugar que costumava ser meu lar até os pais dos pais de seus pais o devastarem até não sobrar nada? — O raposo não estava a mais do que um passo de distância de Caroline então, com os dentes cerrados de raiva e os pelos eriçados. — Era para eu *gostar... desse... livro?!*

O disco havia terminado e o silêncio entre Finn e seus demônios só ecoava agora com o estalar de uma agulha sem ranhuras para seguir.

— Pelo jeito vocês encontraram meu estoque de Wild Turkey — disse, enquanto Mark enchia o próprio copo e depois o de Caroline dando uma risadinha contida. — Está rindo de quê?

— Só acho engraçado uma raposa *gostar* de tomar Wild Turkey, porque *turkey* é peru e raposas comem perus, então...

— Este raposo gosta de Wild Turkey... porque mais ninguém aqui gosta... logo, ele pode ficar com tudo para si — respondeu Finn, direto, desviando lentamente o foco do olhar duro do rosto envergonhado de Caroline para o sorriso ignorante de Mark.

— Desculpa — sussurrou o jovem, colocando a garrafa de volta no balcão com um cuidado inesperado e especial.

— Desculpas aceitas — respondeu Finn, com uma pitada de casualidade, a frieza de seu ataque verbal derretendo-se bem diante dos olhos deles, e suas orelhas se viraram para trás da cabeça numa demonstração de docilidade. Ele continuou, deslizando o cantil pelo balcão: — Agora, por que não enche isto aqui e põe outro disco para tocar e nós ficamos quites? O que me diz?

Mark fez que sim e encheu o refil para o raposo, que continuava mostrando os dentes em um sorriso malicioso para Caroline, que, por sua vez, não havia tirado os olhos dele desde que se aproximara. Estava examinando-o, sua postura confiante, seu olhar capaz, o ar de adaptabilidade que tinha. Ele lhe parecia um vigarista, de certa forma, inegavelmente charmoso e atraente de propósito, mas pronto para se transformar num piscar de olhos no que quer que fosse propício à situação. Foi só quando Mark saiu para pôr a música que Finn falou de novo:

— Você é bem espertinha, não é?

— Gosto de pensar que sim — respondeu ela, e sua voz não vacilou nem um pouco.

— Bom. Muito bom.

— Bom?

— É, acho que temos que ser, não? — Finn arregaçou as mangas de sua jaqueta de couro e passou a mão nos pelos, o que fez Caroline franzir a testa, confusa. — Temos que ser espertos se vamos ser diferentes, certo?

Caroline arregalou os olhos com a surpresa de uma comparação que não esperava de forma alguma, e suas engrenagens começaram a girar como não haviam feito desde que deixara a terra firme. Suas diferenças, suas batalhas, seus sentimentos de ser uma aberração e o constante conflito entre orgulho e vergonha... estavam todos lá naquele momento, mesmo que um mero instante antes estivessem a oceanos de distância. O ar lhe era denso e familiar agora, embora na inspiração anterior fosse leve e adorável.

Ela endireitou as costas, ergueu o queixo, firmou o olhar, cerrou os punhos e teve o cuidado de não deixar os pulmões acelerarem além do usual.

— Engraçado — disse —, você não me parece ser nada diferente.

— Ora, ora — respondeu o raposo —, não precisa fechar a cara desse jeito. Só porque você veio aqui fedendo a pêssego e lavanda não quer dizer que tem a superioridade moral. — Finn soltou uma risadinha e deu um gole calculado do cantil. Quando o sopro de uma nova música cortou o ar entre eles, comentou: — Gosto dessa. Onde está seu amigo, a propósito? O ruivo? Seria uma pena ele perder o banquete.

Caroline nem teve a chance de pensar numa resposta antes de a porta do lado oposto do salão se abrir e Eamon e Runny entrarem. Ela pulou de sua banqueta e correu para recebê-los, e inesperadamente sentiu que era a vez de o amigo salvá-la da situação.

— Você está bem? Como está a cabeça? — perguntou assim que parou a dupla logo após a entrada.

— Ele só precisava descansar um pouco, está bem — respondeu Runny, abrindo algo parecido com um sorriso gentil no rosto e apoiando o peso na bengala. — Espero que não tenha achado muito chato entreter a si mesma.

— De forma alguma. Obrigada por tomar conta dele.

— Era o mínimo que eu podia fazer. — Runny se inclinou da melhor forma que podia e mancou para encontrar os outros convidados enquanto Caroline agarrava a mão de Eamon e o puxava até o centro do salão.

— Acredita nisso?! — exclamou quando chegaram à pista de dança.

— Ahn... não.

— Pois é, nem eu! — gritou ela, mas logo conteve a voz: — Eles... eles estão todos aqui e *nós* estamos aqui e...

— Eu estava no escritório *dele*. Eu vi as coisas que ele escreveu e... e... e você sabia que Flackwell está na cozinha preparando um banquete pra gente?! Tipo um banquete do Dia da Cevada, exatamente como no livro?! — Foi só então que Eamon fez uma pausa para olhar ao redor e deixou o queixo cair ao perceber onde estavam. — Ai, meu Deus, a gente está no salão de bailes dele, não está?

— Aham. Olha só esse lugar! Consegue imaginar como era na época das festas? — Caroline deu um giro gracioso e segurou a mão de Eamon para poder virá-lo como quisesse. — A orquestra, as pessoas bonitas dançando, os gigantes da indústria, os políticos, os escritores, as estrelas de cinema e... é como se ainda desse para sentir a presença deles.

— Este lugar é tão grande que eu tenho a sensação de que era para ter uma loja de souvenirs na saída ou coisa do tipo — disse enquanto ela o girava até parar com cuidado.

— Tenho certeza de que não vi uma lojinha, maaaas... olha só isso. — Caroline puxou uma caixinha de fósforos do bolso, cujo topo tinha o escrito *Mansão Addington,* e a brandiu como se fosse uma barra de ouro.

— Provavelmente não era para você pegar isso.

— Por que não? Tinha uma travessa inteira delas no hall de entrada onde deixei minha mochila. Duvido que alguém vá sentir falta de *uma*.

— Tecnicamente, ainda assim é roubo e... sei lá, sempre achei que você fosse melhor do que isso. Pegou uma pra mim? — perguntou Eamon, de súbito despreocupado com a moralidade da coisa.

— Na verdade... não — respondeu ela, com um sorriso envergonhado em meio à risadinha do amigo.

— É muito bonita mesmo — murmurou Eamon, admirando os afrescos no teto e os entalhes à mão, depois raspando os sapatos baratos no chão de mármore com veios perfeitos. Seu olhar foi das mesas de jogos, onde Runny era o centro das atenções, para a área de jantar, que ainda estava posta para nada e ninguém, e então até o longo balcão e o bar onde, sem surpresa alguma, Mark conversava com seu novo amigo peludo. — Espera, aquele é... é o...

— Finn. — Ele e Caroline compartilharam do mais puro sorriso, como se estivessem vivendo o mesmo sonho maravilhoso. — Estão todos aqui, Eamon. Todos eles. Aqui *com a gente*. Aqui *para* a gente.

— Nem todos — disse ele, num tom melancólico, ao perceber que o personagem preferido dela não estava em lugar algum e temendo que já não estivesse mais entre os vivos. — Exatamente como no livro. Você sabe o que aconteceu com ele? Perguntou...

Ela pegou sua mão de novo e desta vez o puxou em direção à parede oposta ao bar.

— O que foi? — perguntou ele, resistindo de brincadeira à insistência dela. — Que foi?!

— Quero te mostrar uma coisa.

Eamon relaxou e se deixou ser guiado pelo mar de mesas vazias até uma porta dupla que estava aberta por uma fresta ínfima. Era um vão fino como um fio de cabelo, mas suficiente para deixar escapar uma luz dançante familiar... uma combinação antinatural de tons e sombras que só podia vir da tela de uma televisão. Foi um contraste confortador do romantismo do velho mundo que parecia permear todo centímetro do lugar, mas fez Eamon sentir que estava prestes a se intrometer em algum momento cândido ou pisar na toca de alguém sem seu consentimento, e a ideia o deixou bem desconfortável. Ele espiou Caroline, que assentiu sua aprovação, e ao dar seu melhor para respirar com mais facilidade e se aproximar da porta, conseguiu identificar a música que se derramava pela estreita abertura também. Era uma melodia animada e familiar que imediatamente fez desabrochar um sorriso em seu rosto. Sem intenção alguma de esconder como se sentia, ali naquele canto silencioso do paraíso com uma amiga tão próxima, ele relaxou e deixou esse sorriso substituir cada uma de suas preocupações.

Eamon abriu a porta só o bastante para conseguir ver com um olho inteiro o que quer que estivesse do outro lado, e, como esperado, viu a adaptação em desenho animado de *Vale Winterset* passando na parede mais distante. Era uma relíquia para os padrões modernos, mas ainda o enchia de nostalgia por uma infância que na verdade não teve, com sua composição maestral, animação à mão e imperfeita e dublagem atemporal. Ele a havia visto centenas de vezes, mas como fora lançada décadas antes de sequer ter nascido, era sua primeira vez a assistindo num cinema, e a ironia disso não lhe passou despercebida ao cuidadosamente abrir mais alguns centímetros da porta. A tela imensa ocupava uma parede inteira e o sistema de som era poderoso e perfeitamente integrado aos cantos escuros da sala, que era grande o suficiente para acomodar uma plateia de centenas... mas Eamon estava tão absorto na glória de enfim ver sua história preferida passar da maneira adequada que levou quase um minuto inteiro para perceber quem mais estava assistindo.

Binghamton, o Urso, era uma coisa montanhosa e, mesmo à distância de trinta metros, Eamon conseguia ver que era igualmente forte. Suas orelhas estavam a mais de dois metros e meio do chão, mesmo que estivesse sentado direto no piso com as pernas cruzadas e um grande cobertor sobre os ombros volumosos, como um xale tecido para algum gigante gentil. Ao redor dele, as cadeiras haviam sido desparafusadas do cimento e removidas, e embora a forma poderosa fosse imponente de maneira singular, sua postura era, de alguma forma, triste... sentado ali com a coluna curvada, assistindo em silêncio a uma versão achatada em 2D de si mesmo, vivo e bem, na melhor versão do Vale que já conheceu. Até sua respiração lamentava pelas coisas que havia perdido... cada exalar poderoso trazia consigo um ganido baixo de dar dó, como se a roda dentro dele estivesse aos poucos se reduzindo a uma terrível parada a cada esforço dos pulmões.

— Ele parece tão triste — disse Eamon.

— Eu acho que está triste *mesmo* — respondeu Caroline, com toda a empatia que conseguiu reunir num sussurro. — É como se aquele fosse de fato o lar dele ou algo assim.

— *Era, sim,* o lar deles. Fugiram para cá ou... foram trazidos, acho. Runny me disse que o lugar de onde vieram era exatamente assim — lamentou ele, assentindo para o infinito céu azul e paisagens verdes na tela.

Caroline sentiu uma pontada no coração com a ideia de que haviam sido todos tão deslocados de casa, e piorou com a percepção de que Eamon não era tão diferente e que, talvez, quando estava sozinho em seu pequeno apartamento com as cortinas fechadas e a televisão brilhando, era só mais um urso quebrado e encolhido no chão do cinema. Bing esticou o braço para uma pilha de jarros de barro e envolveu o gargalo do mais conveniente com a pata. Quando levou a coisa aos dentes e a esvaziou na goela com um único gole, Eamon pôde ver que seu braço estava maculado com trechos de pele nua tomados por cicatrizes.

— O braço dele — comentou Caroline, com a voz cheia de pena.

Eamon esfolara carcaças de veado o suficiente para reconhecer a marca de uma bala quando a via, mas achou melhor evitar qualquer realidade mórbida que identificasse para não estragar a noite mágica dos outros.

— Olha, ele está com o martelo — disse, ao notar a marreta imensa e monumental que estava deitada no chão ao lado dos jarros vazios.

— Não acredito! — exclamou Caroline ao se inclinar para ver melhor. Mas assim que se mexeu para abrir mais um pouquinho a porta, foi lembrada de que não havia ido sozinha àquele lugar.

— E aí, meu povo? — gritou Mark a menos de um palmo atrás deles.

Eamon e Caroline deram um pulo de susto e se viraram para tentar silenciá-lo sem causar mais comoção.

— Quer fazer o favor de calar a boca? — sibilou Caroline.

— Não me mande calar a boca — retrucou ele, irritado.

— Só cala a boca por um segundo, pode ser?

— Nem ferrando que...

Ela colocou uma mão nos lábios de Mark, e enquanto ele tentava afastá-la de brincadeira, Eamon se virou de volta para o cinema e encontrou Bing encarando-os com a cabeça gigante inclinada sobre o ombro e os olhos vazios espremidos para entender de que se tratava toda a algazarra. Assustado com a atenção do urso, Eamon fechou a porta com um clique audível e torceu depressa o nariz com o barulho.

— Ai, isso foi alto — comentou, arrependido. — A propósito, você é um idiota.

— Ah, *eu* sou o idiota? — rosnou Mark.

— Tem um urso *de verdade* ali dentro e eu tenho certeza de que não queria ser incomodado, então provavelmente seria uma boa ideia, sabe, *não* incomodar ele.

Mark revirou os olhos e deu um gole em seu coquetel.

— Mas não é tipo... um urso *mesmo*, certo? Tipo, provavelmente não vai correr até aqui e *comer* você. Provavelmente só vai pedir com educação para fazerem silêncio ou sei lá. — Eamon e Caroline só olharam para ele e balançaram a cabeça. — Digo, estou errado? *Estou*? Espera, tem um urso *de verdade* aí dentro?!

— Você é um idiota — repetiu Eamon.

— Eu não sou um idiota, só vim ver se queriam comer alguma coisa. O... o que é um sapo... cozinhou umas paradas — disse, apontando para o fundo do salão, onde os outros estavam ocupados enchendo o bucho com uma variedade de petiscos que Flackwell havia trazido da cozinha.

— Então, vamos esclarecer as coisas — continuou Eamon. — Primeiro, se você não é um idiota, é pelo menos inculto. E segundo... sim, eu gostaria de comer alguma coisa, por favor.

Se comida era arte, e certamente ninguém que houvesse provado os pratos dele negaria ser, então Flackwell, o Sapo, era um mestre sem igual. O fato de ter vivido o equivalente a várias vidas humanas lhe dera tempo para aprimorar sabores e aperfeiçoar suas técnicas, mas era também perfeitamente claro que ele de fato gostava de alimentar os outros e vê-los entrar em êxtase com suas habilidades ao trazer uma bandeja de prata atrás da outra com delícias da cozinha. Havia empada aberta de purê de abóbora e castanhas torradas, topos de cogumelos recém-colhidos recheados com alcachofra picada e queijo de ovelha, torradas de pão fresco com aspargos, cebola curtida, geleia de figo e outras criações geniais.

Houve também, é claro, muitos elogios, que Flackwell aceitou com a elegância de um anfitrião exímio e experiente, chegando ao ponto de até compartilhar alguns segredos de seu ofício.

— Você precisa manter a manteiga fria enquanto abre a massa, senão simplesmente não dá para fazer crescer assim — explicou, depois que Gareth comentou nunca ter provado nada tão macio. — O truque é colocar uma garrafa de vinho no congelador e usar *isso* para abrir a massa em vez de um rolo. Evita precisar parar o que está fazendo para enfiar no refrigerador de tempos em tempos. — Ele abriu um largo sorriso, grato pela admiração de um desconhecido por sua arte depois de tantos meses alimentando as mesmas bocas. — Dobra, abre, aí dobra e abre de novo. Quanto mais camadas você criar, mais vai crescer e melhor fica o resultado, na minha humilde opinião. É um serviço de amor, mas acredito que valha a pena no final, não acha?

Gareth só assentiu, já que ainda tinha a boca cheia de tomates em conserva e azeitonas *en croûte*. Era tudo muito distante de sua rotina na loja de quadrinhos em Portland onde ele e Paige trabalhavam, e embora em condições normais fosse se sentir dolorosamente deslocado numa situação assim, havia algo no comportamento caloroso e natural de Flackwell que o fazia relaxar. Nem ele, nem Paige e sequer Thomas queriam que o anfitrião partisse, mas entendiam que havia outros convidados a atender, e quando o sapo enfim se despediu e deixou uma pilha inteira de delícias à sua disposição, todos se sentiram melhor por ter experimentado tanto sua camaradagem quanto sua comida.

Rowan e Patrick eram tão diferentes quanto uma dupla de amigos poderia ser, mas certamente ambos pareceram apreciar as ostras fritas com agrião e vinagrete de cebolinha quando o sapo passou com uma bandeja de petiscos novos e algumas perguntas gentis. Patrick era alto, magro e confiante, e Rowan não era nada disso, parecia até uma antítese do amigo com sua silhueta forte, postura arredondada e olhar sempre no chão. Mas depois de meros minutos em sua companhia, Flackwell podia ver por que eram tão próximos há tantos anos, pois pareciam balancear um ao outro de maneira perfeita a cada palavra e cada retesar de um músculo. Eram amáveis e gentis, e para grande contentamento do sapo, ávidos elogiadores do que lhes haviam servido, mostrando-se tão ansiosos para encher as barrigas com suas criações quanto para entretê-lo com uma conversa interessante. Flackwell ficou genuinamente chateado de deixar sua companhia quando sentiu que o assunto estava chegando ao fim, e o fato de já poder escutar a torrente de baboseiras eruditas desnecessárias que sabia ter de encarar a seguir não suavizou a ansiedade de separação.

— Você sente que ele captou a essência do seu caráter ou achou um pouco... não sei, estereotipado de alguma forma? — perguntou Percy, ao dilacerar algumas sardinhas grelhadas no fogo com geleia picante entre os caninos sem sequer assentir para o chefe.

— Você vê a si mesmo de uma maneira completa naquelas páginas ou se sente unidimensional? Acho que minha pergunta mesmo é se seus defeitos foram mapeados como deviam — acrescentou Talia, sem dar a Flackwell a chance de responder a primeira pergunta.

— Uhm, é — continuou Percival, inabalado. — Sua jornada. Sua passagem. Acha que serviu bem ao seu arco?

Flackwell precisou de todas as forças para não dar meia-volta e disparar como um louco para a cozinha. O Dia da Cevada significava muitas coisas para ele e as outras criaturas do castelo, mas nada muito relacionado ao livro de Edward, e a sensação de ser reduzido a meras palavras de alguém nas páginas desse alguém lançava calafrios amargos por sua coluna, dos quais ele estava ansioso para se livrar com uma boa chacoalhada.

Depois de um tempo, o sapo conseguiu se safar das garras deles e, enquanto corria para respirar qualquer coisa que não fosse ar quente, esbarrou em Finn, que comentou de sua maneira tipicamente ácida:

— Pelo jeito você conheceu os macacos.

— De fato. Não sou muito fã *daqueles dois*, para ser sincero — respondeu, apontando com o queixo para a dupla de acadêmicos da qual havia acabado de fugir.

— Bom, ficarei mais do que contente em dar um jeito neles para você — acrescentou Finn, com um brilho nos olhos.

— Sim, sei bem que você ficaria. Mas se a gente te deixasse fazer as coisas do *seu* jeito, o restante de nós não ia se divertir nada, concorda? — Flackwell abriu um sorriso para o raposo e enfiou uma tortinha de abóbora na boca com uma alegria que só parecia alfinetar a natureza mais empobrecida de Finn.

— Você ama essa fanfarra toda, né?

— Eu sou um sapo simples com necessidades simples.

— Bom, estou inclinado a concordar com metade dessa afirmação — retrucou Finn, com um sorriso sarcástico, então se inclinou e sussurrou: — Divirta-se. Só não se esqueça do significado deste dia, porque eu prometo que não vou esquecer.

Ele colocou uma mão firme no ombro de Flackwell, que deixou matutando sozinho, e contornou a multidão faminta, bebendo de seu cantil e ficando cada vez mais enciumado dos sorrisos amplos e corações cheios de alegria ao seu redor, pois Finn sabia que havia deixado essas coisas num lugar que não mais existia. Também sabia que aquilo que havia trazido consigo em vez delas o distorceu a algo que mal reconhecia àquela altura, mas como o último de sua gente, não restava ninguém para lhe convencer do contrário e isso, parecia-lhe, era validação suficiente.

Havia aperitivos do mais alto nível, mas também bebida à altura: vinho quente com cravo, canela, junípero e fortificado com só um toque de suco de uva fresco para balancear os temperos fortes. Era complexo e tinha camadas de sabor, mas ainda inegavelmente bebível, e as finas taças de cristal que haviam sido postas foram esvaziadas e enchidas muitas vezes com os jarros de barro que não paravam de vir da cozinha. No livro de Addington, as horas que antecediam o banquete do Dia da Cevada eram um tempo para os rouxinóis cantarem suas melodias, as corujas lerem suas histórias antigas e as raposas encantarem a todos com seus truques de mão, e embora as maravilhas comestíveis de Flackwell estivessem de acordo com a alma dessas oferendas, foi Runny quem se dedicou da maneira mais inesperada.

O tilintar de taças e pratos estava tão alto que ninguém sequer notou quando o coelho mancou até o gramofone e substituiu o jazz *swing* por algo completamente diferente... e o vinho estava envelhecido tão no ponto que ninguém prestou muita atenção quando ele pulou para dentro do fosso da orquestra, destravou um estojo gasto e tirou dele uma viola de confecção divina. Ninguém o viu desrosquear o topo de sua bengala e puxar do interior um arco de crina de cavalo, e ninguém o viu esfregá-lo com resina vermelha e encaixar o instrumento belo e pequeno debaixo do queixo peludo. Ninguém notou nada que ele fez nem escutou qualquer farfalhar de suas patas, mas quando *Vem, Doce Morte* de Bach começou a preencher o espaço e Runny tocou a primeira nota de seu acompanhamento, doce e do fundo da alma... cada um deles lhe prestou toda atenção.

Foi como se o salão houvesse sido construído para acomodar aquela única música, e não havia um canto despercebido ao talento de Runny ou um ouvido, um coração e uma alma que ele não tocou. O arranjo por si já era sublime e pesaroso, mas era a interpretação do coelho que o tornava ainda mais comovente. Era a forma como seus ombros desciam e a cabeça balançava, a forma como as orelhas pendiam e os bigodes saltavam com a cadência de altos e baixos. Havia lágrimas da parte de alguns e olhares fixos e arregalados de outros, e, por um momento, Eamon achou ter visto até Mark secar algo dos olhos quando achava que ninguém estava vendo. Flackwell acompanhava mecanicamente o timbre da música, inclinando a cabeça para o chão e entrelaçando os dedos à altura da cintura, enquanto Finn agia com previsível indiferença e apoiava os pés no balcão do bar, balançando o dedo como se estivesse conduzindo cada movimento.

Não houve aplausos quando Runny tocou sua última nota, o silêncio que se seguiu só ressaltou o som da viola tombando do queixo e o eco da silhueta toda marcada se inclinando para a frente na cadeira. O esforço havia devastado todo seu ser, e embora tenha sido um adeus adequado e sentimental, ele parecia quase arrependido de tê-lo tocado… quase a lamentar pelo que havia acrescentado à história.

Depois de uma eternidade de estalos baixinhos, foi o próprio Bach quem decidiu melhorar o humor quando a agulha do gramofone encontrou a ranhura de uma ária mais animada. A mudança foi suficiente para lembrar a todos de que estavam em uma celebração, e não demorou para que as conversas fossem reanimadas, as energias começassem a melhorar e o vinho fluísse de novo. Até Finn pareceu ceder àquele clima e desafiou todos que quisessem a jogar xadrez em uma das mesas entalhadas à mão que ficava perto das portas do pátio. Ele era um jogador consciente e astuto, o que não foi novidade para ninguém, e enquanto Eamon ficava de lado assistindo aos demais convidados perderem um por um, não tinha como não se maravilhar com o controle que o raposo tinha do jogo e seu talento para atrair o oponente a armadilhas de novo e de novo. Em determinado momento, deu um show ao vencer três adversários de uma vez sem nem suar e, como se não fosse suficiente, deixou Percy tirar duas de suas peças antes de o jogo deles começar e ainda assim conseguiu aniquilá-lo em quatro movimentos habilidosos.

— Sabe por que chamam o Mate do Pastor de "Xeque do Acadêmico" em inglês? — perguntou Finn ao pegar o rei de Percy e reorganizar as peças em meio a um silêncio envergonhado de seu oponente. — Ah, não era retórica, só achei que você saberia — acrescentou, com um largo sorriso.

Mark estava cutucando Eamon há quase uma hora, insistindo para que se sentasse à frente do raposo, mas quando chegou a vez de testar sua coragem, a cabeça de Eamon começou a doer, e as orelhas a zumbir. Tudo o que pôde fazer foi se afastar da multidão enquanto a concussão finalmente cobrava seu preço.

— Tudo bem? — perguntou Caroline, afagando a depressão entre seus ombros com uma mão carinhosa. — Acho melhor você se sentar ou…

— É só uma dor de cabeça.

— Vinho demais, talvez?

— Talvez — respondeu Eamon, passando os dedos pelo ponto ainda dolorido onde seu crânio havia encontrado o pavimento de pedras. — Acho… vai ver é melhor eu tomar um pouco de ar puro ou sei lá. Vou dar um pulinho lá fora, tudo bem?

Sua cabeça de fato latejava de maneira terrível, mas a ideia de ter um tempo para se recompor e processar os eventos do dia também era tentadora, senão uma necessidade.

Eamon pediu licença discretamente e foi até a fileira de portas que davam no pátio. Sem querer incomodar os anfitriões com seus míseros traumas pessoais, ficou aliviado de encontrar destrancada a primeira saída que testou. Estava fresco e seco agora que as nuvens haviam passado e a Lua fora deixada livre para iluminar a ilha conforme quisesse, e a brisa revigorante da noite deu a Eamon uma dose muito necessária de clareza. Ele respirou fundo enquanto caminhava pela extensa varanda, que, como o salão, havia sido construída puramente pela arte da celebração — cada canto adornado com um gazebo e o piso de pedra cravejado de barras adequadas a tendas festivas que um dia acolheram carrinhos de bebida, pequenas orquestras e artistas circenses que no passado serviam aos prazeres de tantas realezas americanas.

Eamon andou por toda a largura da mansão e olhou por todas as janelas antes de encontrar a que estava cheia de algo além de escuridão e desuso, mas, mesmo através do vidro empoeirado que o separava da sala de jantar, conseguia ver que Flackwell era no mínimo meticuloso ao preparar a mesa para o banquete. Dobrou cada guardanapo perfeitamente ao meio e poliu cada talher de prata incontáveis vezes até todos reluzirem como joias, c só depois de cada taça ser livrada de impressões digitais e cada ramequim estar preenchido com a mesma quantidade de manteiga ele parou para tirar o cachimbo do bolso e analisar o resultado de seu trabalho. Eamon não tinha como não pensar no quanto era sortudo por fazer parte daquilo tudo, e quando inspirou mais uma vez o doce ar de setembro e pensou na conversa que tivera com Runny na cozinha, ele se perguntou quanto daquilo que conhecia como a ficção de Addington era, na verdade, história real, e no mesmo momento se questionou o oposto.

A área para além do pátio ainda ressoava com o eco de algo que já fora fino e bem cuidado, mas agora suas bordas estavam gastas e abandonadas e as ervas daninhas cresciam fortes e vigorosas entre o cardo e as trepadeiras. Havia uma fonte de água logo depois da escadaria principal da varanda, com uma base de concreto de uns dez metros de diâmetro e uma peça em camadas ao centro da qual Eamon tinha certeza que um dia escorreu uma grande cascata. Embora estivesse bem cheia devido à tempestade recente, simplesmente não havia vida na coisa depois de tantos anos. Eamon rodeou o perímetro e ficou observando a brisa vibrar as folhas que flutuavam sobre a água da chuva, até o luar captar com precisão algo próximo no escuro. Quando ele se aproximou o suficiente para ver o que estava reluzindo na noite, encontrou uma estátua de mármore mais alta que a própria cabeça.

Era a representação de um homem sobre um pedestal não muito diferente daquele de que Mark havia tomado posse há poucas horas, uma réplica memorável de alguém cujas feições pareciam vir de uma boa linhagem e cujas roupas pareciam ser de tecidos caros. Estava de pé, com uma mão no bolso do casaco e a outra ocupada conferindo as horas num relógio de bolso, e embora Eamon o tivesse achado um pouco parecido com Edward à primeira vista, não entendeu o grau de semelhança até afastar o arbusto que estava dominando a coisa e ver a inscrição gravada ali. *James Addington. Amado irmão. Que ele cace feroz e faça longas jornadas.*

Eamon bufou com a ideia de um tributo tão monumental, mas depois de pensar um pouco, entendeu que não era tão diferente de uma lápide e se sentiu um tanto insensível pela reação que tivera. Afinal, era uma representação muito bem-feita e parecia uma homenagem sincera, mas Eamon sabia que Edward tinha dois irmãos, um mais velho e um mais novo, e não levou mais do que um vislumbre do outro lado da fonte para encontrar o resto da ninhada. *Theodore Addington. Amado irmão. Que suas flechas sejam tão afiadas quanto sua sagacidade.* A estátua de Theodore havia sido feita com igual esmero, mesmo que o homem sobre o pedestal tivesse dez, talvez quinze centímetros a menos do que o outro e feições bem menos bonitas. Posava com as duas mãos na lapela do casaco e o peito estufado como um Roosevelt há muito perdido, e Eamon não conseguiu se conter de imitar o gesto — agarrou as laterais da própria jaqueta enquanto processava as linhas belamente entalhadas e as camadas de pedra branca.

Foi só no silêncio de sua sátira que Eamon escutou o farfalhar nas copas das árvores e, ao olhar noite acima para ver de onde vinha o barulho, notou uma sombra sentada lá no alto com buracos negros no lugar de olhos. Tinha penas por toda a silhueta e garras em formato de gancho que envolviam o galho sobre o qual empoleirava, e mesmo à luz fraca da noite parecia ser uma criatura forte e nobre. Eamon apertou os olhos para a escuridão a fim de ver melhor quem era sua companhia, mas antes que a visão conseguisse saciar a curiosidade, o espectro entre as folhagens tomou para si a iniciativa de satisfazer os próprios interesses muito semelhantes.

— E *tuuu* quem és? — perguntou a sombra.

Não saiu resposta alguma dos lábios de Eamon. Ele deu vários passos para trás na direção do pátio enquanto a forma escura batia as asas e planava para um galho mais baixo e exposto ao luar, revelando-se uma coruja de quase um metro de altura. Era uma criatura magnífica de penas pontilhadas em preto e marrom, com uma expressão gentil, peito branco como a neve e olhos que brilhavam sempre intensos com a incessante necessidade de saber.

— E *tuuu* quem és? — repetiu, inclinando a cabeça para o lado, curiosa.

— E... Eamon. Meu nome é Eamon — respondeu ele, se esforçando ao máximo para recuperar o fôlego.

— Que diferente, sim? Huuuum.

— É? — questionou ele, desta vez se aproximando da ave para ver melhor. Ela era realmente bela, majestosa e elegante, e definitivamente nada feroz, o que aplacou suas ansiedades subitamente disparadas.

— De fato. Mas tuuuu deverias se orgulhar disso. Tuuuu deverias saber o valor de não ser como os outros.

— Você é... do Vale?

— Nós somos do Vale, sim. Nós somos as corujas, sim. Há muito observamos.

— Como no livro? — ele conseguiu perguntar, entre pancadas do coração acelerado. — Tipo... historiadoras?

— Desconhecemos esse livro. Somos olhos para ver e orelhas para ouvir e mente para de tudo se lembrar, mas desconhecemos esse livro. Pois somos da terra e não da mansão, entendes tuuuu? — A coruja esticou as asas e coçou a sobrancelha, e quando Eamon deu alguns passos para a esquerda a fim de vê-la de um ângulo melhor, ela acompanhou seu movimento com precisão.

— Você tem um nome?

— Somos chamadas de Olívia por muitos. Por muitos que tuuuu acreditas serem teus amigos.

— *Acredito* serem meus amigos?

— Gentileza se define por atos gentis, mas a duplicidade também, vês tuuuu. Há muito observamos. Muito vimos. — Ela coçou a sobrancelha de novo, e Eamon começou a entender que era algo como um tique nervoso, então não se surpreendeu quando, menos de um instante depois, ela o fez pela terceira vez.

— O que você está querendo me dizer? Não entendo — disse, dando mais alguns passos para perto.

— Nós não somos mais da nossa gente — respondeu ela, com uma doçura melancólica. — Somos mais fracas do que nossas mães e avós. Somos uma coisa amarga e queremos mudar isso, vês tuuu?

— Não, eu... eu não vejo. Desculpa.

— *Tuuuu* deves *fugir* deste lugar! — bradou ela, esticando a cabeça para ele e eriçando as sobrancelhas.

— Quer que eu vá embora? — perguntou, quase ofendido com a ideia.

Havia sido uma noite de revelações, para dizer o mínimo, mas o turbilhão de descobertas era tão ofuscante que ele não havia parado para pensar, nem por um momento, que pudesse existir algo por trás de todas as perguntas e de todas as respostas, e, acima de ambas as coisas, um motivo pelo qual sua presença era permitida ali para começar. Não foi até sentir a energia da grande ave colidir com a disposição do coelho e a generosidade do sapo que se deu ao trabalho de considerar que talvez seu lugar na mansão não fosse o encaixe perfeito e universal que ele achava ser. Era uma reflexão digna, mas ali, no doce ar de setembro, entre os irmãos do homem que lhe ensinara tanto, Eamon sentiu que não passava de ansiedades lá da terra firme serpenteando seu caminho pelo mar e desembocando nas praias daquela bela e nova fronteira.

— Olha, eu sei que não pertenço a este lugar — disse, depois de tomar um momento para si. — Sei que não sou igual a eles ou... a você. Mas gosto daqui. Eu me sinto *em casa* aqui, e nunca tinha me sentido assim antes, para ser sincero, então...

— *Foge!* — repetiu ela, quando um farfalhar perto do pátio captou a atenção de Eamon.

— Está tudo bem por aqui? — perguntou Runny, descendo com dificuldade as escadas e parando perto da estátua ao lado da qual Eamon ainda estava.

— Aham, tudo certo — respondeu ele, e espiou a árvore com o canto dos olhos. Não havia sinal de Olívia. Passando os dedos pelo mármore, continuou: — É só que... as estátuas são muito bonitas. Este era o irmão dele, não era?

— Era. Era sim. — O coelho ajustou os óculos multifocais para ver melhor a escultura e levou um momento silencioso para admirá-la. — Trabalho magnífico, se é que posso opinar. Há muitas espalhadas pela propriedade. Cinquenta e oito delas, acredito.

— Cinquenta e oito?

— Honra tua família. É fácil quando se tem os recursos — disse Runny, batucando o pedestal com a bengala, uma demonstração inofensiva que implorava por uma pergunta totalmente diferente.

— Onde você aprendeu a tocar violino daquele jeito, a propósito?

— É uma viola, na verdade... e aprendi durante meu tempo aqui na mansão. Edward se achava músico, embora nunca tenha tido um ouvido bom de fato. Acho que ele só... tinha a impressão de que *precisava* ser bom. Claro que encheu uma sala toda com os melhores instrumentos que o dinheiro podia comprar, e é claro que não tocava nem um deles bem. Mas, se perguntarem, não fui eu quem contou — acrescentou, com uma piscadinha. — De qualquer forma, houve um tempo em que me encontrei forçado a repousar e não tinha muito mais o que fazer, então peguei uma viola e descobri que a música vinha de maneira muito natural para mim. E, pelo espírito, fiquei tão contente por ter descoberto para que servem essas orelhas *ridículas*. — Eamon riu da brincadeira, mas quando desviou o olhar das orelhas imensas de Runny até o espaço que um dia fora ocupado pela perna, começou a entender melhor a história do coelho e sua suspeita só pareceu se confirmar com a franqueza do anfitrião. — Algo perdido e algo ganho, mas a vida é assim mesmo.

Quando queria, Runny sabia moldar com nobreza até as palavras mais preciosas a fim de livrá-las de seu peso e estripá-las de aspectos que, do contrário, seriam brilhantes, mas bem quando Eamon estava prestes a rir das próprias especulações após os comentários despretensiosos do coelho, notou uma leve mudança em sua fisionomia. Não era nada muito evidente, mas foi o bastante para manter a mente dele alerta — só uma careta de dor quase imperceptível e um trocar do peso para a perna boa, como se Runny conseguisse de alguma forma sentir as cicatrizes frescas de novo. Mas Eamon não era o único apto a interpretar a situação, e da mesma forma como conseguia sentir a mudança na postura do anfitrião, o coelho parecia sentir a curiosidade do jovem fervilhando debaixo da pele, e decidiu esperar para ver até onde iria sua coragem frente ao silêncio repentino.

Eamon sentiu a brisa noturna bagunçar seu cabelo, depois olhou para baixo e viu um cardume de folhas rodopiar por seus sapatos enquanto refletia exatamente que papel deveria assumir em uma noite entrelaçada com tantas descobertas felizes e inesperadas e propensa a tantas revelações. Era uma batalha devastadora entre a necessidade de saber mais e o desejo de se manter manso o bastante para ser aceito... entre ser a fera pelo menos uma vez ou continuar o camundongo por hora. Não foi até Runny, cansado do impasse que estavam alimentando, abrir a boca para falar que Eamon tomou sua decisão e disse:

— Eu quero saber o que aconteceu com a sua perna.

Era difícil dizer quem se espantou mais com a ousadia do jovem, mas depois de ambos tomarem alguns segundos para recuperar os batimentos desenfreados e realinhar-se aos respectivos papéis, Runny respondeu apenas:

— Não, você não quer. — Deixou a resposta pairar entre eles até exaurir seu timbre, e só então aventurou-se a desenrolar o cuidadoso discurso que havia, por hora, mantido guardado. — Meus dias de caminhar nas pontas dos pés podem ter há muito terminado, mas pelo menos assim não saltarei para além dos arbustos. Agora, acho que está na hora de voltarmos para a festa, não? Se o assado de Flackwell esfriar por culpa nossa, ele nunca vai me deixar em paz, acredite.

A brisa da noite soprou seu adeus e Eamon deu uma última espiada para a lua antes de caminhar de volta com o coelho para o abraço da Mansão Addington.

— Que música é aquela que você tocou, a propósito? Da melodia triste? — perguntou Eamon enquanto davam a volta na fonte, grato por sentir a elegância de seu anfitrião e mais do que feliz em assumir de novo o papel de convidado agradecido.

— *Vem, Doce Morte* de Bach. Um verdadeiro clássico. Um pouco excessivamente sentimental, mas acho que não dá para culpar um homem que viveu por mais pragas do que dá para contar numa mão.

— Hum.

— Não é fã do barroco?

— Não, digo... sim. Na verdade, não sei. Eu só... por que alguém escreveria uma ode à morte?

— Bom, vai ver não era pela *própria* morte que ele ansiava. Vai ver era. Ou talvez, no desespero, qualquer morte servisse.

Subir os altos degraus de pedra se provou um calvário para Runny, mas ele era orgulhoso demais para aceitar qualquer ajuda e, quando dispensou com um aceno a mão estendida de Eamon, olhou por cima do ombro para a árvore onde Olívia estivera empoleirada como se soubesse o tempo todo que ela aparecera lá. A coruja, é claro, havia sumido, e com ela a história de tantas coisas que alguns desejavam descobrir e outros desejavam esquecer... e se não fosse pelo conforto da permanência das estátuas e a dor do próprio peso no seu único joelho bom, talvez Runny sequer houvesse se virado para trás.

SEIS

A sala de jantar formal era grande o suficiente para acomodar centenas de pessoas, mas a mesa não tinha mais do que vinte lugares. Era uma única e majestosa prancha de sequoia, e mesmo que lixada até ficar lisa, laqueada com muitas camadas e cortada num retângulo exato, seus veios eram fortes o bastante para apresentar o espaço todo como uma ode à natureza, assim como uma área elegante para um banquete. Paisagens maravilhosas pintadas a óleo pendiam de todas as paredes e o chão fora deixado nu como homenagem às tábuas de madeira, cobertas apenas pelos incontáveis aparadores e nichos construídos com o objetivo de expor as intermináveis coleções de porcelana, prata e vidro de valor inestimável que brilhavam à luz das velas dos candelabros. Era um espaço sem igual, um salão no qual era impossível servir qualquer outra coisa que não um banquete, não importa em qual refeição do dia.

A mesa em si havia sido posta com um cuidado profissional, graças ao olhar detalhista de Flackwell, e a decoração ao centro era uma combinação estonteante de folhas secas do outono, pinhas enormes e galhos de bétula brancos como neve dispostos ao redor de uma bela ampulheta antiga. Um prenúncio da mudança vigiando seus guardiões. Ninguém se lembrava de haver referências a uma ampulheta nos escritos de Addington, mas parecia adequado dado o histórico tradicional do Dia da Cevada como um marco da troca das estações e uma oportunidade de repensar as próprias perspectivas em meio às areias sempre fluidas do tempo. Era um testemunho ao espírito do feriado que tanto cuidado houvesse sido investido no substrato sobre o qual uma comunidade se formaria, e todos os convidados se sentiram muito bem-vindos ao tomar seus lugares ao redor e se acomodar entre Runny e Flackwell, que estavam sentados nas pontas da mesa, e Finn, que estava bem no meio, do lado norte.

Todos esperavam por um discurso do coelho ou do sapo para abrir o banquete, mas houve surpreendentemente pouca fanfarra antes de as taças de vinho serem enchidas e uma deliciosa rodada de sopas ser servida de entrada. Havia, é claro, caldo de cevada decorado com folhas de dente-de-leão, ao qual se seguiu creme de milho com alho-poró, e então, para finalizar, uma travessa de purê de cenoura com canela e noz-moscada. Cada cumbuca era mais deliciosa que a anterior e todas foram servidas com pão fresco, manteiga batida à mão e uma pitada de ervas, óleo de girassol e *pinoli* torrado. A conversa fluía em pequenos grupos, já que a mesa era um pouco grande demais para todos se ouvirem de um canto a outro, e enquanto a sopa era passada de mão em mão, todos se revezavam para falar sobre as próprias tradições do Dia da Cevada e as várias receitas do livro que haviam tentado, com resultados que variavam do grande sucesso ao fracasso total. Eram assuntos levianos na maioria, porém mais do que o bastante para preencher os vazios entre comida e bebida, e, dada a hora avançada e a exaustão de todos depois de um dia tão longo, era alegre o suficiente e muito amável.

O segundo prato era uma grande salada de folhas verdes escuras, nozes, cranberry e queijo de cabra com molho de vinagre e óleo de semente de uva caseiros, e quando foi levado da cozinha, a conversa havia mudado para a beleza dos arredores e como era revigorante passar um tempo longe do agito e do barulho da vida moderna. Cada convidado transmitia gratidão genuína em meio ao movimento de travessas e jarros disso e daquilo — gratidão não só pelos anfitriões e pela refeição que estavam recebendo, mas também pelo livro que reunira a todos. Foi como se o amor que sentiam pela coleção atemporal de versos de Addington houvesse sido validado da maneira mais intensa possível, fazendo flutuar o espírito de cada um e afastando um pouquinho a sensação de serem aberrações.

Todos claramente já tinham uma boa dose de álcool no sangue quando os assados de couve-flor, moranga e abóbora cabotiá foram servidos com torta de nabo-sueco, aspargos grelhados e batatas assadas na manteiga. Todos, isto é, exceto Eamon, que preferiu água a vinho por conta da dor de cabeça e estava lúcido o bastante para notar que, apesar da abundância de conversas contentes, Runny, Flackwell e Finn não haviam falado quase nada. Na verdade, pareciam estranhamente tenebrosos, com as cabeças enfiadas na comida, os olhos fixos na mesa e as palavras restritas a respostas curtas, diretas e sofridas para perguntas sobre o banquete, a história da mansão ou a composição da ilha. Parecia um estranho e pesaroso teatro, como se estivessem comendo a última refeição antes de partir para a guerra e ainda não houvessem revelado sobre a convocação para suas famílias. Era uma atmosfera singular e, embora a maior parte do grupo estivesse preocupada demais com a comida deliciosa e o vinho infinito para perceber, Eamon a sentia até nos ossos.

— Qual o problema deles? — sussurrou para Caroline, que estava sentada ao seu lado com Mark no outro assento mais adiante.

— Provavelmente estão bêbados — respondeu ela, balançando a taça na direção de Percy, que estava em seu palanque metafórico discursando sobre o ritmo da prosa de Addington. — Ou você está perguntando num âmbito mais geral?

— Não, não eles... *eles* — corrigiu Eamon, apontando com a cabeça para Runny e Flackwell, que haviam perdido o brilho de seus modos tão gentis. E enquanto os dois tinham aspectos claramente melancólicos, Finn só parecia irritado com a coisa toda, inclinado para trás na cadeira e com olhar furioso ao espetar pequenas porções do prato e levá-las à mandíbula carrancuda.

— Não sei — disse Caroline, depois de cutucar Mark para envolvê-lo na conversa. — Você também odeia feriados, então talvez... talvez só não seja um dia muito bacana para eles?

— Não davam essa impressão algumas horas atrás.

— Ou vai ver você está sendo megadramático e eles só sentem falta de casa — comentou Mark, de sua maneira tipicamente casual. — Mas de uma coisa eu sei... esta é a melhor refeição que eu já tive na vida e nós *com certeza* vamos voltar ano que vem.

— Sério?! Você quer voltar?! — Os olhos de Caroline se iluminaram como se fossem lamparinas a óleo, e ela se aninhou em Mark com um sorriso surpreso. — Mesmo?!

— Está brincando? Eu iria fácil até o fim do mundo por essa comida — continuou ele, ao mesmo tempo em que se servia de mais moranga assada no fogo e regada a xarope de bordo e vinagre. — Pode até ser que eu leia esse livro estúpido, vai saber?

Caroline se virou para se certificar de que Eamon havia escutado a declaração de Mark, mas ele estava ocupado demais analisando Runny, que por sua vez empurrava uma última couve-flor pelo prato com as orelhas murchas até os ombros. Embora a expressão do coelho o tenha feito parar para pensar, foi o olhar seguinte pela mesa que forçou uma pergunta mais urgente:

— Por que não tem ninguém aqui que já tenha vindo antes?

— Como assim? — perguntou Caroline, roubando um pouco de moranga do prato do namorado.

— Mark tem razão. Esta é a melhor comida que eu já comi... este lugar é *incrível* e o próprio Runny disse que nós não somos os primeiros a aparecer aqui no Dia da Cevada.

— E? — resmungou Mark, com a boca cheia.

— E... cadê todo mundo que já veio? Acho que era para ter dezenas de pessoas aqui, não? Que fãs do livro dele iam querer vir até aqui, conhecer esses personagens incríveis, ficar nesta casa, comer esta comida, beber esse vinho e não querer voltar? *Cadê* todo mundo?

— As pessoas têm vidas fora daqui — sugeriu Mark. — Só porque a gente não tem coisas importantes acontecendo o tempo todo não quer dizer que outras pessoas também não tenham. Digo, não é como se fosse um feriado de verdade e todo mundo tivesse folga do trabalho ou sei lá.

Por mais que pudesse ser verdade, não convenceu Eamon, que, com o canto dos olhos, percebeu Runny tateando a orelha enfaixada com o cachecol como alguém que cutuca uma ferida recente. Mas mal teve tempo de chegar a qualquer conclusão, pois Gareth pigarreou, ficou de pé e bradou a plenos pulmões:

— Bom, eu só queria dizer que este está sendo o dia mais maravilhoso que já tive na vida. E em nome de todos os presentes, gostaria de agradecer a nossos anfitriões por sua hospitalidade... sua comida... e seu vinho — disse, dando um gole em meio a risadinhas de encorajamento. — Não sou muito bom com brindes, e admito ser um péssimo escritor, mas reconheço um bom livro quando o vejo e acho que consigo pensar em algumas palavrinhas adequadas. Então, se me permitem... — Ele abriu sua edição de capa de couro de *Vale Winterset*. — A mesa estava posta e havia vinho de cevada e cerveja para acompanhar. Parentes estavam presentes e sorriam: o Dia da Cevada acabara de chegar. Céu azul-aurora, torta de abóbora e barrigas cheias de pães. Histórias antigas de glória e ouro e os caminhos trilhados pelos anciães. O Vale nunca esteve tão em paz em seu refúgio do...

— Ah, pelo amor do Espírito, a gente *precisa mesmo* fazer isso?! — interrompeu Finn.

Um momento do silêncio mais desconfortável possível se passou antes de Runny responder:

— Oras, Finn, ele só está tentando ser...

— Mesmo?! Precisamos sentar aqui *de novo*... e escutar *de novo* as palavras desse livro... e fingir que não nos deixa loucos?! Por que não podemos andar logo com isso, hein? Já não basta dessa baboseira por hoje?! — exclamou, socando a mesa com força e lançando um olhar apavorante na direção do coelho.

— Tradições são tradições, Phineas — disse o coelho, inflando o peito em resposta. — E logo você vai poder ter a noite que quer. Mas, por hora, por que só não...

— Você não está mais com raiva, Coelho? Porque eu ainda estou em fúria! Não sente saudades da sua família?! Porque eu ainda sinto muitas!

— Você sabe que sim, Raposo.

— Então vamos... andar... logo... com isso — rosnou Finn, agarrando o cantil da mesa e virando na goela.

— O que está acontecendo? — sussurrou Eamon.

— Vai ver é por isso que ninguém volta — retrucou Mark, baixinho.

— Sinto muito por isso — declarou Runny, olhando de lado para Finn como se estivesse falando por ele. — Todos bebemos um pouco esta noite e hoje é um dia de memórias felizes, mas para nós também é um dia de memórias amargas. Há muito de que sentimos falta... e muito que nunca mais veremos. Tenho certeza de que vocês entendem.

A mesa toda assentiu, exceto por Finn, que agarrou Gareth, ainda congelado no meio da frase e com seu amado livro nas mãos.

— *Senta!*

Gareth se sentou em meio ao pesado silêncio de corpos se remexendo em desconforto, e pareceu uma eternidade até alguém romper o impasse.

— Bom — disse Runny —, tem bolo cremoso com frutas na cozinha, talvez isso alivie o clima.

— Vou lá buscar — ofereceu Flackwell do outro lado da mesa.

— Não, não se preocupe. Eu vou — respondeu o coelho, encarando Phineas enquanto se levantava e mancava pelo salão, com o batuque da perna cantando seu ritmo contra o piso.

— Então — começou Flackwell, assumindo o manto de anfitrião na ausência de Runny. — Já contei para vocês que fui eu que inventei o pudim de milho?

Runny sentiu os olhos se encherem de lágrimas ao cruzar o salão, descer o grande corredor, passar reto pela entrada da cozinha e abrir a porta do lavabo. Ele inclinou o corpo frágil sobre a pia de porcelana e mirou o espelho, horrorizado com o coelho velho e decrépito que o encarou de volta.

— Que animal você é? — perguntou, desenrolando lentamente o cachecol que envolvia sua orelha direita. — O *que* você é? Que coisa é?

Runny soltou o resto da lã e deixou o pano cair no ladrilho, revelando uma orelha irreconhecível, um mero pedaço de carne dilacerada, com cicatrizes e mais cicatrizes, toda deformada por conta de infecções e quase sem pelos. Ele se inclinou para perto do reflexo e acariciou as beiradas, onde havia dezenas de pedacinhos faltando, como dentes numa serra enferrujada, e naquele momento tremeu de dor, alívio, orgulho e punição, tudo ao mesmo tempo.

— Você não sente falta da sua perna? — perguntou, ecoando os sentimentos de Finn durante a discussão. — Não sente saudades de ser inteiro, sua coisa horrenda?! — desafiou. Então, abriu o armário e pegou uma navalha de cabo de marfim. — Me diz o que você é, pelo menos uma vez!

Mas o coelho que o fitava de volta não disse nada enquanto abria a lâmina e a passava pelo couro de afiar que pendia da beirada da pia.

— Sua coisa muda e horrenda.

Runny brandiu o aço afiado para que ambos vissem e não houvesse mais segredos entre eles. Respirou fundo algumas vezes para controlar a mão, e quando estava calmo o suficiente para saber que realmente doeria, cortou fundo a própria carne. Sangue fresco e quente pingou no canto de sua boca e ele estremeceu com o gosto amargo da própria inutilidade. Ficou assistindo enquanto a coisa velha no espelho se cortava uma segunda vez e escutou-a gritar e rosnar ao cravar e mover a lâmina até um pedaço de seu ser cair na cuba com um *tum* nauseante. A navalha tilintou contra o ladrilho e ele virou o rosto para os céus e cerrou os dentes, absorvendo o calor cáustico do ar estagnado e mofado da mansão, que lambia o interior de seus pulmões em meio a algum estranho reequilibrar químico. Parecia-lhe água no deserto, e quando devidamente aplacou sua sede, olhou mais uma vez para o próprio reflexo triste e ensanguentado e sussurrou:

— Fala alguma coisa.

Runny voltou para o corredor com o cachecol mais uma vez enrolado na orelha e uma energia revigorada nos passos. Passou apressado pela cozinha, onde o bolo cremoso ainda esperava, e voltou para o salão de bailes, onde mancou até a entrada do cinema. Inspirou profunda e desesperadoramente antes de abrir a porta dupla, saltar para dentro e encontrar Bing ainda sentado no mesmo lugar... ainda olhando fixo para a grande tela que agora piscava um infinito e branco nada. O coelho coxeou até o projetor, apertou o botão de desligar e deixou que chiasse até parar com delicadeza e a única luz do cômodo dar lugar à escuridão. Sabendo que estava a sós com o urso naquele ambiente totalmente preto e que a fera à sua frente nunca foi de falar muito, Runny fez as honras:

— Acredito que esteja na hora, meu velho amigo.

Flackwell estava dando seu melhor para manter todos ocupados enquanto terminavam de comer o resto do banquete, mas seu coração claramente não estava na coisa. Ele parecia distante, como se perdido em alguma memória dolorosa, ou talvez alguma visão futura igualmente sofrida. Entretanto, os convidados se esforçavam para manter a atmosfera positiva ao redor da mesa, a fim de não terminar a noite épica em termos amargurados.

— Então, todos vocês são vegetarianos? — perguntou Talia, servindo-se de mais uma porção de folhas de alho-silvestre gratinadas no forno e cobertas com alho em conserva. — Percy e eu não comemos carne há anos — anunciou, com uma pontada de orgulho.

— Que surpresa — comentou Mark, sarcástico.

Flackwell se remexeu desconfortável no assento e levou um instante para ajustar a lapela do colete enquanto escolhia as próximas palavras:

— Já cozinhei muita carne na minha época, mas não fazemos mais isso.

Finn deu uma risadinha, mas continuou limpando as unhas com a faca de prata que restava do conjunto à sua frente.

— Ei, Flack, por que não *conta para eles* o motivo de você não cozinhar mais carne? Uhm? Tenho certeza de que gostariam de saber, não? É uma história tão adorável!

Ao redor da mesa, os convidados concordaram dando de ombros e assentindo, mas Flackwell apenas fez uma careta com a ideia de ter que se virar e rodopiar ao redor do que quer que fosse a resposta.

— Eu não cozinho carne desde que... Edward nos deixou.

— Ah, sim, deve ter sido isso — bradou Finn. — É, certeza de que essa é a história toda! Deve ser bom tirar esse peso dos ombros, hein, Sapo?!

— Talvez *você* queira contar?

— Talvez eu queira.

— Bom, então fique à vontade. Por favor — disse o sapo, recostando-se de volta na cadeira e cruzando os braços, mas Finn sequer teve tempo de abrir a boca antes de Runny entrar na sala e seguir em linha reta para o seu lugar na ponta da mesa, sem falar uma palavra. Ele nem pareceu notar o ar de conflito que pairava pesado sobre os dois amigos ao se jogar em sua cadeira e encarar o prato vazio.

— E aí, você trouxe o bolo? — perguntou Flackwell.

— Se eu trouxe o quê? — rebateu Runny, levantando o rosto pela primeira vez desde que se sentara. Sentiu uma gota de sangue escorrer do cachecol e cair em seu guardanapo.

— A orelha dele — sussurrou Eamon, cutucando Caroline, que se inclinou a tempo de ver várias outras gotas mancharem o tecido branco de maneira obscena.

— Ai, meu Deus — murmurou ela, bem baixo. — Coitadinho.

E como se os nervos de Runny soubessem que o silêncio de sua empatia seria demais para suportar, sua perna começou a batucar contra as tábuas do chão. *Tap, tap, tap, tap.* Cada par de olhos à mesa estava agora focado nele, sua consternação era um metrônomo para a incerteza deles, que crescia conforme o ritmo aumentava. *Tap, tap, tap, tap.* Conseguia sentir a atenção dos demais mesmo mantendo o olhar fixo no prato vazio, e bem quando todos começaram a se perguntar o que o havia deixado tão sério, escutaram o primeiro rufar à distância. *Bum. Bum. Bum.*

— Que porra é essa? — perguntou Mark, em meio à trovoada de tambores de guerra, lentos e firmes.

— Não faço ideia — respondeu Eamon, focado em sua taça, onde a água tremeluzia e ondulava a cada esbravejar da tempestade. *Tap, tap, tap, tap. Bum. Bum. Bum.*

A respiração dele acelerou, e no mesmo instante em que seus alarmes internos começaram a soar, a porta da sala de jantar se abriu de supetão e Bing, o grande urso, espremeu sua imensa silhueta espaço adentro, com as presas emanando agressividade e o pesado martelo em mãos.

— Minha nossa — murmurou Caroline, e o ar lhe faltou nos pulmões.

Bing era uma coisa assustadora de maneira muito singular, nada parecido com o gigante gentil que ela imaginou nas muitas vezes em que achou adequado mergulhar nas páginas de Addington. Ele tinha o dobro da altura de qualquer homem na sala, e era quase tão largo quanto a própria porta dupla. Grande e musculoso, com patas do tamanho de pratos e uma cabeça que era facilmente da mesma largura que os ombros de Mark, vestia uma armadura de couro que parecia saída de um mito grego, e embora seu peitoral volumoso estivesse coberto, os membros foram deixados nus como que a exibir as cicatrizes para o mundo, desfigurado como era com marcas circulares da cabeça aos pés.

Bing espumava e corria os olhos pelos convidados enquanto o grande peito arfava em antecipação a uma tempestade que mais ninguém sabia estar por vir. Em meio ao mais tenebroso silêncio que a Mansão Addington já vira, ele soltou um urro de guerra que fez tremerem todas as vigas e até quase reduziu a pó os ossos do coelho. Ninguém mexeu um músculo, exceto pela fera, que passou por Flackwell e seguiu pela extensão da mesa. Parou só quando chegou ao assento de Finn, que era bem no meio. O raposo abriu um sorriso largo e nada arrependido ao sentir a sombra fria da criatura bruta engolfá-lo, e quando Bing se inclinou para o enfeite ao centro da mesa, todos ficaram paralisados de terror, mas ele apenas pegou a ampulheta antiga com sua pata majestosa e a virou de ponta cabeça para fazer a areia correr.

O grande urso se afastou da mesa com uma bufada e se ajeitou para esperar. Olhares confusos começaram a correr pelo espaço e um murmurinho baixo correu pelo grupo de visitantes. Quando Eamon se virou e viu que Runny continuava encarando o prato vazio, achou sábio questionar:

— O que acontece agora?

— Oras, meu caro jovem, você não sabe que é o Dia da Cevada? — respondeu o coelho, frio e indiferente, com a orelha ainda vermelha de sangue e os olhos ainda sérios e baixos. Runny se virou para Eamon com um olhar que falava das provas de fogo de alguma história desconhecida, e quando abaixou a pata para impedir a perna nervosa de tamborilar contra o chão, disse apenas:

— Agora, você corre, Eamon. Você corre.

PARTE TRÊS

O RAPOSO EM SEU POMAR

Finn abriu um sorriso fajuto, cerrou os dentes, sagaz e astuto
Pois a notícia do furto acabara de chegar às árvores de seu pomar
Embora o resto estivesse assustado, e seu povo todo desanimado
Ele sempre recebia com ternura a ideia de uma boa travessura

Então sacudiu a poeira do casaco, enfiou provisões num saco
Abriu seu baú e lá encontrou a adaga que dos ancestrais herdou
Cabo de carvalho antigo, manchado de sangue envelhecido
E para a mais perfeita lâmina, a mais resistente obsidiana

Sentia que era parte de seu ser, um membro afiado a enaltecer
Considerava um talismã da sorte para se manter sábio e forte
Sentia seu peso na cintura, equilibrava por inteiro sua postura
E assim sozinho ele partiu, sob o céu azul de um outono hostil

Pelas árvores se esgueirou, oculto pela noite, ele avançou
Sem ser visto por quem questionaria a escolha que ele fazia
Contornou o pomar pelas beiradas, seguiu furtivo pelas baixadas
E marchou pela campina onde o búfalo domina

Sentia seu cheiro à distância, dos monstros tomados pela ganância
Com a barriga cheia de colheita roubada, dormiam todos de cabeça abaixada
Sabiam roncar, chutar e sonhar, mas não haviam aprendido a deixar
Alguém acordado de olheiro caso uma raposa atacasse o galinheiro

Finn entrou sem pedir permissão, pisando de fininho no chão
Vasculhou os caixotes deles, achou o tesouro roubado neles
Mas só havia casca e migalha, comida ruim com gosto de palha
E logo seu sangue começou a ferver com a imagem do que restava para comer

Como ousam essas bestas, pensou, roubar o que minha gente guardou
Como ousam nos deixar famintos e assustados, sem comida estamos condenados
Como ousam pegar o que é nosso por direito, povo cruel e sem respeito
Como ousam destruir o Dia da Cevada e deixar nosso moinho sem nada

Tomado pela ira, ele sacou a adaga afiada, e sabia que uma vida seria tomada
Talvez estivesse por começar uma briga, mas lutaria até se vencer pela fadiga
Pois Finn sentia que alguém precisava pagar, e lá estava o búfalo mais gordo a cochilar
Então rosnou e cravou a lâmina que tinha na mão bem fundo no seu coração

SETE

Não tem nenhuma cidade perto que valha a pena visitar, nem por um segundo. Não tem ninguém com quem valha a pena conversar além de mim. E nenhuma terra que valha a pena atravessar que não seja a nossa ou a de Deus. Está me entendendo? Você está aqui... e está aqui para sempre... E esse é o único jeito de sobreviver nesta vida. Eu não vou deixar você acabar como o restante deles.

Essas foram as últimas palavras que Eamon escutou do pai, e embora as tivesse ouvido incontáveis vezes antes, naquele dia, em especial, o timbre de incerteza em sua voz foi suficiente para fazer os pelos finos dos braços ficarem todos de pé e a boca adolescente ficar seca de preocupação. Ele também já havia visto o pai fazer as malas antes, já que frequentemente se aventurava natureza adentro por dias para conferir as armadilhas ou esvaziar seus cestos de pesca, mas não lhe passou despercebido que ele estava levando mais comida do que o comum daquela vez... e nem que, antes de sair, pegara alguns itens do cofre de ferro do porão, cuja senha nem Eamon, o único bem real que seu pai tinha, podia saber.

As coisas que foram levadas diziam muito, mas as que foram deixadas para trás se tornaram de alguma forma ainda mais preocupantes nos dias após o desaparecimento. A forma como ele cortou lenha para durar o inverno todo mesmo que a primeira neve estivesse a meses de cair, o fato de ter defumado peixe suficiente e enlatado vegetais da horta o bastante para abastecer a dispensa até o teto, e o cuidado que tomou ao se certificar de que Eamon soubesse com destreza limpar seu rifle, tratar ferimentos e usar as estrelas como bússola... eram treinos que sempre fizera ao longo dos anos, mas a súbita urgência que os cercou então fez com que parecessem um horrível testamento em vida. *Isso é tudo o que eu sei, e agora você também sabe. Esta é a soma da minha experiência. É tudo o que eu sou.*

Tantas perguntas fervilharam em sua mente nas semanas em que Eamon ficou esperando Jack voltar. Perguntas sobre aonde ele havia ido e se algum dia voltaria. Sobre quanto esperar e para onde ir se ele nunca mais aparecesse em casa. Sobre como se sentir, e se talvez aquela não era só uma forma de o pai garantir que suas profecias malucas fossem enfim realizadas... caso fosse louco o suficiente para instaurar ele mesmo a desgraça. Tantas perguntas para o John presente e futuro que nunca existiu. *Como você está se sentindo em relação a tudo isso? Como está lidando? Quer verbalizar suas emoções? Prefere desenhar alguma coisa? John?*

Eamon estava lá agora, embora não estivesse. Chamavam-no pelo nome de outra pessoa e examinavam-no através de um vidro fosco, como se fosse uma espécie recém-descoberta, certos de que ele não sabia nada do mundo e o mundo não sabia nada dele. Estava lá de novo, embora não estivesse. Um menino nadando com as botas do pai enquanto esperava alguém lhe levar um par de tênis de tamanho aceitável e sabendo que, não importava a numeração, simplesmente não seria a certa. Sabendo que nada parecia certo. "J" de Jack. "J" de John, e mais ninguém.

Estava mortalmente quieto na sala de jantar, exceto pela respiração pesada e bêbada do imenso urso e o sussurro cristalino da areia filtrando pela cintura da ampulheta. Eamon, cujos traumas, cada um deles, haviam sido reavivados pelo que o coelho lhe dissera, estava prestes a pedir esclarecimentos na esperança de que servissem de bálsamo para as feridas reabertas quando Runny decidiu clarificar para a mesa:

— Este é um dia de tradições. E enquanto algumas são amáveis e calorosas e tocam as cordas do nosso coração mesmo depois de todos esses anos... outras são sombrias e indesejadas. Necessárias, vejam bem, mas indesejadas. Não deveria ser surpresa para nenhum de vocês nesta conjuntura que Edward se via no direito de nos recrutar contra a vontade para dentro de sua história. Emprestar de nosso passado para impulsionar seu futuro. Tomar o que era nosso para engrandecer o que era seu.

— O que ele falou para você? — Caroline perguntou a Eamon com um sussurro, notando que seu rosto havia ficado um tom mais claro, mas não houve resposta por parte do amigo quando ele se virou para encontrar seus olhos com o rosto tomado por um misto de traição e espanto de doer a alma. Não houve esclarecimentos para ela, assim como não houve para ele. Havia apenas o contágio de um stress fulminante e a inesperada entropia que serpenteava do corpo dele para o dela enquanto os olhos de Eamon corriam disparados pela mesa.

— Este dia não é mais o que já foi, e isso parte meu coração — continuou o coelho. — Mas é *por isso* que damos continuidade a essas coisas... esses rituais. Até os que são novos na nossa história. Até os que o búfalo trouxe.

Houve uma distinta reverência intricada no silêncio que se seguiu, e quando outra gota de sangue caiu da orelha enfaixada de Runny e pingou na mesa, seus olhos começaram a se empoçar com a essência da vida.

— A dívida precisa ser paga! — bradou Finn, estripando todo resquício de romantismo do cômodo e causando um desfile de sobrancelhas erguidas e olhares confusos.

— De fato, precisa — fungou Runny. — E depois desta noite, depois de todo esse tempo... estará paga por completo.

Finn cerrou os dentes e rosnou:

— Exato. *Por completo.*

— Do que eles estão falando? — perguntou Caroline, olhando para Mark, que não tinha nada a lhe oferecer em resposta, exceto um dar de ombros e um par de palmas erguidas para o ar.

Ela estava a um piscar de olhos de fazer a mesma pergunta que Eamon queria fazer quando Bing tomou parte na coisa e desceu seu martelo contra o chão — uma exclamação feral e sem remorso algum que gritava verdades e gelou a espinha de todos à mesa.

— Está na hora da caçada — disse Runny, sem nem um pingo de teatralidade. — Andem logo... o tempo está voando — continuou, desviando o olhar até que estivesse fixo na ampulheta, uma manobra sutil que desencadeou uma rajada de murmúrios desconfortáveis de seus convidados.

Caroline e Mark se uniram ao coro, na esperança de que o conhecimento de Eamon acerca do texto de Addington pudesse lançar alguma luz em sua confusão, mas ele não conseguia ouvir nada além do deslizar da areia e do batucar enervante da perna de madeira de Runny contra as tábuas do chão... então não houve resposta alguma para eles. A mente de Eamon estava inundada pelo estrondo ensurdecedor de todas as certezas e possibilidades lutando pelo mesmo espaço. O caos de todas as coisas que amava e todas as que temia estarem se rodeando com más intenções. E quando abriu a boca para falar, só pôde engolir as palavras de volta, pois não tinha certeza se nem a mais honesta delas era verdade. Fale algo. Por favor.

O momento mais absurdamente familiar foi quando a areia parou. Um momento que Eamon vivera mais vezes do que se dava ao trabalho de contar. Era o momento em que colocou o pé na estrada que o levaria para a cidade pela primeira vez, o momento em que percebeu que o pai não iria mais voltar. O momento em que apertou as mãos dos estranhos que haviam sido designados para ser sua nova família e o momento em que se viu numa escola de verdade entre milhares de desconhecidos apontados como seus colegas. Cada nervo do corpo queria pular para fora da pele, correr de volta para a floresta e viver uma vida cheia de nadas de novo, mas suas engrenagens estavam engatadas com tanta firmeza que ele sequer conseguia ordenar os pulmões a respirar. Respirem. Por favor.

Foi o olhar de surpresa no rosto de Runny que entregou o jogo para os demais, os murmúrios nervosos aos poucos desaparecendo enquanto todos se viravam para descobrir que a ampulheta estava parada por conta de alguns grãos de areia que haviam se alojado em sua cintura. Nem sequer a perna do coelho tremia então. Nem sequer o peito do urso arfava. Houve apenas um selvagem e feroz nada por uma sequência de instantes de respiração presa, e embora os lábios de todos os outros estivessem torcidos de incerteza, Finn não conteve um sorriso.

— Oras... vejam só isso! É um milagre do Dia da Cevada — disse enquanto calmamente fechava a mão na faca que estava perto de seu prato.

Finn deu um salto de sua cadeira em um borrão de pelos e se lançou por cima da mesa, parando com a lâmina bem no centro da garganta de Eamon em meio a engasgos de espanto do restante do grupo. Eamon, paralisado no assento, só conseguiu fechar os olhos ao sentir a ponta de prata rasgar sua pele logo abaixo do pomo de Adão, e, para a própria surpresa, só sentiu calma e o detestável fedor da inevitabilidade ao ver toda sua vida miserável se passar diante dos olhos. Considerou-se um vazio humano naquele instante, uma bola de feno rolando no deserto do mundo sem ser notada por nada nem ninguém que o desejasse bem ou mal, ou algo mais estranho que isso. *John? John, tem alguma coisa que você queira falar? Acha que vai ser mais fácil escrever num papel? Está me ouvindo? Não acha que deveria fugir, John?*

Surpreendentemente, Eamon abriu os olhos e descobriu que a faca não havia se aventurado muito para dentro de sua carne. Finn rosnava e se esforçava ao máximo para cravá-la até o cabo, mas Bing não queria saber disso: a grande pata segurava o raposo pela nuca e sua força o mantinha a meros centímetros de espalhar o ser de Eamon pela mesa. Mas estava claro pela raiva pulsante no rosto do urso que a atitude não vinha da caridade, e quando lançou Finn para o outro lado do cômodo e soltou um rugido apavorante, ficou evidente que ele só queria o prêmio do dia todo para si.

Bing desceu o punho na mesa num golpe feroz que fez a madeira velha e grossa se partir no meio com uma melodia de cristal despedaçado e tilintar de porcelana, causando pânico no cômodo inteiro. A multidão de convidados saltou das cadeiras, cada um abraçou o amigo mais próximo e lançou um olhar febril para a saída, com a dúvida resolvida da maneira mais apavorante possível. O bruto segurou a mesa quebrada, que ainda jazia entre ele e Eamon, e com um poderoso arco do braço a fez voar pela sala. A prancha de sequoia, que um dia já fora firme, aterrissou com um estrondo não muito longe de onde Finn ainda estava tentando chacoalhar a descortesia dos ossos.

Um caos frenético se instaurou no salão, e embora a maioria tenha se apressado para ficar de fora da briga, Gareth, perdido na confusão mental do terror profundo, cedeu ao instinto de cortar pela frente de Bing para chegar à porta. Mas antes que o rapaz, que um dia já fora alegre, pudesse sequer considerar se arrepender da tolice, o urso ergueu o martelo e desceu a ponta pesada no meio de seu peito, esmagando o que quer que tivesse dentro. O corpo largo e esmigalhado deslizou de costas pelo chão e atingiu a parede com um baque carnal e terrível que fez Runny e o sapo se encolherem, como se os sons da batalha lhes fossem de alguma forma mais detestáveis do que a visão.

— Gareth! — gritou Paige, prestes a correr até ele, com o choque de ver violência real pela primeira vez na vida pingando de cada poro.

O instinto de ajudá-lo era forte, mas Thomas não a deixaria cometer o mesmo erro que o amigo, e quando Paige se inclinou para tentar fazer algo, sentiu apenas o puxão firme de seu amado guiando-a para a saída.

Eamon era o único que continuava sentado. Ainda congelado na cadeira. Ainda em choque e encarando fixo a grande fera à sua frente, com o sangue do rasgo superficial no pescoço se acumulando na intersecção das clavículas. O urso construtor estava perto o suficiente para Eamon sentir o hálito fétido e perceber o chão curvar com seu peso. Runny então cruzou os braços, desviou os olhos e disse apenas:

— Faça com que seja rápido.

Rápido, pensou Eamon. *Sim, obrigado, prefiro que seja rápido.* Ele se perguntou se seria caridade. Se era gentileza ou elegância. Se era uma troca que considerava justa — um momento de dor indescritível em troca de alívio do sangue que escorreria lentamente pelos anos que certamente se seguiriam. *Rápido*, pensou de novo. *Sim, seja rápido.*

Eamon se preparou para o fim, mas enquanto observava o urso levar sua arma em direção ao teto, sentiu um braço pesado e familiar ao redor dos ombros. Mark o arrancou de seu assento não mais do que um segundo antes de o martelo de Bing estraçalhar a cadeira e seguir devastando tudo até varar as tábuas do piso.

— Vem, *vem agora!* — gritou Mark, colocando Eamon de pé. Ele correu para a porta, mas Caroline já estava um passo à frente e o pegou pela mão para levar os dois ao salão de bailes, deixando Bing sozinho com a vergonha e frustração de ter de arrancar o martelo do chão ainda limpo e sem sangue.

— Bom que você continua eficiente — murmurou Runny, sarcástico, enquanto o urso arrancava a marreta para cima numa chuva de lascas de madeira.

Bing rosnou sua irritação, e o coelho só balançou a cabeça para o buraco cavernoso no meio do piso antes perfeitamente encerado de tábuas sólidas de nogueira.

— Isso parece fácil de consertar — comentou Flackwell, que ainda estava em sua cadeira, parecendo nada impressionado com a coisa toda.

— Acredito que você tenha algo para mim? — bradou Finn, unindo-se aos outros perto das ruínas da festa.

Bing franziu a testa para o raposo antes de enfiar a mão na armadura e lhe entregar a adaga de obsidiana reluzente que se tornara famosa pela prosa de Addington. Finn sentiu seu peso confortador e grunhiu de prazer, como se uma parte há muito esquecida de si houvesse finalmente se encaixado de volta. Ele a equilibrou no dorso da mão, girou nos dedos e passou o polegar pela ponta afiada como um diamante, admirando a qualidade do trabalho e, ao mesmo tempo, fantasiando sobre suas possibilidades. Era uma faca antiga, feita por um povo que não existia mais, e como seu último representante, usar a arma dava-lhe um senso adicional de propósito. Dava-lhe coragem saber que não estava sozinho na dívida que sentia lhe ser devida, e dava-lhe permissão para ser livre da areia-movediça moral que, do contrário, envenenaria seu apetite por vingança.

— Se você me segurar pelo pescoço de novo, vai ser a última coisa que vai fazer com essa pata — explodiu com Bing, que só deu uma risadinha e o empurrou com a ponta do martelo.

Com a adaga na mão, Finn andou apressado em direção à porta e o urso se virou para segui-lo, mas acabou esbarrando o pé num jarro de vinho caído que ainda girava com barulho de líquido dentro. Ele o pegou e segurou sobre as presas, esvaziando o que restava direto na goela com a naturalidade de um alcoólatra.

— Ah, sim, mais vinho... isso vai resolver tudo — disse o coelho, julgando com as sobrancelhas.

— Não posso culpá-lo. Era uma safra particularmente boa — acrescentou Flackwell. — Mas eu queria *mesmo* ter tido tempo de comer aquele bolo. Framboesas, crème patisserie e biscoito champanhe. Seu preferido.

— Parece uma delícia — comentou Runny, com um sorriso rápido e forçado. — Quem sabe depois, quando todos estiverem mortos.

— É, bom... vai ser ótimo, se você gosta de bolo empapado — lamentou o sapo, afundando mais ainda na cadeira e inclinando o queixo para o teto com uma indignação palpável. — Simplesmente ótimo.

— Dá para sair pro pátio pelo salão de bailes — arfou Eamon, enquanto ele e os dois amigos corriam pelo luxuoso espaço, só para encontrar Paige, Thomas, Talia e Percy já amontoados à porta dos fundos e evidentemente frustrados com as grossas correntes que haviam sido enroladas nas maçanetas.

— Não tem como — disse Thomas, com pânico lhe subindo à garganta, antes de dar um último puxão desesperado nos grilhões de metal e desistir. — Nós temos que encontrar...

— A porta da frente está com correntes também! — Todos se viraram e viram Patrick e Rowan chegarem aos tropeções pela entrada oposta com más notícias transbordando do rosto. Quando se juntaram ao grupo, Patrick acrescentou: — E cadeados.

Caroline correu os olhos pelo cômodo em busca de outra opção.

— Tem que ter uma janela ou alguma coisa que a gente possa...

— Oras, *para que* a pressa? — perguntou a voz mais calma do cômodo.

Finn desfilou na direção das mesas de jogos onde o trio de Eamon estava tentando pensar num plano, girando com facilidade a adaga na mão e sem jamais tirar os olhos de sua presa.

— Nem sei para onde você iria mesmo. Estamos *numa ilha* rodeada por quilômetros e mais quilômetros de mar aberto, veja bem. Talvez seja melhor relaxar e aproveitar o tempo que lhe resta — disse, então pulou na mesa de sinuca e brandiu a lâmina com os dentes arreganhados.

Os três se viraram para correr, mas Finn era muito mais rápido e igualmente ágil, e num piscar de olhos saltou de mesa em mesa e agarrou o candelabro mais próximo para se lançar de volta no caminho deles como um Aquiles vulpino e desenfreado.

— E quanto a *você* e sua amiguinha adorável — disse o raposo, apontando a adaga primeiro para Mark e depois para Caroline —, seria mais inteligente deixar o outro aqui comigo e correr para ganhar uma boa distância. Quero passar um tempinho com ele, só isso. Conversar sobre o tempo, jogar um pouco de sinuca... rasgá-lo da cabeça aos pés e ficar assistindo a ele se derreter nos ladrilhos.

Aos poucos, Finn lhes deu uma brecha até os três se virarem para correr de novo, mas então disparou com a agilidade de um chicote, deslizou sob a primeira mesa de sinuca com a elegância de um bailarino e saltou a seguinte para bloquear a fuga deles pela segunda vez em meros minutos.

— Ah, vamos lá... não precisam ficar agitadinhos assim — sorriu Finn, sarcástico. — Pensem nisso como um jogo. Não é o que vieram aqui para ver? Um raposo no seu pomar, por assim dizer? Uma noite de tradições? Todo mundo ama tradições, não ama? Eu sei que Edward amava — acrescentou, apontando para o afresco no teto sobre suas cabeças.

Eles voltaram os olhos para cima e descobriram que estavam debaixo da caçada à raposa, e embora os três estivessem apavorados demais para gastar qualquer energia com a sinestesia da coisa toda, houve conexões o bastante para lhes fazer parar pelo mais breve instante... que era tudo de que Finn precisava.

Ele pegou a adaga pela lâmina e a arremessou na direção do peito de Eamon, e a obsidiana lisa e perfeita cortou um caminho silencioso pelo ar estagnado da mansão, mas o instinto de sobrevivência do jovem se mostrou teimoso demais para ceder e algo no canto de sua mente o fez se esquivar como um boxeador, abaixando o ombro e girando o corpo para a adaga de Finn passar sem o tocar. Mas a arma era tão bem balanceada que continuou girando para além dos três e em direção à parede mais distante, onde se enterrou com força nas costas de Percy, que seguia os outros para o grande hall de entrada. O impacto o fez tropeçar para frente, mas a adrenalina corria tão forte em suas veias que ele sentiu pouco menos de um arranhão e, como os outros que iam adiante, estava tão tomado pela histeria que perdera toda a perspectiva, mesmo com uma adaga enfiada entre as omoplatas. Talia se virou para conferir se estava tudo bem com ele, mas, sem ver nada de errado de seu ponto de vista à frente, só o segurou pela mão e o puxou para o corredor a fim de se unir ao resto da matilha.

— Hum — murmurou Finn ao ver seu bem mais precioso pegar carona nas costas de um búfalo desavisado. — Que tal vocês três esperarem *paradinhos aí*, podem ficar à vontade, e eu volto num instante para terminar nossa conversa, pode ser?

Não houve, é claro, resposta alguma de Eamon e seus amigos, que estavam ocupados recuando devagar do atacante peludo.

— Ótimo — disse o raposo. — Volto em dois minutinhos.

E com isso ele disparou pelo cômodo e desapareceu pela entrada da frente para interceptar os outros no corredor.

A mente de Eamon estava rodopiando com as mais perversas e indesejadas possibilidades. Segurando a cabeça nas mãos, ficou de cócoras assim que o raposo saiu de vista.

— Que porra é essa?! — choramingou. — O que está acontecendo?! O que... o que...

— Não sei. Não sei — disse Caroline, abaixando-se à altura dele com lágrimas nos olhos enquanto Mark quebrava um taco de sinuca no joelho e brandia a ponta mais grossa como uma maça. — Não sei o que está acontecendo, mas... mas tudo o que importa agora é a gente conseguir sair daqui, tudo bem? Nós temos que ir, entende? Eamon?! — Ele não pareceu escutar as palavras até ela gentilmente tirar as mãos dele das têmporas e segurar seu queixo para que se olhassem nos olhos. — Está me ouvindo?

Só recebeu um assentir em resposta, mas era suficiente para colocar todos de volta no mesmo nível, e enquanto ajudava Eamon a ficar de pé em meio ao temor de escutar o rosnado de uma grande fera atrás de si, foi, pelo contrário, o som de uma viola sendo afinada que atiçou os sentidos deles.

Runny e o sapo haviam chegado ao fosso da orquestra; o coelho tinha a orelha boa abaixada sobre o instrumento enquanto girava as cravelhas e o sapo descansava com os pés descalços sobre o estojo vazio da viola, casualmente enchendo o cachimbo de sabugo de milho com folhas verdes que tirou do bolso do colete.

— Seu lá está sustenido — comentou Flackwell, empurrando as ervas no cachimbo com uma ferramenta de metal criada exclusivamente para esse propósito.

— Está, é? — perguntou o coelho, com uma irritação familiar. — É isso o que esses seus buraquinhos de orelha estão dizendo? Que meu lá está sustenido?

— Minhas orelhas podem ser pequenas, mas pelo menos eu tenho duas. Talvez você devesse tirar esse cachecol aí para escutar o quanto está fora do tom.

Runny deixou o canto da boca se curvar numa careta e se esforçou para ouvir melhor a viola, mas sem sucesso.

— Você está sustenido por meio tom — disse o sapo, enquanto acendia um fósforo e tocava-o no cachimbo, dando três bufadas para fazer a brasa pegar antes de tragar e suspirar com especial deleite. — *Pelo Espírito*, isso é bom.

Runny, resmungando baixinho como era de seu costume sempre que lhe feriam o orgulho, soltou um pouco a corda de seu lá e tocou uma sequência rápida para garantir que tudo estava perfeito. Então disse:

— Pronto. E aí, o que vai ser? Algo para deixar o clima um pouco mais leve? Uma melodia alegre? O que me diz?

— Hummm — murmurou o sapo, entre baforadas. — Alguma coisa para abafar a loucura seria adorável.

— Perfeito — concordou o coelho, inclinando a cabeça para o lado por um momento enquanto folheava suas partituras internas até enfim colocar o queixo na viola e começar a tocar.

As primeiras notas do quarto movimento da *Sinfonia no. 40 em Sol menor* de Mozart cortaram o ar abafado do salão como a saraivada inicial de uma grande guerra, mas embora o ataque despreocupado da viola de Runny tenha feito Flackwell abrir um sorriso largo e caloroso, o peito de Mark subia e descia com a raiva pelo fedor esnobe da coisa toda. Ele apertou o taco quebrado na mão e inclinou o peso na direção do fosso da orquestra com toda a intenção de acabar com o concerto deles num encore de sangue e pelo, mas não deu mais do que meio passo antes de Bing, como se encantado a sair de sua caverna pela doce ciência da melodia, marchar para fora da sala de jantar e secar as mandíbulas ainda espumantes.

O bruto fixou os olhos envidraçados em Flackwell, que estava balançando o cabo de seu cachimbo no ar como se fosse designado a conduzir, e lançou-lhe um bufar de desdém antes de se virar e ver Eamon, Caroline e Mark paralisados no lugar onde estavam a menos de doze metros dali. O olhar do urso construtor se apertou ao fechar as mãos no martelo, e conforme eles recuavam de costas para o grande corredor, tremendo e agarrando um aos outros em busca de qualquer sopro de segurança, Bing abriu a boca com as presas para o céu e gritou por guerra.

Eles dispararam para fora e correram pela coleção de mapas, depois atravessaram o corredor que dava para a porta da frente, sabendo que estaria barrada, o tempo todo escutando os passos do bruto que os perseguia ficando mais amplos, determinados e bem próximos. A marcha de Bing soava como os tímpanos dos próprios deuses — um *tum* grave e terrível que ecoava por toda a mansão —, e seu crescente sombrio fez Eamon olhar por cima do ombro e descobrir que o gigante sedento por sangue estava a meros instantes atrás dele, sua silhueta cobrindo todo o vão do corredor como a frente de uma tempestade indomável.

— Ali! — disse Caroline, apontando para a porta no final do caminho, cuja parte superior tinha uma janela que mostrava a natureza selvagem logo do outro lado.

Ela apertou o passo e os outros dois fizeram o mesmo, passando depressa pela cozinha, os retratos que Eamon havia parado para admirar não mais do que algumas horas antes agora apenas borrões nos cantos dos olhos. Mas conforme se aproximaram o suficiente da saída para se permitir uma centelha de esperança, as correntes que envolviam as maçanetas tomaram foco e eles compartilharam um pânico silencioso, pois não tinham como dar a volta e nem como se defender. Certamente não ali. Não assim. O momento em que sentiram a sombra de Bing na nuca foi o mesmo momento em que entenderam que não tinham mais como correr, e quando se viraram para trás e viram o bruto voando pelo ar com a boca aberta e os caninos à mostra, a necessidade de ficar juntos deu lugar ao instinto de sobrevivência e, sem pensar duas vezes, Eamon mergulhou pela porta do escritório à sua esquerda enquanto Mark puxou Caroline para o cômodo do lado oposto.

Bing atingiu o chão com um *bum* estrondoso; o impulso do salto fora tão forte que o fez deslizar pelo piso até bater na porta dupla ao final do corredor, afundando as dobradiças das duas metades e deixando vazar o ar fresco da noite para que lambesse seu pelo. Ele cambaleou para ficar de pé e olhou para o corredor vazio atrás de si, então se aproximou dos dois cômodos para onde suas presas haviam fugido, aquietou a própria ira e levantou o nariz para o ar da mansão.

Mark e Caroline se encontraram num espaço cheio de harpas, violoncelos e xilofones, tímpanos e contrabaixos e instrumentos de sopro de todos os tipos, e embora houvesse um imenso e luxuoso piano ao lado de um antigo cravo ancorando tudo ao centro, acharam melhor se encolher contra a parede e se refugiar atrás de uma estante cheia de partituras.

— O que a gente faz agora? — sussurrou Mark entre arfadas desesperadas de ar. — Será que o Eamon está lá fora... ainda está na...

Caroline, com os olhos arregalados e o queixo tremendo, colocou a mão em concha na frente da boca dele enquanto uma sombra cobria a luz que se infiltrava por debaixo da porta. Um farfalhar soou do outro lado, depois um ranger das tábuas do piso e uma série de fungadas que conseguiam escutar mesmo do outro lado da sala. Fecharam os olhos, apertaram a mão um do outro e pensaram em todas as coisas que queriam ter tempo para falar enquanto esperavam o mexer certeiro da maçaneta, mas ela não virou, e a porta nunca abriu. As dobradiças não rangeram e o trinco nunca subiu. A sombra da criatura abandonou a única saída que eles tinham, e o desejo desesperado de liberdade os varreu ao mesmo tempo em que envenenou com a percepção de que se eles estavam seguros... Eamon com certeza não estava.

— Acho que ele não está nem aí pra gente — disse Caroline, depois de engolir uma onda de alívio e colocar as mãos nos joelhos, permitindo-se respirar de verdade pela primeira vez no que pareciam horas.

— O que a gente faz? — perguntou Mark, com desespero real na voz.

Caroline só conseguiu apertar os olhos para o cômodo ao redor em busca de uma resposta e, sem encontrar nenhuma, tornou a olhá-lo nos olhos:

— Não sei. Não faço ideia.

OITO

Bing farejou intensamente ao redor da porta dupla do escritório e, com a certeza de que sua presa havia fugido para lá, tentou abrir as maçanetas, encontrando ambas trancadas. Deu uma pancada forte logo abaixo delas com seu martelo, estourando o mecanismo e abrindo as duas metades. Mas, quando pisou para dentro, encontrou apenas as coisas que já sabia estarem lá: os livros, a escrivaninha, o globo, a lareira ainda brilhando com brasas resilientes e o retrato de um ruivo filho do privilégio pendurado sobre ela. Eram imagens familiares, mas estavam diferentes do que ele se lembrava, entrelaçadas com um cheiro novo. Um cheiro que havia rastejado para dentro da sala de cinema e perturbado seu réquiem mais cedo. Um cheiro que fazia sua boca salivar e os pelos se eriçarem com vida, e um cheiro que aparentemente já havia escapado pela portinha baixa que dava no cômodo seguinte.

Logo depois da soleira, Eamon finalmente se permitiu respirar. Percebeu depressa que a porta pela qual havia passado era pequena demais para o grande urso, então acolheu a oportunidade bem-vinda de parar e pensar, embora a única pergunta que estivesse disparando por sua cabeça era se Mark e Caroline estavam em segurança. Ele prestou atenção para ver se conseguia escutar algo que lhe desse pistas do que estava acontecendo lá fora, fosse a pancada do martelo ou o arranhar de garras no chão, mas não havia nada. Não havia gritos desesperados de seus amigos nem rosnados assustadores dos anfitriões, e não havia músicas doces vindo da viola do coelho nem ameaças sinistras por parte do raposo. Na verdade, Eamon não escutava nada do que acontecia fora da sala de chá onde se encontrava, exceto pela melodia silenciosa dos fósseis que o cercavam.

Havia dezenas e dezenas de conjuntos de chá, de prata ou porcelana, dispostos por todas as superfícies e cobrindo todos os trechinhos brancos de parede, mas foi uma família de raposas acomodada sobre uma mesa próxima que chamou a atenção de Eamon, e embora houvesse questões muito mais urgentes a lidar no momento, ele não conseguiu evitar e cedeu à tentação de divagar. Havia doze criaturas no total, uma em cada xícara do jogo de oito e mais quatro nos demais itens que acompanhavam — um bule, uma jarrinha leiteira, um açucareiro e uma caixinha de biscoitos —, todas desenhadas com perfeição em cores vivas e parecendo felizes de estar na companhia das demais. Eram tão amáveis e puras que Eamon se sentiu atraído por elas mesmo em meio a toda loucura, mas quando esticou a mão para pegar uma e aninhar a coisinha delicada na palma... ela saltou em sua direção.

O tilintar da xícara contra o pires espantou Eamon a ponto de dar um grande pulo para trás, e quando o resto do cômodo começou a tilintar e estalar à altura, seus batimentos dispararam e ele lançou um olhar desesperado pela sala em busca de respostas para alguma das centenas de perguntas que zumbiam nos ouvidos. Mas foi apenas o rufar abafado dos tímpanos que o fez se voltar de novo para a portinha que dava no escritório, e apenas os tambores de guerra soando do outro lado que o fizeram recuar de costas por puro instinto. Eram premonições indistintas, na melhor das hipóteses, mas em algum canto da mente em estado de choque e caos de Eamon, ele sabia o que estava vindo, mas não conseguia impedir a si mesmo de ficar para ver o espetáculo.

Bing atravessou a parede numa erupção de madeira, gesso e pedra, seu corpo massivo lançando destroços por todos os cantos da sala como se fosse uma bola de canhão e cada precioso conjunto de chá um pobre soldado itinerante. Quando a poeira abaixou, Eamon e o grande urso encontraram-se a não menos do que um corpo de distância um do outro, entreolhando-se e perguntando se seria aquele o fim, e, por um breve instante, Eamon considerou firmar os pés no chão e aceitar seu remédio. Considerou tombar pelas mãos de uma coisa que lhe significou tanto durante suas dificuldades... aceitar a morte por uma ideia que antes lhe dera vida, mas a falta de sangue no martelo de Bing e o cheiro ainda rançoso de vinho aromatizado em seu hálito lhe disseram que Mark e Caroline ainda não haviam encontrado seu fim, então só restava uma coisa a fazer.

A fera mal pôde reagir e Eamon já estava disparando para fora da sala, atravessando o hall de entrada e voando para dentro da galeria que servia de sala de estar. Era um espaço magnífico que vinha do exterior da casa até a porta de entrada, um lugar pontilhado com móveis de época e tomado por obras de arte atemporais, cada canto coberto por belas esculturas, delicados vasos e bustos de personagens históricos de nenhuma era em particular. Era uma exibição chocante e descarada de riqueza, e embora sob qualquer outra circunstância Eamon perderia feliz um dia todo olhando os méritos daqueles tesouros e sentindo-se tonto com a vaidade de tudo, no momento eles não se passavam de obstáculos inestimavelmente caros.

Eamon avançou costurando por entre as heranças de família e disparou pelos móveis antiquados, sem perder nem um momento para olhar para a tempestade que sabia estar vindo atrás, já que o som de madeira se quebrando e vidro se estilhaçando bastava para saber que Bing estava sendo de alguma forma embargado pelos obstáculos que jaziam a cada par de passos. Eamon saiu de supetão para a grande entrada e, após confirmar que a porta estava de fato acorrentada, se virou de volta para o grande corredor e viu Paige, Thomas, Talia e Percy vindo disparados na sua direção, com pânico escorrendo de todos os poros. Foi bom vê-los. Parecia um passo mais perto da liberdade encontrar-se entre amigos de novo, mas, quando avançou, viu Finn virar a esquina logo atrás e se encolheu no vão debaixo da escada que dava para o andar de cima.

Tentou ficar invisível, virou os pés e o queixo de lado para não ser notado, mas conforme o farfalhar histérico de seus companheiros aumentou no corredor e a devastação da perseguição determinada de Bing cresceu, Eamon só se sentiu ainda mais encurralado. Simplesmente não tinha para onde ir. Não tinha para onde correr. Ele jogou o inútil jogo de decidir se era melhor encarar primeiro o urso ou o raposo, mas enquanto refletia acerca das duas opções indigestas, espremeu-se mais contra a parede e sentiu a maçaneta de uma porta escondida pressionar a base de suas costas.

Havia duas escadarias que levavam ao segundo piso, uma de cada lado do grande hall, curvadas contra a parede em sentido contrário e terminando num patamar flanqueado por guarda-corpos de mármore. Finn estava a poucos passos de alcançar Paige, Thomas, Talia e Percy quando eles decidiram se separar e fugir para o nível de cima, já que haviam exaurido todo espaço que o térreo oferecia para correr ou resistir. Paige e Thomas subiram os degraus da parede esquerda, Talia e Percy os da direita, mas Finn não se abalou e, com um impulso espantoso, saltou de um aparador, agarrou a base do patamar, balançou o corpo para o outro lado e pulou por cima do guarda-corpo. Aterrissou no piso superior no mesmo instante em que as duas duplas de convidados pararam de súbito, uma de cada lado, e por um único pulsar de corações, os cinco compartilharam do mais estranho silêncio.

— Vocês podem nos dar uns minutinhos? — disse o raposo a Thomas e Paige, que ficaram pasmos com a súbita aparição dele antes de decidir fugir pela porta ao final do corredor. — Muito bom — ofereceu com um sorrisinho satisfeito, voltando-se para Percy, que tentava usar o próprio corpo de escudo para proteger Talia. — Agora, se eu puder ter um tempo a sós com o Percival aqui, ficaria *muito* grato.

A esse ponto, Percy estava tremendo, seu rosto tão branco quanto as páginas do livro que o levara àquele lugar, e Talia, notando pela primeira vez a adaga fincada até o cabo nas costas do parceiro, começou a recuar para longe dele e da mancha vermelha que se espalhava por seu cardigã.

— Tah? — chamou Percy ao se virar para encará-la, mas ela só conseguiu engolir seu horror e apontar com dedos trêmulos.

— Sim, vá, vá — disse Finn. — Vamos levar só um minutinho.

— Tah, não... não... — gaguejou Percy, esticando a mão para ela, mas Talia já estava na metade da escada, descendo em disparada para qualquer outro lugar antes que ele pudesse terminar de pensar no que falar.

— Agora que somos só nós dois, acredito que você esteja com algo que me pertence — disse o raposo, então agarrou o cabo da adaga e arrancou-a de seu lugar bem ao lado da omoplata do homem.

Percy grunhiu quando a lâmina ficou livre e, agora que a adrenalina estava baixando, sentiu a dor da ferida pela primeira vez.

— Olha só o que você fez — lamentou Finn, mostrando-lhe o sangue que cobria a estimada lâmina e limpando-o no casaco de universitário dele até que ficasse limpa, preta e reluzente de novo.

Percy olhou para baixo e viu os borrões vermelhos que deixavam seu peito todo listrado antes de esticar o braço para o ombro a fim de investigar a sensação de queimação que irradiava pelas costas. Os dedos voltaram molhados, pingando a essência da vida. Ele subiu a mão à frente do rosto enquanto as peças finalmente começavam a se encaixar, com os olhos arregalados e escuros e o peito e a alma tremendo na mesma frequência assombrosa.

— Não se preocupe, é só um cortezinho. Não tem nada vital aí atrás, juro.

— Vital? Nada... vital? — perguntou Percy com uma voz fraca enquanto olhava a coisa vermelha e viscosa descer por sua palma e pingar do canto da mão.

— Nadinha. Se eu quisesse acertar alguma coisa importante, teria mirado no peito, que é onde ficam todas as partes com órgãos. — Finn tocou a adaga no esterno de Percy, no ponto logo acima de onde seu coração batia a cem quilômetros por hora. — Certamente alguém na sua posição de acadêmico conseguiria concluir isso. Ou vai ver você prefere que eu faça o que fiz com Edward. Que tal? Deixar esta vida da mesma forma que seu herói o fez? — Finn chegou mais perto até estarem quase peito a peito... a energia contida do raposo colidia com o medo mortal e fervente de Percy numa estranha aura salobra. — Você sabe por que está tendo dificuldades para falar agora? É porque dependeu de palavras a vida toda. Das suas, das de Edward, palavras de autores e daqueles que te ensinaram sobre eles. Mas agora... agora que o fim está tão próximo e você consegue ver que não tem ninguém ao redor que se importe com o que fala... agora entende que todas aquelas palavras não valem nada, não é?

Percy abriu a boca, mas a única coisa que saiu foi um hálito fétido e horrendo, o fedor amargo de bile fresca. Foi só então que olhou para baixo e viu a adaga de Finn cravada em suas entranhas, e quando o raposo deslizou-a alguns centímetros para o lado e tirou a lâmina, Percy colocou as mãos na barriga e deixou escapar um longo e nauseante gemido. Finn colocou uma pata sobre suas mãos e gentilmente o ajudou a descer até o chão, colocando-o deitado de costas e mais uma vez limpando a preciosa arma em seu casaco.

— Sabe, você me lembra Edward — disse enquanto Percy se engasgava e afogava no próprio infortúnio. — Essa coisa de construir a vida em cima das histórias dos outros. Sempre querendo que todo mundo se encante com suas proezas ou seja lá que outro lixo se convenceu de que é importante. — Phineas se levantou e admirou a lâmina novamente limpa antes de voltar a atenção para sua presa. — Ele levou quase uma hora e meia para sangrar tudo que tinha nas veias. Acho que daqui a mais ou menos uma hora vamos descobrir o quanto vocês realmente têm em comum.

— Talia? Talia?! — implorou Percy, com as mãos batalhando para conter a torrente de suas entranhas. Ele tentou se sentar, mas foi imediatamente empurrado de volta pelo peso do pé de Finn em seu ombro.

— Eu não faria isso se fosse você. Melhor não se sentar. Respira. Só respira — disse o raposo, fazendo uma demonstração de respirações lentas entrando pelo nariz e saindo pela boca até Percy captar a deixa e fazer o mesmo. — Aí, isso mesmo. Quer me dizer alguma coisa para quando eu encontrar com ela? Talia? Ficarei contente em passar um ou dois recados — sussurrou com um sorriso largo, mas Percy só conseguiu soltar um murmúrio cru e indecifrável. — Desculpa, não entendi.

Finn colocou uma orelha perto da boca de Percy, dando-lhe outra chance de falar, mas não houve nada além de um último e desesperado arfar pela vida.

— Como quiser — disse, cheio de satisfação. — Bom, isso foi adorável, mas sinto muito, tenho que ir agora. Seria grosseria da minha parte deixar os outros convidados esperando. Tenho certeza de que você entende.

Percy agarrou o tornozelo de Finn, mas o raposo só se livrou com um chacoalhão e, sem falar mais nenhuma palavra, avançou para a porta por onde os outros haviam fugido. Girou a maçaneta entalhada e, descobrindo estar trancada, passou sua lâmina pelo vão do batente e empurrou-a para cima, soltando o mecanismo do encaixe com um clique.

A sala cheirava a mofo e umidade, e embora estivesse um breu total, os olhos do raposo se ajustaram depressa à falta de luz e logo ele via tudo em detalhes, como se fosse dia. Estava na suíte real de Edward, aposentos luxuosos acomodados no canto do andar superior com uma cama com dossel na parede oposta e todas as outras regalias necessárias ao lugar onde um casal dorme espalhadas pelo espaço. Havia um biombo com padrão de folhas para sua esposa, Elizabeth, e antigos baús cheios de tesouros de família, depois um imenso closet com vestidos, trajes de baixo, ternos, roupas casuais e sapatos, sapatos e mais sapatos. Havia obras de arte ali também, como nos outros cômodos, uma coleção eclética que incluía um Monet, um Van Gogh, um Rembrandt e até um Picasso, este um esboço em linha simples de uma raposa desenhada num estilo cubista angustiante que fez Finn rir das implicações que o forçava a dispensar.

Estava tudo exatamente como ele se lembrava, das caixas de vinil com *Vale Winterset* gravado nas bordas aos engradados de tintura preto-piche para cabelo e até a coleção de broches que Elizabeth costumava ajeitar com precisão na penteadeira. Tudo exatamente como ele havia deixado, o que era mais motivo de preocupação do que conforto, pois Thomas e Paige não estavam em lugar algum. Foi só quando Finn enfiou a cabeça no banheiro e viu a brisa da noite soprando as cortinas que soube para onde eles haviam ido, e ao enfiar a adaga no bolso, pular a janela e descer pela treliça de madressilvas e hera na parede sul, ele *também* sabia para onde ia.

Finn atingiu o chão com força e cortou pela beirada da casa em direção ao caminho que dava na fonte de água. Estava claramente indo para algum lugar, mas antes de se afastar da mansão, girou numa curva fechada perto da entrada e parou num trecho coberto por arbustos de oleandro, dos quais, depois de um instante cavando, saiu com um arco e uma aljava cheia de flechas. O arco não era muito longo, a madeira havia sido entalhada à mão de um único galho e a ponta das flechas era de obsidiana como sua estimada lâmina, e enquanto ele usava a aljava pendurada no ombro como a maioria dos caçadores faria, também mantinha várias flechas na mão oposta para evitar ter de tatear as costas num momento crítico. Seus passos eram largos, ágeis e atléticos, parecia que os pés sequer tocavam o chão enquanto ele corria por entre as árvores com o arco pronto e a adaga embainhada na cintura. Estava no lugar ao qual realmente pertencia agora, segurando com força seus bens mais queridos, com o nariz ao vento e os olhos focados na missão que tinha à frente, nada menos do que um raposo num pomar que não escolhera... e nada mais do que uma árvore nascida de uma semente levada pelo vento.

O armário de casacos foi instalado num recorte preciso no vão sob a escadaria e, assim, oferecia o estranho conforto de um espaço que não existia no mundo exterior. Cheirava a couro velho e seco e solas de borracha desfazendo-se, e enquanto Eamon se apertava contra a parede mais distante, atrás da fileira de casacos de neve e sobretudos elegantes, os sons da loucura da mansão estavam abafados só o suficiente para lhe dar a sensação de manter certa distância de tudo. Cada parte de si desejava poder ficar ali para sempre, poder envelhecer, definhar e morrer atrás de seu escudo de tecido e nunca mais ter que abrir aquela porta e ver o que o aguardava do outro lado. Era tolice, mas mesmo assim fechou os olhos com força e prendeu a respiração quando o chão sob seus pés começou a ceder com o peso da fera marchando pelo corredor bem do outro lado da porta. Era tolice, mas mesmo assim rezou para uma coisa na qual não acreditava, ali, no escuro. Ali, num lugar que não oferecia escape, apenas silêncio e reclusão.

O nariz de Bing lhe dizia que Eamon estava perto, mas seus olhos não conseguiam precisar onde. Parado no meio do hall, o urso analisou os arredores. Foi só quando captou o leve odor de couro guardado que se lembrou da existência do armário, e sua sobrancelha se curvou satisfeita, pois soube que a coisa que caçava com certeza estava encurralada lá dentro. O martelo do urso construtor explodiu pela parede como se fosse o primeiro estojo de bala tombando em Ardennes, deixando Eamon em choque e certo do próprio fim enquanto uma chuva de lascas descia por cada canto de seu pequeno santuário. A criatura enfiou o braço gigante pela abertura e tateou o espaço com unhadas, as garras ferozes cortando tudo no caminho até não restar nada pendurado entre Eamon e elas, exceto o ar, o tempo e o mais visceral terror existencial. O rapaz se encolheu ainda mais contra a parede do fundo. Cada golpe da pata de Bing chegava mais perto de rasgar sua carne, mas errava por um fio de cabelo. O urso soltou um rugido frustrado, agarrou as laterais do buraco que fizera na parede e começou a arrancar as bordas para aumentar o vão de acesso. Os painéis saíram em suas mãos como se fossem de papel machê, e quando ele serpenteou o braço para dentro a fim de tentar de novo, as garras despedaçaram a camiseta de Eamon e arranharam a pele de seu peito com profundidade suficiente para tirar sangue.

Eamon não tinha o que fazer, exceto esperar Bing começar a arrancar os painéis de novo, sabendo que seria questão de segundos até o rasgo ficar grande o suficiente para a criatura conseguir cortá-lo em pedacinhos. Ele tentou não pensar na dor, nem no tempo que continuaria vivo depois que a coisa começasse e no quanto tinha certeza de que sofreria, mas quando levou a mão ao peito e sentiu a poça na camiseta, escutou algo totalmente inesperado... agonia.

Bing se levantou sobre as patas traseiras e encontrou a lança de uma das amaduras de Edward enfiada em sua coxa. Virou-se e viu olhos humanos encarando-o. Mark engoliu em seco o ar da mansão enquanto Caroline puxava sua camiseta e implorava para que se virasse e corresse, mas ele estava tão hipnotizado pela aura da fera que mal escutou, e quando Bing ergueu o martelo para lidar com ele, apenas continuou parado, só olhando.

— *Mark!* — gritou ao pegá-lo pelo ombro, mas ele estava absorto demais no espetáculo de algo tão perfeitamente único, selvagem e monstruoso. — *Por favor!* — urrou, puxando seu braço no momento em que Bing começou a subir o martelo para acabar com os dois.

Mas, pela segunda vez naquela noite, as intenções do urso construtor não se concretizaram por meio de suas ações, e ele soltou outro rugido sofrido quando Eamon, recém-liberto do confinamento, girou a lança para que se cravasse ainda mais fundo na perna. O bruto grunhiu e chacoalhou sua arma ao se virar, partindo a lança em duas e deixando o jovem com nada nas mãos, exceto um cabo lascado de madeira.

— Saiam da casa! — gritou Eamon enquanto Mark e Caroline recuavam para uma distância segura.

— E você?! — gritou ela. — O que...

— Só vai! — insistiu ele, olhando o urso nos olhos para se certificar de que o seguiria quando corresse.

E ele correu, muito. Disparou reto pela porta da frente, fez uma curva repentina e explodiu de volta para o salão de bailes ao som de Mozart, que ainda ecoava pelo espaço. Runny pareceu surpreso ao vê-lo e ergueu uma sobrancelha, sem parar de tocar, e Flackwell quase engasgou numa lufada de fumaça com a imagem dele correndo para o centro do cômodo com a camisa encharcada de sangue.

— Tenho de dizer que não esperava ver *ele* de novo — comentou o sapo entre uma tosse e outra. — Vai ver o velho Bing está *mesmo* perdendo a eficiência.

Não levou nem um instante para o grande urso seguir Eamon pela porta, com passos arrastados e irados e o desejo de acabar logo com a perseguição fazendo-o jogar pelos ares qualquer mesa e cadeira pelo caminho.

— Mas que bagunça — reclamou Flackwell, com um balançar desapontado da cabeça. — Uma vergonha.

Eamon olhou por cima do ombro e viu Bing partindo a decoração do salão como se fosse o mar vermelho. Estava quase nas portas que davam para o pátio, ainda fechadas com correntes, e não tinha espaço para dar meia-volta com a criatura fungando tão perto da sua nuca, então sabia que tinha de tomar uma decisão rápida, do contrário talvez não tivesse a oportunidade de tomar mais nenhuma decisão na vida. Bing reduziu o passo, mancando, ao ver Eamon desaparecer para dentro da sala de jantar, e quando chacoalhou as maçanetas só para descobrir que estavam trancadas por dentro, a fera bufou frustrada e preparou o martelo para abrir caminho.

— Ei, ei, espera um momentinho aí, senhor — disse Flackwell, já na metade do caminho e balançando um molho de chaves. — Você já me deve uma mesa de jantar e só o espírito sabe o que mais, julgando pela barulheira que tenho ouvido. Não precisa sair quebrando uma porta perfeitamente boa. Ainda temos que continuar morando aqui depois que a dívida for paga, você sabe.

Bing grunhiu seu descontentamento, mas acatou o pedido, desceu o martelo e se afastou da entrada.

— Minha nossa, o que aconteceu com a sua perna? — perguntou o sapo, apontando a ponta do cachimbo para o machucado na coxa do amigo. — Você deixou aquele rato te dar uma surra?

O urso só rosnou e apontou para as portas. Flackwell, entendendo que ele não estava no clima para provocações, atendeu seu pedido e as destrancou com a chave.

— Seja rápido... e *sem sujeira*, se possível. Muito terrivelmente caótica, essa coisa toda de vingança.

Bing empurrou a porta e deslizou para dentro com o martelo pronto, mas parecia que a única outra alma na sala era Gareth, ainda caído contra a parede mais distante, batalhando por qualquer mísera quantia de ar. O espaço estava infectado com o mais estranho silêncio, uma quietude incongruente que ressoava falsa em meio aos cacos de porcelana, entulho de móveis quebrados e candelabro ainda oscilando. Eamon não estava em lugar algum, e o urso construtor não conseguia mais captar seu rastro em meio às sobras das deliciosas criações de Flackwell que estavam espalhadas perdidamente pelo cômodo... e mesmo depois que o bruto conferiu cada janela para se certificar de que não estavam quebradas, cada reentrância para garantir que não havia ninguém escondido dentro e cada canto escuro, não restou nada exceto o despertar da loucura da noite... e o buraco deixado no chão pelo seu martelo.

O porão era escuro e o ar, estagnado, adequadamente cheirando a mofo. Só pelo som dos próprios passos, Eamon sabia que era cavernoso e concretado de parede a parede. Ele cambaleou para a frente com os braços esticados, como um homem cuja visão acabara de falhar, e tateou em busca de qualquer coisa que pudesse ajudá-lo, mas no fim só encontrou caixas de uma coisa ou outra e prateleiras cheias de latas cujo conteúdo era impossível decifrar em meio ao breu implacável que o cercava. Enfim, chegou a uma estrutura de metal que assumiu ser uma caldeira, e quando tropeçou pelas teias de aranha e deu a volta para o outro lado, viu duas luzes dançando alguns metros à frente. Aproximou-se, cauteloso, e logo viu que eram lamparinas pela forma como as chamas tremeluziam, mas não foram as luzes em si que chamaram sua atenção e sim a estranha e inesperada cena que se revelava sob seu brilho.

Cada lamparina ficava em uma jaula de ferro do tamanho de uma cela de prisão modesta. Eram coisas de formato horrendo, mas Eamon ficou surpreso por estarem mobiliadas com uma surpreendente variedade de confortos para suas criaturas: camas firmes com lençóis caros de linho, tapetes decorativos que poderiam ter sido tirados da sala de estar e guarda-roupas excepcionais que pareciam desperdiçados no escuro do porão. Eamon enfiou a cabeça para dentro de uma para saciar a curiosidade e descobriu que não falhavam em oferecer entretenimento também, já que aparentemente todos os cantos estavam abarrotados com livros de receitas, partituras, livros clássicos de aventura e muitas canetas, lápis e papel para quando as palavras já impressas se tornassem entediantes.

As jaulas estavam próximas e suas portas viradas uma para a outra, de forma que abriam para uma área comum na qual Eamon encontrou uma mesa de café da manhã e um par de cadeiras combinando enfiadas na escuridão. Era uma imagem tão chocantemente doméstica que o lembrava de algo saído de um catálogo de loja de decoração, e o coração dele se derreteu quando viu a pequena coleção de saleiro e pimenteiro, frascos de ketchup, mostarda em grãos e um molho HP, ajeitada com carinho ao lado do porta-guardanapos. Havia um aparelho de rádio também, em cima de uma pilha de jornais amarelados alta o suficiente para ir do chão até a beirada da mesa, e Eamon não teve como não pensar que se parecia com um lar. Um lar estranho e solitário, enterrado sob a superfície de tudo que qualquer outra pessoa poderia querer, mas um lar mesmo assim... e ele foi atingido por uma pontada de ciúmes com a ideia de levar uma vida tão simples, mesmo que enjaulado.

Eamon esticou a mão para girar o botão do rádio na esperança de saborear tal existência um pouquinho melhor, mas antes que seus dedos pudessem sequer tocar o aparelho, escutou um grande estrondo vindo de cima — Bing, começando a abrir um buraco do tamanho de um urso no piso da sala de jantar. Ele despertou para o problema do momento, pegou a lamparina mais próxima e começou a procurar por uma saída junto às paredes, mas quando chegou ao primeiro canto, não encontrou nada exceto canos enferrujados e concreto frio. O trovejar vindo de cima ficava cada vez mais insistente, mas quando Eamon estava na metade da parede seguinte, o clamor parou de súbito... e ele também. Tentou acalmar a respiração, mas seus temores precisavam de muito ar. Tentou fazer a lamparina parar de balançar, mas a mão livre tremia tanto quanto e não ajudou a silenciar o tilintar do metal. Ele se sentia como um peão sem movimentos possíveis... uma pedrinha esperando ser engolida pela maré. Sem saber o que fazer e sem querer dar um passo sequer na direção errada, apertou os olhos para o breu infinito a fim de ver de que se tratava aquela pausa, mas tudo que encontrou encarando-o de volta foi um enorme par de olhos marrons faiscantes... e Eamon soube que não estava mais sozinho.

Buscando refúgio no escuro, deixou cair a lanterna e tentou com afinco apalpar qualquer coisa que se parecesse com uma saída enquanto o estrondo de prateleiras sendo derrubadas e caixas sendo esmagadas varreu seu ser como uma tempestade. Enfim, sua mão encontrou uma curva no concreto que levava a uma passagem estreita e, depois de tropeçar em algo que parecia um degrau, ele olhou para trás, viu a silhueta do urso cobrir o brilho da lanterna e soube que a fera em seu encalço estava a meros segundos de alcançá-lo. Eamon avançou e ficou extasiado de sentir um segundo degrau, depois um terceiro, sob seus pés, e sabendo que uma escada só podia significar uma coisa, disparou para cima só para se deparar com a portinhola dupla de um alçapão. Tentou abri-la enquanto o peito martelava com a promessa de salvação tão próxima, mas quando ela se recusou a ceder, sentiu o estômago revirar, pois era feita de ferro e as duas metades estavam soldadas com ferrugem.

Jogou o ombro contra o centro na esperança de quebrar alguma coisa, mas a porta só mexeu meros milímetros antes de voltar caindo acima dele. Estava preso, completamente preso, mas não percebeu que estava também totalmente encurralado até escutar um rugido feroz da base da escada e sentir uma garra se cravar na sola de seu sapato. Antes que pudesse sequer se preparar, sua perna lhe foi puxada de baixo do corpo e ele tombou nos degraus, chicoteando o crânio no concreto e escutando de imediato os ecos de sua perdição ali dentro. Os ouvidos zumbiam e a visão pulsava de dor, mas ainda conseguia escutar Bing rosnando e estalando os dentes enquanto tentava puxá-lo para fora da passagem para despedaçá-lo. Quando os sentidos de Eamon começaram a tomar foco de novo, ele viu que os ombros do bruto eram largos demais para se espremer pelo corredor, então deu um chute desesperado que fez a criatura soltar seu sapato. Eamon não perdeu tempo em voar de volta para a segurança da porta do alçapão, e tentou abri-la de novo e de novo... cada fibra de seu ser disparando com toda força que ainda lhe restava. No entanto, ainda não conseguia ver o luar do outro lado. Ainda não inspirava o ar fresco. Ele gritou por ajuda com toda voz que conseguiu reunir, mas sabia que não havia ninguém do outro lado para escutar, e quando seus ombros caíram com a inevitabilidade da derrota, sentiu um raio partir seu corpo ao meio.

O topo do martelo de Bing o atingiu como um trem descarrilado, lançando-o para a frente com uma violência impiedosa e apresentando sua cara para a dureza do ferro da porta do alçapão. O urso construtor havia conseguido ampliar seu alcance, e tudo o que Eamon conseguiu fazer foi se virar e balançar os braços para estapear as investidas que ficavam cada vez mais fortes, como a mais implacável chuva de granizo, malhando seu corpo e esmagando seus ossos. Eamon teve certeza de que seria só questão de tempo até não restar mais nada de si, exceto pó, e foi em meio a essa certeza que uma estocada bem posicionada partiu sua guarda e o atingiu em cheio no peito, arrancando até a última molécula de ar dos pulmões. Era uma defesa perdida e lastimável, sem ar para reunir energias, mas quando Eamon sentiu sua força de vontade ceder à determinação da arma do urso, esticou o braço para a porta uma última vez, só para sentir um par de mãos firmes puxá-lo para a segurança.

— Parecia que você precisava de uma mãozinha para abrir esse alçapão — disse Mark, antes de notar os vergões que desfiguravam os membros de Eamon e o sangue espalhado por seu corpo enquanto ele se encolhia no chão e implorava por ar.

Caroline cobriu a boca com a mão, pasma com o vermelho vivo que cobria suas roupas.

— Ai, meu Deus, você está bem?

— Não... Eu... não estou... bem — respondeu Eamon, entre gratas arfadas de ar.

— O que aconteceu com...

— Fecha... a... porta! *Fecha agora!* — implorou ele.

Mark espiou pelo alçapão e viu dois olhos gigantes refletindo o luar de volta para ele. Sem pensar, fechou com força as duas metades da porta e deixou Bing a perecer nas sombras, onde era seu lugar.

— Cruzes, o que aconteceu? — perguntou Caroline, abaixando-se para tentar ajudar.

— Eu fui espancado por um urso... tipo... duas vezes.

— Bom, vamos tentar manter esse número abaixo de três, tá legal? — acrescentou Mark enquanto ajudava Eamon a ficar de pé.

— Espera. Deixa eu ver sua cabeça. — Caroline pegou a mochila dos ombros e vasculhou o interior até achar um pacote de lenços.

— Você voltou para buscar a mochila?

— Peguei no caminho da saída — respondeu, ao mesmo tempo em que limpava um pouco do sangue na cabeça de Eamon. — Tem certeza de que está bem?

— Você pode continuar perguntando, mas vou continuar respondendo que não — retrucou ele, fazendo uma careta ao toque dela. — Como vocês saíram?

— Bing arrancou uma das metades da porta do batente. Nós escapamos com dois dos outros… o ruivo e o alto.

— Olha, eu… a gente não tem tempo para isso — gemeu Eamon, empurrando com gentileza a mão de Caroline. — Precisamos sair *agora* desta ilha. Depois alguém me costura. Vamos só…

— Eles falaram que estavam indo para a doca.

— Então a gente provavelmente deveria fazer o mesmo.

— Acha mesmo que nossa carona ainda vai estar lá? — bufou Mark.

— Gene estava bem apagado — respondeu Caroline. — Pode ser que esteja.

— Mesmo depois da chuva? — A lógica de Mark fez todos hesitarem, e por uma sequência de momentos a esmo, eles compartilharam apenas olhares suplicantes em vez de palavras.

Pareceram se passar horas até alguém falar de novo, mas foi Caroline quem finalmente assumiu a postura de tentar melhorar o ânimo do grupo.

— Vai ver ele esperou no barco. Tenho certeza de que não ia só deixar a gente…

— Eu deixaria — interrompeu Mark. — Se tivesse que escolher entre esperar debaixo da tempestade até um punhado de pirralhos terminar de se perder no bosque ou voltar para casa para você… eu estaria longe. E você também. Estou errado?

Eamon colocou as mãos na cintura e começou a andar de um lado para o outro.

— Olha, mesmo se ele não estiver lá, talvez… talvez tenha um barco a remo ou uma canoa no balcão perto do desembarque, sei lá. Talvez tenha…

— E se não tiver? — questionou Mark, olhando os dois nos olhos, um de cada vez.

— Aí continuo achando que é nossa melhor chance de encontrar os outros. Mas se você tem uma ideia melhor, agora seria um ótimo momento para colocar na roda — disse Eamon, ao mesmo tempo em que a desconfortável confusão de ser parte do jogo de outra pessoa o atingiu.

Mark tentou forçar uma solução melhor a sair pelos seus lábios, mas quando abriu a boca, a única coisa que escapou foi:

— Não tenho.

Caroline só chacoalhou a cabeça, derrotada. Eamon queria muito falar da gravidade ou da natureza extraordinária das circunstâncias em que se encontravam, mas sentia que só conseguiria dizer pouco que importasse mais do que as coisas que já haviam visto, o terror que já tinham sentido ou o sangue que ainda ensopava sua camiseta e embolava seu cabelo. Queria dizer que estavam só perdendo tempo discutindo quais ideias eram melhores e quais eram impossíveis na prática, porque a realidade estava num plano que já haviam abandonado há horas... e não tinham qualquer contexto na história deles que explicasse algo tão brutal. Eamon queria tantas coisas naquele momento, mas mais do que tudo queria estar em casa... em casa em Boise, em casa no campo, em casa com um par de pais temporários que ele odiava com cada nervo de seu jovem ser... qualquer coisa serviria. Qualquer coisa serviria, mas sabia bem demais que nada viria até ele, então, como já havia feito incontáveis vezes antes, John Eamon Buckley colocou um pé à frente do outro com a esperança de que o próximo passo pudesse fazer tudo valer a pena.

NOVE

Patrick bateu com força contra a porta do galpão de barcos, que girou para dentro o suficiente para todo o mundo ver que não havia nada lá, exceto uma pequena floresta de mato que crescera nos vãos do piso de madeira.

— Nenhum barco. Nada — exclamou enquanto voltava para o canto onde Rowan, Thomas e Paige esperavam na clareira de desembarque.

Todos estavam compreensivelmente devastados de ansiedade, mas Thomas parecia um pouco mais abalado do que o restante, com os braços cruzados, a cabeça baixa e as bochechas manchadas de vermelho com o pânico.

— Seu amigo... Gareth... ele está... — Rowan achou melhor não terminar a frase, pois sabia que, assim como ele, os outros não tinham a resposta, e repreendeu-se silenciosamente por ter cedido ao instinto de perguntar.

— Não sei — respondeu Paige. — Eu quero voltar, mas...

— De jeito nenhum — rebateu Thomas, explodindo de emoção e mal conseguindo engolir a histeria entre as sílabas. — Voltar?! A gente não pode voltar lá! Temos que *ir embora!* Temos que... nadar ou sei lá, *o que for!* Aquelas coisas vão matar a gente. *Matar* a gente, cacete. E se só ficarmos parados aqui a noite toda, vão...

Paige passou a mão pelo braço dele para acalmá-lo.

— Nós vamos sair daqui, eu prometo. Só precisamos... precisamos pensar um jeito de...

— De quê?! — gritou ele, empurrando-a e socando o próprio peito. — Pensar... num jeito... *de quê?* Você achou mesmo que ia ter um... um *barco* só esperando aqui para gente usar?! Nós estamos numa ilha! Numa ilha, então vamos só *nadar!*

— A gente não tem como nadar — disse ela, quando Thomas avançou em direção à água, entrando na frente dele para bloquear seu caminho. — Tom, não dá...

— Sai da minha frente, Paige, juro por Deus!

— São mais de cinco ou seis quilômetros de água congelante até a costa, você nunca ia conseguir... se desse, eu também iria — acrescentou Patrick. — Mas não tem como.

Thomas tentou abrir caminho de novo, mas Paige o segurou até que se encolhesse no chão com a cabeça nas mãos.

— Eu só... quero ir embora. Quero *ir* e não quero ficar aqui e só quero *ir embora,* caramba! — soluçou ele.

— Eu também quero — disse Paige, abaixando-se e acariciando seu cabelo. — Mas não consigo sem a sua ajuda. Então, preciso que você seja forte... e preciso que seja esperto como sempre é. Consegue fazer isso por mim?

Ele assentiu, secou as lágrimas dos olhos e engoliu a violência de seus nervos, mas mesmo enquanto o ajudava a se levantar, Paige não tinha certeza se acreditava, embora soubesse que não tinha outra escolha.

Eamon, Mark e Caroline haviam encontrado a cerca que seguia pela costa e a acompanhado até o vão que lhes fora presenteado pela árvore tombada. Depois de uma corrida desesperada pelo caminho que beirava o mar, sentiam que estavam quase na clareira de desembarque quando a trilha começou a se abrir. Seus instintos só foram confirmados quando viraram a última curva e viram de longe os outros reunidos perto da doca, mas, ao reduzir o passo a um trote e tomar um momento para avaliar os arredores, sentiram o coração pesar, pois não havia nenhum barco à vista.

— Eu sabia — bufou Mark. — A gente está preso aqui. Preso aqui nesta ilha maldita e...

— Bom, pelo menos não estamos sozinhos. — Caroline levantou o braço para sinalizar aos outros que tinham chegado, mas, assim que se virou para eles, Eamon segurou seu pulso em protesto.

— Não faz isso — disse, quando os instintos começaram a disparar.

— O que foi? Eu só ia...

— O portão. — Eamon apontou com a cabeça para o imponente portão de entrada onde haviam deixado suas oferendas de agradecimento mais cedo, que agora estava completamente aberto. — As correntes sumiram.

— Tá, o pessoal deve ter cortado. Eu não...

— Cortado com o quê? — desafiou Eamon, olhando para trás como se estivesse esperando uma surpresa a qualquer momento. — As correntes eram grossas. Eles deixaram aberto de propósito. É a única explicação.

— Por que fariam isso? — perguntou Mark. — Não iam preferir manter a gente *dentro* da cerca?

Eamon correu os olhos pela área que ia da mansão até o mar, na esperança de algo estalar em seu subconsciente.

— Não sei. Talvez... talvez soubessem que nós viríamos todos para cá se conseguíssemos sair da casa. Talvez *queiram* a gente aqui.

— Não entendo — disse Caroline. — Por que iam querer a gente aqui, onde é tudo aberto?

— Exatamente por isso — explicou Eamon, apontando para o espaço entre o portão e a doca. — É uma clareira. Não tem árvores para bloquear o luar. É o ponto mais baixo da ilha e um lado todo é água. Vocês escutaram o que Runny disse, isso...

— Isso é uma caçada — completou Mark, assentindo ao começar a acompanhar o raciocínio de Eamon.

— Exato. É uma caçada... e esse é o lugar perfeito para um tiro preciso.

— Tiro *de quê?*

— Não sei — respondeu Eamon. — Mas se estivermos todos encurralados ali embaixo, eles podem simplesmente acertar um por um, como...

— Como búfalos — concluiu Caroline.

A voz de Eamon baixou a um sussurro cauteloso:

— Como búfalos.

Ele levou um dedo aos lábios e se esgueirou entre os arbustos, encorajando Mark e Caroline a fazerem o mesmo. Quando estavam todos confortavelmente escondidos atrás das folhagens, Eamon jogou uma pedra na direção dos outros com a expectativa de chamar sua atenção sem alertar olhares indesejados. Sua primeira tentativa foi um fracasso, assim como a segunda, mas Mark captou depressa a intenção e lançou a pedra seguinte com força considerável, e juntos a observaram cair a menos de um metro dos pés de Rowan.

— O que foi isso? — perguntou Patrick, girando e lançando um olhar desesperado para todos os lados.

Rowan se uniu a ele na busca, mas nenhum dos dois pensou em olhar longe o bastante para ver a trilha onde Eamon e os amigos estavam espiando por cima dos arbustos.

— Sei lá, pareceu uma pedra ou coisa do tipo.

— Pedra de onde? — questionou Patrick, então olhou para o céu e depois para os três camaradas que pareciam saber tanto quanto ele, nada mais.

— A gente tem que sair daqui — sugeriu Paige. — Não podemos ficar...

— *Ai!* — ganiu Patrick, encolhendo-se de dor e dando um tapa na própria perna.

— O que foi?

— Acho que alguma coisa me mordeu. — Mas quando olhou para o tornozelo, onde esperava encontrar os restos mortais de algum inseto irritante, viu em vez disso um rasgo que começava a empoçar vermelho com sangue fresco. — Mas o que...

A segunda flecha voou perto o suficiente de seu rosto para que sentisse o vento na pele, mas o sibilar das penas era tão pouco familiar que, mesmo depois de escutar a ponta afiada partir a água rasa além da praia, ele ainda não conseguia entender o que estava acontecendo. Os dois tiros seguintes vieram em rápida sucessão, o terceiro se fincou a poucos centímetros de onde Thomas ainda estava sentado e o último não o atingiu por um mero fio de cabelo. De súbito, todos se sentiram tomados por uma onda desesperançada de angústia confusa, e quando as duas flechas enterradas na terra beberam luar suficiente para serem reconhecidas, o grupo ficou paralisado com uma inegável torrente de pânico.

— Corre! — gritou Patrick para o casal, ansioso para se juntar a Rowan, que já estava a uma dúzia de passos dali, correndo para a proteção das árvores.

Paige levantou Thomas, mas quando tentou puxá-lo pela mão, ele se soltou e correu na direção da água.

— Me deixa ir! — berrou quando ela o agarrou pelas costas, ainda sem aceitar a ideia de deixá-lo flutuar noite adentro.

— Tom, a gente tem que ir! Merda, a gente tem que...

Ele se virou e a derrubou no chão exatamente no instante em que outra flecha parou perto o suficiente do rosto dela para jogar pedrinhas em seus olhos. Paige se levantou, limpando a poeira do rosto e sentindo-se totalmente derrotada, e ao olhar para a colina de onde achava que as flechas estavam vindo, não viu nada além de sombras e soube que estavam encurralados. Virou-se para o mar de novo e queria tanto, tanto correr atrás do parceiro, envolvê-lo nos braços e carregá-lo para longe, mas as pernas estavam bambas e fracas demais para obedecer, e Thomas, como sempre, sendo teimoso demais para facilitar as coisas.

— Maldito vento encanado — resmungou Finn para si mesmo, de sua posição a uns cem metros no sentido da casa.

Não estava acostumado a errar o alvo, mas havia escolhido uma distância desafiadora para atirar e, ali de seu santuário ladeado por árvores, era quase impossível precisar para que direção o vento soprava na clareira, pois mesmo as folhas mais próximas da praia pareciam não saber para que lado balançar. Não foi até Thomas chegar quase na água e o luar captar seu cabelo soprando com a brisa que Finn teve uma leitura definitiva e, ao mesmo tempo em que abriu um largo sorriso no rosto, sacou outra flecha, puxou o arco e lentamente soltou o ar dos pulmões.

Paige já tinha parado de gritar quando a água bateu nos joelhos de Thomas, de certa forma resignada a vê-lo nadar para longe no que certamente seria seu fim, na esperança de que fosse menos sofrido do que aquilo que o aguardava na ilha. Era um pensamento cru e nada bem-vindo, mas dado tudo o que havia visto naquela noite, nada parecia perverso demais, então permitiu que marinasse na mente pelo tempo que quisesse. Quando o parceiro estava imerso até a cintura no mar, ela já tinha se despedido com um adeus silencioso, e quando escutou o sibilar veloz logo acima de sua cabeça, já o culpava por ter reduzido o tempo que tinham juntos, mesmo que por um único minuto. Suas reflexões sombrias teriam ecoado até a terra firme e de volta à ilha se não fosse pelo nauseante baque da flecha atingindo Thomas logo à esquerda da coluna, e embora o fim dele a tenha partido em pedacinhos, não custou muito, já que mal restavam fios que a mantivessem num pedaço só.

Thomas caiu num quebrar das ondas e Paige se sentiu grata por ter sido rápido. Percebeu que estava sozinha pela primeira vez desde que saíra de casa, e como Patrick e Rowan já haviam rompido seus laços e fugido, não havia necessidade de uma estratégia, nenhum ímpeto de pensar rápido ou considerar a segurança de ninguém, inclusive dela mesma, então só se sentiu livre para sentar na praia e deixar as ondas lhe trazerem seu Thomas de volta. Ficou com ele até escutar o farfalhar de passos silenciosos na terra atrás de si, e mesmo sabendo a quem pertenciam, sequer se virou para vê-lo.

— Você não vai fugir? — perguntou Finn, com o arco em uma mão e um punhado de flechas na outra.

— Não — foi tudo o que ela conseguiu soprar em resposta.

— Tem certeza? Eu ia gostar *muito* se você fugisse.

— Eu sei — disse Paige, com lágrimas estranhamente dignas correndo pelas bochechas. Então, finalmente virando-se para olhar Finn em seus olhos determinados, perguntou: — Por que você é assim?

— *Assim?* Assim como?

— Nós não te fizemos nada. Você nem conhecia a gente antes de hoje.

— Mas conheço sua *espécie* — respondeu o raposo, rodeando-a lentamente até estar à sua frente. — Parece até que você acha que eu nunca conheci um humano antes. Bom, eu conheci muitos. Muitos.

Ela o encarou com o olhar mais distante do mundo, como se Finn estivesse falando alguma língua desconhecida. Ele continuou:

— Eu fui tirado da minha casa por eles. Caçado por eles. Forçado a dançar para eles enquanto se enchiam dos frutos da minha terra, e vi os últimos do meu povo desaparecerem sob as botas deles. Pode achar que não te conheço, mas conheço *todos vocês* bem demais. *Conhecer* vocês nem é o importante. — Finn se abaixou para olhá-la nos olhos. — Imagino que me considere perverso... arruinado pelas coisas que fiz. Bom, pode ser que tenha um fundo de verdade aí. No meu tempo, já fiz pior do que acabei de fazer com Thomas, isso te juro. Talvez eu seja perverso. Quebrado por dentro. Mas cá entre nós... — acrescentou ao ficar de pé, e sua voz desceu a um sussurro sinistro: — já fiz minhas pazes com isso.

Finn soltou duas flechas tão depressa que pareceu um único movimento, e as duas atingiram-na direto no coração. Ela respirou só mais duas vezes antes de partir, com os olhos congelados numa expressão de surpresa e as lágrimas já secando com a brisa do mar, e quando ela tombou no cascalho sob si, Finn se considerou muito esperto por tê-los extinguido tão perto um do outro. Sentiu-se o guardião da natureza deles e uma criatura mais forte por ter feito assim... astuto, um sopro que guia o caminho entre galhos.

— E os outros? — perguntou uma voz da colina.

Finn se virou e viu Runny mancar pelo portão principal e parar logo depois da entrada. Ele, é claro, estava com a bengala do lado direito, como sempre, mas enfiado debaixo do outro braço tinha um rifle por ação de alavanca que reluzia como uma pedra polida pela maré à luz fraca da lua. Era uma arma extremamente elegante, de madeira com veios escuros e aço azulado, com entalhes em filigrana de ouro na armação, e até o cano tinha um veio dourado cortando pelo centro, como um rio de valor inestimável. Era uma arma de calibre majestoso, e embora parecesse estranha nas mãos do idoso acabado que agora a carregava, havia também certa beleza inesperada nessa desconexão, como se o rifle não desse a mínima para o próprio status.

— Para onde eles foram? — continuou o coelho.

— Se espalharam — respondeu Finn, ainda olhando para suas presas e absorvendo a calmaria que sempre se segue aos momentos finais de uma caçada.

— Hum. Que infortúnio. E agora?

— Agora a gente se diverte de verdade. — O raposo ergueu os olhos para encontrar os de Runny, cheios do brilho e da doce certeza de que havia um desafio à frente.

— Pois bem — disse o coelho. — Vou vigiar a casa enquanto você se diverte.

Runny se virou e começou a mancar pelo caminho em direção à casa, acrescentando sobre o ombro:

— Fala que eu mandei oi pros perdigueiros.

O estábulo ficava a algumas centenas de metros no sentido noroeste da casa e, à sombra da opulência da mansão, parecia com certeza uma estrutura modesta. Fora construído no típico estilo Tudor e adornado só com itens estritamente utilitários — na verdade, mal havia algo notável no exterior exceto os dois "A" marcados na porta da frente e o pesado cadeado que estava enganchado nos dois puxadores. Finn encaixou sua chave e a coisa abriu com um clique abafado, e quando a jogou no chão e abriu as portas, recuou com o fedor rançoso que escapou de dentro.

Não houve relincho algum, nem resfolegar e bater de cascos quando ele entrou, e mesmo à luz gentil da lanterna, era evidente que não havia fardos de feno no mezanino nem selas esperando nos ganchos por suas montarias. Não havia estribos, embocaduras ou escovas de qualquer tipo adornando as paredes, nenhum montinho de ferraduras no canto e nenhuma bigorna ou martelo para moldá-las... e no lugar das baias que normalmente existiriam nas laterais da construção, havia apenas jaulas parecidas com as duas que jaziam solitárias no porão de Addington. Havia treze delas no total, seis de cada lado e a maior contra as portas do fundo, como se estivesse sentada na ponta da mesa, e conforme Finn caminhava tranquilo até o meio do espaço, ficava claro que definitivamente não era um estábulo para cavalos, mas o lar de um tipo bem diferente de animal.

Restavam cinco deles, todos em suas gaiolas junto aos ossos dos perdigueiros que haviam vindo antes deles, todos destruídos, penosos e irreparavelmente quebrados. Ainda eram humanos na forma, mas uma vida havia se passado desde a última vez em que se sentiram assim por dentro. Suas roupas não passavam de trapos agora, e as barbas estavam tão emboladas quanto o cabelo acre e apodrecido. Haviam se passado eras desde que pararam de resistir aos ácaros e piolhos que inundavam o lugar em ondas para um banquete que sabiam não ter como escapar. Haviam se passado eras desde que pararam de resistir a qualquer coisa, na verdade, e vestiam sobre a pele incontáveis camadas encardidas de sujeira, como a casca das árvores que cresciam logo ali fora, pois tal resignação era de alguma forma mais fácil de engolir do que a tortura de ter que arrancá-las e contar os anéis internos de novo e de novo.

Finn balançou a lamparina ao redor de cada uma das jaulas, e um a um eles recuaram com o choque da luz, encolhidos no fundo de seu confinamento, protegendo o rosto conforme as chamas refletiam nas travessas de água, cada uma com um nome pintado: Dama, Cavalo, Torre, Bispo e Rei.

— Prontos para trabalhar hoje, ratos?! — berrou o raposo, chutando as jaulas e tocando seus sinos como bombas explosivas, e o coro de terríveis gemidos e grotescos estalos vindo deles atingia de maneira muito bem-vinda as orelhas erguidas. — Esta é a noite mais importante da vida de vocês, sabiam disso? Hoje é o Dia da Cevada, um tipo de aniversário para todos aqui. E neste dia, a dívida finalmente será paga... e talvez a de vocês também.

Os perdigueiros não falaram palavra alguma, mas assobiaram em resposta, pois a perspectiva de a sorte lhes sorrir, brilhante, não importa o quão sombria, elevou seus ânimos.

— Esta noite, tudo termina. E se vocês se comportarem como um cão de caça deve... se fizerem o que eu mandar, nunca mais verão o interior dessas jaulas. Vou deixar que vivam suas vidas inúteis aqui na ilha... livres para fazer o que quiserem. Mas se não obedecerem — continuou ele, passando a faca pela jaula de Bispo e deixando a lâmina tilintar a cada barra —, se não obedecerem... se um de vocês tentar fugir... abro todos de uma ponta à outra e os deixo sangrar nas travessas de água até não sobrar nada. Ficou bem claro?

Ele olhou para Bispo, que assobiou baixo em consentimento, passando as mãos pela infinidade de cicatrizes que cobriam sua pele e sentindo-as queimar como se fossem cortes recentes de novo.

— Ótimo — concluiu Finn, e abriu os cadeados das portas deles.

Os perdigueiros saíram devagar das gaiolas, então se espreguiçaram e suas juntas estalaram como pipoca, e embora estivessem todos magros de passar anos no cativeiro, não eram necessariamente fracos, já que haviam sido mantidos saudáveis o suficiente apenas para servir ao seu propósito. Parados ali, com receio da luz da lamparina, pareciam cinco coisinhas quebradas da mesma ninhada corrompida, todos curvados na mesma postura e pintados com o mesmo pincel putrefato. Todos com pavor mortal do que aconteceria no futuro e justificadamente calejados pelo que já acontecera no passado.

— Peguem seus equipamentos — ordenou Finn, apontando com o queixo para um punhado de cinco lanças de madeira e uma pilha de cordas em igual quantidade, que os perdigueiros jogaram sobre um ombro como se fossem faixas militares. — Vocês podem ser ratos livres ou ratos mortos. A escolha é sua.

Finn os empurrou para fora do estábulo, mas quando se virou de costas para fechar as portas, cedeu ao impulso de olhar uma última vez para a jaula à ponta da mesa, a que tinha uma travessa de água com o nome *Finn*. Fazia eras que estava livre dela, agora, mas ainda conseguia escutar o latido incessante dos cachorros, do nascer ao poente, e do poente ao nascer de novo. Ainda conseguia sentir o bafo fétido e a sujeira pesada no ar, e embora os ossos deles estivessem espalhados pelo lugar todo enquanto os seus não estavam, isso não parecia fazer os ouvidos zumbirem menos e não evitava que seu sangue fervesse. Ele os mataria todos de novo se tivesse a chance. Humano ou cachorro, pouco importava para Phineas, o Raposo. Para ele, eram todos ratos… e o mundo, um labirinto.

DEZ

O vento estava começando a castigar e já havia tingido de vermelho a bochecha de todos quando Caroline e Mark perceberam que Eamon não estava mais correndo ao lado deles. Os três haviam acabado de passar pela árvore tombada e estavam voltando em disparada pela costa depois de testemunhar a execução de Thomas e Paige pelas mãos do raposo, e quando Caroline virou para trás e viu Eamon parado perto da cerca quebrada, pareceu que até a paciência dela havia se esgotado.

— Eamon! — gritou. — Que porra você tá fazendo?! Continua correndo!

— Parem — disse ele, com a cabeça virada para as árvores lá em cima. — Nós temos que voltar para dentro.

— O quê? — arfou Mark, enquanto ele e Caroline voltavam até o amigo para que não precisassem gritar para serem ouvidos. — Você está maluco? Temos que manter essa cerca entre aquela coisa e a gente, e aquele... aquele urso.

— A cerca não faz diferença nenhuma. Você acha que Finn não consegue escalar por cima dela? Acha que Bing não consegue passar reto, estourando tudo? Acha que isso aqui segura uma flecha?

— Nós temos que continuar *correndo* — bradou Caroline. — Temos que...

— Temos — interrompeu Eamon. — Mas temos que correr para o outro lado da ilha. — Ele olhou para as copas de novo e observou as folhas ficarem de barriga para cima com a brisa. — O vento está soprando para dentro, vindo *desta* costa. Isso significa que qualquer coisa nesta ilha consegue farejar nosso rastro agora, e se continuarmos perto da água, somos presas fáceis. Não teremos para onde correr se eles acharem a gente. Temos que ficar *na frente* do vento ou é só questão de tempo até estarmos mortos.

— Farejar nosso rastro? — questionou Mark. — Ele não é um sabujo, ele é um...

— Ele é um raposo. Um predador. E pode não ser um sabujo, mas não fica muito abaixo disso. — Eamon se virou para os dois amigos e diminuiu a distância entre eles, a fim de conseguir sua atenção total. — Vocês precisam entender o quanto estamos em desvantagem aqui. O sol não vai nascer por um bom tempo ainda, e aquela coisa pode não só sentir nosso cheiro a quilômetros como também escutar a gente da mesma distância... ele enxerga no escuro. Raposas são noturnas. Pensem na distância absurda na qual ele acertou o alvo com aquele arco... num vento cruzado... no breu da noite. Acertou Thomas em cheio no coração. *Um* tiro. Não tenho como explicar o quanto isso é impossível, mas posso *garantir* que, se continuarmos seguindo pela água assim, vamos acabar com uma flecha no peito igual a ele.

Nem Caroline, nem Mark disseram uma palavra, mas a seriedade que pesava sobre suas sobrancelhas disse a Eamon que eles entendiam.

— Temos que encontrar um lugar para passar a noite. Algum ponto mais perto da costa oeste e, de manhã, quando estiver claro... bom, pelo menos vamos poder ver ele chegando. Pelo menos teremos uma chance.

— Chance de quê? — perguntou Mark. — Você acha que vamos conseguir matar aquela coisa ou aquele... aquele monstro de urso... *aqui fora...* no meio desta maldita floresta que eles conhecem como a palma da mão?

Eamon não precisou verbalizar o fato de que não sabia, porque tinha isso escrito bem no meio da testa.

— Espera — disse Caroline, com uma luz brilhando nos olhos. — Tem um farol.

— Um farol? — questionou Mark, cheio de descrença.

— Na ponta da ilha — exclamou ela, então deslizou a mochila dos ombros e vasculhou dentro até encontrar a cópia de *O Vale de Addington* que ela e Eamon folhearam entusiasmados na viagem de barco. Virou as páginas até encontrar a foto em preto e branco do antigo farol à beira-mar, e quando segurou o livro aberto para os outros dois, a memória de Eamon alcançou seu instinto.

— Verdade — disse. — A inspiração dele para o moinho de cevada. Vai ver tem como a gente fazer sinal para alguém ou... um... um rádio com gerador. Digo, o negócio existe para situações de emergência, não é? Tem que ter *alguma coisa.*

— Vai ver, tem um barco — contribuiu Mark. — Eles não precisariam ter um jeito de ir até o mar se um navio naufragasse?

— É — concordou Eamon. — É, verdade.

— Aí fala onde fica?

Caroline correu os olhos pelo texto antes de olhar de volta para eles com uma expressão desapontada no rosto.

— Não, só fala que fica aqui em algum lugar.

— Só pode ser na face norte — concluiu Eamon, confiante. — Nós teríamos visto na vinda de West Rock se ficasse em qualquer outro lugar.

— Faz sentido — concordou Caroline com um aceno de cabeça.

— Então a gente se esconde em algum lugar seguro até amanhecer, aí vamos procurar o farol. A não ser que alguém tenha um plano melhor.

— Eu com certeza não tenho — retrucou Mark. — Mas, se não podemos seguir a costa, como vamos saber para que lado fica o norte?

Eamon apontou para o céu e traçou uma reta terminada em arco com o dedo.

— Aquela é a Ursa Menor, parece uma concha de sopa. Agora, está vendo aquela estrela brilhante bem no fim do cabo? Aquela é a Estrela do Norte. É só seguir ela.

Era um conhecimento estranho de se ter assim, tão pronto e em mãos, mas embora Mark nunca perdesse uma oportunidade de tirar sarro das excentricidades do amigo e da história única que as nutriu, sentiu-se tomado pelo peso sombrio da percepção de que se a criação de Eamon era de fato útil na situação em que se encontravam, eles deviam estar tão fora da casinha que talvez não tivesse mais volta.

— Você acha mesmo que vamos conseguir atravessar a ilha inteira sem cruzar com eles de novo?

Eamon hesitou por um momento, sem saber se o melhor remédio seria a honestidade ou o encorajamento, ou sequer se um remédio existia, mas nunca foi de ver o copo meio cheio, então não tinha motivo para começar a fingir o contrário.

— Não — respondeu. — Não acho.

Patrick nunca tinha visto ninguém morrer antes, muito menos presenciar um conhecido ser morto de maneira violenta a poucos metros da sua cara.

Era um combustível singular e poderoso e havia dado permissão para suas pernas fortes aguentarem uma corrida longa durante a qual ele não escutou nada, não sentiu nada e não viu nada exceto a cortina da noite para dentro da qual fugia. Quando finalmente parou em algum lugar no meio da escuridão total que pairava na ilha sob a copa das árvores, levou quase um minuto para se lembrar de que estivera com Rowan quando deixaram a clareira. Foi uma lembrança chocante que trouxe consigo uma dose adicional de pânico, mas não importa o quanto se esforçasse para escutar, o quanto apertasse os olhos para o breu ou o quão alto gritasse, simplesmente não havia sinal do amigo por perto.

— Rowan! — gritou, com a voz já rouca da vergonha de ter deixado o amigo comer poeira em meio ao pânico que não tinha palavras para classificar. — *Rowan!*

O segundo grito soou alto, mas de novo não houve resposta, exceto pelo assobio do vento nos pinheiros. Patrick ficou de cócoras e segurou a cabeça com as mãos, dividido entre o desejo de encontrar o amigo e a urgência fervilhante de fugir para o mais longe do perigo que sua energia aguentasse carregá-lo. Era um dilema covarde, mas sentiu-se fisgado por ele mesmo assim, e quando se achou livre ao escutar um galho quebrando, essa esperança de imediato se esmigalhou quando viu as silhuetas de três homens estranhos e deploráveis saírem das sombras com lanças prontas para o combate, como espartanos esquecidos. Patrick recuou de ré para ganhar tempo, mas a cada passo que dava, cada um deles dava outro para acompanhar. O luar se derramou sobre suas peles encrustadas conforme avançavam, mas a cada trecho horrendo revelado, ele começava a compreender que eram coisas bestiais com a intenção de matá-lo, e de súbito não restava mais decisão alguma a tomar.

— *Rowan!* — berrou enquanto se afastava, olhando de um lado a outro para tentar encontrar uma saída. — Se estiver me ouvindo, eu preciso que você corra para longe da minha voz o mais rápido que puder!

Os perdigueiros se entreolharam e, num instante, Cavalo se separou e desapareceu de volta nas sombras, então Patrick entendeu que seu alerta poderia ter feito mais mal do que bem.

— *Rowan, corre!*

Dama e Torre arquearam as costas e brandiram as lanças à frente, um rodeou Patrick devagar pela esquerda e o outro pela direita, e quando avançaram para dar o golpe, ele prometeu a si mesmo que voltaria. Prometeu que encontraria seu amigo de novo. E enquanto o bálsamo desse juramento resfriava sua vergonha e acalmava sua mente, ele cravou os pés na terra e se preparou para ser caçado.

— Bom, isso está *perfeitamente* delicioso — disse Runny ao mergulhar a colher em sua taça para pegar outra porção de bolo cremoso. Ele e Flackwell estavam sentados num par de cadeiras de balanço na varanda, comendo a sobremesa enquanto vigiavam a mansão e sentindo-se bem com a situação toda, apesar do que haviam presenciado mais cedo naquela noite. O rifle do coelho estava em seu colo e um estilingue de aparência muito ameaçadora, que pertencia ao sapo, descansava na mesinha entre eles ao lado de uma garrafa cara de champanhe que parecia ter esperado muito tempo pela comemoração certa para ser aberta. — E, sabe, o melhor não são nem as frutas vermelhas, é... esse creme. O que você pôs desta vez?

— Cardamomo — respondeu Flackwell, orgulhoso. — Encorpa bem, não acha?

— Acho. Está simplesmente adorável. E, olha só, os biscoitos não estão nem um pouco encharcados.

— Eu revesti com caramelo. Assim, podem ficar esperando e não ficam moles.

— Você... é um gênio. Já te falei isso recentemente?

— Na verdade, não, mas não significa que eu não ame escutar — disse Flackwell, dando uma colherada na própria taça. — Só estou contente de ver você satisfeito.

Os dois pareciam mais animados agora que a caçada estava nas mãos de seus camaradas, uma mudança bem-vinda que lhes dava licença para relaxar um pouco e aproveitar a paz da noite da devida maneira. O sapo continuou:

— O que nós vamos fazer quando isso tudo acabar, hein? O que me diz? Quando a dívida estiver paga, sabe?

Runny raspou o fundo da taça para pegar o restinho de creme com frutas e saboreou o fim de sua sobremesa com uma encenação exagerada de prazer antes de colocá-la na mesinha e apoiar a perna boa no estojo da viola.

— Bom, acho que deveríamos nos retirar para a floresta no lado norte da ilha. Construir uma casinha no meio do nada para nós. Em algum lugar onde não seremos encontrados.

— Sim, sim — respondeu Flackwell —, depois do lago... perto do campo de centeio, talvez.

— Isso, o campo de centeio! Próximo da floresta e da água. O melhor de dois mundos.

— Vou sentir muita falta da cozinha, preciso admitir.

— E eu vou sentir falta da comida, mas tem algo de especial numa refeição preparada num fogo a céu aberto e nas frutas de um pomar sem fim.

— Tenho certeza de que conseguimos juntar pedras o suficiente para construir um fogão, e não tem nada nos impedindo de levar uma ou duas panelas, não é mesmo? — disse o sapo, enquanto tirava o cachimbo do bolso e o enchia de folhas retorcidas.

— Absolutamente nada — concordou Runny. — Tenho certeza de que Finn vai ficar radiante de ter a casa só para si. Mais espaço para ficar emburrado.

— Minha nossa, sim. *Muito* espaço para se emburrar. — Eles compartilharam uma risadinha, e quando as engrenagens de Flackwell começaram a girar, seu olhar se perdeu na distância. — Podemos levar umas facas também. E um batedor de claras grande e um pequeno. Vamos precisar de uma espátula... ah, e um abridor de ostras, um ralador zester, um bom pegador, um espremedor de alho, um...

Um ronco selvagem vindo de trás deles interrompeu os devaneios do sapo, e os dois se viraram e se depararam com Bing marchando para fora do salão de bailes com o martelo em mãos.

— Bing, meu velho! Achei que estaria vendo mais sangue nesse seu martelo a esta altura da noite. Qual o problema? — questionou Runny.

O grande urso, é claro, não respondeu. Em vez disso, pegou a garrafa de champanhe da mesa, quebrou o gargalo com sua marreta e esvaziou o espumante perfeitamente envelhecido em sua goela monstruosa.

— Eu estava guardando isso há décadas — disse Flackwell, com uma irritação real na voz.

— Sim, que... brutal e inesperado isso — acrescentou Runny, revirando os olhos. Mas Bing não se importava nem um pouco: secou a boca com o dorso da mão e jogou a garrafa na floresta. E, como se a mata estivesse ansiosa para responder, um assobio agudo à distância rompeu o silêncio da madrugada. — Bom, parece que os perdigueiros estão soltos.

— Coisas horrendas.

— Muito — concordou Runny, abrindo o estojo da viola. — Quem precisa de champanhe esta noite, afinal? Acho que foi Napoleão quem disse que "Na vitória, é merecido... na derrota, é necessário."

Ele colocou o instrumento sob o queixo e começou a batucar um ritmo no chão de pedra com sua perna de madeira, então acrescentou:

— Permita-me tocar uma música para a sua saída, meu velho amigo. Boa caçada.

Os primeiros compassos melancólicos de *Bonaparte's Retreat*, "A Retirada de Bonaparte", abriram um sorriso no rosto de Flackwell, embora tenha sido depressa ocultado por uma nuvem de fumaça.

— De fato, quem precisa? — grasnou o sapo, afundando de volta na cadeira e permitindo-se derreter à graciosa melodia, como se a noite não fosse nada além de calorosa, doce e livre dos fardos cujo peso ele conhecia bem demais. Era um deleite desonesto e tomado por culpa, mas um deleite mesmo assim. E não importa o quão temporário ou perverso Flackwell soubesse ser, estava determinado a aproveitá-lo até não poder mais, pois embora a noite estivesse adorável e graciosa de seu ponto de vista no pátio, ele tinha certeza de que, em algum outro lugar, estava tão sombria quanto a própria morte.

Binghamton, o Urso, nunca foi considerado ágil, mas isso não significa que não era rápido. Quando pegou embalo suficiente, voou pela ilha como um furacão, e não demorou muito para encontrar Cavalo, que estava ao lado de um grande pinheiro, com a lança preparada para dar o golpe e seu trecho de corda espalhado pelo chão. Parecia que ele guardava alguma coisa, embora não houvesse mais ninguém à vista, e quando o urso avançou na sua direção, Cavalo brandiu a arma e deu um grito horrível e distorcido numa tentativa vã de afastá-lo. Porém, Bing não era novato em desafios de dominância, e quando abriu a mandíbula e rugiu guerra na cara do perdigueiro, os joelhos da coisinha deplorável cederam, sua lança vacilou e até os piolhos que lhe cobriam a pele tremeram de terror. No entanto, a morte como libertação certa não era tão assustadora para Cavalo, que já tivera a vida arrancada de si incontáveis vezes, então, apesar do demônio que berrava nas suas orelhas e da boa sorte que se provava tão ausente quanto sempre, ele não recuou. Bing o viu como um cachorro protegendo um osso recém-enterrado. Como um insano defendendo sua posse de maneira irracional, e embora não conseguisse identificar qual era o prêmio, o odor azedo de urina que desceu do topo das árvores entregou o jogo na lufada seguinte de vento.

Dez metros acima do chão, Rowan tinha certeza de ter visto seu último pôr do sol. O momento em que esse pensamento de fato lhe pesou na mente foi o mesmo em que seu corpo perdeu as forças para segurar seus fluidos até o momento e espaço adequados, e logo a calça jeans estava ensopada e seu rosto reluzindo de lágrimas e saliva. Ele nunca segurou nada com tanta força quanto segurou aquela árvore, e embora os olhos se recusassem a olhar para baixo a fim de ver o terror que se desenrolava ali, foram as orelhas que o traíram... e àquele grito de guerra de Bing, ele começou a soluçar incontrolavelmente, da forma como só a verdadeira premonição da morte despedaça um homem. Tentou focar em qualquer coisa que não fosse a inevitabilidade de sua circunstância — o arranhar áspero do tronco em seus dedos, o cheiro doce da seiva, a liberdade pueril de estar alto no vento sem nada que se parecesse com amarras — mas tudo soava tão questionável. Os pensamentos logo divagaram aos seus maiores arrependimentos, e não havia nada mais escaldante do que a decisão de ir até a ilha para perseguir o fantasma de Addington com o melhor amigo ao lado. Fora uma decisão tão inocente quanto era possível ser, já que não havia nada que remotamente alertasse a dupla a ser cautelosa, prudente ou mesmo atenta, e isso, de certa forma, tornava tudo ainda mais doloroso.

Bing ergueu sua grande mão e apontou um dedo ao longe, como se estivesse dando a Cavalo uma última chance de abandonar seu posto, mas o perdigueiro sabia o que o aguardava se fracassasse, então deu um último assobio desesperado antes de o martelo do bruto brilhar contra a noite e atingi-lo em cheio no peito. Cavalo bateu na árvore e caiu mole e sem ar no chão, e Bing segurou-o pelo calcanhar e o lançou escuridão adentro a uns doze passos de distância, como se estivesse se livrando de um piolho irritante, não deixando nada restar entre ele e seu prêmio, exceto dez metros de árvore. O que Rowan esperava escutar então era o arranhar das garras do urso subindo o pinheiro, mas o silêncio que se seguiu foi ainda mais apavorante, e ao abrir os olhos para ver se por algum milagre o urso construtor havia desistido dele... Rowan sentiu seu mundo inteiro tremer.

O ombro de Bing atingiu a árvore como um trem de carga, vibrando os ossos de Rowan e quebrando vários de seus dentes, que estavam cerrados com tanta força que rangiam com a própria mordida. No impacto seguinte, ele escutou o tronco começar a quebrar, e ao inconfundível estalar de madeira se partindo, gritou para a noite por um salvador que sabia que não viria.

— *Patrick!* — urrou enquanto o urso golpeava de novo e de novo, e o ranger da árvore prestes a ceder ficava cada vez mais desesperado.

Rowan sabia que estava quase acabado quando se sentiu inclinar, e embora pudesse visualizar o pinheiro tombando em direção ao chão com terrível clareza em sua mente, recusou-se a olhar enquanto a distância dessa ignorância ainda lhe oferecia uma centelha de esperança. Mas não haveria intervenção divina, e quando o trovão da madeira cedendo ecoou por toda a floresta, Rowan só conseguiu se segurar pela própria vida... e chamar o amigo uma última vez.

A dor era incompreensível. Uma sensação para a qual ele não tinha parâmetro, e quando finalmente abriu os olhos depois de atingir o chão, não conseguiu ver nada a não ser uma luz branca e forte, nem escutar nada que não fosse suas desesperadas arfadas por ar, ao passo em que os pulmões perfurados se recusavam a encher. Bing grunhiu ao levantar a árvore e colocá-la de lado para libertar seu prêmio do esmagamento, mas mesmo sem o peso no peito, não houve alívio de seu legado. O bruto esperou até ver os olhos de Rowan voltarem a tomar foco em meio à descarga de adrenalina do leito de morte, e embora ele não tivesse fôlego para falar, a besta imaginou as súplicas desesperadas que a presa teria feito para sobreviver. Bing se sentiu bem ao escutá-las, mesmo que não fossem reais, e bebeu de um abençoado conforto em saber que a última coisa que Rowan viu antes de ser levado em pedaços deste mundo... foi o sorriso forte e sincero ao redor de seus caninos.

ONZE

Onde a gente está? — sussurrou Mark, enquanto os três seguiam pela floresta. Já estavam correndo há alguns quilômetros, o tempo todo tomando o cuidado de não chamar atenção e de se manter dentro dos limites das sombras o máximo possível.

— Quase na metade, acho — respondeu Eamon.

— E isso... isso é bom, né?

— É melhor do que onde a gente estava antes.

Eamon reduziu para um trote e conferiu para que lado as árvores balançavam para se certificar de que ainda estavam à frente do vento. Mark e Caroline seguiram sua liderança e também diminuíram o passo, gratos por terem alguns momentos para recuperar o fôlego.

— Acha que o resto deles está morto? Os outros? — perguntou Mark.

— É melhor assumir que somos só nós agora — respondeu Caroline. — Não adianta nada esperar por uma ajuda que não vai vir.

— Ela tem razão. Mesmo se não estiverem mortos, duvido que a esta altura vão estar procurando *a gente*. — Eamon tentou ver as estrelas para confirmar que ainda estavam indo de fato para o oeste, mas as copas das árvores acima deles eram densas e um punhado de nuvens passava vindo do mar. Assentindo para uma colina à beira da floresta que seguiam, acrescentou: — Preciso conseguir uma vista melhor do céu.

A cobertura de nuvens parecia ficar cada vez mais grossa, e mesmo quando estavam em cima do monte, foi difícil para Eamon precisar se estavam no caminho certo.

— Acho que vamos ter que confiar no vento — disse, com um ar de resignação. — Não parece ter mudado muito, parece?

— Você está perguntando isso *para mim*? — riu Mark, mas então algo à distância chamou sua atenção. — Espera. Aquilo é... quem é aquele?

Ele apontou para uma forma escura que estava seguindo cautelosa pelo topo da elevação seguinte, e mesmo sendo difícil identificar detalhes no escuro, estava claro por seu andar que era humano.

— É o... Patrick? — perguntou Caroline, apertando os olhos para a noite.

— Parece. O que será que aconteceu com o amigo dele, o... ahn...

— Rowan — completou Eamon. — O nome dele é Rowan.

Mark esperou até a forma se virar na direção deles para acenar e, para sua felicidade, a sombra acenou de volta.

— Ele está vindo — disse, contente de ter uma compreensão boa o suficiente do que estava acontecendo para poder narrar direito.

O desconhecido começou a descer a colina, mas não demorou muito para seu caminhar se transformar em uma corrida determinada, e quando o céu noturno decidiu que um pouco de luar tinha permissão para passar, os três perceberam que o cabelo era comprido e o rosto estava coberto por uma barba espessa... e que o objeto que segurava estava sendo carregado como uma arma.

— Espera. Quem é esse cara? — perguntou Mark, com a voz começando a vacilar.

— Corre — disse Eamon assim que o estranho pôs os dedos na boca e soltou um assobio alto.

— O que... o que... — gaguejou Mark.

— *Corre!* — gritou Eamon, dessa vez alto o suficiente para que não houvesse dúvidas acerca de sua intenção.

Eles deram meia-volta e dispararam para a floresta de novo, mas quando se aproximaram da baixada, outra figura estranha emergiu das árvores com uma lança na mão e um brilho selvagem nos olhos. Ele também deu um assobio de estremecer os tímpanos, e pensando que poderia ser um chamado para outros de seus semelhantes, Eamon achou prudente abandonar as árvores de vez.

— Por aqui! — gritou ao se virar, conduzindo Caroline e Mark mais para dentro do campo, e ao chegarem ao topo da elevação seguinte, olhou por cima do ombro e viu que os perseguidores estavam se dividindo em seus flancos, como dois cães pastores tentando encurralar um rebanho.

Os passos de Rei eram longos, atléticos e inegavelmente graciosos, e embora os movimentos de Bispo não fossem nem de perto tão fluidos, havia certa tenacidade na postura que falava muito sobre sua natureza, algo ácido na forma como estapeava a terra com as solas, que transformava cada cicatriz costurada no corpo em algo a se temer e não compadecer. Porém, mesmo que os dois perdigueiros parecessem capazes de vencê-los, nenhum parecia muito ansioso para dar o bote mortal, e embora isso pudesse ter sido um alívio para muitos, para Eamon era só um sinal de coisas que estavam por vir.

— Eles estão mantendo a gente no descampado — disse, dando seu melhor para continuar correndo em velocidade máxima.

— O quê? — arfou Mark, com o peito subindo e descendo e o rosto corado.

— Cobertura. Precisamos de... mais cobertura.

Caroline foi a primeira a chegar no alto da colina seguinte, e quando parou e apontou para alguma coisa ao longe, mal teve tempo de erguer o dedo antes de Eamon captar um sibilar no ar. Ele investiu contra ela e a atingiu com o ombro, derrubando a amiga no chão e fazendo os dois rolarem descida a baixo com os braços emaranhados e a alma com hematomas cada vez mais roxos a cada beijo do chão. Quando finalmente terminaram de rolar, eles se viraram e viram Mark parado onde estiveram antes, e ao observá-lo se abaixar para pegar uma flecha da terra, Eamon despedaçou-se ao constatar que seus sentidos estavam tão afiados quanto temia.

— *Não para!* — gritou.

Mark escutou o sibilar de outra flecha ecoar pelo campo, mas antes que ela pudesse atravessá-lo, seguiu o conselho do amigo e disparou colina abaixo, levantando Eamon e Caroline do chão no meio do caminho. O instinto era de ziguezaguear, mas os perdigueiros estavam poucos passos atrás, e eles sabiam que se fossem pegos com certeza seria seu fim, então dispararam loucos, como raios, na direção do abrigo para onde Caroline estivera apontando: o labirinto de sebes.

Eamon escutava as flechas chegando mais perto do alvo a cada tiro e, sabendo que o raposo estava perigosamente perto de ajustar a mira, ele tinha a consciência de que seria só questão de mais alguns passos até estarem com furos pelo corpo. Suas pernas queimavam e os dentes rangiam, esmigalhando uns aos outros conforme a entrada do labirinto se aproximava, mas o grito dos mísseis de Finn era motivação o bastante para ele alcançar Caroline em um último esforço rumo à segurança. Eamon correu, correu e sangrou de seu corpo machucado toda a energia que tinha, e bem quando sentiu as pernas começando a ceder e o ar queimar seus pulmões, escutou o tiro final de Finn cortando o ar e soube que ia direto para si. Foi um ato de puro desespero quando Eamon puxou os pés, mas aqueles eram momentos desesperados e só o que importava era a cobertura das sebes... e por mais que a validação não tivesse importância quando se jogou no ar, sentiu-a por todo seu ser quando as penas da flecha do raposo fizeram cócegas em sua nuca logo antes de ele atingir o chão.

Os perdigueiros reduziram a velocidade do lado de fora da entrada do labirinto, ambos arfando de exaustão, e quase no mesmo instante em que Bispo olhou para Rei em busca de orientações, Finn saiu das árvores e eles foram impedidos de continuar por um assobio forte. Subiram colina acima para encontrá-lo enquanto a raposa olhava por cima das sebes com puro desdém e acariciava compulsivamente a adaga em seu cinto, como se quisesse cortar em pedacinhos até a última trepadeira, arbusto e cardo.

— Vocês *tinham* que perseguir eles até aquele maldito labirinto?! — chiou, fulminando Rei com o olhar. — Imagino que seja culpa minha... deixar vocês livres assim. Ratos inúteis.

Os dois se entreolharam, descontentes, e foi um olhar carregado o suficiente para fazer Finn erguer as sobrancelhas e sacar a adaga, deixando o luar refletir estrategicamente na lâmina.

— Querem falar alguma coisa? Vão em frente, digam!

Mas não houve mais protestos de Rei e Bispo; eles só abaixaram as cabeças em uma demonstração de lealdade, plenamente cientes de que qualquer desobediência significaria suas mortes.

— É, foi o que pensei. Agora andem, tirem eles de lá. Deixem o nanico vivo e façam seu dever com os outros dois.

— Vocês estão bem? — perguntou Eamon, enquanto ele e os outros serpenteavam pelo emaranhado de sebes.

— Que porra eram *aquelas coisas?!* — perguntou Mark, sem mal conseguir fôlego suficiente para falar.

— Sei lá, era como se fossem...

— Ferais ou coisa do tipo — acrescentou Caroline ao sentir algo molhado na bochecha. Ela passou a mão e sangue fresco escorreu pelos dedos.

— Seu rosto — lamentou Mark, então pegou o queixo dela com gentileza e descobriu um corte reto da orelha ao nariz. — Parece que ele te acertou feio.

— Nem senti — disse ela. Mark puxou um punhado da própria camisa para limpar seu rosto, mas Caroline não quis saber: — Depois você faz isso. Não podemos ficar aqui.

— Para onde estava apontando a flecha? Que você pegou da terra? — perguntou Eamon.

— Para lá — respondeu Mark depois de pensar um pouco, apontando para o norte.

— Então é para lá que nós vamos. Melhor manter esse labirinto entre a gente e ele, se queremos ter uma chance de sair daqui. Vamos ganhar alguma distância, pelo menos.

Mark assentiu em aprovação. Sem debater mais, eles passaram correndo pelos tabuleiros de xadrez e pela jaula de bambu, e cuidadosamente percorreram as montanhas de taças de champanhe, garrafas de vinho e bitucas de cigarro que cobriam o chão. Estavam na metade do caminho para o outro lado quando Eamon escutou um farfalhar nas folhagens e soube que era algo além do vento soprando as trepadeiras... algo acompanhado pelo suave esmagar de mato sob um pé e o súbito raspar de roupas.

— Espera — sussurrou, esticando o braço para fazer os amigos congelarem onde estavam.

Imediatamente eles também escutaram o barulho, mas levou só uma fração de segundo para que parasse, e logo houve só o silêncio da apreensão para alfinetar seus sentidos. Estavam todos tão tomados de temor que sequer ousavam respirar, e foi apenas quando Mark finalmente abriu a boca para inspirar um pouco de ar que uma lança cortou pelas sebes e o atingiu direto na coxa. Ele grunhiu de dor ao sentir a ponta de aço queimar sua carne, mas ainda estava atento o suficiente para segurar o cabo com as duas mãos antes de quem quer que estivesse brandindo a coisa poder puxar de volta. Ele a arrancou da perna e sangue jorrou por sua coxa, mas mesmo assim manteve os dedos firmes ao redor da madeira e deu seu melhor para se equiparar à persistência determinada do perdigueiro que tentava recuperar sua arma.

Caroline e Eamon agiram depressa, dividiram-se e correram em direções opostas para tentar dar a volta, mas assim que deixaram a companhia de Mark, uma corda caiu de cima dos arbustos e encontrou seu pescoço. O laço firme de uma trama grossa se fechou ao redor da garganta dele e o puxou contra os ramos de cardo. Subitamente sozinho em uma batalha pela própria vida, Mark não teve muita escolha e precisou soltar a lança para lutar para respirar.

Eamon disparou pelos corredores sinuosos do labirinto, curva após curva, mas ao virar onde teve certeza de que estaria do outro lado de Mark, o cabo de uma lança passou como um borrão pelo escuro e o atingiu no rosto, esmigalhando seu nariz e mandando-o direto para o chão. Era difícil enxergar e quase impossível respirar com as narinas cheias de sangue, mas uma parte dele estava grata por não ver Bispo parado sobre si com as duas pontas da lança ensanguentadas. O perdigueiro cuspiu na terra enquanto começava a se afastar, e embora Eamon estivesse aliviado de vê-lo partir, a possibilidade de um de seus amigos morrer primeiro ressoou uma nota tão amarga em seu coração que ele se virou e arrastou Bispo para a terra pelo tornozelo.

O labirinto estava se mostrando difícil de navegar para Caroline, dado o pânico compreensível que sentia, e depois de uma série de curvas erradas e becos sem saída, ela sequer tinha certeza se continuava na direção certa.

— Eamon! — gritou, sem resposta. — *Eamon!* — repetiu, só que ninguém respondeu. — *Mark!* — urrou a plenos pulmões, mas o silêncio que recebeu em resposta a fez temer o pior.

Ela abandonou o plano e girou para voltar, mas, para seu horror, chegou bem a tempo de ver Mark sendo puxado pela parede por Rei, com a corda agora enrolada várias vezes no pescoço e o rosto de um tom alarmante de roxo. Mark lutou para enfiar os dedos sob a trama resistente, mas todo o peso de Rei puxava agora do outro lado, e quando os dois caíram no chão e o perdigueiro puxou a ponta com força uma última vez, o corpo de Mark ficou mole e as mãos caíram imóveis dos lados.

A raiva de Bispo afogou sua lealdade ao atingir o chão. Ignorando o pedido de Finn, investiu cegamente para cravar a lança em qualquer parte de sua presa que pudesse encontrar, mas Eamon foi para cima dele com uma velocidade surpreendente e, ao mesmo tempo em que continha a arma do perdigueiro, fazia chover punho atrás de punho em sua cabeça. Estava fora de si; com sangue jorrando do nariz e a visão embaçada, tornou-se tão selvagem quanto o inimigo, rosnou e rugiu com todo sopro de vontade que tinha, mas Bispo era experiente em combate e, num instante, soltou sua arma e afundou o polegar no olho do oponente. O mundo escureceu e Eamon uivou de dor. Ele caiu na terra e imediatamente sentiu o peso de Bispo sobre si, ao passo em que a coisa não perdeu tempo em fincar o dedo ainda mais fundo no crânio dele.

Eamon não tinha para onde ir; estava fortemente imobilizado contra o chão em uma batalha pela própria vida enquanto a fera sobre seu peito rosnava, gritava e se recusava a ceder. Tentou com cada parte do seu ser lutar pelo controle do braço do perdigueiro, mas os esforços pareciam totalmente inúteis até os pés que se debatiam rasparem em algo envidraçado e sintético.

Ele começou a mexer os quadris, girando os dois ossos como se fossem ponteiros grudados de um relógio até ver, com o olho bom, uma garrafa de champanhe vazia debaixo da sebe. Um chamado no escuro. Eamon sabia que seria uma aposta, mas, temendo que a batalha por sua visão já estivesse perdida, soltou o pulso de Bispo, fechou os dedos no gargalo da coisa e desceu a garrafa contra o crânio do agressor.

O perdigueiro soltou um grito apavorante quando o vidro explodiu em suas têmporas e Eamon logo sentiu o calor peculiar do sangue de outra criatura cascateando sobre o rosto. Percebeu que seu peito ficou subitamente livre do peso de Bispo e engatinhou de joelhos, golpeando a noite cegamente com a parte dentada da garrafa na esperança de senti-la se arrastar contra a pele encardida da fera ou rasgar algo vital dentro dela. Mas, depois de uma eternidade atacando as sombras, Eamon não conseguiu encontrar nada no que cravar os dentes de vidro e se esforçou para ficar de pé, então drenou um pouco de sangue do olho e cuspiu um punhado de horror vermelho. Ao seu redor, o mundo começou a tomar foco de novo e, para sua surpresa, descobriu-se sozinho entre as sebes... devidamente exausto, com cicatrizes novas e sem ter certeza se havia vencido ou pedido.

Rei ficou sobre o corpo imóvel de Mark e levantou a lança para pôr um fim à luta, mas quando seus músculos dispararam para soltar a arma, Caroline saltou pelo buraco que haviam deixado na sebe e se jogou contra suas costas, envolvendo seu pescoço com os braços e apertando como o havia visto fazer com o namorado. Rei se debateu para tentar tirá-la dos ombros, mas ela era determinada e muito forte e, a cada pinote dele, só apertava ainda mais até conseguir sentir a traqueia flexionar sob seu antebraço. Ele a empurrou de costas contra os cardos, buscando a ajuda dos espinhos, mas estes se mostraram um aliado inútil, e ao agarrar um punhado do cabelo de Caroline e tentar arrancá-la de seu corpo, não conseguia ver nada além da perseverança dela reluzindo à luz fraca do luar.

Foi um choque bem-vindo quando os olhos de Mark se abriram e ele puxou a primeira de muitas inspirações desesperadas. Rolou na terra tomado por uma névoa de confusão, totalmente alheio a onde estava ou o que acontecia ao seu redor e, embora Caroline estivesse muito aliviada de vê-lo vivo e bem, Rei ficou tão contente quanto de vê-lo se mexer, porém, por motivos bem diferentes. Com o ar nos pulmões chegando ao fim e Caroline ainda presa em seu pescoço, o perdigueiro viu uma oportunidade para forçá-la a escolher uma dentre duas batalhas e avançou sobre Mark, que ainda se debatia. Rei estava praticamente nocauteado e sabia disso, então enquanto sentia os pulmões começarem a queimar entre tentativas ofegantes e frustradas de inalar uma quantia decente de ar, usou toda força que conseguiu conjurar só para erguer a lança e se preparar para dar um final amargo a Mark.

— *Não!* — gritou Caroline, e pegou a arma do perdigueiro, fazendo os dois perderem o equilíbrio e caírem aos tropeções no chão.

Houve uma disputa pela lança quando atingiram a terra, mas Rei recuperou fôlego suficiente para combater a tenacidade dela com o próprio peso e, depois de uma série de cotoveladas no rosto da adversária, estava livre para brandir a lança como quisesse.

Sentia pena dela, deitada lá na grama e se contorcendo de dor, pensando se algum dia veria sua casa de novo... pois também já estivera nessa posição. Mas a memória estava enterrada tão longe no passado, e havia tantos calos entre aquela sensação e seu desejo de ser livre mais uma vez, que agora mal conseguia senti-la queimar. Já mal conseguia sentir a ferroada do cativeiro ou a desgraça da servidão. Na verdade, Rei mal sentia *qualquer coisa*, motivo pelo qual registrou uma distinta e eufórica gratidão pela sensação da própria efluência aquecendo a pele encardida quando se posicionou para perfurar Caroline. E ao enfim desviar os olhos e ver Eamon girando a garrafa de champanhe em suas entranhas, ele se sentiu tão saudoso pela normalidade da dor que não conseguia imaginar querer mais nada no mundo... e ali, no escuro cultivado por um labirinto que não fora escolha sua, Rei sentou-se na terra para se deleitar com ela.

Eamon puxou Caroline para dentro dos próprios braços e perguntou:

— Você está bem?

Ela assentiu e secou o rosto, e quando Eamon a deixou para cuidar de Mark, Caroline puxou a lança de Rei do chão e ficou acima dele como o perdigueiro havia feito tão recentemente com ela. Então tentou entender seu olhar distante e o êxtase que parecia pulsar para fora de seu ser enquanto sangrava, e por um breve momento pensou até o ter visto sorrir. Era um sorriso grande e brilhante que ele abriu para a noite ao redor de si, e exceto pela podridão nas gengivas e os buracos nos dentes, teria sido bem recebido por todos eles em qualquer outra circunstância.

Foi Mark quem notou a silhueta de Bispo emergindo das sombras, e embora ainda não tivesse forças para falar, conseguiu se recompor o suficiente para apontar para a figura decrépita ao final do corredor. Sua cabeça estava empapada de sangue, o olho rasgado por um corte e a orelha pendia da pele por um filete mínimo, mas os dedos ainda estavam firmes ao redor da arma... e sua fúria, ainda longe de ser aplacada. Ele investiu contra os três, gritando enquanto corria com a lança pronta para a guerra, e embora Eamon e Mark estivessem abaixados e sem recursos, Caroline deixou seus reflexos se unirem à vontade de sobreviver. Ela rosnou ao atirar a lança de Rei pela escuridão, com o braço em sintonia com os quadris e a perna balanceando sua forma de maneira perfeita para acompanhar, e antes que o perdigueiro pudesse dar sequer mais um passo, encontrou-se empalado pela lança do camarada e tombou na terra, perdidamente derrotado.

Finn havia ficado tão impaciente em seu posto na colina que, quando enfim ouviu Rei soltar um assobio desesperado das profundezas do labirinto, já tinha dado vários passos a caminho da entrada. Mas o raposo não queria saber de imitar os ostentosos convidados do passado, que passeavam por horas pelas curvas e encruzilhadas do labirinto; em vez disso, escalou depressa a parede externa e disparou por cima das sebes como o caçador habilidoso que era. Tinha o arco em mãos, pronto para disparar, e enquanto corria a ponta da flecha por todo corredor escuro que aparecia sob si, estava cada vez mais disposto a abandonar as teatralidades e soltar um ou três disparos direto no coração de alguém. Aproximou-se da origem do assobio e puxou a corda do arco até o fim, mas, para seu espanto, os únicos humanos que encontrou no emaranhado de trepadeiras foram Rei e Bispo, que pareciam duas metades da mesma bagunça imunda e ensanguentada.

Rei havia rasgado toda a camisa e amarrado ao redor do abdômen para conter o fluxo de seu ferimento, e embora parecesse lúcido o suficiente, Bispo, que estava enrolado na terra com uma lança ainda fincada na barriga, tinha dificuldades para continuar se segurando ao que havia aprendido a chamar de vida. Rei ergueu o olhar lacrimejante para o raposo, e Finn saltou do topo da sebe, balançando a cabeça, irritado, e suspirando desconcertado ao mesmo tempo em que pendurava o arco de volta no ombro.

— Deixou eles fazerem isso com o seu amigo? — perguntou ao se abaixar perto de Bispo. — E com a *sua* lança, ainda por cima? Que *vergonha*.

O vexame de Rei era tão palpável quanto sua angústia, e mesmo estando claramente arrasado de ver o companheiro em tamanho sofrimento, Finn não lhe deu trégua:

— Seu pulguento inútil. Já se despediu?

Rei assentiu, solene.

— Ótimo. — O raposo pegou a lança e o viu desviar o olhar na direção das folhagens. — Não ouse virar a cara, está me ouvindo?! Você deixou isso acontecer, agora assista terminar.

O perdigueiro sabia que não tinha escolha senão obedecer e, com profunda tristeza, voltou o olhar e viu Finn puxar a lança das entranhas de Bispo numa torrente de sangue e bile. Ele soltou um grunhido baixo e sombrio quando o raposo o virou de barriga para cima, e mesmo na névoa de seus momentos finais, Bispo parecia saber o que estava por acontecer. Mal estremeceu quando a ágil lâmina de obsidiana perfurou seu pescoço bem acima do ombro, e conforme ela deslizava pela musculatura e partia sua vida com facilidade, seu último exalar pareceu mais um suspiro de alívio do que uma expressão de dor. Finn limpou a adaga na grama e a deslizou de volta para o cinto. Depois que a coisa estava feita e Bispo devidamente despachado, ele se levantou e sacou o arco de novo.

— Era você quem deveria ter feito isso — disse para Rei. — Um amigo melhor não teria deixado ele sofrer.

Rei começou a pegar Bispo nos braços quando Finn interrompeu:

— Deixa ele. Não vai sair daí, prometo. Ainda temos trabalho a fazer e você me deve um perdigueiro, não acha?

Mas Rei não achava, e ao levantar o amigo morto nos ombros, o desespero em seu rosto era tão pesado que Finn achou que ele se provaria mais um estorvo do que qualquer coisa e fez uma rara concessão.

— Que seja. Encontre um buraco qualquer para jogar ele dentro. Lido com você depois.

Com isso, o raposo subiu a sebe e saltou para o topo da jaula de bambu, e embora não visse nem sinal de Eamon, Mark e Caroline, captou uma mudança no vento, virou o nariz para o céu… e sentiu que o espírito poderia estar finalmente sorrindo na sua direção.

Foi só quando chegaram ao rio que Mark percebeu as lágrimas escorrendo pelo rosto de Caroline.

— Ei, para um pouco — disse quando Eamon começou a atravessar a água.

— Não podemos parar. O vento mudou. Se a gente parar, vamos…

— *Só para!* — gritou Mark, sem medo de ser ouvido.

Ele pegou o queixo de Caroline na mão e examinou seu rosto. Estava ensanguentado da flechada de Finn e inchado da luta com Rei, e não levou mais do que um vislumbre para ele começar a chorar também. Eram lágrimas respeitáveis, mas falavam muito sobre a situação deles, e sem compartilhar uma palavra, puxou-a para o peito e a deixou soluçar livre da encenação de ter que parecer mais forte do que era.

Foi um momento breve, mas necessário para poderem focar na tarefa em mãos, e só o que Eamon pôde pensar em dizer ao sair do rio foi:

— Onde você aprendeu a arremessar uma lança daquele jeito?

Caroline secou os olhos e deu até uma risadinha nervosa.

— Não faço ideia. Acho que só pareceu um dardo de atletismo quando peguei. Como está o seu nariz?

— Te conto assim que conseguir sentir ele de novo.

— Esse olho também não está muito sexy.

— É, bom, mas não é de todo ruim. Parece que tem *quatro* de vocês comigo, então pelo menos estamos em maioria agora — disse Eamon, massageando a cavidade ocular grotescamente inchada.

— Vocês acham que tem mais daquelas coisas? — perguntou Mark. — Os selvagens com barba e…

— E sem língua? — completou Eamon.

— Sem *o quê?* — perguntou Caroline, com a sobrancelha arqueada.

— Arrancaram as línguas deles. Vi quando ele estava em cima de mim. É por isso que estavam assobiando o tempo todo. E não sei se tem deles ou não, mas se a gente ficar parado aqui, vamos descobrir bem depressa.

— Bom, para onde vamos? — questionou ela. — Digo, se não podemos ficar aqui, então…

— Não sei. O vento está vindo do norte agora.

— E isso significa…

— Isso significa… considerando que ele é mais rápido do que a gente, que um de nós vai acabar com uma flecha nas costas não importa o quanto corrermos.

— Então ficamos aqui e lutamos — disse Mark. — Estamos em três e parece que é inevitável, então… nós lutamos. Certo?

— Eu tenho um olho a menos e você está com um buraco na perna… e ele tem uma arma de longo alcance que sabe como usar. — disse Eamon, e Caroline tocou o rasgo em sua bochecha com o lembrete do quanto tinha chegado perto de provar uma das flechas de Finn. — Nós não vamos nem perceber o que está acontecendo e vai estar terminado. Não é uma opção. Não agora, de qualquer forma.

Caroline se virou para a água, grata por ter alguns instantes para observar o rio passar borbulhando e se recompor ao som da correnteza coroando as rochas.

— Melhor deixar isso aqui — disse, deslizando a mochila dos ombros. — É só peso morto a esta altura.

Ela colocou a bolsa no chão e tirou de dentro a cópia de *Vale Winterset* que levara para a ilha. Era velha, amarelada e com os cantos todos amassados por ser lida de novo e de novo, e quando virou o livro nas mãos e pensou nas vantagens e desvantagens de deixá-lo para trás, ficou claro que ele tinha uma importância da qual nem Mark, nem Eamon estavam cientes.

— Você precisa mesmo levar isso? — perguntou Mark, com toda delicadeza que conseguiu.

Porém, não houve resposta enquanto ela folheava as páginas... apenas a hesitação e a dor de uma decisão que achava que nunca teria de tomar.

— Espera — disse Eamon, com a centelha de uma ideia nascendo. — Deixa eu ver sua mochila.

Caroline deu de ombros e lhe passou a bolsa.

— Não tem nada aí, só um cobertor e meu...

— Eu sei — interrompeu ele enquanto vasculhava o interior.

Eamon abriu o cobertor no chão, encontrou um graveto próximo e o usou para abrir um buraco no tecido, então enfiou o dedo no furo e rasgou uma faixa estreita, porém longa.

— Usa isso de atadura — disse, jogando o retalho para Mark, cuja perna ainda sangrava através da roupa. — E eu vou precisar de metade da sua calça.

— Metade do quê?

— A metade com sangue — respondeu ao tirar o casaco e começar a desabotoar a camisa. — E anda logo. Não temos muito tempo.

Ao seguir caminho com o focinho no ar, Finn já tinha se esquecido completamente das frustrações com seus perdigueiros. Havia algo acerca de uma caçada que o fazia se focar e bloquear as distrações usuais que do contrário atiçariam sua natureza. Isso, assim como o resto, era o motivo pelo qual adorava tais noites, por mais escassas e espaçadas que houvessem se tornado. Ele era motivado por uma ira que nunca parecia conseguir aplacar e uma história que ainda o fazia chorar, e por mais que ainda usasse essas coisas para munir a própria sobrevivência, mesmo tantos anos depois, isso não o impedia de se sentir inútil na maioria dos dias. Havia se cansado de ficar sentado naquela casa cavernosa, jogando jogos dos quais enjoara há meio século e escutando Runny e o sapo tagarelarem como duas mulheres barraqueiras. Era só quando estava no rastro de uma presa que se sentia verdadeiramente útil. Só com o arco na mão esquerda e as flechas na direita ainda se sentia pertencer a algum lugar... e essa era uma sensação que sempre tornava a matança completamente agridoce.

Ele deu uma risadinha para si mesmo ao chegar no rio, balançou o nariz no ar e precisou a posição de sua presa a mais ou menos um quilômetro rio abaixo. Finn sempre se divertia com o conforto que a água parecia dar aos humanos que se viam do lado errado de uma caçada, e já tinha perdido a conta da quantidade de *sapiens* estúpidos que, ao longo dos anos, encontrara descendo a margem do rio ou avançando na ponta dos pés pela costa. Imaginava que algo no movimento vivo da correnteza os fazia se sentir menos sozinhos, mas como um rastreador nato, sabia ser uma baita tolice, já que a água esfria a atmosfera ao seu redor e o ar pesado prende um cheiro mesmo debaixo de uma ventania.

Sua postura era inabalável enquanto disparava pelas árvores que flanqueavam a costa, tomando o cuidado de se manter às sombras e deixar o arco na altura certa a fim de que bastasse um movimento do pulso para estar fixo num alvo. Sentiu-se em total controle conforme o cheiro deles ficava mais forte, pois sabia que não tinha como um trio tão machucado e exausto ser mais rápido do que ele em seu próprio ambiente. Sabia que era só questão de tempo. Só questão de manter o foco direcionado e os sentidos afiados. Agora restava apenas a formalidade da perseguição para tê-los à vista. Para que a dívida fosse paga.

Finn sabia que estavam seguindo o rio, pois o rastro mudou de direção quando ele chegou na grande curva que a água cavara fundo na terra, uma seção caótica onde a correnteza quebrava com força contra as pedras. Achando que seria sábio tentar surpreendê-los num ponto onde não poderiam ouvi-lo chegar, inclinou-se para correr e disparou para a clareira não mais de cem metros à frente para interceptá-los na passagem. Quase conseguia vê-los correndo pela margem e olhando sobre os ombros de tempos em tempos, temerosos do que poderia estar por trás de toda árvore e depois de cada curva, mas sem jamais pensar em olhar para cima. Sem jamais pensar em olhar para cima, onde ele estaria esperando em sua armadilha.

Quando Finn alcançou a clareira, não conseguiu identificar o cheiro deles e soube que havia chegado primeiro, então não tinha muito o que fazer exceto esperar pelo som de pedras sendo esmagadas debaixo dos pés deles e os sussurros delatores escapando de suas bocas. Rastejou para dentro dos arbustos, armou a melhor flecha e ficou olhando fixo para as águas lá embaixo, firme e focado, mas, depois de uma série de momentos na expectativa, não escutou passo algum. Havia apenas o rugir da corredeira e o ranger das árvores, e quando o som do nada começou a lhe dar nos nervos com insistência suficiente para fazê-lo descer e olhar rio acima, a única coisa que Finn viu foi uma mochila sendo levada pela correnteza. Flutuou na direção dele, quicou numa pedra e enfim parou num pequeno redemoinho bem abaixo de onde ele estava, e embora ainda não conseguisse ver o conteúdo, já sabia o que encontraria dentro... pois conseguia sentir o cheiro de pêssego e lavanda tão claro quanto o dia.

A bolsa estava furada por todo lado, como uma esponja, e quando o raposo a esvaziou na margem, sentiu-se um grande tolo por ter subestimado sua presa.

— Nanico esperto — disse, ao olhar para os itens aos seus pés... uma tira de jeans ensanguentado, uma camisa manchada de vermelho com o líquido da vida e metade de um cobertor melado com o creme para as mãos de Caroline.

Finn tinha acabado de xingar a si mesmo por ser tão presunçoso quando o céu se abriu com um trovão e um clarão de fogo, e em questão de segundos ele estava encharcado da cabeça aos pés com a sensação de que, naquela noite, havia perdido e eles haviam ganhado. A sensação de que, naquela noite, não se passava da casca de uma raposa... e eles eram os mais raros coelhos.

DOZE

A chuva havia forçado Flackwell e Runny para dentro da casa, e ali, sentados no salão de bailes compartilhando uma garrafa definitivamente mais barata de champanhe e divagando de maneira poética sobre o futuro, mal se deram ao trabalho de olhar para os três corpos enfileirados na pista de dança. Paige, Thomas e Percy haviam adquirido um tom amarelo pálido e fantasmagórico e ficavam mais enrijecidos a cada minuto, e embora estivessem a meros passos de seus antigos anfitriões, qualquer um que os escutasse teria dificuldades em imaginar isso, dado o tom da conversa.

— Estou parcialmente inclinado a não limpar nem arrumar nada — disse o sapo, entre goles na bebida. — Não vamos ficar aqui para sempre e uma hora aqueles dois vão ter que aprender a se virar. Mas é verdade que odeio ver essa bagunça. Incomoda minhas inclinações mais obsessivas, sabe?

— É, bom... então faça um favor a si mesmo e nem entre na sala de chá.

— Por quê? O que aconteceu com a sala de chá?! Quer saber? Não estou nem aí. Viu? Este sou eu não dando a mínima para o que aconteceu com a sala de chá... com todos aqueles conjuntos combinando... que eu amo tanto. — Ele abriu um sorriso falso e puxou todo atrapalhado o cachimbo do bolso, que descobriu já estar abastecido. Riscou um fósforo e soprou-o até a brasa tomar vida, mas só conseguiu fingir indiferença por um tempo até a máscara cair: — Tá, eu preciso saber o que aconteceu com a sala de chá.

Finn entrou marchando por uma das portas do pátio, encharcado e pingando. Passou apressado por Runny e Flack sem falar nada e foi até o bar encher mais uma vez o cantil com uma dose fresca de seu néctar. Bebeu o resto da garrafa em poucos goles longos e a jogou sem cerimônias na lixeira.

— Você parece... menos animado — comentou o coelho.

— E molhado. Você parece molhado — acrescentou Flackwell.

— Sim, a chuva faz isso com um raposo.

— Vejo que voltou de mãos vazias — continuou o sapo. — Você deixou eles na chuva?

— Eles?

— É, eles. Os corpos. Os cadáveres. Os mortos. Você sabe.

Finn secou o rosto com uma toalha do bar e torceu-a sobre a pia.

— O pequeno e os amigos dele são mais espertos do que eu tinha imaginado. Nós partimos amanhã ao nascer do sol.

— Nós? — questionou Runny, com uma sobrancelha arqueada.

— Nascer do sol? — acrescentou o sapo.

— Sim, nós. Por mais que eu odeie admitir, acho que vamos precisar do urso nessa. E de vocês dois também.

— Eu... eu... eu não sei se estou em forma para uma caçada de verdade — gaguejou o coelho, enquanto ele e Flackwell se entreolhavam, furtivos. — É que, bom... faz tanto tempo, e eu...

— É igual a andar de bicicleta, só que com mais sangue — garantiu Finn. — Além disso, quando acabar, a dívida vai estar paga por completo. Parece adequado irmos todos juntos, não?

Era uma pergunta que não pedia resposta, já que não havia decisão a ser tomada após ter sido feita, mas Finn fez uma pausa breve para enfatizar o argumento antes de continuar:

— Seu rifle está funcionando bem?

Runny sacou a arma da lateral da cadeira e a colocou sobre o balcão, dando tapinhas no cabo.

— Até onde sei, sim.

— E meu estilingue? — perguntou Flackwell, sentindo-se deixado um pouco de lado. — Você... você vai precisar dele também, não vai? — O sapo não recebeu nada em resposta, exceto um olhar vazio, mas alguns instantes sem ser apreciado era o máximo que suportava. — É uma arma muito boa, você sabe. Tão precisa quanto qualquer arma de fogo e totalmente silenciosa. E no passado era apreciada por sua...

— Que barulho foi esse? — perguntou o raposo, inclinando a cabeça e vibrando a orelha.

Nem Runny, nem o sapo haviam escutado nada, mas quando deram de ombros, Finn pulou de trás do balcão e trotou até a sala de jantar para investigar, enfiando a cabeça pela porta só o bastante para ver o interior.

— O que é? — gritou o coelho.

— Nada. Só a casa rangendo. Enfim, aproveitem seus drinques. Como eu disse, partimos ao nascer do sol.

Finn entrou na sala e fechou a porta atrás de si, mas quando se virou para o turbilhão caótico de móveis quebrados e cacos de porcelana, ficou claro que o barulho que ouvira não era a casa rangendo e sim Gareth, ainda tombado contra a parede, visivelmente destroçado e perdendo a batalha para respirar.

Seus gemidos teriam soado penosos e nauseantes para a maioria dos ouvidos, mas eram um bálsamo para as aflições de Finn. O raposo pegou a edição com capa de couro de *Vale Winterset* que estava no chão, foi até o jovem agonizante e se abaixou para ficar à altura dele.

— Quer ler seu livro agora que não estamos no meio do jantar? Apresentar uma performance para nós? Vá em frente, pode ler — disse, pressionando o livro no esterno de Gareth, o que resultou em um engasgo horrendo. — Ah, me *perdoe*. Esqueci que você tomou uma lambida no peito do velho Bing. Aqui, eu seguro para você.

Finn abriu o livro e o segurou na frente do rosto dele, mas Gareth mal tinha forças em seu ser para conseguir focar os olhos, e ao tentar falar, tudo o que conseguiu conjurar foram sussurros miseráveis e ininteligíveis.

— Parece que você está com dificuldades. Permita-me — ofereceu o raposo, folheando as páginas até encontrar uma passagem adequada.

Então começou a ler em voz alta…

É isso o que você achou que ia ver? Isso o que achou que ia ser?
O que não entende do meu agir tão virtuoso? Perguntou o raposo
Eles nos roubaram, você viu também, não deixaram comida para ninguém
Isso não vale uma fera ou duas enjauladas, como gado a serem criadas?

Não é assim, disse Runny, que a gente vive, e me chamam de líder, inclusive
Eu peço perdão, mas não haverá batalha além da plantação
Acho precioso, disse Finn, que você deixe os monstros vencerem assim
Vamos nos esquecer, vamos, sim, que foi você quem saltou para além do capim

Não me importo que sejam fortes e ferozes, nem que seus chifres sejam atrozes
Se mais ninguém for sair deste ninho, então vou lutar sozinho
É justificável temer a guerra, mas há pelo que vale lutar nesta terra
E se você não for lutar comigo, então eu vou só, meu amigo

— Me parece que o velho Edward acertou essa na mosca, não acha? — disse, colocando o livro de lado e sacando a adaga.

Finn deslizou a ponta da lâmina por debaixo do primeiro botão da camisa de Gareth, e um a um libertou todos de suas linhas, deixando a roupa se abrir e expor o hematoma grotesco que cobria todo o torso.

— Você tomou mesmo uma boa pancada, não foi? Conte-me, qual a sensação de ter os pulmões perfurados pelas próprias costelas? Dói?

Os lábios de Gareth se mexeram, mas nada parecido com palavras saiu. Ele tentou levantar a mão para afastar a adaga, mas não conseguia nem forçar os músculos a manter o braço longe do chão, e como se quisesse acentuar ainda mais a impotência dele, Finn pôs a ponta da arma sob o queixo do jovem e a usou para levantar sua cabeça.

— Desculpa, não entendi. Você vai ter que falar mais alto.

Não houve voz para acompanhar o movimento dos lábios, mas sua forma era clara o suficiente: *Me... ajuda.*

— Ah, mas é por isso que estou aqui — respondeu Finn. — Veja bem, eu planejo abrir você um pouquinho... fazer o ar voltar a circular aí dentro. Tudo bem que não sou médico, mas já vi uma boa parcela de dissecações, então não se preocupe. Minhas mãos são firmes. E, para sua sorte, sei *exatamente* onde cortar.

Ele desceu a faca do queixo de Gareth até a repousar no meio do peito.

— Sabe, você me lembra o Edward — disse, num eco dos comentários de quando se encontrou com Percy na escada. — Vivendo suas vidas em servidão às palavras de outra pessoa. Talvez eu devesse lidar com você como fiz...

Finn nem reagiu quando a cabeça de Gareth explodiu contra a parede. Foi um impacto inesperado e violento, mas, quando viu o buraco fresco e circular no meio da testa começar a se encher de sangue, o raposo nem precisou se virar para saber o que tinha acontecido.

— Sempre estragando minha diversão, não é, Sapo?

— Como estava dizendo... uma arma muito boa — gabou-se Flackwell da soleira, abaixando o estilingue. — Além disso, eu gostava um bocado desse daí, disse que minhas tortinhas de abóbora eram a melhor coisa que ele já tinha provado, então prefiro não ter que ver suas entranhas espalhadas pela minha sala de jantar, se o senhor não se importa.

— Você não sabe o que está perdendo — respondeu Finn, ficando de pé e guardando a adaga.

— Tenho certeza de que não.

No mesmo instante, um clamor do salão de bailes chamou a atenção deles. Os três se viraram e viram Bing arrastando pelo chão um Rowan definitivamente morto e um Cavalo igualmente sem vida pelos colarinhos das camisas.

— Que elegância — comentou Runny, estremecendo ao ver a garganta de Rowan inteira aberta.

Bing os jogou na pista de dança ao lado dos outros, mas quando se virou para ir à sala de cinema, Finn correu para ter uma conversinha.

— Esse é um dos meus perdigueiros?! — exclamou, e recebeu em resposta apenas um dar de ombros massivo do urso. — *Você* fez isso? Fez, não fez? Seu gigante imprestável e estúpido, não consegue se conter, não é? Anos e anos de treinamento jogados no lixo. Espero que esteja satisfeito.

Bing lançou um raro sorriso na direção de Finn antes de se virar para a porta dupla do cinema.

— Ótimo... vai assistir a seus desenhos! — berrou o raposo atrás dele. — Vai se esconder no escuro!

Mas o urso só dispensou as provocações com um aceno da pata, e logo depois de desaparecer pela entrada, a trilha sonora do único filme a que se dava ao trabalho de assistir escapou para o salão.

— Esse imprestável maldito e seu filme estúpido! — gritou Finn do outro lado do salão, com as frustrações da noite fervilhando entre os lábios. — Acho bom estar pronto para caçar amanhã! Isso vale para vocês dois também — acrescentou, apontando para Runny e Flackwell antes de seguir para o bar e agarrar várias toalhas e uma garrafa de licor translúcido.

— Aonde *você* vai? — perguntou o coelho.

— Tomar um pouco de ar antes que eu faça alguma coisa de que você vai se arrepender.

Rei lutava uma batalha perdida enquanto a chuva tamborilava a terra. Estava algumas dezenas de metros atrás do estábulo que aprendera a chamar de lar, cavando furiosamente com uma pá velha e lascada, ao lado do corpo do amigo morto. O perdigueiro estava investindo um esforço considerável, dados seus ferimentos, mas as laterais da cova que tentava abrir desmoronavam com o peso da tempestade e o buraco não parecia aumentar, não importa o quanto ele trabalhasse. Não era nada que se parecesse com um cemitério de fato, já que não havia lápides ou identificadores de qualquer tipo, mas era evidente pelos sutis montinhos de terra espalhados pelo espaço e pela rica vegetação que os cobria que Bispo não seria o primeiro enterrado ali. Era um lugar que Rei odiava visitar, e toda vez que tinha o desprazer de passar por lá, tentava resistir à tentação de contar o número de almas desafortunadas que vieram antes dele, mas sempre contava mesmo assim.

— Para a sua ferida — disse Finn ao colocar as toalhas do bar e a garrafa de álcool num barril do lado de fora dos alojamentos, e em troca recebeu um assentir de reconhecimento de um Rei abalado, porém focado. — E para ter uma boa noite de sono. Temos um dia longo pela frente amanhã. Os outros já voltaram?

O perdigueiro apontou para o estábulo. Ao ver que não havia corpos, exceto o de Bispo, Finn só conseguiu olhar para o céu e balançar a cabeça em frustração.

— Eles voltaram sozinhos, imagino?

Não houve resposta de Rei além do ritmo mórbido de sua pá e a chuva de gotas contra as copas lá em cima, mas a teimosia falava muito e Finn não o culpava por não querer ter parte no que estava por vir.

Torre e Dama já estavam em suas jaulas quando o raposo abriu a porta do estábulo, e ao primeiro clarão de um raio pôde ver que os dois estavam no fundo das gaiolas, encolhidos como filhotinhos assustados.

— Era para ter dois rostos novos nessas jaulas e, no entanto, só vejo cachorros velhos e cansados — disse Finn, marchando em sua direção. — Bom, o que vocês têm a dizer em defesa própria?

Torre fez um gesto de caminhar com dois dedos sobre o braço antes de esconder o rosto.

— Deixaram ele escapar? Mesmo depois do que eu falei que ia acontecer se fracassassem comigo? Seus... *pulguentos... inúteis!* — berrou ele, e chutou as jaulas.

Em meio aos gemidos deploráveis deles, o olhar de Finn se desviou para o canto, onde percebeu que só havia uma lança apoiada na parede. Ao pegá-la nas mãos, ele perguntou:

— Qual de vocês deixou a arma para trás?

Não houve resposta, é claro, mas assim que viu o olho roxo e o nariz ensanguentado de Dama, ele soube quem tinha sido.

— Deixou ele te roubar? — perguntou, abaixado de frente para a jaula. — Sabe, talvez Bing estivesse certo, afinal. Vai ver, temos muitos de vocês. Vai ver, é melhor reduzir a matilha. Muitos nanicos fracotes na ninhada.

Finn jogou a lança no chão entre os dois perdigueiros e acrescentou:

— Quando eu voltar aqui de manhã, espero encontrar só um de vocês vivo. Do contrário... mato os dois. Boa caçada!

Com isso, ele deu uma piscadinha e os deixou cobertos pela mesma escuridão na qual ele próprio havia passado tantas noites.

Finn fechou a porta do estábulo atrás de si e sentiu-se imediatamente grato pela chuva, pois era um alívio ter algo que lavasse o fedor dos problemas passados e fracassos presentes de seu pelo. Era um caçador da cabeça aos pés, mas não era uma máquina, então ficava contente em ter uma desculpa para se abster das responsabilidades e contornar sua identidade, nem que fosse só até a tempestade passar. Estava contente em ficar encharcado até os ossos... por sua silhueta parecer curvada, destruída e diferente de si a cada estouro de raio que lançava sua sombra contra a porta. Mas parecia ser de fato esse o ponto ao qual as coisas haviam chegado. Clarões breves de luz e eras de escuridão. Silhuetas e sombras em vez de corpo e alma. Era difícil entender o mundo com uma perspectiva tão limitada, uma falha que não passava despercebida a Phineas, o Raposo, que escolhera abraçar sua visão atrofiada de tudo em vez da ferroada da mudança. Mas a estase não vem desacompanhada da própria parcela de dor, e como se sentisse tal equivalência em cada fibra ensopada de si, Finn inclinou a cabeça na direção de um Rei ainda trabalhando com afinco e ordenou:

— Cava mais uma.

A cozinha da mansão sempre foi uma espécie de jardim zen para Flackwell, especialmente no final de um longo Dia da Cevada, quando havia uma montanha de pratos a lavar e panelas a esfregar. Era a válvula de escape perfeita para sua energia nervosa, e quando todo o trabalho estava feito e todo cabo havia sido pendurado em seu devido gancho, ele sempre se sentia centrado e útil de uma maneira que lhe fugia desde que deixara o Vale. Sentia que havia feito sua parte em meio às caçadas das quais gradualmente se removera, e aquela noite não era exceção. Havia encaixado as bandejas de volta nos nichos, polido cada colher de prata e passado pano em todos os balcões. E quando terminou e as sobras já estavam guardadas na câmara fria junto ao restante do vinho aromatizado e do bolo cremoso que ficara na travessa, ele passou o dedo pela tábua de corte para garantir que estava livre de gordura, suspirou satisfeito e avaliou seu pequeno jardim perfeito só para notar que a faca de chefe havia desaparecido do suporte.

Flackwell tinha certeza de que a guardara, mas mesmo depois de conferir todas as gavetas e todos os armários, todo emaranhado de utensílios e todo vão entre os balcões, não a havia encontrado. Quando escutou um farfalhar desconfortável vindo de trás do forno ainda com brasas ardentes e se virou, viu uma poça de suor crescendo ao redor de um par de sapatos e só então entendeu que havia sido roubado. Depois de contabilizar mentalmente todos os convidados da noite e notar a finura do pé escondido, teve certeza de quem o havia roubado.

— É melhor você sair daí antes de assar até a morte. Te garanto que tem formas menos sofridas de morrer.

— Fica longe de mim! — gritou Talia entre soluços, brandindo a faca desaparecida enquanto mantinha a maior parte do corpo escondida atrás do forno de ferro.

— Não precisa gritar — respondeu o sapo. — Eu estou bem aqui.

— O que... o que aconteceu com Percy? Onde ele está?!

— Está no salão de bailes. Na pista de dança, para ser mais preciso. Imagino que você vá encontrá-lo cedo ou tarde.

— O que você... o que você fez com ele?

— *Eu*... não fiz nada com ele além de servir a melhor refeição de sua vida. Tenho certeza de que você se lembra. Estava excepcional. Posso pegar minha faca de volta?

— Não! Não pode — respondeu ela, esgueirando-se para fora do espaço atrás do forno enquanto segurava a faca de Flackwell com o braço esticado numa mão terrivelmente trêmula. Aproximando-se da porta, ordenou: — Você só... só fica parado aí. Parado bem aí!

Mas Flackwell apenas levantou as mãos para o ar e disse, calmo:

— Não vou a lugar nenhum. Prometo.

Talia se precipitou para a saída, mas sequer deu metade de um passo antes de congelar no meio do movimento ao ver Finn apoiado no batente.

— Boa noite — disse ele, tranquilo.

Ela gritou e recuou até bater na parede. Embora o raposo continuasse parado, Flackwell se aproximou devagar.

— Sabe, você deve ter ficado escondida aqui o tempo todo que eu passei arrumando. Tempo suficiente para enfiar essa faca nas minhas costas, mas mesmo assim não enfiou. Curioso, não é? Tenho a sensação de que se fosse Finn distraído em seus afazeres, você não teria pensado duas vezes. É porque eu pareço inofensivo para você? Ineficiente? De boa índole? O raposo que está sempre procurando briga, o urso que não perde tempo se importando com ninguém, o coelho que é curioso demais para o próprio bem... e o sapo que só gosta de agradar a todos? O que não carrega o mesmo fardo de problemas? Resumi bem?

Talia balançava a faca ferozmente entre Flackwell e Finn, e quando o sapo começou a se aproximar, ela brandiu a lâmina no ar e gritou:

— Não chega mais perto!

— Bom, eu tenho muitos problemas — continuou ele, ainda avançando. — E sim, amo agradar, mas também amo ser reconhecido por isso. Ser adorado por isso. Aclamado, elogiado e validado. Faz o sangue correr por minhas veias de uma maneira que é... não sei, é difícil colocar em palavras — disse, estremecendo. — E depois de passar uma semana preparando uma refeição digna de reis para você e seu noivo *insuportável*, nenhum dos dois se deu ao trabalho de agradecer... nenhuma vez. Nenhum elogio, análise positiva ou sequer um pingo de reconhecimento... mesmo depois de todo o vinho que tomaram e todos os aperitivos que comeram e dos pratos principais com os quais encheram os buchos ingratos. Nenhum!

— Eu... eu sinto muito — disse ela, com os olhos marejados. — É que foi tudo tão carregado de emoções e eu...

— É um pouco tarde para isso agora — rebateu o sapo, e parou a um passo dela. — Não tem segunda chance quando se trata de agradecimentos. Não nesta casa. Não mais.

— Desculpa! Desculpa e obrigada e...

Ela investiu a lâmina contra a pessoa de Flackwell, mas ele estava tranquilo o bastante para pegar seu braço e tirar a faca de chefe dos dedos dela, e sem dizer outra palavra, virou-se e encaixou-a no suporte de madeira onde era seu lugar.

— Essa aí... você pode ficar com essa aí — disse o sapo ao passar por Finn e sair da cozinha, acrescentando sobre o ombro: — Mas tente limpar a bagunça quando terminar, sim?

Ele estava muito longe do Vale e sempre ciente de que cada dia que passava desbotava ainda mais aquelas memórias, e embora ficasse cada vez mais difícil reparar essas rachaduras com seu tempo na Mansão Addington, havia noites em que era quase suficiente... noites em que quase importava o bastante. Havia noites em que quase se sentia como seu antigo eu e noites em que jurava poder sentir a vida das estrelas calorosa e adorável, como nos dias em que elas tinham outros nomes. Havia noites boas e noites ruins, noites amargas e doces, e embora a balança de ambas parecesse ficar cada vez mais desigual a cada estação, pelo menos naquela noite, Flackwell, o Sapo, se sentiu muito útil.

TREZE

Eles seguiram o rio a oeste até onde puderam antes de a perna de Mark começar a falhar. Era um motivo tão bom quanto qualquer outro para parar e encontrar abrigo, afinal, a chuva não dava sinais de que diminuiria e o rosto de Eamon já estava tão inchado que ele mal conseguia ver. Os dois garotos se refugiaram debaixo de uma protuberância de pedras não muito longe da água, e embora mal tivesse espaço para ambos no vão, a proteção da chuva era muito bem-vinda. A bandagem que Mark amarrara ao redor da coxa estava encharcada de sangue, e mesmo com a fúria da tempestade, Eamon conseguia escutar o quanto ele estava tentando controlar a respiração para não pensar na dor. Mas até as dificuldades de Mark eram uma boa distração de suas próprias, pois os quilômetros que tinham corrido desde que saíram do labirinto foram duros e implacáveis, e agora que a adrenalina estava passando, todos começavam a sentir seu preço em cada passo.

— Cruzes, eu estou congelando — disse Mark, com o corpo todo tremendo e ainda ensopado da jornada. — E nem está tão frio.

— Está bem frio. Estou congelando também — disse Eamon, passando um canto da blusa molhada no rosto inchado.

— Você tá com uma cara péssima, sabia? — brincou Mark.

A provocação fez Eamon dar uma risadinha, mas até isso foi um processo mais doloroso do que deveria ser, e logo ele estava rindo e chorando ao mesmo tempo, uma crise que considerou estar de acordo com seu barômetro emocional, dadas as circunstâncias.

— Peguei todas que consegui — disse Caroline ao se juntar a eles, com o capuz do casaco transbordando um estoque de pinhas. — Você falou para pegar as grandes que ficam em pé nos galhos, né?

— Abeto-de-Douglas, isso. — Eamon pegou uma e cheirou o quanto conseguiu. — Parece ok.

— Como está a sua cabeça?

— Não sei. Dá a impressão de que o vento está soprando aqui dentro ou coisa do tipo. Mas provavelmente é só uma concussão massiva. Nada com o que se preocupar.

— Não, na verdade... eu também estou ouvindo — disse ela, silenciando o farfalhar de seu casaco convertido em bolsa para ouvir melhor. — Soa como se alguém tivesse deixado uma janela aberta.

Os olhos de Eamon brilharam, e ele pareceu de súbito se animar com a perspectiva de uma pequena boa notícia.

— E onde você diria que fica essa janela, exatamente?

Caroline os conduziu para fora de seu abrigo precário, e embora fosse exaustivo sair na chuva de novo, foram recompensados por seus esforços quando chegaram à entrada de uma caverna cortada na face das rochas a mais ou menos cinquenta metros de onde estavam antes.

— Parece grande — comentou Eamon enquanto escutavam o timbre do vento chicoteando para dentro e para fora.

— Desde que esteja seca, eu não me importo — bufou Mark, estremecendo ao tentar não se apoiar na perna machucada.

Eles entraram só o suficiente para ficarem livres do dilúvio e Eamon não perdeu tempo em pegar um graveto do chão e enrolar na ponta um pedaço de cobertor que tomara o cuidado de manter seco.

— Você ainda tem aqueles fósforos? — perguntou.

Caroline pareceu surpresa, como se houvesse se esquecido de que estavam no bolso, mas, depois de vasculhar por um momento, passou a caixa de fósforos Mansão Addington para Eamon, que riscou um e pôs fogo no tecido.

A tocha improvisada banhou a entrada em luz amarela, mas quando deram mais um passo para dentro, ficaram surpresos em descobrir que uma barreira havia sido construída por toda a largura da entrada — barras grossas de aço, chumbadas fundo na montanha e entrelaçadas como a frente de uma jaula. Havia uma porta ao centro, muito parecida com a entrada de uma cela de prisão, e embora as dobradiças tivessem sido arrancadas décadas atrás, a abertura era larga o suficiente para acomodar os três lado a lado e alta o bastante para passarem dois Eamon um em cima do outro. Mark não conseguiu se conter e forçou as barras, que estavam cobertas de ferrugem e tomadas de teias de aranha, mas mesmo tendo visto muitos invernos se passarem na ilha, foram construídas de maneira tão resistente que não cederam nem um pouco.

— Meu Deus, quantas jaulas bizarras *tem* por aqui? — perguntou.

— Eu vi duas no porão também — respondeu Eamon. — Muito menores, mas parecia que... que uma era para Runny e a outra para o sapo.

— Você acha que deixavam eles enjaulados? — questionou Caroline, com uma tristeza distinta.

— Pareceu que sim. Tinha móveis e todo tipo de coisa lá dentro. Partituras musicais, livros de culinária, um rádio e coisas e... e meio que pareceu que eles ainda dormem lá. Tipo, as partituras eram novas e as camas estavam feitas. Eu sei que eles têm a casa toda para si agora, mas acho que nem sempre estiveram aqui como convidados, sabe?

— Como prisioneiros? — perguntou Mark, e deu outro tranco nas barras de aço.

— Bom, com certeza parecem bem bravos com *alguma coisa.* Vai ver estavam mais para... troféus. Vocês viram todas as taxidermias e obras de arte de valor inestimável na casa, é tudo símbolo de status. Olha só o que eu tenho e você não. Olha só as minhas coisinhas brilhantes, olha todos...

— Os itens raros e belos que eu tranquei neste castelo — acrescentou Caroline. — Olha as minhas conquistas.

Eamon passou a tocha improvisada pela entrada da caverna e murmurou:

— A esta altura, eu ficaria surpreso se isso não for só metade da história. Toda essa conversa sobre caçadas e tradições e dívidas... me dá a sensação de ter mais coisa por trás.

— Sinceramente, considerando tudo pelo que a gente passou... eu meio que espero que você tenha razão — rebateu Caroline, com uma sinceridade que fez todos pararem para concordar silenciosamente com ela. — Pelo menos assim, eu entenderia um pouco melhor isso tudo.

— E só calhamos de passar aqui bem no único dia do ano em que eles gostam de descontar a raiva no restante da nossa espécie? — perguntou Mark.

— Baita sorte a nossa — comentou Caroline, enquanto espiava o escuro da caverna. — Acha que era para Bing?

Eamon ergueu a tocha para que iluminasse a grade de aço.

— Por que outro motivo a porta seria grande assim? — respondeu, e começou a recitar uma passagem do livro...

E passada a época de construir, o urso pode pôr as patas para dormir
Na caverna deitou ansioso por seu descanso longo e silencioso
Uma chance para as bolhas sarar, uma última refeição para se esbanjar
E então meses de descanso singelo sem precisar pegar no martelo

— Tá, isso é ótimo e tal, mas podemos entrar agora? Preciso mesmo sentar um pouco — disse Mark, com a voz trêmula de dor.

Eamon e Caroline ficaram um de cada lado para sustentar os braços dele sobre os ombros, e logo encontraram um canto de terra seca para deixá-lo descansar. Enquanto ela esvaziava o casaco e o enrolava num montinho para ele usar de travesseiro, Eamon levantou a tocha e começou a procurar por qualquer coisa que pudesse ser útil.

— Olha *isso* — disse, quando a luz atingiu a parede.

Caroline estava preocupada com a bandagem suja de Mark, mas quando ergueu os olhos para saciar a curiosidade, ficou tão chocada com o que viu que não conseguia mais desviar a atenção.

— Isso são... são...

— Ossos — confirmou Eamon.

Um mural infinito de ossos. Era uma coisa monumental, de tirar o fôlego, que cobria cada centímetro das paredes da caverna, do chão até o teto... uma cena contínua e marcante que era bela e mórbida em partes iguais, e parecia o trabalho de uma vida inteira.

— Cruzes. São... humanos? — perguntou Mark, com o queixo completamente caído frente ao escopo imensurável daquilo que os cercava.

— De veado — respondeu Eamon ao passar os dedos por um fêmur encaixado numa depressão cravada na rocha.

Eles formavam o cenário de uma floresta, de maneira macabra, mas em detalhes impressionantes — árvores com troncos de vértebras e galhos esguios de galhadas, flores com pétalas de clavícula e cabo de tíbia, costelas mascaradas de junco à beira de um riacho cravejado por pedras de casco, e até uma revoada de gaivotas pelo céu, cada uma feita com um par de mandíbulas unidas na articulação.

— Continua infinitamente — disse, ao acompanhar a parede com a tocha e descobrir colinas, um pequeno laguinho singular, um vale tranquilo e um trecho de gramíneas altas que poderia ser um campo de centeio.

— É veado para cacete — disse Mark, e estremeceu quando Caroline desenrolou a bandagem mal improvisada. O furo em sua perna estava todo retorcido, pálido e ainda sangrava.

Eamon assentiu, concordando.

— Bom, se Bing ficou esse tempo todo aqui, tinham que dar alguma coisa para ele comer, não é?

— Acha que é o Vale? — perguntou Caroline.

— Faz sentido, se a gente parar para pensar. Se eu estivesse trancado numa cela ou numa... caverna ou sei lá... provavelmente também ia querer ver a minha casa. Não é muito diferente de pendurar retratos de família na parede, imagino.

Assim que as palavras deixaram a boca de Eamon, ele chegou à única parte do mural que não era feita de ossos. Era um entalhe em relevo direto na rocha — um retrato desenhado com inegável carinho e uma atenção absurda a detalhes, e seu tamanho imenso o fez pensar quantos meses, estações ou até anos levara para ser terminado.

Sob um carvalho amplo, estavam sentados dois ursos adultos e um filhote, e embora fosse difícil dizer se um deles era Bing, dados os anos de desgaste, a emoção da arte ainda não havia sido lavada pelo gotejar da chuva que escorria do teto. Mesmo num vislumbre rápido, Eamon tinha certeza de que eram uma família. Havia algo na postura dos adultos e na forma carinhosa com que olhavam para o bebê que dizia muito sobre sua conexão, e naquele momento Eamon sentiu uma onda de empatia deslizar por si enquanto pensava nas coisas que *ele* também havia deixado para trás para se aventurar no mundo. A simplicidade de uma vida afastada, o agoniante luxo da solidão, a inocência de um mundo em que as regras eram fáceis de seguir — Eamon sabia que não eram coisas perfeitas, mas tinha certeza de que estariam lá em sua própria caverna de ossos, para sempre entalhadas na rocha.

Eles fizeram uma fogueira pequena com restos de galhos que haviam soprado para dentro suficiente da caverna a ponto de não se molharem, e embora não fosse muito, bastou para secar suas roupas e mantê-los aquecidos, e estavam gratos por esse conforto enquanto se sentavam debaixo do céu estrelado mais sinistro que já haviam visto.

— Qual é aquela? — quis saber Mark, apontando para um arranjo de vértebras no teto da caverna.

— Órion — respondeu Eamon. — Chamam ele de o Caçador. Olha as três estrelas enfileiradas, é o cinturão dele... e as da direita são o arco.

Era uma representação estranha e maravilhosa do cosmos, e parecia, de alguma forma, muito precisa. Os ossos da coluna realmente davam estrelinhas perfeitas, e até onde Eamon podia avaliar, pareciam estar todas em seus devidos lugares também.

— E aquela é a da concha de sopa, né? Que você falou mais cedo?

— Na verdade, essa aí é a versão maior dela. Pega o grupo de estrelas que fica do lado e tenta ver como uma coisa só... é a Ursa Maior. Olha ali o rabo, ali a cabeça e ali as pernas — explicou Eamon, traçando as linhas com o dedo.

— Sei não, parece muita abstração pro meu gosto — murmurou Mark.

— Bom, é um punhado de vértebras de veado tentando recriar uma constelação a bilhões de anos-luz daqui, então você precisa suspender sua descrença um pouquinho.

— Tá, mas só estou falando... até onde eu sei, os ursos têm quatro pernas, não três.

Eamon ficou contente de ver que Mark estava mais animado agora que seus ferimentos haviam sido tratados. Ele mostrara a Caroline como tirar a seiva das pinhas de abeto-de-Douglas e como usá-la para cobrir uma ferida aberta; em sua defesa, ela se mostrou uma ajudante muito prestativa para os remédios improvisados de Eamon. Era um truque antigo que seu pai lhe ensinara para conter infecções e coagular o sangue, e agora que os três estavam com os traumas devidamente envoltos por retalhos novos de cobertor e tinham alguns momentos para se recuperar ao redor do fogo, pareciam estar se sentindo um pouco menos destruídos. Mas depois que toda a lenha seca havia sido colhida, a chama deles começou a apagar e, enquanto a observavam quase morrer, Caroline levou as mãos ao cós posterior da calça e puxou a cópia de *Vale Winterset* que havia resgatado da mochila no cruzamento do rio.

— Você guardou isso? — questionou Mark.

— Tenho meus motivos — respondeu ela, então rasgou a folha de rosto, amassou uma bolinha entre os dedos e lançou na brasa. — Mas, minha nossa, esse fogo está tão bom.

Os garotos a observaram arrancar mais páginas da lombada e acrescentar ao fogo, e embora para eles fosse catártico ver as palavras que os levaram à beira do desastre se tornarem cinzas, a questão era um pouco mais complexa para Caroline.

— Este livro era da minha mãe, na verdade — explicou ela, rasgando uma ilustração de Finn e lançando na pira. — Quando era mais nova, ela e os amigos costumavam trocar livros uns com os outros e começaram uma tradição de fazer anotações nas margens das partes de que mais gostavam, de cenas que achavam tristes e de trechos empolgantes... esse tipo de coisa. Aí, quando era a vez de um amigo ler, era quase como se estivessem lendo juntos. Quando minha mãe morreu, a melhor amiga dela me deu uma caixa cheia de livros que tinha guardado... *Alice no País das Maravilhas*, *James e o Pêssego Gigante*, *Uma Dobra no Tempo*, *A Teia de Charlotte*. Vários, vários livros.

Caroline arrancou outra folha e segurou perto o suficiente das chamas para que Eamon e Mark pudessem ver que havia de fato palavras manuscritas e pequenos desenhos nos cantos do papel.

— E agora, toda vez que eu sinto falta dela, só pego um desses livros e estudo alguns capítulos, e é quase como se... como se ela estivesse ali comigo. Como se eu fosse só uma criança de novo e ela estivesse na minha cama, lendo para mim.

— Você não precisa queimar ele se não quiser — ofereceu Eamon. — Minhas roupas já estão bem secas.

— Tudo bem. É como eu disse, tenho uma caixa cheia deles em casa. Não é como se eu fosse ler *isso* de novo, de qualquer forma — garantiu ela antes de deixar a página que segurava cair nas chamas, de forma significativa.

— Acho que eu também não, pensando bem — ponderou Eamon. — Já contei para vocês que fugi de casa na primeira vez que li? Bom, na verdade, acho que fugi *para* casa. Eu estava morando com a minha família temporária e o livro simplesmente apareceu... estava em cima da mesa da cozinha certa manhã. Uma versão bonita até, de capa dura. Disseram que era para mim, eu perguntei de onde tinha vindo e eles falaram que não sabiam. Achei que pudesse ser do meu pai, mas o endereço do remetente era só uma livraria e não tinha nome nem cartão, então imaginei que a minha assistente social tinha mandado ou sei lá.

Caroline jogou mais combustível no fogo e eles assistiram às chamas crescerem e o céu estrelado refletir a luz de volta lá de cima.

— Eu li de capa a capa na mesma noite e... e me lembrava tanto de casa — continuou ele. — A paz e a tranquilidade, a simplicidade, a floresta, o pântano e tudo mais. Então, é claro que roubei a bicicleta do meu pai temporário e pedalei até o sol nascer. Já tinham se passado alguns meses, então várias coisas que ficaram para trás tinham sido roubadas àquela altura, mas fiquei lá mesmo assim. Por, tipo, dois dias até me encontrarem e levarem de volta pra cidade, mas eu sabia que em algum momento iria para casa de novo. Mas toda vez que eu voltava, tinha menos e menos do meu lar lá. Da última vez, só parecia uma... uma casca do que tinha sido. Acho que é isso que o livro sempre foi para mim. Uma forma de preencher essa casca. Mas acho que nem isso eu tenho mais. E aposto que *você* nunca nem ia ler mesmo, né? — perguntou, lançando um olhar na direção do amigo.

Mark ainda estava deitado de costas, com a cabeça apoiada no casaco de Caroline e as mãos na nuca.

— Eu já li — respondeu, enfim.

— Espera. O quê? — Eamon estava pasmo.

— Você leu?! — exclamou Caroline. — Quando?!

— Uns dois anos atrás. Naquela semana em que você teve que ir ao casamento da sua prima e eu não consegui folga do trabalho. Estava entediado, e talvez um pouco sozinho, então pensei em ler seu livro preferido para entender por que você gostava tanto.

— Ah, que gracinha — disse ela. — E você gostou?

— Gostei — continuou ele, virando-se de lado e se apoiando no cotovelo. — Gostei muito. Digo, gosto consideravelmente *menos* agora, mas...

— Por que você nunca me contou?

— Era para ter sido uma surpresa, mas quando você voltou de viagem estava tão exausta e... e eu percebi que tinha sido uma semana difícil sem a sua mãe lá... e você só pegou aquele livro da mesa e enfiou o nariz nele pelo resto da noite. Então imaginei que pudesse ser uma coisa que precisava que fosse só sua, sabe? Eu não queria tirar isso de você. Além disso, meio que gosto quando me provoca sobre ele. Mas *você*, nem tanto — acrescentou, assentindo para Eamon.

— Compreensível — respondeu ele. — Então, quem era seu preferido? Digo, se eu tivesse que chutar, diria...

— Bing — completou Mark, sem um momento de hesitação.

— Sério? — Os olhos de Caroline brilharam, como se estivessem se conhecendo pela primeira vez.

— Tem alguma coisa no jeito com que partiu. No sacrifício que fez pela família e por todos os outros. Parecia um cara bacana. Nobre ou sei lá.

— O que é que as pessoas costumam falar? Nunca conheça seus heróis? — perguntou Eamon, com um sorriso sarcástico.

— Bom, para ser justo, tiveram algumas vezes que eu quis explodir sua cabeça com um martelo também, então...

— Mais uma vez, compreensível.

Eles compartilharam uma risadinha antes de a gravidade da situação colocar uma mortalha familiar sobre o grupo, e logo não havia nada para preencher a caverna, exceto o assobio do vento, o crepitar do fogo e as pancadas hesitantes de seus corações. Caroline deixou a cabeça tombar, e Mark, sentindo o ânimo dela ceder, enfrentou a dor com uma careta e se arrastou para um lugar bem ao lado da namorada na terra nua.

— Você está bem? — perguntou, com plena ciência de que a pergunta era muito mais importante do que a resposta... e de que sabia a resposta mesmo antes de perguntar.

— Não — confessou ela, levantando os olhos das páginas da mãe e encontrando o olhar dele com um balançar da cabeça. — Você está?

Uma dúzia de respostas passou pelos lábios dele enquanto considerava o que dizer, e embora quisesse ser forte para ela como ela sempre fora para ele, queria mais ainda ser presente.

— Nem um pouco.

Caroline encontrou certo conforto na sinceridade dele, como sempre fazia, e quando deitou a cabeça em seu ombro e deixou escorrerem algumas lágrimas nobres pela bochecha, Mark pegou o livro da mãe dela de suas mãos e assumiu o fardo de queimar suas memórias mais doces para mantê-los quentes. Tentou não fazer barulho ao arrancar as páginas da lombada, mas ainda a sentia se encolher a cada rasgo. Ela levantou os olhos e viu que ele escolhia só as páginas sem marcações, na esperança de serem suficientes, e quando ele sentiu um aperto de gratidão no braço, ficou contente de ser agraciado com algo tão caloroso e familiar.

Mark torceu para que Caroline conseguisse dormir um pouco agora que sentia o peso dela contra o próprio corpo, mas ao se virar para ver se Eamon havia tido coragem de descansar, viu que a testa dele estava franzida e a orelha voltada para a entrada da caverna.

— Vocês ouviram isso? — perguntou.

— Isso o quê?

— Arranhões. Como se alguma coisa estivesse...

— Estamos alegres de ver que tuuu ainda estás entre nós — disse Olívia ao sair das sombras e se mostrar à luz da fogueira.

Mark e Caroline quase enfartaram de susto, mas antes que sequer pudessem reagir e ficar de pé, Eamon os acalmou com um aceno e um tom confiante.

— Não, não. Está tudo bem — explicou, levantando-se. — O nome dela é Olívia.

— Você conhece essa coisa? — perguntou Mark, incrédulo, olhando-a dos pés longos e finos aos tufos de pena sobre os olhos.

— Nós não somos uma coisa! — disparou a coruja em resposta, saltitando para perto deles e encarando-os bico abaixo enquanto repreendia Mark.

— Nós somos das corujas. Nós somos as guardiãs. Há muito observamos e guardamos, saibas tuuu!

Eamon fez o melhor que pôde para dissipar a tensão com um pouco de contexto:

— Nós conversamos quando saí para tomar um ar mais cedo. Ela tentou me avisar o que ia acontecer. Digo, tenho quase certeza de que era o que estava fazendo.

— E você não pensou em falar nada até agora? — chiou Caroline.

— Sei lá, eu já estava meio que numa overdose de emoções e acho que só não pensei em comentar.

— Bom — disse Mark, relaxando a postura até aparentar total despreocupação —, um sapo fez o jantar pra gente e um raposo tentou nos caçar por esporte, então por que *não* uma coruja falante? Faz todo sentido.

— Nós falamos para ele fugir deste lugar! — bradou Olívia. — Falamos que ele não pertence a esta ilha! Mas ele não escutou. Não...

— Eu não entendi direito o que ela estava dizendo. Ela fala em charadas.

— Nós não falamos em charadas! — resmungou a coruja, então se aproximou mais do fogo a ponto de o branco em seu rosto e seu peito brilhar de volta para eles, como luas distorcidas. — Não é culpa nossa que tua língua seja tão horrível. Não é culpa nossa que tuuu nunca aprendeste outra. Nós somos do Vale, onde falamos com clareza das coisas que vemos. E vimos muito. Muito lembramos. Há muito observamos, sabes tuuu.

— Sim, sabemos — disse Mark, com um rolar de olhos, e se deitou de lado e virou para longe de tudo, cansado de bichos falantes e suas histórias. Cansado de personagens e suas verdades.

— Esse aí não acredita em nós? — perguntou Olívia, espiando o fogo murchar com o canto dos olhos, então soprou mais vida para as chamas batendo as asas com força algumas vezes.

— Não é isso. É que foi uma noite longa e nós estamos muito cansados. Você entende, não entende?

Olívia demonstrou uma empatia sutil inclinando a cabeça, e quando coçou o rosto com a asa, como era seu costume, Eamon se aproximou com cuidado e se abaixou ao seu lado.

— Você pode ajudar a gente? — perguntou. — Eles querem nos matar e... e nós temos que encontrar um jeito de sair desta ilha.

— Sim, sabemos — respondeu a coruja. — É por isso que estamos aqui, vês tuuu? Queremos ser úteis. Sabemos muito da ilha e temos a intenção de...

— Ah, você quer ajudar a gente, é? — berrou Mark, subitamente acordado e ansioso para se envolver. — Então vou te contar como você pode ajudar. Pode voar até a cidade e avisar a alguém sobre o que está acontecendo aqui. Que tal isso?

Caroline pôde ver que Olívia não acatou bem o tom emburrado de Mark, mas enquanto o acalmava com um gesto gentil dos braços, esforçou-se para injetar uma delicadeza muito necessária nas intenções dele.

— Na verdade, não é uma má ideia. Tem um homem chamado Gene. Ele tem um barco que se chama, ahn…

— *O Estalão* — contribuiu Eamon.

— Isso. *O Estalão*. Ele trouxe a gente aqui ontem e disse que costuma ficar perto do píer à espera de clientes. Acha que consegue encontrá-lo e falar para ele nos encontrar no farol?

Olívia abaixou a cabeça e, com um tom distinto de tristeza, sussurrou baixinho:

— Não podemos.

Mark jogou as mãos para o ar em frustração, mas Caroline insistiu em sua abordagem comedida:

— Olha, ele deixou a gente aqui sei lá por quê, e tenho certeza de que estaria disposto a…

— Sinto muito, mas não podemos. — Olívia caminhou até o fogo e, depois de se perder em seu brilho por um momento, deu às chamas outra rajada encorajadora de vento e se voltou a eles para explicar: — Não podemos deixar este lugar. Fomos banidas para cá pelas coisas que fizemos. Cortaram nossas asas, sim. Queimaram-nos para impedir que crescessem de novo, queimaram sim. Nunca conseguiríamos atravessar a água — lamentou, então esticou as asas para mostrar as cicatrizes que ela tomava o cuidado de manter escondidas. — Ainda podemos voar por um sopro, mas… no mar, certamente morreríamos.

— Quem fez isso com você? — perguntou Eamon, tentando criar alguma conexão. — O raposo?

— Foi nossa própria gente. As guardiãs. Somos muitas, sabes tuuu. Punidas pelas coisas que fizemos. Coisas detestáveis, nós fizemos. Somos uma coisa horrenda.

Ela deixou a cabeça pender em vergonha, mas seu tique estava ficando mais frequente e Eamon e Caroline se entreolharam como se soubessem que a janela para mantê-la estável estava se fechando.

— Sinto muito que isso tenha acontecido com você — lamentou ele. — Não parece...

— Não foi certo! — gritou ela, deixando o ácido subir à superfície e ocultar sua humilhação. — Não foi certo o que fizeram conosco! Não foi certo rejeitarem nossas filhas! Cortá-las da corrente do conhecimento! — Seus olhos faiscaram de raiva e uma curva feroz se formou em sua pálpebra. — Não foi certo nos punir assim! Fazer conosco o mesmo que condenaram! Não foi justo com nossas...

Caroline se abaixou ao lado de Eamon e deu seu melhor para tentar acalentar a grande fera.

— Está tudo bem. Respira. Está tudo bem.

Ela mesma inspirou várias vezes, profunda e demoradamente, e antes que Olívia percebesse o que estava acontecendo, fez o mesmo, e embora parecesse menos agitada depois do exercício, seu rancor não ficou menos aparente.

— Qual é a sua palavra? Para descrever *essa gente?!* Sua palavra para aqueles que fazem o que pregam ser cruel?! Qual é...

— Hipócritas.

— Sim! Essa! — gritou ela. — São isso, mil vezes isso! Não foi certo o que fizeram com nossas filhas! Mas nós somos uma coisa horrenda... e agora entendemos... estamos aqui para pagar pelos nossos pecados. Para buscar redenção.

Olívia se sentou com as pernas encolhidas. Sentindo que estava na hora de uma conversa mais civilizada, Caroline e Eamon também se acomodaram na terra, e a floresta ao redor deles subitamente criou vida com um clarão de luz. A grande ave se virou e viu que Mark havia retomado sua missão de alimentar as chamas com mais páginas do livro antigo, e por sorte foi combustível suficiente para ela conseguir ver a paisagem de ossos que os cercava pela primeira vez. Girou a cabeça num círculo completo, como é do feitio das corujas, e depois de ver os pinheiros imensos e rios tranquilos, as colinas e a grama balançando ao vento, disse:

— Se ao menos nós soubéssemos que morreríamos por isso.

As possibilidades terríveis de como morreriam haviam se passado pelas mentes dos três vezes demais para contar desde que o banquete se tornara um pesadelo mais cedo naquela noite, mas a questão de *pelo que* estariam morrendo ainda era um debate que precisavam interiorizar... até aquele exato momento. Caroline e Mark imediatamente se entreolharam, como a deixar claro que dariam a vida um pelo outro sem nem pensar, mas a sobrancelha de Eamon só se enrugou, confusa, enquanto um redemoinho de opções dançava por sua cabeça, embora nenhuma fosse especial o suficiente para ele compreender com clareza. *Quanto você teve que andar para chegar aqui, John? Está com fome? Quer um refrigerante? Gostaria de se deitar um pouco antes da nossa conversa?* Eamon achava um esforço inútil, mas não conseguia evitar pensar se de fato havia algo no círculo de sua existência pelo que ele estaria disposto a morrer. Sabia que era um veneno, mas o saboreou mesmo assim.

Ansiava ter uma resposta concreta e imediata para a questão, mas mesmo depois de vasculhar os cantos mais inalcançáveis do coração e lançar sua rede emocional para além das fronteiras que considerava seguras, não havia nada... Nada além de um nome que não lhe pertencia, lugares que nunca foram um lar e pessoas que pareciam desconhecidas e incomodadas com sua presença. Não havia um amor, um filho, um país, um rei, nem uma crença. Nada. E atolado nessa areia movediça, Eamon não tinha certeza se esse laço realmente não existia ou se ele só era quebrado demais para conseguir enxergá-lo, mas sabia que sua única chance de sobreviver era agir como um homem com menos incertezas. Um homem que tivesse mais pelo que morrer. Um homem que tivesse mais pelo que viver. E ao correr os olhos por cada parede coberta pelos ossos de tantas coisas que haviam perecido para que outra pudesse sobreviver, ele se perguntou se elas lutaram como feras implacáveis antes de sucumbir aos desejos do urso construtor... ou se apenas viram a beleza que as cercava e rolaram de barriga para cima no exalar de sua caverna.

QUATORZE

Runny não teve como não notar que bela manhã era aquela enquanto saía para o pátio e inspirava profundamente o ar fresco com orvalho. Estava grato por ter um momento sozinho para refletir sobre as coisas, já que Finn e Bing não estavam à vista e Flackwell se ocupava na cozinha embalando sanduíches para mantê-los abastecidos para o dia, mas, mesmo assim, não conseguia afastar a sensação de que alguma comoção estava a um piscar de olhos de acontecer. Runny estava vestido para a ocasião, em sua jaqueta de caça e botas impermeáveis, com o rifle pendurado debaixo do braço, e, como se quisesse chacoalhar para longe o peso de tais coisas, fechou os olhos e tentou se concentrar nas risadinhas dos esquilos e nas conversas dos pássaros. Na vida como era antes. Na vida como certamente seria de novo. Apoiou a bengala no batente da porta e deu alguns passos sobre o piso de pedras para testar seu equilíbrio; para sua surpresa, estava se sentindo um tanto resistente e pronto para partir sem nada atrelado à lateral do copo. Na verdade, teria achado que era um coelhinho jovem e cheio de energia de novo se não fosse pelo rangido da perna de madeira e o gotejar do próprio sangue golpeando os paralelepípedos do pátio.

— Coisa maldita — sussurrou para si ao deixar a arma contra a mureta e enrolar o cachecol um pouco mais apertado na orelha destroçada. — Deveria me poupar do trabalho e arrancar tudo de uma vez.

Mas quando terminou de se certificar de que o nó estava firme e estremecer ao prazer da coisa, escutou um farfalhar no telhado e se virou a tempo de ver Finn correndo torre abaixo com o arco no ombro e uma luneta velha na pata.

— Uma bela manhã, não acha, Raposo?

— Perfeita — disse Finn, deslizando com destreza pelas telhas, então saltou da calha e aterrissou ao lado de Runny sem fazer som algum. — Dá para ver quilômetros lá de cima.

— E o que foi que você viu, diga-me?

— Uma velha amiga nossa, desbocada, de asas aleijadas. Estava longe, mas tenho certeza de que era ela. Voa igual a uma galinha-d'angola bêbada.

— Coruja intrometida — rosnou o coelho. — Estava aqui fora da mansão ontem à noite, sabia? Consegui espantá-la, mas só o espírito sabe o que disse antes de eu chegar.

— Devia ter metido uma bala no bico dela.

— Se estivesse com o meu rifle, acho que teria feito exatamente isso.

— É, claro, teria sim — retrucou Finn.

— E o que você quer dizer com isso?

— Sejamos honestos, Runny... sua raiva foi pelo mesmo caminho que a sua orelha. Só espero que ainda tenha um pouco de carne nessa carcaça, porque pode ser que a gente precise hoje.

Runny suspirou ao desviar o olhar para a floresta, e embora soubesse que era muito diferente do Vale em tantos aspectos, estava bem ciente de que era o mais perto que veria dele antes do fim de seus dias.

— Também não tenho apreço nenhum por essas criaturas — disse. — Roubaram de mim tudo que poderiam roubar. Mas quanto mais velho eu fico, mais sinto o desejo de deixar tudo passar ou nunca mais serei feliz. E quero ser feliz. Então, mesmo que entenda sua inclinação para sentir raiva do passado até quase explodir, espero que entenda meu desejo de encontrar um lugar tranquilo perto do lago e deixar tudo cair dos meus ossos como pelo podre.

Ficou claro pela testa franzida do raposo que ele não entendia, e evidente pelo tremular de seu lábio logo acima dos caninos que não era pequena a parcela de desdém que atrelava à ideia de um rancor tão selvagem quanto o deles poder de alguma forma murchar com a idade ou até ser perdoado em troca de certa paz de espírito. Finn ficava maluco com a perspectiva de tal ideia: de tantas formas diferentes... fervilhava por dentro só de pensar em tamanha graça nascer do trauma conjunto e queimava com o entendimento de que era incapaz daquilo. Como se quisesse garantir que ainda era a mesma criatura que sempre soube ser, deslizou a língua pelas presas mais afiadas até sentir o caráter que lhe corria pelas veias.

— Sanduíches! Fiz sanduíches — gritou Flackwell, atravessando a passos pesados a porta que dava para o pátio com o estilingue numa mão e uma bolsa de ombro na outra. — Ovos picados, agrião baby, *rémoulade* com estragão e cebolinha. Ah, e tem algumas alcaparras e um pouco de chalota também! — O sapo brandiu a bolsa com orgulho, mas recebeu só silêncio em resposta de seus dois amigos. — Interrompi alguma coisa? Não sei se vocês escutaram, mas eu fiz...

Um assobio agudo vindo da direção do estábulo o interrompeu. Os três se viraram e viram Rei e Torre no patamar da escada, carregando um grande cesto de vime com alças para os ombros.

— Achei que você tinha mais perdigueiros — disse o sapo.

— Sim. Eu tinha — respondeu Finn, então andou em direção aos seus cães e inspecionou o dispositivo que haviam buscado.

— Para que o cesto? — questionou Runny.

— Para você.

— Como é que é?

— É para você. Temos que ser rápidos. E, sem ofensa, mas rápido não é bem seu forte ultimamente — disse, apontando para a perna de madeira do coelho.

Runny olhou para Flackwell a fim de compartilhar sua exasperação, mas o sapo parecia surpreendentemente empolgado com a coisa toda e só deu de ombros.

— O que foi? Parece um bom cesto.

— E é! — gritou Finn, do outro lado do pátio.

Como se convidado pela aprovação do raposo, Bing finalmente marchou pela porta, de martelo em mãos, e espantou os perdigueiros com um rugido de dentes arreganhados. Os dois esperaram perto do cesto até o orgulho de Runny ceder ao seu pragmatismo e ele se aproximar e entrar na coisa. O grande urso passou os braços pelas alças e ergueu o dispositivo às suas costas poderosas, e depressa demais o coelho se pegou olhando os arredores do ponto de vista de um urso, pela primeira vez.

— Pronto, não é tão ruim, é? — perguntou o raposo.

Runny achou seu novo apoio um pouco bambo enquanto Bing se ajustava ao peso, mas ao se firmar no canto e se inclinar para pegar o rifle com Flackwell, sussurrou:

— Vou ficar tão contente quando tudo isso acabar e eu puder sofrer minhas humilhações de maneira privativa, como deve um coelho idoso.

— Acabar? — perguntou Finn, com as orelhas tão atentas como sempre. — Meu amigo, isso só vai acabar quando eu estiver morto e enterrado no campo de centeio. Só então vai acabar.

— Registrado — afirmou Runny.

O raposo assobiou e seus perdigueiros assumiram a posição atrás dele. Eram uma dupla miserável e não se pareciam em nada com o exército temível que Finn imaginara quando os soltou de suas jaulas e lhes deu a liberdade da ilha. Rei estava compreensivelmente manco de seu ferimento, e Torre, embora parecesse ileso, estava despedaçado pela prova que passara na noite anterior e sentia seu peso a cada passo. Eram cães velhos agora, cansados, deslocados e despidos de tudo que o mundo tinha a oferecer, exceto a companhia de um único amigo silencioso. Mas até mesmo cães velhos anseiam por carne mais fresca e água mais doce, e até mesmo o vira-lata mais desanimado ainda tem esperanças de encontrar um lar na esquina seguinte. Então, acompanhados de Flackwell, Bing e Runny, eles partiram para abençoar aquela bela manhã de sol do final do verão com uma caçada de verdade... e sonharam com algo melhor do outro lado de tudo.

— Isso seria tão mais fácil se você tivesse deixado a gente só seguir a coruja — disse Mark ao se apoiar graciosamente na imensa estátua de algum Addington de gerações passadas.

— É, provavelmente seria — respondeu Eamon, colocando uma pedra no chão para marcar o ponto onde a sombra do indicador da estátua se projetava na terra. — Mas uma ave grande daquelas só ia dedurar nossa posição. Deve dar pra ver ela no ar a quilômetros de distância. Serviria mais como um urubu do que uma coruja para qualquer um que procurasse a gente. Além disso, as instruções que deu foram muito simples... seguir o rio até encontrar o jardim de estátuas, aí ir para o norte por seis quilômetros até encontrar a cabana de caçadores. Digo, ela não foi tão direta na explicação, mas a gente vai conseguir encontrar o lugar.

Mark ergueu os olhos para o monumento acima de si e balançou a cabeça para o senhor perfeitamente detalhado que estava congelado no tempo com o quadril torto, uma mão dentro do colete e a outra no ar, como se estivesse apontando para as estrelas.

— Qual o problema dessa gente e sua necessidade de se cercar de coisas mortas o tempo todo?

Eamon olhou para o sol e então para a sombra a fim de ver se havia se mexido um pouco.

— Não sei. É como se os parentes fossem troféus para eles. Como se fosse uma grande conquista ter nascido numa das famílias mais ricas da Grã-Bretanha e eles só passassem a maior parte do tempo erguendo a mão e falando "toca aqui" uns pros outros.

— Esse cara parece um general ou sei lá. Albert James Addington — disse Mark, lendo a inscrição no pedestal. — Preciso como uma bola de canhão e afiado como uma espada.

— Talvez fosse mesmo. Sei que alguns membros da família foram do exército uma época. Claro que isso com certeza significa que ficaram sentados numa tenda mandando um bando de gente pobre marchar em linha reta na direção de uma fileira de artilharia ou coisa do tipo.

— Vai ver, é para isso que ele está apontando. Marchem direto para aqueles canhões, seus babacas! Eu vou esperar aqui, com os serventes passando pó na minha peruca.

— Você usaria uma peruca dessas? Tipo, se ainda estivesse na moda? — perguntou Eamon, com a atenção ainda fixa na sombra da estátua.

— Com certeza.

— Sério?

— O quê, acha que não combino com cachos? Mano, eu ia ter a maior peruca de todas, a mais cacheada. Ia chegar na minha cintura igual à crina de um cavalo. Ia ser... linda — respondeu, com surpreendente ternura.

— Você já pensou mesmo nisso, hein?

Mark se remexeu, desconfortável, e parecendo de súbito envergonhado, cruzou os braços na frente do peito.

— Não pensei, não.

Era uma negativa sutil, mas o sopro de casualidade que injetou na situação deles foi como um descanso para os fadigados. Era restaurador ter uma conversa que se revolvia em algo que não fosse sobrevivência, fuga ou como tratar um de seus infinitos ferimentos, e apenas lembrava Eamon do valor de seus amigos enquanto esperavam o sol lhes mostrar o caminho. Lembrava-o do quanto era grato por ter alguém ao seu lado que sempre topava aliviá-lo de seu mundo de espelhos e memórias, e ao passo em que o sorriso desaparecia com a visão da perna machucada de Mark, sentiu uma pontada no coração ao imaginar um mundo sem ele. Era um pensamento que o empurrava de volta à sobriedade, mas Eamon o acolheu de braços abertos, pois sabia que se embebedar de distrações não seria útil para nenhum deles, e ao fechar os olhos e se preparar para a ideia de uma vida sem Caroline, ela mais uma vez veio em seu resgate.

— Algumas dessas são espetaculares — bradou do outro lado do jardim, passando a mão na perna de outra escultura, esta de uma garota com aparência ágil e não mais do que treze ou quatorze anos. A menina estava sentada em uma pedra com o nariz enfiado em um livro, e embora, sob outras circunstâncias, Caroline teria ficado encantada com tal cena, tudo o que queria era arrancá-la da pedra, envolvê-la nos braços e prometer que tudo ficaria bem. — O que será que aconteceu com ela? Parece tão novinha.

— Será que dá pra gente tentar não gritar? — pediu Eamon.

— Desculpa — respondeu ela, num tom muito mais baixo dessa vez, então olhou para o casco do livro de sua mãe, que havia guardado consigo desde a noite anterior na caverna de ossos. Era só um fantasma agora, esquelético, marcado pela guerra, vazio. Mesmo assim, parecia tão pesado quanto sempre fora em suas mãos delicadas. Ainda dava a sensação de ser importante para ela, e embora soubesse que a mãe perdoaria seu impulso de deixá-lo para trás, ainda almejava o conforto de passar o polegar pelo coelho que vivia na capa. Mas, apenas quando seu olhar encontrou a inscrição aos pés da menina, a sede de consolo que Caroline sentia pelas palavras transformadas em cinzas começou a se esvair. *Isabelle Jane Addington. Agora não mais neste mundo, e não se perde nada com isso.* Ela se inclinou contra o pedestal enquanto uma onda de empatia por alguém que era só uma estranha no momento anterior a atingia, a fazia perder o equilíbrio e a mantinha logo abaixo da superfície até não poder mais respirar.

Agora não mais neste mundo, e não se perde nada com isso. Leu as palavras de novo e de novo e tudo o que sentiu na língua foi a água salgada, tudo o que ouviu foi o mundo girando ao seu redor... e quando Caroline finalmente conseguiu emergir para encher os pulmões, teve a certeza de que conhecia a garotinha à sua frente como uma irmã. Viu a sinceridade em seus olhos e os dedos entrelaçados e escondidos debaixo do livro e entendeu que ela só queria estar em outro lugar, e quer fosse numa história, numa memória ou até numa visão de como as coisas deveriam ser... teve certeza de que não importava muito para ela. Teve certeza porque a conhecia tão bem, e seu coração pesou com a ideia de Isabelle Jane Addington carregar a marca de uma aberração até o tempo achar adequado desgastá-la ao nada. Pôs o casco do livro da mãe aos seus pés de pedra… e se virou de volta para os amigos sem o peso de todo o nada que continuava entre suas capas.

Havia quinze estátuas no jardim, espalhadas a algumas dezenas de metros umas das outras e interconectadas por caminhos sinuosos que eram só sussurros do que antes haviam sido, suas linhas bem delimitadas agora cobertas de mato e as fronteiras borradas por anos de vento e chuva. De certa forma, lembrava Caroline dos retratos pendurados no grande corredor da mansão, já que algumas das estátuas pareciam ter centenas de anos de desgaste, enquanto outras não aparentavam ter mais do que algumas décadas aos seus olhos destreinados. E embora os indivíduos variassem em idade, era e gênero, todos tinham uma mesma coisa em comum: o nome Addington gravado em algum lugar abaixo de suas representações. Era uma história da família, assim como todo o resto na ilha, e não passou despercebido à linha de raciocínio de Caroline que até a caverna de ossos e o rasgo em sua bochecha agora faziam parte desse conto, um conto muito mais sombrio do que ela jamais imaginara. Ao se reunir com o restante do grupo no lado mais distante do jardim e limpar cuidadosamente do rosto quaisquer resquícios de suas reflexões silenciosas, perguntou-se quanto dessa história não contada chegaria de volta à terra firme.

— Essas estátuas são muito sinistras, né? — disse Mark quando ela chegou.

— Sei lá — respondeu Caroline. — Considerando que a gente acabou de passar a noite literalmente numa floresta de ossos, eu diria que são bem brandas em comparação. Como estamos com a bússola aí? — perguntou quando Eamon colocou uma segunda pedra na ponta da sombra, um marcador que havia se movido alguns bons centímetros dada a velocidade do sol de setembro.

— Eu sei que está levando um tempo — disse ele. — Mas se a cabana está a seis ou sete quilômetros daqui e nós errarmos por alguns graus, talvez nunca a encontremos.

— E você tem certeza de que vale a viagem?

— Não, não tenho. Mas Olívia disse que não é muito fora do nosso caminho até o farol. E se conseguirmos encontrar alguma coisa lá que sirva para nos defender, só saímos ganhando. E *é* uma cabana de caça, então tem que ter alguma coisa.

Caroline e Mark se entreolharam desconfortáveis, como se estivessem decidindo silenciosamente quem faria a pergunta seguinte, mas foi ele quem assumiu o fardo para si e questionou:

— Você acha que eles vão alcançar a gente antes de chegarmos na costa, não acha?

Eamon ergueu os olhos para os dois amigos, ambos cobertos de hematomas e ataduras, famintos por qualquer centelha de esperança ou encorajamento, e depois de deixar um suspiro escapar de seu nariz quebrado, disse apenas:

— Acho não, tenho certeza.

Não era a resposta que eles esperavam, mas era a que precisavam escutar, e como se houvessem acabado de ser reanimados pelo discurso do general cuja estátua apontava o caminho, endireitaram as costas, vestiram a coragem e se prepararam para a jornada que estava por vir.

— Então, para que lado vamos? — perguntou Caroline.

Eamon batucou nas duas pedras com os dedos.

— Leste... e oeste — anunciou ao pegar dois gravetos do chão, usando o primeiro para conectar os dois marcadores de pedra e depositando o segundo bem no meio para formar uma cruz. — Sul — disse ao tocar uma ponta do graveto, depois a outra: — E norte.

Quanto mais eles andavam, mais implacável e acidentado se tornava o terreno, e embora estivessem plenamente cercados de pedras, árvores e formações rochosas, tudo o que Eamon via ao conduzir os amigos para um oásis o qual conheciam apenas pela reputação... eram ossos. Estava se provando difícil seguir uma linha reta para o norte, já que as partes mais obstruídas os forçavam a pegar vários pequenos desvios, então Eamon começou a escolher um marcador a cada centena de metros para servir de guia... um canteiro de clavículas aqui, um broto de tíbia ali, ou um montinho com pequenas costelas finas balançando ao vento. Eram todos fósseis dos mortos que agora ele entendia estarem costurados no tecido da ilha, e se eram reais ou imaginários não fazia muita diferença àquela altura, porque sua linhagem era incontestável. Os três seguiram de osso em osso até o sol anunciar o meio do dia, e bem quando Eamon estava começando a achar que tinha desviado do caminho em algum ponto, escutaram o rugido de uma correnteza contínua.

A travessia do rio era a última referência que a coruja dera antes da cabana de caçadores, e todos sentiram a confiança se renovar em suas palavras enquanto avançavam com a água até a cintura e subiam pela margem oposta. Era o mesmo rio, com certeza, mas seu fluxo estava mais poderoso e a fúria de suas corredeiras mais violenta do que se lembravam... quase como se as águas estivessem fugindo com eles.

— Por que a gente só não seguiu o rio em vez de ficar tentando encontrar o caminho pela floresta daquele jeito? — perguntou Mark ao pegar a mão de Eamon e ajudá-lo a subir a margem.

— Está fluindo em outra direção.

— Como assim? Para onde era para ele fluir?

— Está indo para o norte — explicou Eamon, e esticou o braço para a água abaixo a fim de ajudar Caroline a sair da correnteza. — Estava indo para o leste lá perto da caverna, o que significa que em algum ponto do caminho ele faz uma curva grande que a gente levaria horas para acompanhar. Acho que as aves pensam em linha reta porque é assim que elas voam... o que está ótimo por mim, considerando que estamos sendo caçados e tal.

— Não, eu sei — disse Mark, encabulado. — Perguntei só para, ahn... ver se você estava prestando atenção.

— Estou *sempre* prestando atenção — rebateu Eamon com um sorriso largo, então levou os dois para longe da água e começou a subir uma elevação coberta por árvores altas. Estavam na metade da colina quando Mark decidiu fazer outra pergunta, desta vez certo de que valia o fôlego investido, algo de que tanto precisava num ponto tão avançado da jornada.

— O que ela quis dizer quando falou que foram outras como ela que cortaram suas asas? Outras corujas? Tem mais delas? Digo, ela falou que foi banida para cá como se elas tivessem regras, leis ou sei lá.

— Foi isso o que eu entendi — respondeu Eamon. — No livro, cada uma guarda uma tribo diferente. É meio que a vocação delas, observar e se lembrar... da mesma forma como as raposas são boas com jogos, os sapos cozinham e os ursos constroem. E toda vez que elas se encontram, compartilham o que aprenderam, e acho que a ideia é que, se corujas suficientes se encontrarem, com o tempo todas vão saber tudo. Foi a forma como ele explicou a mitologia por trás da sabedoria das corujas, se bem que não parece ter sido ideia dele coisa nenhuma... como tudo naquele livro, aparentemente.

Então pigarreou e relembrou um trecho da obra de Addington...

Então as corujas cantaram aquela melodia sua, sobre a terra e debaixo da lua
Sabendo que aquilo que viam valia o sopro e as palavras que teciam
Quando o conselho se reunia, e os bicos em cerveja puro malte embebia
Elas contavam todo segredo sussurrado que haviam ouvido com cuidado

— Sabe, minha mãe costumava usar isso para me impedir de contar mentiras quando eu era pequena — disse Caroline, apoiada num tronco de árvore para navegar um barranco particularmente escorregadio. — Não existe mentira que as corujas não escutam. Nós nunca fomos à igreja nem nada, então era como se fosse... o jeito dela de atiçar minha culpa usando o contexto de uma coisa que eu amava, sabe? Parando para pensar, funcionava muito bem. Eu lembro de deitar na cama à noite, escutar o canto delas do lado de fora da janela e simplesmente *ter certeza* de que estavam observando tudo que eu fazia. — Ela deu uma risadinha para si com a simplicidade infantil da coisa toda. — Acho que talvez estivessem mesmo.

A história de Eamon se entrelaçava com corujas também, assim como estava cheia de outras incontáveis criaturas que passeavam pelos campos nos quais ele também costumava circular, e ao escutar a amiga contar nostálgica sobre sua infância, quase as escutava chamar sob o pesado cobertor de estrelas que o cumprimentava toda noite, sem exceção. Seu pai sempre dizia que era bom ter corujas por perto da cabana porque não deixavam camundongos se esgueirarem para dentro do porão, mas a ideia de elas terem uma missão maior e mais humana lançava um calafrio tenebroso por sua alma, embora não se lembrasse de jamais ter visto uma maior do que um porta-pão.

— O que acham que ela fez? — perguntou Caroline, com o peito subindo e descendo pelo esforço. — A Olívia.

— Não sei — respondeu Eamon. — Só espero que não tenha sido dar direções ruins.

Foi uma escalada traiçoeira até o topo da colina, mas quando chegaram, seus esforços foram recompensados com uma vista ampla do vale lá embaixo, e como se a própria Olívia houvesse escutado seus temores e tentado aplacá-los, acomodado entre as copas de abetos de fêmur e pinheiros de sacro jazia um telhado de taubilhas de cedro.

Era exatamente o que se espera de uma cabana de caça, das paredes de tronco à chaminé de pedra e às persianas de madeira nas janelas, todas podres e empenadas pelas incontáveis tempestades que com toda certeza caíram durante sua existência. Não era tão grandiosa quanto esperavam, dada a tendência Addington de chamar atenção, mas também não era uma habitação simples, já que possuía dois andares e uma varanda que corria por toda a parede da frente. Embora não fosse resplandecente o bastante para ser pintada a óleo numa tela e pendurada no grande corredor da mansão, estava claro que havia sido construída com o zelo que só a riqueza permite. Eamon girou a maçaneta com cuidado, apenas para descobrir que estava trancada, e enquanto se afastava para avaliar o exterior e procurar outra entrada, Mark não perdeu tempo em golpear a porta com o ombro e garantir-lhes acesso.

— Bom, isso funciona também — murmurou Eamon.

Eles entraram e se depararam com uma sala grande que estava, como esperado, mofada e devidamente coberta de poeira e teias de aranha. Havia uma cozinha montada na parede mais distante, um fogão de ferro fundido enfiado no canto de frente para a mesa de jantar e um conjunto de sofás com aparência particularmente desconfortável... e a única porta além da entrada levava a um quarto com beliches, que ficava sob um mezanino acessado por uma escadaria que, à penumbra, poderia se passar por escada de mão. Estavam a quilômetros da caverna de Bing, mas a morte pingava dessas paredes também — havia crânios de veado e galhadas em todos os pilares, peles de urso jogadas sobre todas as cadeiras, e couros e mais couros e mais couros sob seus pés. Era igualmente mórbido, mas definitivamente menos artístico, e Eamon não tinha como não pensar que, se tivesse escolha, teria preferido a caverna.

Não falaram nada antes de se separar para procurar qualquer coisa que pudesse ser útil, e por sorte Eamon não tinha nem aberto o primeiro armário na cozinha quando encontrou uma velha faca de esfolar corroída pela ferrugem no balcão. Ele a pegou, examinou a lâmina gasta da ponta ao cabo e, julgando-a útil o bastante, enfiou-a no bolso. Seguiu para o conjunto de gavetas e seu pé raspou num tecido no chão. Podia ver de onde estava que havia sangue, o que não era necessariamente alarmante até que se curvou para pegá-lo e percebeu que estava pesado e molhado. Eamon soube então que não estavam sozinhos.

Caroline deu meia-volta assim que o escutou assobiar, e quando Mark saiu do quarto segurando um taco de críquete e viu Eamon com um indicador nos lábios e o outro apontando para o mezanino, os dois congelaram de imediato. Eamon os alertou com um gesto da mão para não se mexerem enquanto ele avançava, silencioso. Tomou o cuidado de ficar sobre os tapetes de couro e sacar a faca do bolso, mas quando apoiou o peso no primeiro degrau da escada decrépita, um rangido soou do fundo da alma da madeira e o denunciou. Sabia que não faltava mais do que um ou dois degraus até poder ver o segundo andar, e ao decidir que a surpresa seria uma arma mais mortal do que a prudência àquela altura, disparou escada acima até seus olhos passarem do patamar e identificarem Patrick encolhido no canto mais distante. Sua camisa estava toda ensanguentada, os olhos, paralisados numa posição arregalada de medo, e nas mãos trêmulas, com a ponta na cara de Eamon... estava a lança de Dama.

O alívio no coração dos dois foi acompanhado por seus suspiros simultâneos. Eamon estendeu a mão para ajudar Patrick a descer a escada, e a única coisa que o universitário magro e alto conseguiu pensar em dizer ao ver que Mark e Caroline estavam juntos nessa foi:

— Rowan está com vocês?

— Rowan? Da última vez que vimos, ele estava com você — respondeu Caroline, examinando Patrick da flechada em sua perna ao rasgo considerável no abdômen. — Lá na doca.

— Vocês estavam na doca?

Eamon fez uma careta, como se quisesse avisar Caroline de que ela havia dado mancada ao falar, mas decidiu depressa que a verdade era a melhor forma de remediar a situação para todos:

— Estávamos perto o suficiente para ver, mas não para...

— Para ajudar? Era isso que ia falar?

— Ei, você também fugiu — acrescentou Mark. — Você *e* o seu amigo, então não sei bem onde você largou ele, mas não vem descontar na...

— Não era minha intenção — confessou Patrick, com uma dor genuína na voz. Mancou até a cozinha e tornou a limpar a ferida na lateral de suas costelas com o pano que o denunciara. — Eu só... só corri... e na hora que parei para ver onde Rowan estava, ele já tinha sumido. E quando me dei conta, eu estava sendo atacado por dois... sei lá... dois *homens*? Homens, mas... selvagens. Com barbas e vestidos em trapos e...

— A gente sabe — disse Eamon, apontando para o próprio nariz quebrado. — Um deles atacou feio o Mark. *Todos nós*, na verdade. O raposo estava usando eles como se fossem... cachorros ou sei lá, pra tentar encurralar a gente. — Foi até Patrick e, vendo que ele estava prestes a rasgar o pano em tiras para fazer bandagens, entregou-lhe a faca. — As línguas deles foram arrancadas.

— Que adorável — disse Patrick, tentando rasgar o pano em dois só para descobrir que a lâmina estava enferrujada demais para cortar qualquer coisa. Jogou o tecido de volta no balcão, frustrado. — Um deles era muito rápido. Me alcançou e abriu minha costela. Mas eu dei a volta por cima. Nocauteei ele, roubei a lança e... só corri a noite toda.

— Deveria ter matado ele — comentou Caroline, com um olhar frio.

— É, provavelmente. Deveria ter feito muita coisa diferente, mas estava com medo. E nunca matei ninguém, mas correr, eu sei, e muito bem.

Era um sentimento com o qual Eamon se identificava, e de súbito menos preocupado com o cronograma deles e mais aberto à empatia, apontou com a cabeça para a ferida de Patrick e ofereceu:

— Se você conseguir encontrar algumas pinhas de abeto lá fora, eu te ajudo a fazer um curativo.

Ele abriu a camisa para mostrar as tiras de cobertor que estavam apertadas ao redor dos arranhões em seu peito, mas Patrick parecia mais preocupado em transbordar suas emoções para outro ser humano.

— Isso é tão fodido — disse, inclinando a cabeça e com os olhos marejados. — Uma hora estou pensando "não dá para acreditar que isso está acontecendo comigo", e na outra...

— Pensando que não dá para acreditar que isso esteja acontecendo com você — acrescentou Caroline, terminando o raciocínio por ele. — Realmente deveria deixar ele cuidar desse corte. Vai pensar bem menos na dor e isso vai ser bom para todo mundo quando eles encontrarem a gente. *Se* encontrarem a gente.

— Não tenho tempo. Vou voltar para procurar Rowan.

— Você não pode voltar lá, cara — trovejou Mark, do outro lado da sala. — Não tem chance nenhuma sozinho.

— Nem ele — argumentou Patrick, com o coração culpado. — Vou voltar para encontrar ele... porque eu o deixei sozinho lá... e Rowan é meu melhor amigo.

Eamon provou da persistência de Patrick e a achou doce e satisfatória, mas ainda sabia que o grupo ficaria mais forte com ele, então decidiu que seria melhor insistir:

— Olha, a gente está indo para o farol. Não fica a mais de dez ou doze quilômetros daqui e pode ser que tenha um barco, um jeito de chamar ajuda ou alguma outra coisa. É nossa melhor chance de sair dessa ilha. Você deveria vir com a gente... então vamos todos dar o fora daqui e podemos voltar com a polícia ou sei lá, e *aí* podemos procurar seu amigo. Esse lugar é grande e cheio de esconderijos. Tenho certeza de que ele só está esperando tudo isso passar em algum canto. Ele também não ia querer que você morresse. Pensa nisso.

— É *só* nisso que eu penso, o tempo todo — respondeu Patrick, com uma urgência sombria. — O que você vai falar pra polícia, hein? Vai dizer que um raposo falante, um coelho de uma perna só, um sapo elegante e um urso com um martelo te caçaram por diversão? É isso o que pretende falar? — Ele olhou para os três em busca de algo que se assemelhasse a uma resposta, mas seu silêncio era tudo o que tinham a oferecer diante de uma lógica tão certeira e apavorante. — Acha mesmo que esse sangue na sua camisa vai fazer alguma diferença? Porque eu não acho. Isso é entre nós e eles... e não tem uma maldita coisa que a gente possa fazer para mudar isso.

Patrick pegou sua lança e levou um momento para inspecionar o sangue que ainda manchava a ponta antes de dizer:

— Boa sorte encontrando aquele farol. E se você sair desta ilha... só vá embora. Vá para casa... não fala nada para ninguém sobre o que aconteceu aqui... e fique grato por ainda ter os seus amigos.

Ele foi até a porta, mas ao abri-la e dar um passo na direção do bosque que o aguardava, Mark o interrompeu com uma pergunta:

— Tem alguma arma aqui? Qualquer coisa?

— Se eu tivesse encontrado uma arma, não acha que eu estaria segurando ela agora? — respondeu Patrick. Ele vasculhou o bolso e puxou uma bússola velha de bronze disfarçada de relógio de bolso e a jogou para Eamon. — O lugar está vazio, só tinha isso. Baita perda de tempo. Muito útil aquela coruja.

— Espera — exclamou Eamon, com o rosto tomado de preocupação. — *Você* falou com Olívia?

— Ela me encontrou perto da cachoeira, contou dessa cabana. Eu a segui até aqui para nada. Deveria ter sido mais esperto — comentou Patrick por cima do ombro ao se virar para sair, mas Eamon tinha de ter certeza do que havia acabado de ouvir.

— Você seguiu ela *até aqui?!* Quando foi...

O som da flecha partindo o olho de Patrick foi tão grotesco que os três imediatamente souberam que o carregariam até a morte. Ele caiu no chão em meio a um silêncio repentino e devastador, com a seta fincada fundo no crânio, como uma erva daninha comprida. Sua morte não foi nada como deveria ter sido... nada como qualquer coisa que tivessem assistido numa tela ou visto desenhado em cores vivas num quadrinho. Não foi nada imediata e Patrick lutou cada segundo, com os membros se debatendo e a garganta soltando os gemidos mais horrendos e confusos que já tinham ouvido. E foi tudo tão assombroso que o sangue jovem jorrando de seu rosto e ensopando o pescoço e o vão das clavículas acabou sendo a parte mais palatável de seus momentos finais. Até o cheiro de urina e fezes escapando enquanto a vida serpenteava para longe do seu alcance foi muito mais amargo. Era tudo tão errado... e cada um deles soube que jamais conseguiria se livrar daquela mancha.

QUINZE

Eamon espiou pela janela da frente e viu Finn, Bing, Runny e Flackwell de pé no topo da colina que dava na cabana, enquanto Rei e Torre desciam o barranco.

— Fecha a porta! — berrou, com os olhos arregalados e a respiração acelerada.

— Qu... quê? — perguntou Caroline, com os olhos ainda fixos no corpo de Patrick, que finalmente parara de se mexer depois do que pareceu uma eternidade de convulsões desenfreadas.

— A porta! — gritou de novo, desta vez alto o suficiente para despertar os dois amigos à ação.

Caroline pegou a lança e Mark, com o cuidado de ficar escondido atrás da parede, conseguiu pegar a camisa de Patrick e puxá-lo para fora do caminho enquanto Eamon corria para fechar a porta, mas a fechadura mal clicou contra o batente quando a primeira bala passou pela madeira. Haviam passado por várias chuvas desde que chegaram à ilha, mas nenhuma tão feroz quanto a torrente de aço e chumbo que entrou pelas janelas da cabana naquele dia. Jogaram-se no chão e cobriram a cabeça enquanto tiros de rifle despedaçavam os antigos painéis de vidro e esferas de rolamento do estilingue de Flackwell se alojavam em aparentemente todo centímetro da parede.

Um minuto se passou até o silêncio cair de novo, mas pareceu um ano inteiro, e ao tirarem as mãos da cabeça e olharem uns para os outros a fim de garantir que estavam todos bem, a única coisa que Mark conseguiu pensar em dizer foi:

— Ah, então agora eles têm armas, é?

— Vocês estão todos aí dentro? — gritou Finn de seu poleiro no terreno mais alto. — Isso facilita as coisas! Por mais que eu ame uma caçada desafiadora, na minha idade realmente prefiro uma perseguição curta seguida por um longo massacre! Vamos, por que não saem daí e podemos conversar para resolver isso?

— Eu trouxe sanduíches! — acrescentou Flackwell, com um sorriso sincero.

— Agora não, sapo — explodiu o raposo, virando o rosto depressa para ele.

— Só estou dizendo... não vão durar para sempre. O *rémoulade* é meio temperamental e o agrião vai murchar e...

— Agora não! — Finn voltou a atenção para a cabana e bradou: — Sinto *muito* que não tenha armas aí para vocês roubarem! Se me recordo bem, o primeiro grupo de caçadores que tivemos o prazer de assassinar levou todas quando fugiu para o bosque! Mas não quero que achem que estão perdendo alguma coisa... elas não pareceram ter muita utilidade para eles também!

Eamon e o casal se apressaram a ficar de pé e se encolheram contra a parede de frente.

— Estão todos lá em cima? — perguntou Mark, então espiou com cuidado por um vão na janela, só para ser recebido pelo eco de um tiro e uma bala que o errou pela margem mais mínima possível. De sobressalto, voltou imediatamente para sua cobertura. — É, estão.

— Você errou — disse Flackwell enquanto Runny escorregava o cabo do rifle do ombro.

— Vai ver, eu deveria ter jogado um sanduíche neles — rosnou o coelho em resposta.

— Oras, não precisa ser grosso.

— Sério, não estou entendendo toda a enrolação! — continuou Finn. — Ser caçado é uma tradição do Dia da Cevada! Vocês *amam* o Dia da Cevada, não amam?! É claro que eu nunca fui pego, então minhas memórias podem ser menos sombrias que as de outros. Talvez vocês possam conversar com o Bing sobre isso?! O Espírito sabe que ele já esteve do lado errado do cano de uma arma, uma vez ou outra! — Bing soltou um rugido que fez tremer todo pinheiro, abeto e sequoia do vale, com a boca babando em antecipação e as cicatrizes que marcavam seu pelo todas visíveis. — Podem sair... ou ele pode entrar! Vocês que sabem!

Eamon se abaixou e correu até o quarto, onde olhou pela janela lateral e viu Rei e Torre descendo para a baixada do vale.

— Eles vão cercar a gente em um minuto — disse, correndo de volta aos amigos na sala. — Nós temos que ir. E temos que nos separar.

— O quê? Sem chance — reagiu Mark, desesperado. — Vamos só sair todos pelos fundos e...

— Eles vão pegar a gente se não nos separarmos. Finn pode ser rápido, mas não é nada comparado com aquele urso em disparada... e *você* tem só uma perna boa... se a gente tentar ficar junto, então...

— Morremos — concluiu Caroline, triste e resignada.

— Na mansão, Bing veio atrás de *mim*, sei lá por quê. Então, vou sair pela frente e correr para o leste, e vocês dois saem pelos fundos e vão para o oeste... o melhor que podemos fazer é torcer para ele me seguir.

— E depois? — perguntou Mark, com receio real. — Depois o quê? A gente só corre até...

— É. A gente corre. A gente sobrevive, se encontra no farol e dá o fora dessa ilha. — Eamon tirou a bússola que Patrick lhe dera do bolso e a abriu para garantir que estava funcionando antes de colocá-la nas mãos de Caroline. — Corram para o oeste por cinco minutos, depois norte-nordeste até encontrarem a costa. Devem acabar bem perto de onde a gente precisa ir. Se eu também seguir o mar, vamos nos encontrar uma hora. — Eamon olhou para o taco de críquete na mão de Mark. — Me empresta isso?

— Bom, e aí, o que vai ser?! — gritou Finn da colina, encaixando uma flecha e puxando a corda com firmeza. — Vocês não vão privar um raposo velho da sua diversão no Dia da Cevada, não é mesmo?!

Eamon abriu a porta da frente com um rangido que poderia ter sido um trovão. Esperou Mark e Caroline saírem de fininho pelos fundos e esticou a mão para além do batente, sentindo o calor do sol, antes de encarar as silhuetas das quatro coisas que mais amava no mundo esperando para fazê-lo em pedacinhos, um membro de cada vez. *Como você está se sentindo em relação a tudo isso? Como está lidando? Há quanto tempo está sozinho? John?*

— Bom menino — sussurrou Finn, e ergueu o arco armado com a ponta da flecha na bochecha antes de dar uma última espiada nas folhas balançando com a brisa. — E um bom Dia da Cevada para você.

Eamon escutou o assobio da flecha cortando o ar com extrema clareza, mas resistiu à tentação de olhar para o sol escaldante, sabendo que só feriria sua visão. Em vez disso, focou em Finn e ficou olhando enquanto a criatura deixava o arco tombar graciosamente do rosto da forma como só alguém que já havia disparado milhares de flechas faria, e quando o olhar do raposo desviou do céu para a soleira onde ele estava, Eamon levou o taco de críquete à frente do coração e deixou a flecha cravar na madeira velha.

— Nanico espertinho — zombou Finn, e pegou outra flecha do chão, mas logo depois escutou seus perdigueiros assobiarem em alarme.

Girou e viu Caroline e Mark desaparecendo bosque adentro, e embora qualquer homem fizesse ferver seu desejo por sangue, decidiu depressa que eles eram o prêmio menor.

— Vocês dois — disse a Runny e ao sapo —, tentem atrasar eles.

Flackwell e o coelho obedeceram e marcharam pelo topo da colina para encontrar uma posição de onde conseguiriam dar um tiro mais certeiro, e enquanto Finn puxava outro míssil para sua bochecha peluda e esvaziava os pulmões de ar, Eamon agiu: arrancou a primeira flecha do raposo do taco de críquete e disparou para o leste.

Não precisou olhar para trás para saber que o grande urso estava em perseguição, pois conseguia sentir o chão todo tremer enquanto corria para as árvores. Ele não precisou chamar os amigos para saber se ainda estavam vivos, pois conseguia escutar os tiros do rifle do coelho estourando à distância... e não precisou espiar por cima dos ombros para se certificar de que Finn estava cada vez mais perto de enfiar uma flecha em suas costas, pois conseguia sentir o sibilar delas ardendo em seus ouvidos. Só ao chegar à relativa segurança da beirada da floresta, ele se permitiu um momento para olhar para trás e se certificar de que a morte ainda estava correndo em seus calcanhares... e, de fato, estava.

Finn atirava do quadril enquanto corria, sacando flechas com destreza da aljava ao arco entre disparos, e embora fosse experiente e sua mira, precisa, a movimentação de Eamon por entre as árvores resultou no raposo ferindo pinheiros desafortunados em vez do nanico que mirava. Mais frustrado a cada erro, Finn parou na beirada do bosque e achou mais sábio assumir uma posição firme, então ergueu o arco ao rosto e se permitiu tempo suficiente para rastrear o alvo até ter certeza de que o pegaria em um vão entre as folhagens. Conseguia ver a trajetória da flecha antes mesmo de deixá-la voar — quinze centímetros acima do ombro de Eamon e trinta à frente —, o movimento perfeito e o adiantamento perfeito para atingi-lo em cheio nas costas, mas assim que sua presa passou da sequoia seguinte, Bing apareceu na frente, atropelando tudo em uma perseguição ensandecida.

— Seu pulguento! — bradou Finn, enquanto tentava encontrar espaço para atirar ao redor do urso, mas seu corpo era massivo demais para navegar e o raposo foi forçado a retomar a corrida a pé mais uma vez.

Bing era uma força da natureza em velocidade máxima, impossível de conter, e embora Eamon estivesse se provando ligeiro e ágil em costurar pelas árvores, o urso não precisava se abaixar nem esquivar, pois tudo, exceto os troncos mais robustos, quebrava e estilhaçava quando ele passava trovejando pela floresta, com o martelo em mãos e os dentes à mostra para o vento. Assim, não importa o quão rápido corresse, Eamon sabia que era uma corrida que estava fadado a perder e, ao escutar o estalar e partir das árvores cada vez mais alto atrás de si, teve a certeza de que precisava fazer uma mudança de planos ou encarar seu destino na ponta da arma do urso construtor. Não foi até dar mais alguns passos que sentiu a sombra do bruto engolfá-lo, e quando viu a silhueta do martelo subir acima da cabeça, Eamon se jogou no chão e rolou para trás da segurança de um grosso pinheiro que a criatura estourou em pedaços com um golpe da marreta.

O que sobrou do tronco caiu entre eles, e Eamon não pôde fazer nada a não ser rastejar para trás pela terra e observar a fera jogar o tronco para fora do caminho, como se fosse um gravetinho arrastado pelo vento. Bing avançou em sua direção, devagar e firme, deslizando o martelo para as costas da armadura como se tudo o que quisesse fosse sentir a vida drenar para fora de Eamon com as patas nuas. Como se quisesse que aquilo, o desfecho certeiro de tudo, fosse tão pessoal quanto o espírito permitisse. O bruto ergueu as garras e desceu-as sobre o peito do alvo, mas Eamon foi rápido o bastante para colocar a ponta da flecha que estivera segurando no caminho do golpe do urso, e antes que pudesse cravar as garras em sua carne, Bing se viu recuando com a dor da flecha fincada na palma. Ele se empinou e rugiu para o céu, mas, embora a ferida fosse incômoda, a dor não era nada além de uma vela de ignição para uma criatura que já a havia sentido tanto, e sem hesitar um segundo, ele puxou a flecha pelo outro lado da mão e a jogou no chão da floresta.

Eamon aproveitou a distração e se apressou a ficar de pé. Girou e pulou para a frente com toda força que tinha, mas em vez da promessa bem-vinda do caminho livre, deu de cara com o rosto familiar de Finn, que encaixava uma flecha na corda do arco e puxava-a até a bochecha. Não havia mais nada a fazer naquele momento. Nenhum lugar para ir com o grande urso às costas e o raposo à frente, e quando Eamon deixou os ombros caírem, sentiu uma onda pesada de tristeza romper sua represa. Não havia mais nada a ser feito, ali, na floresta de ossos... ali, entre os pinheiros de sacro e abetos de fêmur. Era um atoleiro familiar e escuro, embora o sol estivesse alto em sua escalada, e mesmo Eamon tendo certeza de que não veria mais nada da ilha nem teria notícias dos amigos, a possibilidade de encontrarem a liberdade graças ao sacrifício dele se provou um conforto para além de modesto, tão perto assim do fim. De certa forma, fez com que relaxasse. Deu-lhe uma sensação de honestidade e valor, e ficou grato por ela, mesmo que durasse apenas um momento. Ao inspirar pela última vez o ar que havia esperado a vida inteira para inalar, viu a ponta da flecha de Finn balançar para a frente e para trás até precisar o caminho para o seu coração. Até Bing parecia resignado a permitir que terminasse assim, parado onde estava e bufando, satisfeito, contente só de ter um lugar reservado para assistir ao espetáculo. A única fera na ilha que, na verdade, pensava diferente... era a coruja.

Com um grito penetrante, Olívia desceu como uma bomba da copa das árvores e fincou as garras fundo no olho do raposo, e quando ele disparou a flecha por reflexo, esta voou por cima da cabeça de Eamon e se cravou com força no ombro de Bing. Finn gritou e cobriu o rosto com os braços, e enquanto a coruja continuava arranhando-o, ele sacou a adaga do cinto e rasgou violentamente pelo ar, na esperança de arrancar um pedaço da grande ave.

— Foge! — gritou ela para Eamon enquanto deixava Finn sozinho com sua dor e avançava para cima da fera construtora, mergulhando em sua cabeça com uma confusão de penas e vento. — *Foge!*

Eamon disparou para longe em uma velocidade surreal, saltando troncos caídos, quebrando pequenos brotos com os ombros e agradecendo qualquer resquício de graça que sentia ainda existir no mundo por ter outra chance na vida. Mas os antolhos colocados pelo pânico estavam tão firmes em sua urgência para fugir que ele sequer notou que não havia mais árvores em seus flancos, e só o rugido da água corrente o alertou a parar antes que não tivesse mais chão sob os pés. O penhasco à frente era íngreme, rochoso e alto o bastante acima do rio para que pular estivesse simplesmente fora de questão, principalmente com a água parecendo tão rasa. Eamon olhou para trás e viu Olívia lutando para escapar da fúria de Bing com uma asa quebrada pendendo do corpo, e assim que uma onda de tristeza escalou por sua coluna e até a garganta, um borrão de pelos vermelhos e pretos o dominou e ele sentiu os pés se soltarem da terra. Foi só por um instinto abençoado que Eamon conseguiu segurar o braço do raposo enquanto estava a caminho de sacar a faca, mas foi o mesmo instinto que os fez virar um emaranhado de carne e fauna, tombando pelo ar fresco de setembro com um total de só dois olhos bons entre si... e nenhum lugar para ir exceto para baixo.

Caroline e Mark encontraram-se perseguidos por uma saraivada infinita de tiros e uma tempestade crescente de esferas metálicas conforme corriam floresta adentro, com a chuva de destroços atingindo a pele como vespas iradas depois de cada golpe de aço contra madeira. O foco deles se mantinha firme no oeste, mas a prudência insistia para manterem um olho no sul, de onde Rei e Torre se aproximavam depressa. A perna de Mark se mostrava um problema ainda maior agora que tivera tempo suficiente para inchar e causar uma dor indescritível.

— O grandão não parece ser muito rápido — comentou Flackwell, no meio do barranco da colina, colocando outra bolinha no estilingue.

— Como é que eu vou saber isso? — disse o coelho, engatilhando o mecanismo do rifle antes de levá-lo ao osso do ombro e disparar, só para despedaçar outra árvore. Não era nem de perto o tiro que esperava, mas foi o bastante para jogar uma série de lascas nos olhos de Mark, o que o fez parar imediatamente e levar as patas ao rosto.

— *O que foi?* — gritou Caroline, enquanto tentava fazê-lo se levantar de onde estava ajoelhado.

— Não consigo ver! Não consigo...

Abaixou as mãos enquanto ela o ajudava a ficar de pé, e quando ele finalmente engoliu o suficiente da dor para tentar abrir os olhos, foi recebido por um show estonteante de clarões brancos e pontos pretos que se recusavam a ficar parados para que pudesse navegar.

— Não consigo enxergar nada! — exclamou, quando outro estrondo ecoou pelo vale e outra bala sibilou entre eles.

— Vem! — gritou ela. Pegou sua mão e o conduziu pelo denso zigue-zague de troncos, fixando o canto dos olhos nos dois perdigueiros que, com facilidade, haviam diminuído pela metade a distância entre eles.

Depois de outros metros desesperados e em meio ao infinito estouro de pólvora à distância, a visão de Mark começou a voltar, e assim que conseguiu reconhecer vagamente a forma da mulher que o conduzia pela mão, escutou um estalar carnal e nauseante e viu Caroline agarrar o abdômen. Ela grunhiu de dor e sentiu o sangue úmido na palma, mas conseguiu investir forças o suficiente para esperar até estarem protegidos por uma grande sequoia para parar e cair, com os olhos marejados em um preocupante coquetel de esforço e resignação.

— Deixa eu ver. Deixa eu ver — pediu Mark, esfregando os olhos mais uma vez enquanto o mundo ao seu redor pulsava, sangrava luz e aos poucos retomava o foco. Ele puxou a lateral da camisa dela e encontrou um buraco do tamanho de uma moeda logo abaixo da curva das costelas. Ao tentar limpar o sangue que fluía de dentro, só conseguiu que fosse substituído por outra poça mais nova.

— Puta merda, isso dói — gemeu ela, com os dentes cerrados, descendo os olhos para o buraco. — *Dói muito.*

— Você vai ficar bem, está me ouvindo? Só... — Mark deixou as palavras de conforto morrerem no ar ao perceber que a coisa fincada na lateral da barriga dela era lisa e redonda e nada parecida com o formato que ele esperava de uma bala.

— Uia, acho que acertei um! — exclamou Flackwell, todo contente.

— Ah, é?! — questionou Runny. — Bom, então melhor eu dar um jeito no outro ou você nunca vai me deixar em paz.

O coelho deu alguns passos para a frente e ergueu a arma com cuidado à altura dos olhos, e quando viu Mark esticar a mão para pegar alguma coisa perto da árvore, puxou o gatilho, mas tudo o que ouviu foi o decepcionante clique de uma câmara vazia.

— Ah, pelo amor do espírito — disse, ao chacoalhar os bolsos do casaco de caça atrás do tilintar de cartuchos de rifle. — Alguma coisa sempre atrapalha, não é?

Era um retalho de tecido xadrez que Mark estava pegando do chão da floresta, mas, quando tentou puxá-lo para ajudar com o machucado de Caroline, escutou o chocalho de algo seco e oco, como a melodia de um estranho mensageiro dos ventos. Olhou para descobrir o que estava preso do outro lado, afastou um punhado de folhas secas e terra e encontrou um par de botas, roupas e ossos, desta vez inegavelmente humanos. Pareciam estar lá há décadas pelo menos, perfeitamente limpos pelas intempéries e pelos carniceiros que vivem em qualquer bosque saudável, e ao livrar a camisa de flanela de seu abraço, Mark não teve como não se perguntar se haviam pertencido aos caçadores que Finn mencionara durante seu sermão na colina. Lobos enviados para o abate. Pioneiros de uma tradição.

Ele limpou a barriga dela mais uma vez e abriu a ferida com os dedos enquanto a jovem uivava de dor.

— Respira fundo, tá? — pediu, e ela assentiu com a cabeça, com os olhos vermelhos e amarelos e as bochechas ensopadas de suor e lágrimas.

Caroline sabia o que estava por vir, mas também sabia que era o melhor para os dois, e enquanto se preparava e virava o rosto, Mark enfiou os dedos na ferida e arrancou o projétil de aço inoxidável de seu ser.

Ela arfou como se houvesse acabado de voltar do mundo dos mortos, e a onda de alívio que sentiu por estar livre da coisa lhe deu esperanças de que talvez encontrassem uma saída para aquela armadilha. Quando Mark pressionou a flanela contra seu abdômen e lhe mostrou a bolinha reluzente, ela comentou:

— Isso não é uma bala.

— Não, não é. Agora, vamos sair daqui, sim?

Caroline tentou ficar de pé, mas o movimento só repuxou a ferida e clamou uma nova onda de sangue e uma pontada tão violenta de dor que a fez cair de joelhos de novo. Resiliente e determinada a se levantar, ela tentou pegar a mão de Mark, mas não estava mais lá. Com seu mundo aos poucos escurecendo nas laterais pela dor do machucado, ela balançou o braço pelo ar frio do outono em busca da perna firme dele ou da textura de um de seus sapatos, mas essas coisas também não estavam mais lá. E em meio ao sofrimento, atolada em um pânico compreensível, temeu estar sozinha, mutilada e mal preparada para a batalha que descia sobre si, mas uma mão firme em seu ombro aliviou pelo menos um desses medos, e uma voz que conhecia tão bem quanto a própria tentou eliminar os outros.

— Só fica abaixada — disse Mark, ao pegar a lança de Patrick do chão, afastar a base de luta o máximo que a perna destruída permitia e brandir a ponta da arma à frente, como um legionário rebelde.

Os perdigueiros estavam a menos de vinte metros e Caroline sabia que eles os alcançariam em meros instantes, e mesmo com a adrenalina disparada, não conseguia deixar de pensar se também acabariam como outra pilha de ossos no meio de um bosque de terceiros. Mas foi naquela mesma pilha de ossos que viu a promessa de salvação, pois ao redor da cintura dissecada de alguém jazia um cinto... e nesse cinto havia um coldre... e nesse coldre, uma pistola.

Caroline se apressou em pegar a arma, mas só quando a libertou do emaranhado pôde ver que estava enferrujada, corroída e cheia de terra. Seu ânimo foi por água abaixo, pois sabia que não tinha tempo de chacoalhá-la para limpar antes de os perdigueiros chegarem, mas sentia que mesmo um bom blefe poderia ganhar tempo suficiente para virar o jogo, então apostou nas cartas que tinha em mãos como se fosse uma vitória garantida. Ao vê-la se colocar à frente de Mark com a arma erguida, os perdigueiros romperam sua trajetória direta e começaram a costurar pelas árvores, mas mal diminuíram a velocidade. Não havia lhes conseguido mais do que um ou dois minutos, e quando esse cálculo foi finalizado em algum canto distante da mente, a resignação dançou em seus lábios e ela sentiu a necessidade fervilhante de saber se estava segurando liberdade ou tolice nas mãos. Acompanhou os dois com a pistola estendida e surpreendentemente firme, e a silhueta grande de Rei o identificou depressa como o alvo mais estratégico enquanto eles serpenteavam entre os troncos e disparavam para dentro e para fora de qualquer cobertura que parecesse útil. A cabeça do maior não passou pela ponta do cano por mais de um instante, mas bastou para se sentir segura a ponto de testar o calibre do milagre com o qual torcia para ter sido abençoada, e enquanto pensava vê-lo sorrir pela segunda vez em dois dias, puxou o gatilho.

O som de nada foi tão ensurdecedor quanto esperado. Ela sentia os anos de sujeira e ferrugem impedindo o tambor de girar enquanto tentava de novo e de novo fazer a coisa disparar, mas mesmo depois de bater a arma contra a coxa para deslocar a maldição acumulada, o gatilho não mexia. Os perdigueiros estavam ao alcance de um golpe agora e, encorajados pela impotência da arma dela, os olhos de ambos brilhavam de maneira assustadora sob a sombra das árvores enquanto revertiam a pegada nas lanças e se preparavam para saltar. Mark apertou com mais força o cabo da sua e colocou as costas à frente da parceira para escondê-la atrás do corpo gigante, mas Caroline não queria saber de um sacrifício que significaria um minuto sequer nesta terra sem sua cara-metade, então gentilmente o empurrou para o lado e avançou até estarem ombro a ombro... e juntos, só com sangue e o aço que ainda zumbia do topo da colina, eles esperaram o desenrolar da coisa.

Foi Torre quem atacou primeiro. Investiu de trás de uma árvore e pegou impulso com a lança para cravá-la fundo em Caroline, mas assim que seus músculos dispararam para matar a presa, ela chacoalhou o velho revólver uma última vez contra a perna, mirou e... apertou o gatilho por puro desespero. O peito de Torre explodiu numa chuva de sangue e ele caiu mole e sem vida no chão antes de a promessa de um ganido poder lhe escapar dos lábios.

— Bom, você acertou um — zombou Flackwell.

— Ah, maldição — disse o coelho ao abaixar o rifle. — Eu teria acertado ela direitinho se aquele... aquele pulguento estúpido não tivesse pulado na frente. Escuta — acrescentou, olhando para o sapo —, não precisamos mencionar detalhes disso para o raposo. Tenho certeza de que, se falarmos que eles deram fim num dos perdigueiros, ele nunca vai descobrir nada. O que me diz?

— Eu te digo que é melhor continuar atirando, isso sim — respondeu Flackwell, carregando outra esfera no estilingue.

Mark e Caroline ficaram parados, sem ar e chocados, enquanto assistiam a Rei abandonar o ataque para tentar resgatar o amigo de seus momentos finais. Ele se ajoelhou ao lado de Torre, pegou-o nos braços e soltou um uivo horrendo e desolador ao ver seus olhos rolarem para dentro do crânio e o peito ficar imóvel. Olhou para Caroline, que estava processando um retorno implacável da própria dor agora que o calor da luta havia amenizado, e em vez do olhar incansável de ameaça que estava em seu rosto só alguns segundos antes, havia agora apenas impotência e tristeza... solidão e uma melancólica resignação. Havia perda e havia medo, e quando ele abriu a boca para disparar alguma loucura sombria e distorcida para cima deles, ela o escutou tão claro quanto o dia. Estava pedindo por ajuda... por um ato de compaixão. Por alguém que soprasse benevolência de volta em sua vida. Mas, por mais que se compadecesse dele de uma maneira estranha, ela também teria entendido se Mark quisesse fincá-lo para sempre na terra com sua lança. Eram pensamentos delicados e complicados, e Caroline teria apreciado o tempo e o espaço para refletir acerca deles, mas o ricochetear de outra bala de rifle a fez se lembrar de questões mais urgentes, e com as feridas abertas para o vento, ela e Mark mancaram para o oeste, floresta adentro.

Finn e Eamon atingiram a água com um baque ensurdecedor, e enquanto mergulhavam para o fundo com os braços entrelaçados e as pernas se debatendo, as trilhas vermelhas que vazavam de suas feridas se fundiram em uma, como um terrível borrão de tinta, ao cederem à correnteza. Logo, os dois boiaram de volta à superfície e, depois de uma longa tragada de ar, Finn tentou forçar a adaga em alguma parte carnuda de Eamon, mas com o adversário ainda lhe segurando o braço, parecia que estavam travados numa confusão de teimosia e rancor até que um oferecesse ser o primeiro a soltar.

— Por que você não desiste e morre de uma vez?! — gritou o raposo enquanto o rio os carregava.

Finn olhou por cima do ombro para ver as provações que aguardavam à frente, e embora houvesse pedras e corredeiras em abundância, havia também um horizonte com apenas o nada depois.

— Está ouvindo isso? — perguntou em meio à quebra cada vez mais alta da água logo adiante. — É a cachoeira. Trinta metros. Pedras no final. É assim que quer deixar este mundo?

No instante em que a pergunta passou por suas presas afiadas, eles foram varridos para um redemoinho e bateram contra uma formação rochosa do leito do rio.

— Vou fazer com que seja rápido se você deixar. Ouvi dizer que afogamento é um negócio desagradável — continuou ele, impaciente.

Havia incontáveis comentários girando na garganta de Eamon, mas ainda assim ele não disse nada. Estava completamente exausto e igualmente apavorado, e tudo o que conseguia fazer era continuar segurando o braço do raposo, e com ele a própria vida, enquanto o rio os arrastava para um perigo que poderia se provar mais justo do que a lâmina de Finn. Era o mais lastimável fio de esperança, mas era esperança, apesar de tudo, e mesmo que Eamon ainda tivesse forças, não tinha mais nada no que se agarrar.

Um momento depois, foram engolidos por uma onda da correnteza e, quando submergiram de volta ao ar da ilha, Eamon viu a adaga do raposo chegando mais perto de seu peito. Sentindo o próprio braço começando a ceder de exaustão, fechou os dez dedos na mão com que Finn segurava o cabo para tentar ganhar alguns preciosos segundos. O raposo sentiu que a força de Eamon estava começando a vacilar e mostrou as presas, inclinando-se contra a adaga com todo o peso enquanto eram jogados de pedra em pedra e afundavam para as profundezas de novo e de novo.

— Só deixe acontecer — disse o raposo, quando a ponta de obsidiana perfurou o tecido da camisa de Eamon.

O jovem rosnou, cerrou os dentes e empurrou com tudo que lhe restava, mas mesmo com a soma de toda a determinação impulsionando o gesto, sentiu a lâmina preta entrar em sua pele e queimar tudo que havia por baixo.

— Só desiste — continuou Finn, com cada um dos sentidos aguçado pelo sangue fresco de búfalo. — Você não quer que isso acabe? Não quer...

Foi uma onda forte nascida de uma grande pedra no meio do rio que fez a água consumi-los mais uma vez. A distração durou um piscar de olhos, mas bastou para Eamon espiar rio abaixo e ver que a queda estava a poucos instantes de chegar. Ainda sentia a ponta da adaga do raposo mordendo seu peito e soube que era só questão de tempo até estar fincada no coração, e quando viu os dentes de Finn começarem a arder de desejo por um final sangrento e breve para tudo aquilo, Eamon sentiu que sua vida bem valia outro pedaço de carne... e cedeu. O raposo ficou surpreso quando a lâmina começou a deslizar para dentro do inimigo com tão súbita facilidade, mas a sensação logo se equiparou à do polegar de Eamon se encaixando em seu olho já machucado, e em meio a um rugido de pura dor e um clarão totalmente branco... Finn começou a sentir o vento da ilha repuxar seus pelos nus.

Eles passaram da beirada e tombaram no doce abraço do nada, espiralando de mãos dadas enquanto caíam pelo espirrar e pela chuva da grande cachoeira, e mesmo em sua descida insana e leve, Eamon se recusou a soltar. O nó deles só se desfez quando atingiram a água, pela força absoluta do impacto. O choque foi repentino, espantoso e bruto o bastante para arrancar a adaga de Finn de sua mão, e a preciosa lâmina tomou a jornada de uma pedra até o leito do rio, enquanto a criatura era forçada a subir, desesperada, à superfície por ar. Mas ao passo em que o raposo sentia o pânico de ser inundado por um elemento desconhecido por sua espécie, Eamon simplesmente esvaziou os pulmões, desceu para o fundo e, por um momento, sentiu um sussurro de tranquilidade. Por um momento, estava de volta à floresta de sua infância, brincando no lago e fingindo não ouvir os chamados trovejantes do pai. Por um momento, estava em qualquer outro lugar e não havia um raposo enlouquecido atrás dele e nenhum urso monstruoso esperando para transformá-lo em sabão com seu martelo... havia apenas a intermitência da água e a afiada honestidade da promessa de que ela era, assim como todo o resto, temporária. Estava longe de ser uma paz confiável, mas isso não significa que não fosse doce, e antes de azedar, como sabia que aconteceria, Eamon a sorveu com agradecido gosto.

Finn era um caçador tão astuto quanto se espera daqueles de seu tipo, mas pelo mesmo motivo era um péssimo nadador, e enquanto batalhava para mergulhar longe o bastante para recuperar sua adaga, sentia a queimação no peito florescer cada vez mais feroz a cada remada das patas. O raposo não era nada sem sua adaga, assim como o urso se sentia perdido sem seu martelo, então não havia decisão a ser tomada que não a recuperar das profundezas, mas enquanto escutava o canto da superfície cada vez mais tentador, ele se estendia mais e chutava e chutava só para sentir o peso da cachoeira empurrá-lo para longe de novo e de novo. A lâmina estava quase ao seu alcance quando Finn sentiu a traqueia inspirar, mas era determinado até diante da morte, e ao sentir os pulmões se enchendo de água, deu uma última braçada e quase sorriu ao toque familiar dos dedos ao redor do cabo. Mesmo quando tudo ficou escuro, ele se sentiu vivo e poderoso com a arma na mão. Mesmo quando tudo ficou quieto, sentiu que a decisão valeu a pena, pois até as partes mais valiosas da vida de Finn haviam se provado passageiras, e a certeza de que ao menos uma coisa tinha se mantido permanente até o fim fazia tudo parecer menos sombrio.

DEZESSEIS

Os ombros de Eamon pareciam um pouco menos pesados agora que o rio lavara o odor de suas roupas. Sabia que certamente seria uma presa mais difícil de rastrear depois do mergulho inesperado e isso acalmava um pouquinho sua ansiedade, o que não significa que não estava mais tomado de inseguranças acerca do presente e da loucura existencial que definia o futuro próximo. Conforme seguia para o norte e sentia a infinidade de feridas novas que cobria seu corpo começar a cicatrizar, Eamon não tinha como não tratar das feridas emocionais também e se perguntou se algum dia veria os amigos de novo. Ele se perguntou se chegaria inteiro ao farol e, em caso afirmativo, quanto tempo esperaria por eles até decidir que era melhor seguir com a própria salvação, como quer que fosse. Ele se perguntou se sentiria de novo o relativo conforto de seu apartamentinho em Boise e se perguntou, para o próprio desgosto, como seguiria adiante sem o alívio direto da gentileza de Caroline e a simplicidade revigorante da sinceridade de Mark. Mas acima de tudo, ele se questionou sobre os comos e porquês da coisa toda, e o infinito cinza que cobria essas perguntas ainda era grosso o bastante para sufocá-lo a cada sopro da brisa.

Eamon se sentia como um soldado em uma guerra que não compreendia, um menino em um uniforme que não reconhecia e alistado em uma língua que não falava. Era enlouquecedor sentir a natureza vital de tudo a cada passo, sem saber onde estava marchando, quais eram suas ordens ou até que bandeira tremulava sobre sua formação. Era sobrevivência pura e simples, e embora houvesse sentido intensamente esse instinto pelo que parecia sua vida toda, dava a impressão de ser, de alguma forma, menos potente diante de um inimigo que claramente tinha um passado como combustível para manter sua chama viva. Eamon estava plenamente ciente de que esse ímpeto era uma faca de dois gumes, e devidamente afiada, mas ao arrastar seus ossos para longe do rio e no sentido da costa, só pensar no sabor disso fez sua boca salivar com um desejo que parecia assustadoramente familiar.

— Estamos contentes de ver que tuuu estás bem — disse uma voz lá de cima.

Olívia desceu do céu e aterrissou perto de Eamon, com uma asa pendendo mole do corpo.

— Eu *não estou* bem — respondeu ele, sem nem olhar em sua direção.

— Mas tuuu estás vivo — ressaltou ela, saltando ao lado dele com uma disposição um tanto animada, apesar de seu machucado.

— Vai embora.

— Tuuu não desejas nos agradecer?

— Se eu quero te *agradecer?* — bradou Eamon, com um desdém que parecia estar cozinhando há horas.

— Fizemos uma intervenção a seu favor — gabou-se ela. — Tentamos compensar pelas coisas que fizemos, não vês tuuu?

Eamon parou e fitou a grande ave, que o encarou de volta com um orgulho que fez ferver todo o sangue que não havia sido deixado no labirinto de sebes ou sob a cachoeira.

— Você trouxe aquelas coisas *direto pra gente* — bradou ele. — Patrick... Patrick está *morto* por sua causa, e provavelmente meus amigos também, e já estaríamos no farol a esta altura se você não tivesse insistido tanto em *ajudar*, então, claro... obrigado... agora vai embora!

Ele retomou o passo e cruzou a borda da floresta até uma clareira, onde viu outra estátua de algum Addington aguardando-o a menos de cinquenta metros. Eamon revirou os olhos só de ver a coisa, mas a considerou uma companhia melhor do que a ave e marchou adiante.

Olívia franziu sua sobrancelha penuda em confusão, como frequentemente fazia quando enfiava o bico no mundo dos humanos, e depois de cambalear até estar aos calcanhares de Eamon de novo, disse.

— Nós não entendemos.

— O que você não entende?

— Tuuu és livre, mas ainda assim melancólico. Tuuu estás vivo, mas ainda vestes essa careta no rosto. Há muito observamos, muito vimos e...

— Para de falar isso! — gritou Eamon, parando perto das costas da estátua.

Olívia bateu as asas queimadas e quebradas e voou com esforço até o crânio da escultura, inclinando a cabeça de lado ao pousar.

— Sentimos muito. Ofender-te, não quisemos. Estamos apenas buscando redenção. Coisas detestáveis nós fizemos e...

— Para! Só... para! Eu não sei o que isso quer dizer, tá?! Não sei o que *nada* disso quer dizer! — berrou ele, e começou a andar para um lado e para o outro. — Não entendo suas charadas e não sei o que você fez e, a este ponto, também nem me importo! Não sei por que estou sendo caçado nesta *maldita* ilha, não sei que dívida era para ter sido paga ontem à noite e não entendo o que qualquer parte disso tem a ver comigo, com Mark, Caroline ou *quem quer que seja!* Então, a não ser que queira *realmente* ajudar em vez de falar em círculos sobre um monte de merda que eu não entendo... me deixa em paz!

Não houve nada exceto silêncio da parte de Olívia, mas seus olhos se arregalaram como duas imensas bolas.

— Foi o que eu pensei. Agora, vai embora!

Mas Olívia não se mexeu e, sem saber o que mais fazer, Eamon pegou uma pedrinha do chão e arremessou na direção dela, mas a coruja só continuou tão imóvel quanto a estátua sobre a qual se empoleirava e deixou que a pedra quicasse de seu corpo massivo.

— *Some daqui!* — gritou ele ao se abaixar para pegar mais munição, mas antes que pudesse atirar, ela o interrompeu com uma pergunta.

— Tu disseste que a dívida estaria paga?

— Ah, pelo amor de Deus — resmungou ele, jogando os braços para o ar em frustração ao mesmo tempo em que seus olhos se enchiam de lágrimas de loucura.

— Então tu és o último. Se era para a dívida ser paga... então tuuu és certamente o último. E nós certamente fracassamos. — A grande coruja saltou do topo da estátua e disse, com firmeza e seriedade: — Tu contarás para elas o que fizemos? Minhas filhas. Contarás o que sacrificamos?

— Você... você está falando da sua asa? Eu não...

— Quando voltares para o teu mundo... Quando voltares para o teu mundo, vai para casa nos bosques da sua infância e conta para as corujas de lá o que fizemos? Para que saibam que a mãe delas não morreu uma coisa horrenda?

— Minha infância? — questionou Eamon, e se aproximou mais.

— Contarás para elas?! — insistiu ela.

Mas, quando olhou para Eamon na esperança de encontrar seus olhos, Olívia percebeu que sua atenção estava fixa em algo completamente diferente, e ao espiar os pés da estátua atrás de si, não conseguia entender por que uma parte tão pouco importante de algo tão irrelevante atraía tanta curiosidade. Porém, o que parecia tão ordinário para a coruja era tudo menos isso para Eamon, e quando ele esticou a mão e tocou a bota de mármore perfeitamente detalhada, seus dedos acompanharam a forma que estava gravada no calcanhar. "J" de Jack. "J" do John presente e futuro que nunca existiu. "J" de muita coisa e "J" de absolutamente nada.

Finn parecia uma coisinha pálida e miserável, jogado sobre os ombros do grande urso como uma presa recém-abatida. A expressão de Bing era definitivamente severa enquanto carregava o amigo pela margem do rio, e embora os ossos do raposo estivessem frouxos e inúteis e seu corpo subisse e descesse desafortunado a cada passo gigante do bruto, a preciosa adaga ainda estava na pata, que parecia fechada à solda. O olhar do urso construtor estava distante e o senso de direção parecia embaçado depois de tudo o que acontecera. Sua postura havia murchado um pouco e os olhos marrons faiscantes estavam fixos no chão, como se ele andasse só por andar, e embora não tivesse certeza do destino, sentia-se igualmente compelido a continuar adiante, como se cada passo tivesse a chance de levá-lo a um lugar melhor. Um lugar mais doce. Um lugar no qual se encaixasse.

Em uma estranha reviravolta de sorte, foi o ritmo duro do andar de Bing que finalmente desalojou a água do sistema de Finn. Os olhos do raposo se abriram e de imediato todo seu ser foi tomado por uma torrente de tosses horrendas, ao escoar o rio de si em meio a um coro de arfadas desesperadas por ar puro. O urso o colocou no chão e deixou que tossisse até não poder mais, mas a sagacidade de Finn foi mais lenta para se recuperar do que seus instintos, e assim que se sentiu capaz de mover com qualquer senso real de propósito, virou-se e ergueu a lâmina contra a criatura ainda desfocada à sua frente. Investiu e golpeou o ar entre eles, mas Bing não se afetou nem temeu o camarada diminuto, e com uma pancada gentil do martelo, fez Finn se sentar na terra de novo e coagiu outro tanto de água a deixar seus pulmões.

O raposo chacoalhou as teias de aranha de seus sentidos e, assim que o mundo ao redor começou a recobrar certo foco, sua primeira reação foi tentar precisar a posição do sol para descobrir quanto tempo ficara desacordado. Ele esticou o pescoço para ver melhor através das copas das árvores, mas a tentativa só serviu como um duro lembrete de que um de seus olhos estava inutilizado, e como se essa lembrança fosse a gota d'água em sua exaustão, caiu antes de poder determinar qualquer coisa além do fato de que estava vivo.

As particularidades de onde se encontrava e de como chegara lá aos poucos formigaram de volta do grande e sombrio além, e quando Finn deixou a cabeça pender para o lado e viu o rio correndo a menos de doze metros dali, começou a se recordar do caos de sua perseguição mais recente e do terror do mergulho no rio. Começou a recordar que dia era e o que, exatamente, significava para ele e sua história, mas, talvez mais importante ainda, começou a recordar precisamente com quem estava emaranhado quando as águas o arrastaram para a grande cachoeira.

Bing ficou sobre o camarada e chacoalhou a grande e larga cabeça enquanto sua sombra tentava aplacar a súbita e ressurgente ira de Finn, e embora o raposo soubesse que o urso não falava, não precisou escutar palavra alguma para concluir que Eamon já era história àquele ponto. Havia sido a segunda vez em dois dias que o rio ajudara sua presa a escapar, e no mesmo movimento em que enfim sentiu os pulmões se livrarem da água que quase o levara deste mundo, entendeu melhor por que humanos pareciam correr para a coisa como coelhos para suas tocas.

— Você deixou ele fugir, não deixou? — bradou Finn, sentando-se com esforço em meio a um coro de bufadas de desdém de Bing. — Ah, *eu* deixei ele fugir? Eu pulei de um penhasco e fui jogado de uma cachoeira. O que *você* fez além de ficar parado e bloquear todas as minhas flechas com sua cabeçona?

Bing só bufou de novo e cruzou os braços enquanto Finn se levantava e espreguiçava com força, sentindo-se realinhar em mais de uma maneira.

— Bom, o que você tem a dizer em sua defesa?

O grande bruto, é claro, não ofereceu resposta, exceto uma série de roncos e resmungos.

— Você achou que eu estava *o quê?* — rosnou Finn. — *Morto?!* Achou que eu estava morto, então só... só deixou ele escapar?!

Bing apenas deu de ombros, sem ver necessidade de se explicar ou defender da chuva de julgamentos de Finn.

— Só para ficar claro, eu com certeza *não estou* morto... e aquele nanico que eu arrastei cachoeira abaixo também não. E se *você* tivesse se afogado lá e *eu* ainda tivesse o último búfalo à vista, bom, eu teria deixado sua carcaça na margem do rio sem nem olhar para trás. Só para ficar claro.

— Talvez você devesse ser um pouco mais grato e um tiquinho menos maldoso — disse uma voz da beirada das árvores. Runny saiu da floresta para a luz, com o sapo logo atrás. — Sabe que até o caçador mais temido precisa suplicar para cair em boas graças de vez em quando.

Finn encarou, carrancudo, a dupla que se acomodava à margem. Flackwell saciou a sede com um pouco de água fresca.

— Se as boas graças estivessem entre mim e aquele nanico, eu meteria uma flecha nas entranhas delas sem nem pensar — rosnou o raposo.

— Que... inesperadamente descritivo — respondeu o coelho, com um revirar gentil dos olhos, girando para encarar Finn só depois de terminar o gesto. — Você está bem?

— Um chuchuzinho... molhado — rebateu ele. — E os outros dois? O grandão e a do pêssego? Mortos?

Flackwell e Runny só conseguiram se entreolhar com a mesma resignação estampada em suas expressões idênticas.

— *Nenhum* dos dois?! — continuou o raposo, com os pelos começando a se eriçar.

— Não se preocupe, seus perdigueiros estão no rastro — garantiu o sapo, com uma espiada furtiva para o melhor amigo, que era esperto o bastante para não soprar mais verdades do que o necessário. — Eu acertei um deles, então devem estar fáceis de rastrear. Sugiro que a gente volte e...

— Não temos tempo para voltar. — Finn diminuiu a distância entre eles até não haver mais do que finas camadas de ar separando suas auras. — Além disso, já sabemos para onde estão indo.

— Nós... nós sabemos? — perguntou Flackwell, com um inclinar curioso da cabeça.

— Claro que sim.

O raposo desceu silencioso até o rio e se inclinou para ver o reflexo que o encarava. A imagem estava torta e fraturada pela correnteza, mas ao tentar avaliar exatamente quantos danos havia sofrido desde a emboscada na cabana, ficou claro, bem depressa, que não importava o quanto esperasse, o vento e a água não lhe ofereceriam um reflexo claro.

— Búfalo é tudo igual. São bichos de bando. Se você conhece um, conhece todos.

Ele mergulhou a pontinha da adaga na superfície da água logo abaixo do olho bom e ficou vendo a coisa ondular e se partir ao redor da lâmina de obsidiana.

— Nós sabemos para onde os que vieram antes foram... então também sabemos para onde eles vão. Talvez Edward não fosse tão tolo — continuou ao secar a arma no pelo da perna e colocá-la em segurança debaixo do cinto. — "Foi na colina onde ficava o moinho de cevada por todo aquele tempo."

Eamon não sabia quanto tempo ficou parado de frente para a estátua do pai na clareira, mas quando voltou a olhar para o céu lá em cima, o sol havia dado um salto pelo horizonte e um crepúsculo frio já estava cobrindo a ilha. Era uma representação chocantemente perfeita. Cada feição e cada dobra da pele exatamente como ele se lembrava. Cada mancha e cada poro. Tudo, da grossura da sobrancelha ao recurvar de seu sorriso sempre seco, era perfeito, mas não foi a reunião inesperada que o desconcertou, e sim a inscrição no pedestal. *Jack Buckley Addington.*

Eamon nunca tinha sentido o coração pesar tanto quanto sentiu ao ler aquelas palavras. Nem mesmo no dia em que percebeu que o pai não voltaria para a pequena cabana na floresta... e nem no dia em que descobriu de fato seu primeiro nome. Uma coisa era escutar uma mentira, mas o fato de a verdade de quem era ter sido enterrada pela própria pessoa que deveria guiá-lo ao carregar esse fardo era uma dissimulação muito mais sombria. Eamon nunca quis encontrar o pai tão desesperadamente quanto naquele momento, aos pés de sua estátua, pois havia tanto que queria saber, e uma vida órfã inteira de raiva subitamente fora reacesa e ardia por libertação. Jack Buckley Addington era a resposta para uma pergunta que Eamon havia feito a si mesmo milhares de vezes, mas abria uma porta para muitas outras que um nome solitário jamais satisfaria. Teve a sensação de que as feras em seu encalço conheciam a verdade íntegra da coisa, mas achou tolo lhes oferecer a clemência de sua curiosidade enquanto a vida dos amigos estivesse em jogo, então tentou não deixar os calos do passado se somarem às circunstâncias terríveis do presente e seguiu adiante.

Quando a identidade da ilha se transformou em campinas nuas e rochosas, Eamon se considerou sortudo por ainda não ter sido pego pelo raposo e pelo urso, pois embora o rio houvesse lavado seu cheiro, ele tinha certeza de que as horas que passara à sombra do pai haviam lhes dado tempo para tratar seus ferimentos e retomar a perseguição. Nem Olívia estava à vista quando ele procurou entre as nuvens por um vestígio da grande coruja na esperança de que, como já havia feito antes, ela entregasse o jogo de amigo ou inimigo... mas não havia nada a ser concluído do céu e pouco a se aprender da terra enquanto Eamon caminhava até suas roupas ainda úmidas secarem ao vento da ilha. Na verdade, a cada passo que dava, só se sentia mais incerto acerca de cada peça de seu passado, presente e futuro.

Não houve respostas quando encontrou a costa e seguiu para o norte, e não houve resolução ao observar o sol mergulhar no horizonte para descansar os ossos. Não havia tesouros reveladores escondidos debaixo das pedras que chutou e nem histórias úteis esperando depois de cada duna. Não havia nada sob a maré de capim e nada trazido à praia pelo mar... nada além de uma enxurrada de memórias difusas e ecos de palavras como lar, família e história, nenhuma das quais tinha o mesmo significado de alguns dias atrás. Era um momento perigoso para Eamon estar deixando a mente divagar, por incontáveis motivos, mas por mais que tentasse se focar na tarefa que tinha em mãos, simplesmente não conseguia retomar as próprias rédeas. Ele tentou todo truque em que pôde pensar para se manter no presente e alerta, mas nada parecia aplacar a tempestade de perguntas que enevoava a lógica, socava seus tímpanos e obstruía a garganta com cinzas grossas e pretas.

A necessidade de saber estava rapidamente dominando a necessidade de se manter vivo, e quanto mais avançava pela costa da ilha em busca de uma passagem segura para além do alcance de seus segredos, o chamado das coisas que deixava para apodrecer lá atrás começava a soar cada vez mais doce. Era o canto de uma sereia, a chance de compreender depois de todos aqueles anos, mas era só isso... uma chance. Era a chance de encontrar um contexto para as feridas novas e a chance de sarar as cicatrizes antigas, e assim que a visão de Eamon se estreitou para nada além de uma linha reta de seu passado ao presente, ele identificou a silhueta do que só poderia ser um farol, firme sob o brilho da lua jovem.

Sentiu uma urgência familiar lhe correr pelas veias ao acelerar o passo, subitamente consciente mais uma vez das provas de sua jornada, dos horrores da ilha e do desejo que tinha de nunca mais ter de encará-los. Essas coisas apressavam seu caminhar, mesmo que o chamado da compreensão continuasse forte, mas, como se a sorte em pessoa houvesse decidido interferir nas balanças de Eamon, as formas acabadas de Mark e Caroline mancando a caminho da pequena ilha foram pegas pela luz das estrelas. Ele precisou de um momento para se certificar de que estava vendo as coisas como de fato eram e não simplesmente como queria que fossem, mas, mesmo depois de esfregar os olhos e afastar as teias do rosto, eles ainda estavam lá... os dois... e em algum ponto no despertar dessa realidade, Eamon até conseguiu sorrir.

O abraço de Mark foi poderoso, desesperado e intrincado com alegria real, e ao desenrolar os braços do corpo de Eamon e colocar as mãos em seus ombros, ele murmurou:

— Que final de semana, hein?

— Vocês estão bem? — perguntou Eamon ao ver Caroline segurando o pano ensanguentado no abdômen. — O que aconteceu?

— Eu estou bem — respondeu ela ao vasculhar o bolso e tirar a esfera que a atingira. — Foi por pouco lá uma hora, mas depois que saímos do alcance deles, não tinham mais como pegar a gente. Mas podia ter sido uma bala.

— Um deles estava com um estilingue ou coisa do tipo? — perguntou Eamon ao pegar a bolinha da palma dela e rolar por entre os dedos.

— Pra nossa sorte — comentou Mark. — E você? Cadê o raposo? — acrescentou, olhando furtivamente ao redor.

— Sei lá, ele me perseguiu até cairmos da cachoeira, e não vi ele nem...

— *Cair* da cachoeira?

— É, e se acham que foi a coisa mais bizarra que me aconteceu desde que nos separamos, vão engasgar nas suas batatas fritas quando a gente voltar pra terra firme.

— Parece ótimo, mas talvez... você sabe... seja melhor ir pra um hospital primeiro? — brincou Mark, estremecendo e ajustando o apoio da perna. — *Aí* as batatas.

— Veremos — brincou Eamon enquanto examinava o arquipélago da torre à doca que se estendia até o mar, enfim pousando os olhos em algo com linhas precisas e fabricadas descansando entre as rochas.

Não demorou muito para que Mark e Caroline vissem também, e embora estivesse começando a ficar realmente escuro, o formato da coisa era inconfundível, e sua posição na praia logo acima do alcance da maré gritava salvação. Com a promessa da providência anestesiando por hora as feridas, os três correram para ver de perto seu destino, e quando estavam próximos o bastante para o luar mostrar melhor o que buscavam, viram que havia três deles alinhados pela costa, impecáveis como bolachas-do-mar e tão raros quanto.

— Barcos — disse Eamon ao soltar o ar pelo que parecia a primeira vez em dias. Pareciam barquinhos simples a remo, mas eram tão bem-vindos quanto três arcas esperando para salvá-los do dilúvio.

— Graças a Deus — exclamou Caroline, mas a dor de seu machucado fez um retorno temeroso e ela caiu de joelhos.

Mark e Eamon a ajudaram a ficar de pé, e quando ela conseguiu, dispensou a ajuda deles, depressa e confiante, mas o colapso foi um lembrete instável de que estavam correndo contra o relógio e de que era tolice se deleitar em sua sorte por mais um momento sequer.

— Vou colocar um deles na água — disse Eamon. — Mas vamos precisar de remos.

— Tem um galpão de armazenamento do outro lado do farol — acrescentou Mark.

— Eu vou — ofereceu Caroline. — Vocês dois só...

Mark balançou a cabeça com tamanho afinco que a silenciou no meio da frase.

— Você não vai sozinha *para lugar nenhum*. Não agora que a gente está tão perto de sair daqui.

— Está tudo bem. Só me dá essa lança para eu poder alavancar um desses das pedras — disse Eamon com confiança real ao estender a mão. — E se tiver algum sinalizador ou coisa do tipo lá, pega também.

O peso da lança em sua palma era toda a resposta de que precisava, e ao observar os dois amigos cambalearem na direção do farol, sorriu como se tudo estivesse se acertando outra vez no mundo... como se ele estivesse de volta à rua principal da cidade, seguindo-os de perto com as mãos no bolso, feliz só de vê-los felizes de novo. Era uma sensação quente e maravilhosa, e o deixava ávido pela exaustiva simplicidade de sua vida pela primeira vez desde que conseguia se lembrar. Com um novo apreço pelo que os aguardava em terra firme, Eamon correu para onde os barcos estavam e os avaliou para decidir se um ou nenhum conseguiria cruzar vários quilômetros de mar aberto.

A primeira embarcação estava empenada e podre, e o casco se desfazia de décadas de maresia e chuva; a segunda não parecia muito melhor: bastou puxar um dos cunhos e a lateral da coisa se soltou do restante como um biscoito. Era um padrão preocupante e a perspectiva de Eamon teria logo azedado se não fosse pela demão mais recente de tinta e pela robustez um pouco diferente do terceiro barco, um indício certeiro de ser de uma era mais recente. Parecia bem saudável, na verdade, e como era um modelo menor e visivelmente mais leve, Eamon fincou a lança no chão, agarrou a madeira com as mãos nuas e preparou as costas para arrastar a coisa até a beirada do oceano.

Deu um puxão forte e ficou surpreso ao sentir o casco deslizar pela areia com relativa facilidade, mas, ao começar a recuar de costas em direção ao mar com a ponta da popa firme nas mãos, Eamon ficou devastado ao ver que a proa não estava se mexendo. A embarcação havia sido partida em duas como o mais maduro dos melões, e conforme seu espírito se quebrava por tantos motivos diferentes e a cabeça começava a girar com as mais sombrias e indesejadas possibilidades, Eamon virou o queixo para o céu e sentiu lágrimas amargas empoçarem seus olhos. Todos aqueles quilômetros para nada. Todo aquele sangue por uma miragem na costa. Olhou para a pequena ilha e viu Mark e Caroline seguindo para o farol, mas simplesmente não tinha coragem de lhes contar sua descoberta. Mal tinha coragem de aceitar a verdade ele mesmo. Mas apenas ao deixar a cabeça pender como uma coisinha quebrada Eamon entendeu que eles não haviam sido as únicas criaturas a desbravar a praia naquele dia... pois na areia descoberta por seus esforços estava uma pegada tão grande que só podia pertencer a uma fera... e estava fresca e ilesa, sem danos da chuva da noite.

Mark não tinha passado nem da metade da porta do farol quando sentiu a adaga de Finn deslizar para suas entranhas. De início, a surpresa foi maior do que a dor, mas quando viu um sorriso se abrir no rosto peludo do raposo, a sensação da lâmina fria raspando contra os órgãos irradiou por seu ser e ele soltou um grunhido assustado. Finn cravou a arma até o cabo com uma estocada firme e um sorriso torto, e tudo o que Mark conseguiu pensar em fazer foi segurar a mão do raposo nas suas e gritar:

— Caroline!

— Ah, não se preocupe. A vez dela vai chegar já, já.

— Caroline! — berrou ele de novo. — Foge. *Foge!*

O raposo tentou soltar a adaga, mas Mark era teimoso demais e igualmente forte, e seus braços poderosos se provaram suficientes para segurar a lâmina no lugar enquanto bebia de suas últimas reservas. Finn tentou livrar as patas do cabo, mas os dedos de Mark eram fortes como aço, e só então ficou claro para o raposo que se encontrava preso em mais um emaranhado impossível de vida ou morte.

— Foge! — gritou Mark de novo, cerrando os dentes e rosnando determinação pura pelos lábios que espumavam enlouquecidos. — *Foge!*

Caroline disparou do galpão só para ser perseguida de volta para dentro por uma saraivada de balas vindas de algum lugar entre os arbustos, que subitamente emitiam clarões, como uma nuvem a carregar a mais feroz das tempestades. Mergulhou atrás de uma pilha de caixas cheias de materiais náuticos e cobriu a cabeça ao passo em que as paredes de madeira começavam a jorrar lascas, e ao pressionar o corpo contra o chão e escutar tanto pânico quanto dor na voz de Mark, tudo o que queria era correr para o lado dele.

Eamon havia acabado de começar a correr para o farol quando tomou uma esfera de aço na perna que o fez cair de joelhos. Ele, porém, foi ágil em ignorar a dor e olhar de volta para as rochas, onde viu explosões contínuas deixarem o cano de uma arma entre a proteção dos arbustos. A área entre ele e a pequena ilha era aberta e desprotegida, mas não era questão de escolha, pois havia pouco que era realmente precioso para John Eamon Buckley, e pareceu-lhe que as únicas coisas que a Ilha Addington ainda não lhe havia tirado estavam a uma corrida de distância. Realmente não havia escolha nenhuma, então Eamon reuniu coragem, inspirou profundamente o ar do oceano e disparou para o arquipélago entre o incessante sibilar de aço de estilingue ao redor de seu corpo curvado.

O rifle de Runny soprava fogo enquanto ele ativava a alavanca de ação de novo e de novo, e o chumbo de seu cano destruía a lateral do galpão onde sabia que Caroline ainda estava escondida. Mas enquanto Flackwell, empoleirado ao seu lado entre as folhagens, disparava um tiro atrás do outro na direção da silhueta de Eamon sem nem pensar em um intervalo de qualquer tipo, o coelho estava começando a se cansar da agressividade da coisa toda. Na verdade, só queria voltar para a rotina tranquila e viver o que restava de sua vida serena, e embora sentisse no coração que ficaria tão feliz de ver Eamon desaparecer entre as ondas quanto de vê-lo tombar morto na areia, sabia que não teria fim até o rapaz dar o último suspiro. Seus demônios travavam uma batalha com seu lado mais gentil, mas isso também era algo que queria muito que terminasse, então, com um suspiro silencioso e um peso na alma, Runny balançou a mira na ponta da arma até estar sobre a cabeça de Eamon... e puxou o gatilho uma última vez.

O clique da câmara vazia foi quase um alívio para o coelho, e ao enfiar as patas no casaco em uma busca relutante por mais munição, a sensação de nada exceto o fundo de um bolso vazio foi duplamente bem-vinda.

— Estou sem nada — anunciou para o sapo ao lado.

— Sinto dizer que eu também — respondeu Flackwell, olhando para a última esfera em sua palma.

— Então acredito que esteja na hora, meu velho amigo — disse o coelho, com afiada hesitação.

Porém, não era com o sapo que estava falando, e quando os dois deram um passo para o lado a fim de abrir caminho para a tempestade iminente, uma sombra sem fim e sem freio cobriu o que restava do céu noturno.

Ver Bing atropelando tudo ao sair dos arbustos congelou Eamon no lugar. O grande urso não tinha escrúpulos em fazer uma entrada triunfal, e quando se ergueu nas patas traseiras, brandiu o martelo e disparou um temível grito de guerra pela praia, Eamon olhou para a relativa segurança do farol e soube que nunca chegaria a tempo. Soube então que era o fim. Soube que morreria e que o urso já havia vencido, mas se pudesse ao menos servir de distração suficiente para Caroline e Mark fortalecerem sua defesa, então esse, disse a si mesmo, seria um bom motivo para ter os ossos espalhados pelas paredes da caverna qualquer em que se encontrariam depois. Eamon sabia que o melhor curso de ação era atrair o bruto para longe da pequena ilha, mas já estava exausto de tanto correr e o novo buraco na perna implorava para que ficasse onde estava, então, com a besta mais feroz de Addington investindo em sua direção, fincou os pés na areia, apertou a lança nas mãos e esperou para encontrar seu horrendo fim.

Sangue pingava das mãos de Mark como se ele torcesse um pano embebido em óleo, mas o rapaz continuava se recusando a soltar as patas de Finn. O raposo fechou a boca em seus pulsos e rasgou a pele, mas ainda assim ele não cedeu.

— Vamos, vamos — rosnou Mark enquanto esperava o raposo levantar a cabeça para respirar, então desceu a testa em seu olho machucado.

Finn ficou claramente tonto, mas era tão teimoso quanto seu adversário, e quando torceu os braços para tentar abrir mais a ferida, Mark o atingiu no olho mais uma vez. O terceiro golpe de seu crânio pesado nocauteou o raposo por alguns segundos, e enquanto ele cambaleava para trás e recuperava a consciência, Mark tombou contra a parede do farol.

— Vamos, vem — provocou de novo ao puxar a adaga de Finn das próprias entranhas. Brandiu-a com o braço esticado. — Pega, toma.

O raposo olhou para o sangue que cascateava da barriga de Mark e soube que a luta estava vencida. Ansiava por ter a adaga em mãos de novo, mas, com a cabeça latejando e o olho inutilizado, concluiu que talvez a paciência fosse a melhor parte da persistência e recusou a oferta do adversário:

— Se não se importa, prefiro ficar aqui mesmo. Isso vai ser muito mais fácil depois que você terminar de sangrar tudo que tem nas veias.

Mark estava exausto e se deteriorando depressa, e como se o raposo tivesse previsto a jogada seguinte, ele se inclinou contra a parede e escorregou até o chão, aterrissando no ladrilho com um gemido nauseante e a lâmina da criatura ainda em riste na mão. Encontrar forças para manter os olhos abertos e os pulmões cheios era uma batalha real e urgente, e as provações de Mark não passaram despercebidas por Finn, já que a criatura casualmente andou até uma pilha de cadeiras contra a parede mais distante.

— Sabe... eu tenho o habito de contar para a sua gente que vocês me lembram Edward, porque, na maior parte das vezes, é um fato — disse, ao pegar um assento para si. — Mas, se for para ser sincero... você não se parece em nada com ele. Na verdade, é revigorante ver que vocês não estão todos tão perdidos, mas é claro que isso não diminui em nada a minha vontade de acabar com a sua raça.

Finn chacoalhou a cadeira, como se estivesse avaliando a marcenaria. Era um teatro sem pretensão de parecer outra coisa, mas o raposo não conseguia se conter em momentos de vida ou morte, e embora tivesse a certeza de que ninguém estava assistindo, ainda se sentia compelido a oferecer um pequeno espetáculo para sua presa antes do suspiro final.

— Você vai ter que me perdoar, mas foi um dia longo e prefiro ter um bom assento para assistir a você piscar seu caminho para além desta terra.

Estava se sentindo como seu antigo eu de novo, mesmo com a lâmina nas mãos de outra pessoa e um olho indo para o saco. Sentia-se a mesma criatura que eliminou o mais famoso Addington e ajudou a conquistar sua ilha em nome do Vale. Sentia-se uma verdadeira raposa de novo, de muitas maneiras — ligeiro, letal e livre das amarras de seus fracassos — e ao se virar para pôr a cadeira na fileira da frente de um grandioso e respeitável teatro de sua própria produção, comentou:

— Por que a gente só não senta aqui por um momentinho e vê se um dos seus amigos decide...

O raposo caiu inerte, uma coisa derrotada pela segunda vez naquele dia, com o monólogo interrompido pela ponta de um remo que o golpeou logo abaixo da orelha como se fosse o próprio martelo de Bing. As pálpebras de Mark ficavam mais pesadas a cada bater penoso do coração e a cabeça começava a pescar, preguiçosa, mas mesmo assim ele sabia quem havia ido em seu resgate, pois o fraco sopro de lavanda no ar lhe contara.

— Achei que tinha dito para você fugir? — disse, enquanto a adaga de Finn caía de sua mão e tilintava contra o chão com um ecoar distinto.

Caroline largou o remo e correu até ele, com cada parte de seu ser explodindo de preocupação ao ver o ferimento assustador e o tremor desconcertante em sua voz.

— Ele morreu? — perguntou Mark em voz alta, apontando para o raposo esparramado no chão com sangue escorrendo da cabeça.

Mas Caroline não respondeu, pois sabia que Mark estava ficando sem tempo, e enquanto ela tirava a camisa de cima e a pressionava contra a barriga do amado, a energia dele piscou como uma lanterna com mau contato, e ele perguntou mais uma vez:

— Por que você não fugiu?

— Porque eu não queria ir sem você — respondeu ela, com os olhos marejados. — E ainda não quero.

Ela conseguiu abrir um sorriso na esperança de que pudesse animá-lo e afastou seu cabelo da testa, com a camiseta que cobria a ferida já encharcada na outra mão.

— Só preciso que você fique comigo para uma viagenzinha de barco, tá? Nem vou te fazer remar, que tal? — disse, quando as lágrimas começaram a escorrer.

Caroline não sabia quanto tempo ainda teriam juntos, mas já estava infinitamente grata por cada segundo dele e, na expectativa de poder calcular num futuro bem distante em anos e não minutos, jogou o braço dele sobre o ombro e se preparou para dar tudo de si para colocá-lo de pé.

Eamon conseguia ver os olhos de Bing faiscando enquanto ele se aproximava, com impulsos das pernas poderosas e a forma massiva cortando pela noite em velocidade máxima. Tudo parecia inevitável ao permanecer ali, com a lança apontada para a fera em ataque, mas quando o bruto trovejou a seu alcance e Eamon fechou os olhos e esperou ser arremessado do chão, Bing freou e andou os últimos metros até os dois estarem cara a cara. Foi a ferroada azeda do hálito da criatura que fez Eamon reabrir os olhos, e quando o fez, viu o grande urso acima de si, aparentando mais curiosidade do que rancor. Bing o analisava como se fosse um espécime novo e valente; estudava-o da cabeça aos pés e da lança ao crânio, depois recomeçava, e embora Eamon não soubesse o motivo da demora, acolheu-a de braços abertos, sem questionar. Acolheu a chance de apenas ser, mesmo que pelo mais efêmero momento. Acolheu a chance de simplesmente existir naquele que era para ter sido seu Éden, mesmo que essa existência fosse duramente curta... estar ali com uma clareza que nunca encontrara antes na vida, agora que a sombra da morte escurecia à sua porta. Acolheu tudo de braços abertos, mesmo que não fosse lhe pertencer por muito mais tempo.

Todo seu ser foi acalentado pela possibilidade de uma morte com propósito, e quando os dedos relaxaram e a lança caiu na areia, a grande fera à sua frente inclinou a cabeça para o lado como se não compreendesse. Bing abriu os pulmões poderosos e gritou guerra na cara de Eamon, mas ainda assim o jovem à sua frente não se abalou... ainda assim se manteve firme em sua decisão. Só quando a criatura olhou para além do ombro de Eamon, em direção ao oceano infinito, pareceu realmente querer pôr fim à coisa, e quer fosse a palpabilidade do nada ou sua ausência que o instigou, não fez muita diferença para Eamon quando Bing levantou o grande martelo acima da cabeça... e desceu o golpe.

As primeiras três balas atingiram o urso construtor direto no peito e vararam sua armadura com facilidade, o couro antigo provando-se de pouca utilidade contra um calibre tão pesado. Fazia tanto tempo desde a última vez em que Bing sentira o chumbo rasgando sua pele que isso o atingiu como uma memória calorosa e inesperada. Ele cambaleou para trás e agarrou seu esterno, e quando o passado colidiu com o presente e os dois pintaram uma imagem sombria de seu futuro, um quarto tiro o atingiu no pulmão... e um quinto na garganta. O gigante caiu sobre um joelho e parecia ser seu fim, mas a lenda de sua força se mostrou enraizada em verdade quando ele usou o martelo para voltar a ficar de pé, com a armadura toda vermelha de sangue. O corpo estava quebrado, os ombros caídos e a respiração pesada, mas o espírito continuava muito vivo, e ao levantar a boca para os céus e rugir um último rugido medonho, outra bala partiu a armadura sobre o coração, e ali, aos pés de Eamon... ele tombou.

— *Cacete,* o que foi que aconteceu com você? — perguntou uma voz áspera lá da água.

Eamon se virou e viu o Capitão Gene andando pela praia com o revólver em mãos, enquanto *O Estalão* boiava silencioso perto da doca do farol.

— O que... o que você está fazendo aqui? — perguntou Eamon, e caiu de joelhos, exausto.

— Não acreditaria se eu contasse — respondeu Gene, olhando para a cena à sua frente com o queixo cada vez mais caído na direção da areia aos seus pés. — Tá, acho que acreditaria — acrescentou, enfim compreendendo que a fera que acabara de matar não estava só de armadura, mas também brandia um imenso martelo. — Você está sozinho?

— Não — respondeu Eamon, levantando-se e apoiando todo seu alívio na lança. — Não, não estou.

DEZESSETE

A viagem de volta para o continente foi silenciosa e solene, e embora Gene quisesse desesperadamente lhes fazer mil perguntas, entendeu que havia questões mais importantes no processo do que sua curiosidade, então os deixou em paz enquanto cortava pelo caminho mais ligeiro ao píer. Mark estava deitado no saco de dormir sob o convés, mas as toalhas da embarcação precária não eram páreo para a maré de sangue que pulsava de seu ferimento, e tudo o que Caroline podia fazer, de mãos dadas com ele, era contar as pancadas das ondas contra o casco como se soubesse exatamente quantos grãos de areia restavam na sua ampulheta. Eamon, no entanto, ficou lá fora, sentindo a água borrifar na cara, quieto e contente de ver a ilha desaparecer à distância. O capitão lhe entregara uma velha camisa de botão e uma jaqueta corta-vento para usar sobre os trapos ensanguentados, e embora Eamon estivesse aliviado de não ver seu corpo tão destruído e marcado pela guerra, ainda sentia frio dos dedos do pé até os cabelos por incontáveis motivos.

Ele sempre achava uma tarefa penosa e impossível explicar para qualquer um, mesmo Mark ou Caroline, a sensação de não saber quem era, de onde viera ou quem fora sua mãe. Era uma condição insuportavelmente solitária que com frequência o fazia se sentir como um recorte de papelão em um mundo de coisas vivas e pulsantes, mas de alguma forma a rolha para esse buraco em sua história não fez nada disso ir embora. Na verdade, só o fez se sentir mais à deriva ali, sentado na proa d'*O Estalão*, vendo as árvores da Ilha Addington afundarem no mar. Ele se sentia uma marionete ao deixar a cabeça pender em direção ao guarda-corpo de madeira do velho pesqueiro, com as cordas que jamais soube estarem atadas a seus pulsos agora sufocando o vento para fora de sua garganta. Não fazia diferença que seu pai talvez não fosse tão louco quanto ele sempre acreditou, pois não tinha como voltar e viver todos aqueles anos com novas lentes nos olhos, e era impossível escutar seus devaneios malucos em outra frequência. Embora o que aprendera naquele tempo houvesse lhe sido útil na ilha, Eamon não via sentido na coisa toda se tivesse de voltar para casa sem Mark ou Caroline, ou mesmo sem a pureza da reverência ao seu livro preferido. Era tudo tão cinzento agora. Tudo tão confuso… e tanto havia se perdido.

Mark ainda estava respirando quando foi colocado numa maca e deslizado para dentro de uma ambulância, mas se a urgência dos paramédicos era algum indicativo, havia uma floresta muito mais apavorante para ele desbravar nos quilômetros adiante. Eamon prometeu que pegaria o carro e os encontraria no hospital, mas mesmo enquanto as portas pesadas se fechavam atrás dos dois melhores amigos, ele já sentia o peso dessa mentira. Não queria ter de encarar as perguntas que certamente seriam feitas, porque realmente não tinha resposta para elas… e não queria sentir o julgamento que decerto viria se lhes contasse a verdade, porque quem acreditaria, afinal? Por que deveriam? Naquele momento, Eamon se sentiu preso entre uma realidade que sabia ser verdade e uma fantasia que sempre desejou ser real, e em algum lugar no meio de tudo estava o John passado e futuro que nunca existiu… e mais ninguém. *Quer verbalizar suas emoções? Posso buscar um copo d'água para você, talvez um refrigerante? Essas botas parecem meio grandes, o que acha de me contar de onde vieram?*

— O pobrezinho caiu morto assim que me contou onde vocês estavam — disse Gene.

Eamon sequer notara que estava encarando algo grande que fora envolto por uma lona e colocado num canto do convés até o capitão mencionar, mas assim que despertou do lapso, soube exatamente do que se tratava.

— Estava tão exausto que mal conseguia falar. Digo, eu sabia que papagaios falavam, mas… sei lá, isso tudo parece tão maluco. Ele falava como… como um humano. De um jeito um pouco estranho, mas…

— Ela — corrigiu Eamon, e olhou Gene nos olhos pela primeira vez naquela noite.

— O quê?

— Ela — repetiu. — Seu nome era Olívia.

— Ah, claro — respondeu Gene, com a bússola mental alinhada em algum ponto entre descrença e fascínio.

Ele ficou olhando em silêncio enquanto Eamon se aproximava da lona e puxava com gentileza uma pontinha para revelar a asa quebrada e cheia de cicatrizes atrelada a uma grande ave que agora descansava em paz.

— Você está bem? — perguntou o capitão ao ver o rosto do jovem se partir com todas as emoções, do luto à gratidão.

Eamon riu baixinho com a pergunta, e embora fosse uma que sempre respondesse com silêncio, não viu por que continuar se esquivando.

— Não — disse enfim. — Não estou.

— Sei que não ajuda em nada agora, mas juro que não queria ter deixado vocês lá, é só que... quando acordei, estava chovendo, todo mundo tinha sumido e eu só imaginei que estivessem acampando para passar a noite ou sei lá. Até voltei no dia seguinte, mas...

— Tudo bem — interrompeu Eamon, embora não fosse verdade. — Eu entendo.

Estava grato pela explicação, mas de fato não ajudava em nada suas emoções cada vez mais sombrias. Era uma reviravolta difícil, ver a história da ilha entrar em erupção para fora de suas fronteiras e se derramar pelo mar para deixar marcas no tecido da realidade que ele sentia conhecer. E quando as luzes da ambulância de Mark finalmente piscaram pela última vez antes de desaparecerem noite adentro, Eamon ficou nauseado de pensar que seus traumas não eram mais só seus... e foi um soco no estômago saber que suas raízes haviam deixado uma marca no amigo da maneira mais permanente possível. Ele havia visto suas gavinhas e sentido seu cheiro de terra durante o tempo que passou na ilha, e mesmo que tivesse remexido uma boa quantidade do solo e atacado o que jazia descoberto, Eamon sabia que continuavam resistindo e que havia muito espaço para onde crescer. Ele estava em terra firme agora, mas nada parecia diferente. Estava a um oceano de distância, mas ainda tinha a sensação de estar fugindo pelos corredores da mansão, caindo da cachoeira ou esperando pelo fim à sombra do farol.

Era uma inquietação desconhecida e penetrante, e fazia seus joelhos bambearem, secava sua garganta e instigava as mãos a tremer. Era selvagem e confusa, assim como o lugar que lhe dera esse fardo, e ao levantar o queixo para as estrelas e deixar o refluxo de novos horrores e antigos rancores escorrer no fundo da garganta, ele se perguntou se era assim que o pai costumava se sentir na maioria dos dias. Eamon quase engasgou com a resposta, pois tinha toda a certeza do mundo... e precisou se segurar para não esvaziar o estômago no barco de Gene e deixá-lo coberto de memórias cansadas, perguntas proibidas e confusões da infância.

— Bom, não sei você, mas eu preciso de um drinque — disse o capitão ao pisar na doca e dar uma boa espiada nos pequenos e encantadores nadas espalhados pela rua principal. — Você vem? Eu pago.

Mas antes que Gene pudesse sequer se virar para estender a mão para Eamon, ele escutou um clique alto e metálico.

— Vou precisar do seu barco emprestado — disse Eamon, levantando o revólver na direção dele. — Desculpa, mas... eu preciso.

— Você sabe que não tem mais nenhuma bala nesse tambor aí, né? — anunciou Gene, tão neutro quanto qualquer coisa, ao girar para encarar seu passageiro solitário. — E eu não guardo mais munição extra no barco. — Eamon abaixou a arma com um suspiro exasperado. — Por que diabos você quer voltar lá, de qualquer forma? Para ser eviscerado igual ao seu amigo?

— É só que... eu preciso de algo que está lá — respondeu Eamon. — E se custar minha vida, custou. Mas, de um jeito ou de outro, vou resolver.

Gene pareceu espantado com sua honestidade e estranhamente empático em relação à sua causa, mas como alguém que havia passado a vida no mar, era difícil ignorar a parte mais pragmática da coisa.

— Não sei se tem combustível suficiente para chegar até lá — disse depois de pensar um minuto. — E a essa hora não tem nenhum lugar aberto para reabastecer.

— Vou arriscar mesmo assim.

Gene fez uma careta e olhou para o céu noturno, como se estivesse esperando que uma chuva celestial lhe desse um motivo para dizer não, mas o desejo de Eamon parecia genuíno e era difícil pesar o uso de seu velho barco contra a paz de espírito de alguém, principalmente alguém que ele havia deixado ilhado ao possível custo da vida do amigo.

— Pelo menos me devolve a arma — disse, enfim. — Não vai te servir de nada mesmo.

Eamon andou até a traseira do barco e entregou o revólver para Gene, que o encaixou na parte de trás do cinto.

— Tem um estoque de sinalizadores do lado do kit de primeiros socorros no porão. Se ficar sem combustível, chama ajuda pelo rádio antes de acabar a bateria e mantém um sinalizador aceso até alguém aparecer pra te buscar. E se chegar na ilha, fica esperto com o acelerador na hora de atracar na doca, ele puxa um pouco — disse Gene com um estranho tom de afeto.

Eamon assentiu e foi em direção à cabine. Enquanto Gene desamarrava *O Estalão* e via seu motor ganhar vida aos cuidados de outra pessoa, torceu para que o velho barco fosse gentil com Eamon como sempre havia sido com ele... pois aqueles eram tempos desesperados, e não havia muito mais para mantê-los acima da superfície.

PARTE QUATRO

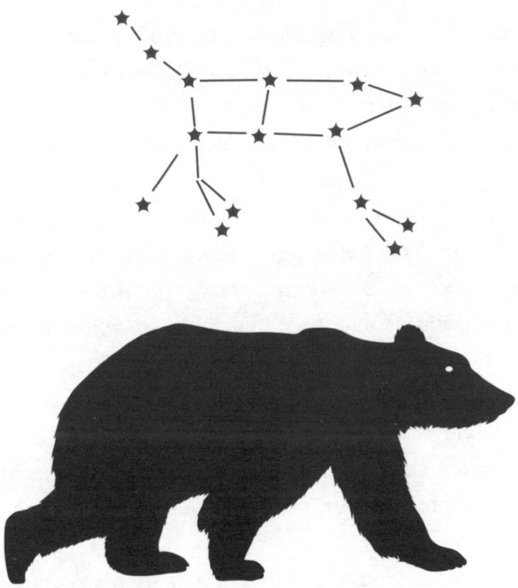

O URSO QUEBRADO

Seu tolo, tolo, o coelho bradou, ouça as corujas, por que não as escutou?
Não ouviu darem o alerta de que essa raiva era problema na certa?
Nossa comida foi levada, mas todo esse tempo o rei fera chorava
Pois esta manhã, quando acordou, o único filho morto encontrou

Foi tolice, tolice de menininho, só três das feras roubaram nosso moinho
E a prestar respeito o rei viria, hoje, neste mesmo dia
Tudo isso por um latão vazio? Uma vida por uma cebola que sumiu?
E agora eles não têm motivo, não mais devolverão nosso cultivo

Mas errado é errado, respondeu o raposo, todo emburrado
Como eu ia saber que era tolice, e não uma guerra, você não me disse
Uma fera jovem, agindo sozinha, é o mesmo que comando de rei ou rainha
Eles verão minha lâmina de novo se não devolverem a comida do meu povo

Bom, infelizmente é assim que vai ser, por causa da jogada que você quis fazer
O rei fez uma proposta, agora aguarda nossa resposta
Nariz com nariz, dente com dente, estrelas no alto e a terra à frente
Devemos eleger o mais forte, para desafiá-lo num duelo até a morte

Numa luta valendo até o último grãozinho, ao lado do nosso querido moinho
E se o nosso guerreiro vencer, o Dia da Cevada pode acontecer
Mas, se ele perder, veja bem, não haverá banquete para ninguém
E todos de fome vamos morrer, na desolação que o inverno vai trazer

Mas Finn era valente e destemido, gabava-se de seu golpe desmedido
Então para o campo se pôs a marchar para o rei bisão encontrar
Mas, ao ver a fera à frente do rebanho, pelo menos cinco vezes seu tamanho
Suas pernas falharam no mesmo minuto, e ele caiu de joelhos à frente do bruto

Sussurros correram a multidão, todos cobriram a boca com a mão
Pois quando o raposo se rendeu, o Dia da Cevada se perdeu
Mas o rei das feras se virou, minha dívida precisa ser paga, falou
Havia entre eles só um valente com força para defender sua gente

Adiante marchou Bing, o urso construtor, com o martelo em todo seu esplendor
E soltou um rugido apavorante, para tremer até os ossos daquele petulante
E quando o bisão avançou para lutar, de dente cerrado e espada no ar
Soube que seu adversário naquele outono era digno de lhe tomar o trono

DEZOITO

Eamon acordou com *O Estalão* encalhado em um banco de areia a apenas algumas dezenas de metros da costa da Ilha Addington, e embora essa não fosse uma grande surpresa considerando a forma como as ondas fluíam, continuava sendo uma vista bem-vinda. O velho pesqueiro ficara sem combustível quando a ilha ainda era um pontinho no horizonte, e assim que Eamon se sentou no convés para xingar a própria sorte e pensar excessivamente em suas intenções, cometeu o erro de fechar os olhos em meio ao barulho calmante das ondas e foi tomado por um sono imediato e profundo. Não era nada que quisesse desesperadamente, mas sim uma necessidade que não podia mais adiar, dados os rigores dos dias anteriores, e agora que seus olhos estavam abertos, ficou grato por ter cedido a ela, pois se sentia revigorado, preparado e jovem de novo.

O céu estava tão escuro quanto estivera ao deixar o píer, e Eamon não sabia se tinha dormido por duas horas ou vinte, mas julgando pela forma como o buraco em sua perna havia ficado mais feio e o quanto o inchaço ao redor do nariz despedaçado havia diminuído, estava inclinado a pensar que fora a segunda opção. Ainda se sentia um pouco grogue e dolorido do sono quando começou a vasculhar *O Estalão* por qualquer coisa que pudesse ser útil, e foi só ao descer à cabine e ver as manchas de sangue no saco de dormir e a faca que as havia criado que se lembrou do que tinha acontecido com Mark. Um calafrio de vergonha percorreu sua espinha ao perceber que havia abandonado ele e Caroline no que certamente era sua hora mais sombria, e não havia uma única parte de si que não desejava profundamente que entendessem. Torcia para que o perdoassem. Torcia para que seus braços ainda estivessem abertos, como sempre estiveram, e que os veria vivos e bem quando tudo terminasse, mas tinha certeza de que as coisas mudariam entre os três, porque tão certo quanto a dança da maré, sabia que *ele* jamais seria o mesmo... e tinha certeza de que os dois se sentiam igual.

Limpou a adaga de Finn no oceano até a obsidiana brilhar com algo que não fosse o sangue de seu amigo e, ao terminar, revirou-a nas mãos para examinar a relíquia pela primeira vez. Era realmente uma coisa memorável, com o cabo de madeira liso de tanto uso e o fio perfeito contrastando com o oceano de vales e montes que corriam pela extensão da lâmina. E quando Eamon sentiu a genialidade de seu equilíbrio e a riqueza dos detalhes, não teve como não pensar em quantos haviam dado seus últimos suspiros por conta dela... e, pela mesma lógica, não pôde deixar de considerar a possibilidade de que seu pai tenha sido um deles. Não havia mais nada de interesse no barco de Gene, exceto os mencionados sinalizadores, que Eamon enfiou no bolso de trás, então, com o bem mais precioso de Finn em mãos, saltou da proa, marchou pela água que lhe chegava aos joelhos na beirada do mar e pisou mais uma vez na costa da Ilha Addington.

A cabeça de Eamon zumbia tanto que ele não conseguia sequer encontrar o silêncio necessário para avaliar se seus passos soavam alto demais ou se a respiração estava muito pesada enquanto avançava pelas árvores que cobriam o jardim da mansão, mas ao deslizar pela porta do pátio e para dentro do salão de bailes, encontrou uma estranha paz de espírito. Era o tipo de consolo que acompanhava uma campanha sem o peso da dúvida, um foco que seguia apenas um propósito abençoado, e Eamon o sentia em cada centímetro de seus ossos ao cumprimentar os fantasmas da casa com um ar diferente do que apenas dois dias antes. Houve um período em que ele teve certeza de que estavam todos dançando, jogando cartas e se sentindo bem sob a influência dos melhores licores, mas agora tinha certeza de que clamavam por um esca pe. Agora ele conhecia sua situação real.

A velha mansão estava desconfortavelmente silenciosa na ausência de celebrações ou catástrofes. Estava tão quieta que Eamon conseguia escutar a brisa soprar pelos corredores, e também escura e melancólica, agora que as velas dos candelabros haviam queimado ao nada e as lamparinas nas paredes estavam sem óleo. Na verdade, acreditaria que não havia ninguém em casa se não fosse pela fumaça do cachimbo do sapo flutuando para dentro da sala de jantar pelo buraco que Bing deixara no chão. Havia cicatrizes em todo lugar para onde ele olhava, do caos da sala de jantar às mesas de sinuca viradas e aos corpos das pessoas que se juntaram a eles na festa ainda lado a lado na pista de dança. Sabia que tudo isso sumiria um dia, mas para Eamon pareciam tão permanentes quanto a própria ilha. Sempre estariam ali, e de certa forma, talvez ele também sempre estaria.

Não sabia pelo que procurava ou o que faria quando encontrasse, mas sabia que a busca era necessária, mesmo que enevoada e amorfa de início. Ele não sabia o que investigava, mas sabia que estava entre as paredes da mansão, e ao avançar na ponta dos pés para além do mosaico de mapas que cobria o grande corredor, escutou um lamento penoso escapar do lavatório e se aproximou da porta.

— Sua coisa cruel e horrenda — disse a voz lá de dentro. — Sua coisa podre, inútil e...

Um rosnado abafado interrompeu o desabafo e, embora a porta fosse grossa e muito digna de sua função, Eamon teve quase certeza de que era Runny do outro lado... Bastou se abaixar até o piso, espiar pelo vão e ver uma pata peluda e uma perna de pau para confirmar. Preparou a adaga e esperou pela cobertura de outro rosnado terrível para tentar a maçaneta. Descobrindo que girava livre, abriu a porta de leve e deparou-se com Runny dilacerando a própria orelha com uma belíssima navalha. O coelho não abriu os olhos até um pedaço de carne cair na pia com um *tum* pestilento e ele se permitir algumas respirações profundas para saborear o êxtase de tudo, mas, quando o fez, foi recebido pelo espectro de Eamon atrás de si e disse:

— Dê-nos um momento, sim?

Por algum motivo, Eamon achou que seria sábio atender ao pedido, então só ficou parado vendo Runny deixar o sangue pingar da orelha destroçada, agarrar a lateral da pia e sentir o peito subir e descer com partes iguais de arrependimento e alívio.

— Foi isso que aconteceu com a sua perna? — perguntou Eamon, enfim quebrando o silêncio enquanto o coelho continuava o ritual e enrolava o cachecol na carne exposta. — Você arrancou pedacinho por pedacinho?

Runny se virou e viu a faca na mão de Eamon, e depois de cuidadosamente fechar a porta que dava para o corredor, respondeu:

— Se quer mesmo saber, *Edward* aconteceu com a minha perna.

O coelho não falou mais nada, como se a resposta devesse bastar para saciar a curiosidade de Eamon, e embora fosse possível que no passado a educação o impediria de insistir, não levou mais de um vislumbre da curva determinada da sobrancelha de Eamon para Runny entender o quanto as coisas haviam mudado desde que se sentaram para compartilhar o pão.

— Edward nunca suportou meu tique nervoso com a perna — continuou ele —, e, como pode imaginar, era algo muito frequente durante minha estadia aqui. Bom, um dia ele simplesmente decidiu que não aguentava mais, então me passou a navalha e me deu uma escolha — contou Runny, limpando a lâmina de marfim, depois dobrando-a e devolvendo-a à gaveta sob a pia. — Minha vida ou minha perna. Acredite, considerei as duas opções antes de fincar a lâmina na minha carne, mas no fim, só não tinha coragem de cortar os pulsos. Só o espírito sabe como o sapo sobreviveria sem mim.

Eamon levou alguns momentos para processar o que havia escutado antes de perguntar:

— Mas o tique não ia só ficar mais alto com uma perna de pau?

— Edward nunca foi de deixar o pragmatismo interferir com suas pompas. Só estava deixando claro que podia ter qualquer parte de mim que quisesse, e quando quisesse. Era pura tortura, mas eu senti uma libertação naquela noite que nunca havia sentido antes... como se estivesse arrancando a pior parte de mim. Acho que tenho perseguido isso desde então, embora seja difícil encontrar uma parte honorável hoje em dia. — Runny abaixou os olhos para o chão, como se estivesse de súbito recalculando a soma de seus pecados e chegando ao fim da página. — Naquela noite, Edward e seus convidados tiveram um grande jantar. Com ervilhas inglesas e purê para acompanhar. Eu ainda era jovem, então tenho certeza de que estava macia, principalmente com Flackwell na cozinha. Então, se você voltou todo o caminho até este lugar para saber que tipo de homem Edward Addington realmente era... agora sabe.

O coelho olhou Eamon de cima a baixo como se não o visse há anos. E como se ele houvesse ido à guerra e voltado.

— Mas que diabos está fazendo de volta aqui? — disse, com melancolia genuína. — Você estava livre disso.

— Livre? — retrucou Eamon, com uma irritação não mais escondida. — Meu pai estava a oitocentos quilômetros daqui e não estava livre disso. Ele me criou como se o resto do mundo estivesse *pegando fogo* por causa disso. Eu o odiava do fundo da alma por causa disso. Virei órfão por causa disso. É parte de mim tanto quanto é de você... e mesmo se eu não voltasse mais aqui, *nunca* seria livre. — A lâmina de Finn começou a tremer em sua mão conforme as emoções ficavam mais intensas. — Mas meus filhos serão. E os filhos deles serão. Acho que é por isso que estou aqui.

— Seu pai? — perguntou Runny, agarrando-se ao último caco de sagacidade por puro reflexo. — Não faço ideia do que você está falando.

— Eu vi a estátua dele. Lá na clareira do norte. Eu vi.

Runny murchou o rosto e soube que não havia mais nada a fazer, exceto contar a verdade. Parecia que uma vida tinha se passado desde que falara em subterfúgios ou com enganação, e agora que tais coisas haviam se esgotado, sentiu-se inútil e vazio. Mas era um coelho velho e restava tão pouca carne para cortar, e sempre soube que, cedo ou tarde, a luz recairia sobre si também.

— Então, você sabe — disse. — Veio me matar?

— Não sei — respondeu seu convidado com convincente prontidão.

— Então, o que eu posso fazer por você, além de morrer?

— Me ajudar a entender — disse Eamon ao se aproximar o bastante para que a ponta da adaga cutucasse o casaco de Runny.

Ele esperava que o coelho recuasse ou demonstrasse alguma preocupação, mas, para sua surpresa, Runny apoiou o peso na lâmina até ela rasgar o tecido da roupa e cravar o dente na pele dele. Então, fechou os olhos e deixou o estremecer familiar de seu sangue escorrendo dominá-lo até Eamon puxar o braço para trás, sem querer misturar sua intenção com a distorcida droga preferida do coelho.

— Venha, então — disse Runny, ao abrir os olhos.

Tentou pegar a maçaneta, mas foi interrompido pela mão de Eamon.

— Onde está Finn?

— Ele não é muito do tipo que fica contando para onde vai.

Depois de pensar por um instante, Eamon assentiu e o seguiu para o grande corredor. Mais uma vez estavam andando lado a lado pela mansão que havia definido a ambos… só que dessa vez não havia aromas deliciosos emanando da cozinha e nem rostos amigos esperando para recebê-los no final de tudo. Dessa vez, cada passo que davam ecoava com um timbre mais sombrio.

— Eu fiquei animado na primeira vez que ouvi as corujas murmurarem sobre o avanço do homem branco para o oeste, na direção do Vale — contou Runny, enquanto seguiam pelo corredor. — Nunca tinha visto um deles, então parecia uma nova aventura… e eu era um coelho jovem, ficava entediado com facilidade. Então, fiz o que todos os coelhos novinhos fazem, que era exatamente o que eu *não* deveria fazer, e me afastei da segurança de casa para encontrá-los. Eu não falava tão bem sua língua naquela época, mas isso não me impediu de bancar o idiota. Nada impedia, naquele tempo — acrescentou, melancólico, ao parar para olhar o velho mapa do Noroeste Pacífico pendurado na parede.

Depois de um instante, continuou:

— Edward ficou muito impressionado comigo quando nos conhecemos, e devo admitir que também fiquei impressionado com ele. Parecia um bom espécime. Majestoso e confiante, aventureiro e habilidoso. Ele tinha o respeito de todos ao seu redor, então pensei em convidá-lo para se sentar à mesa conosco. Afinal, *era* o Dia da Cevada, e eu não conseguia ver nada de mau em criar laços com um homem assim. Então, de coração aberto e ansioso para exercer a boa política... perguntei se ele queria ir ao nosso banquete.

Runny desviou os olhos do mapa e mancou em direção ao átrio. Eamon o seguiu com a adaga ainda pronta para agir.

— Ainda me lembro dos olhos dele quando se sentou para comer conosco — recordou o coelho, unindo as mãos às costas. — Espanto do tipo mais raro. Eu tinha certeza de que havia feito algo ousado e construtivo. Certeza de que tinha tecido uma aliança com uma criatura que se provaria um aliado valioso. Não fazia ideia de que o olhar envidraçado dele era só a ganância de ter tropeçado numa comunidade de troféus que mais ninguém tinha pendurados na parede.

Chegaram em meio aos ursos polares e onças-pintadas e condores e gazelas e elefantes, e Eamon sentiu de súbito que estava na presença de milhares de histórias trágicas em vez de apenas milhares de criaturas mortas.

— Edward bancou o convidado agradecido até seus irmãos e atiradores chegarem e nos cercarem. Ele tirou uma ampulheta do bolso e a colocou na mesa, e enquanto meus amigos e familiares fugiam em total terror, implorei para ele reconsiderar. Estava pronto para ser o primeiro a morrer, mas a inspiração pode ser algo volátil... e Edward ficou tão impressionado com a minha performance que decidiu ali e então que a única coisa melhor que um troféu morto... era um troféu vivo, respirando. Ele queria quatro de nós para levar para sua casa: eu, o cozinheiro, o estrategista e o construtor. Se concordássemos, prometeu deixar o resto da nossa gente viver em paz. Então, depois de centenas de quilômetros algemados, chegamos à gloriosa Mansão Addington. — Runny esticou o braço e acariciou o pelo de um urso-cinzento. — E aqui ficamos, por anos. Décadas. Servindo aos seus caprichos, cozinhando, limpando, entretendo, sendo exibidos para seus amigos ricos como se fôssemos um valioso relógio de bolso suíço. E uma vez por ano, no nosso dia mais sagrado... ele conseguia o que mais queria desde que nos conhecemos.

— Uma caçada — chutou Eamon.

— Sim — confirmou o coelho, e se aproximou o suficiente para o jovem sentir seu corpo contra a adaga de novo. — Uma caçada. O raposo mais esperto que já existiu e o maior urso que o espírito já achou válido criar. Tenho certeza de que consegue imaginar o quanto ele se orgulhava de ter essas coisas sob seu domínio... de dar aos amigos o prazer de caçar tais criaturas. Feras tão raras. Coisas que o dinheiro jamais poderia comprar... e ele as tinha. Edward, o grande caçador branco. Edward, o rei mais nobre da corte.

— Vocês nunca tentaram fugir? — perguntou Eamon, em um tom que beirava a empatia.

Em vez de uma resposta imediata, Runny só se virou e mancou pelo tapete ornamentado que levava às portas duplas no fundo do átrio, e ao chegar no brasão da família que o tirara da sua, explicou:

— Edward comprou nossa terra. Não de nós, veja bem, mas isso não importa. Enfim, ele não media esforços em nos lembrar de que, caso sequer pisássemos na direção de casa, ele traria nossos familiares em carroças de gado e empilharia seus corpos no pátio para nós limparmos antes de ele mandar empalhar. Então, não... nunca tentamos fugir. Vivíamos nossas vidas como quinquilharias dele e torcíamos para nossas famílias terem boas lembranças de nós.

— Como um homem assim escreveu um livro tão bonito? — perguntou Eamon ao esticar a mão para tocar a flecha no brasão.

— Edward nunca se contentou de as pessoas o amarem pelo que ele *possuía,* embora nunca deixasse de exibir seus bens. Queria que o amassem pelo que *fazia.* Pelo que *era.* Então tirou de nós a única coisa que ainda tínhamos... nossas memórias. E de fato elas o transformaram em um deus construído às costas de crueldades inimagináveis. E realmente, eles o amaram. E celebraram. E reverenciaram. O grande mundo além dos arbustos é muito mais cruel do que eu jamais imaginei que poderia ser.

— *Honora Familiam* — disse Eamon, lendo a inscrição debaixo do brasão Addington.

— Imagino que isso lhe soe diferente agora que descobriu a verdade — comentou o coelho.

— Eu nunca tive uma família. E por mim... ainda não tenho.

— Entendo. — Runny tirou uma chave do bolso do casaco e a revirou nas patas. — Uma noite, quando uma das festas de Edward já tinha perdido o embalo, eu o encontrei desmaiado de bêbado aqui no átrio. Tão bêbado que tinha esquecido de trancar sua sala, que eu nunca na vida havia visto desprotegida. — O coelho deslizou a chave para dentro da fechadura, o pesado cadeado se abriu com um clique e, assim que afastou a porta, uma luz quente e amarela se derramou sobre a entrada. — É a única parte da casa na qual mantemos as lanternas acesas o ano todo.

Eamon nunca havia visto os remanescentes de um holocausto com os próprios olhos, mas assim que pisou na imensa câmara, compreendeu tudo. Os calos que cobriam a humanidade de Finn, a crueldade amarga que Bing cuspia a cada grito de guerra, a sensação de inutilidade que Flackwell tentava tanto disfarçar e o grande cinza entre vingança e elegância no qual Runny parecia viver... estava tudo espalhado em cada centímetro de reboco e cada metro quadrado do chão. Coelhos e raposas, ursos e sapos e corujas e incontáveis outros congelados na morte, com os olhos ainda arregalados de pavor e as bocas escancaradas como se houvessem sido exterminados enquanto gritavam. Eamon sentiu o estômago se revirar ao correr os olhos pelas centenas de cabeças penduradas na parede e as dezenas de corpos em posturas grotescamente distorcidas, e ao adentrar mais o espaço, não se surpreendeu ao ver que o chão estava coberto de peles de todos os padrões e cores imagináveis.

— Meus irmãos e minhas irmãs — disse Runny, com um sopro de reverência. — Minha mãe e meu pai. Cada amigo que eu já tive. Cada criatura com quem já me desentendi. Cada conhecido que já cumprimentei com um assentir de cabeça e cada pata que já apertei. Estão todos aqui. Todos. Até o último. Você veio aqui querendo ver o Vale... agora viu.

— Ele matou todos? — sussurrou Eamon, com o contexto real começando a se formar em sua mente.

— Ele, os amigos e a família. Troféus que só eles teriam. Só o espírito sabe há quanto tempo estavam pendurados aqui enquanto dávamos nossas vidas para Edward a fim de garantir sua sobrevivência, mas imagino que isso seja irrelevante. — Runny avançou até estar ao lado de Eamon, os dois olhando para a chocante coleção de morte e mentira, juntas. — Edward acordou de seu estupor na manhã seguinte sem as chaves no bolso. Achou que só as houvesse perdido na confusão da embriaguez, mas é claro que eu as pegara. E naquela noite, depois que libertei Finn e o urso de suas jaulas, Edward teve exatamente o que mereceu.

Só quando as palavras deixaram a boca do coelho, Eamon percebeu a peça ao centro da câmara... um homem sentado em uma cadeira feita de canos de arma retorcidos e coronhas quebradas. Sua pele estava unida por costuras de couro que cortavam por seu corpo como trilhos de trem sem rumo em algum mapa do que ele havia sido. Não usava roupas e seu rosto estava travado numa expressão tão horrenda que Eamon só podia assumir que fosse um espelho de como ele morrera. E quanto a como vivera, não poderia ter uma representação tão afiada quanto o rifle de repetição com belos entalhes em sua mão esquerda... e a caneta-tinteiro na direita. A dupla andou junta até estar a menos de um passo da fantasmagórica efígie, e quando Eamon esticou o braço e tocou seu couro seco, comentou:

— Ele é ruivo.

— Sempre foi — respondeu o coelho. — O único da família. O pai achava que isso poderia abrir brecha para questionarem sua herança, então o ensinou a tingir desde pequeno e acho que o hábito pegou. Um charlatão de tantas formas diferentes. Edward sempre amou seus troféus e, para ser honesto, nunca entendi o fascínio. Mas agora entendo. Entendo mesmo.

Eamon sempre fantasiou acerca das coisas que diria a Edward Addington se algum dia tivesse a chance de encontrá-lo em um plano muito distante. Os agradecimentos lisonjeiros, as perguntas intermináveis, as confissões de como seu livro o havia ajudado nos anos mais sombrios... Mas tudo aquilo parecia tão vazio ao olhar para os olhos marrons envidraçados e acompanhar as costuras que riscavam seu corpo nu. Tudo parecia tão incorreto. Tão tolo.

— A estátua do meu pai — disse Eamon, enfim. — Foi um troféu como todos esses? Vocês teriam feito uma de mim também?

O coelho pensou um pouco antes de falar, cauteloso em permanecer no espaço em que estava, mesmo que havendo uma faca designada à sua carne a meros centímetros de distância.

— Honra tua família — disse finalmente, sem desviar os olhos do corpo preservado de Edward.

— Como vocês sabiam quem eu era? Nem *eu* sabia quem eu era.

— Ah, Eamon. Você nunca fechou os olhos à noite e escutou as corujas? Nunca escutou sua canção?

— Olívia — sussurrou Eamon.

— Não há nada que elas não vejam. Estiveram com você sua vida toda.

As palavras pairaram tão pesadas no ar que Eamon quase podia senti-las quando enfim se lembrou de respirar. Respire. Por favor. Havia tanta confusão quanto havia clareza... e havia tanto rancor quanto havia empatia. Naquele momento, Eamon compreendeu Runny sob uma luz nova e ofuscante, e de súbito não era o único que sabia o que era ter sua família transformada em troféus e nem o único a presenciar o nascimento da loucura enquanto tentava navegar as águas de uma existência normal. Sentia cada gota da vergonha do coelho... cada grama de sua culpa... cada alfinetada da raiva e cada chicotada da exaustão, e só por um momento, Eamon até achou sentir as próprias orelhas murcharem em direção aos ombros.

— Seus familiares vieram correndo, aos montes. Uma carta com a promessa de dinheiro *aqui*, um documento com o atrativo de uma herança *ali*. Pareciam cães famintos atrás de um bife. Mas com você e seu pai... foi preciso mais elegância. Paciência. Na verdade, tiveram momentos em que achei que nunca veríamos o fim da linhagem de Edward, mas aí...

— Aí sugeri que te mandássemos o livro — disse uma voz da entrada.

Flackwell caminhou pela porta com o estilingue armado, e no tempo do balançar de um rabinho de coelho, Eamon se protegeu atrás de Runny e colocou a lâmina em sua garganta.

— Eu sabia que você ia sentir no seu... coração fétido — continuou o sapo. — Um órfão ansiando pela simplicidade da vida na floresta. Não tinha como ser mais perfeito, na verdade. Nem era questão de *se* viria ver por conta própria um dia... só questão de quando. E todo mundo ama um cupom. — Ele se deslocou para o lado em busca de um ângulo melhor para atirar. — Pensando pelo lado bom, tive uma porção de rostos novos para quem cozinhar nos anos em que esperamos por você. De certa forma, foi quase como o Dia da Cevada de antigamente. Quase. Agora solta ele.

— Por quê? Para você atirar em mim? — perguntou Eamon, com o cuidado de manter a cabeça escondida atrás do coelho.

— Exato — disse Flackwell, esticando o estilingue o mais longe que ia. — Eu gosto da minha existência aqui, acredite se quiser. É agradável, tranquila e o mais perto de casa que vou poder me sentir na vida. E tenho a sensação de que você não voltou até aqui só para deixar Runny e eu nos aposentarmos em paz no bosque, não é?

— Eu... eu não sei — gaguejou Eamon.

— Infelizmente isso não basta para mim. Não concorda, meu querido coelho?

Runny hesitou enquanto pensava qual seria a sensação de ter uma lâmina de obsidiana tão boa lhe abrindo a garganta. Certamente seria seu fim, mas a promessa de tal libertação o fez refletir por um momento, e embora soubesse que era exatamente o que merecia, descobriu ser teimoso demais e ter medo demais para aceitar voluntariamente o abraço do espírito.

— Calma, um momento... nós... nós podemos conversar sobre isso, nós três, não? — barganhou o coelho. — Somos todos criaturas racionais, sim? O que me diz, Eamon?

— Por que você voltou para cá?! — bradou o sapo.

Eamon pressionou a adaga na garganta de Runny quando Flackwell levantou o estilingue à altura dos olhos.

— Eu precisava entender — disse. — Precisava entender *por quê.*

— E entende? Entende agora que conheceu nossas famílias?! Você entende *agora?!* — O sapo se aproximou quando o fio da lâmina de Eamon começou a manchar de sangue o pelo ao redor do pescoço do coelho. — Toma cuidado com essa adaga. Se tirar meu coelho de mim, juro que te tiro a vida.

Os olhos de Runny começaram a crescer de preocupação enquanto sentia a coisa esquentar dos dois lados de si.

— Esperem — pediu, com cautela. — Ele... ele veio para entender... e agora entende. Então... então... por que nós não respiramos fundo, nos retiramos para o bar e talvez possamos discutir isso como criaturas racionais? Já foi derramado sangue suficiente neste Dia da Cevada, e acho que não precisamos de mais — continuou, bancando o negociador político, como sempre. — Nossos passados podem estar cheios de horrores, mas se pudermos só encontrar um pequeno ponto em comum... talvez... talvez nossos futuros fiquem livres deles. Talvez nosso presente também.

Suas palavras não ecoaram em vão na câmara, e até pelo tom da respiração de Eamon em sua nuca, Runny teve certeza de que sentia alguma compreensão. Fora um discurso simples, mas honesto, e quando Flackwell abaixou o estilingue e Eamon afrouxou a pegada no coelho, um suspiro de alívio lhe escapou do focinho, só para ser ofuscado por um sibilar carnal e um engasgo de espanto por parte do sapo.

Os olhos de Runny ficaram imensos quando viram a flecha atravessar o coração de Flackwell. A vida começou a drenar de seu ser num instante, e quando ele caiu de joelhos e agarrou o peito, a imagem selvagem de Finn tomou forma na soleira atrás do fantasma da silhueta do sapo.

— Clemência?! — urrou ele. — Clemência para esse... nanico?! Depois de *tudo* pelo que a gente passou?!

Havia uma última flecha na mão do raposo, mas Eamon nem teve tempo de pensar sobre seu destino antes de Runny correr entre eles e pegar o sapo moribundo nos braços.

— Não. Não, não, não — gemeu enquanto o sangue de sua criatura preferida manchava seu pelo a cada toque desesperado. — O que foi que você fez?! — bradou quando Finn passou pela porta. — Seu parasita! Você... você era meu irmão!

— Não, Coelho. Meus irmãos estão pendurados na parede, assim como os seus. Mas você parece ter se esquecido disso ao longo dos anos. Parece ter se esquecido da dívida que nos devem. Só que eu não me esqueci de nada.

— Não... não me deixa — lamentou o coelho, pegando a mão de Flackwell em sua pata. — Por favor, não me deixa. *Por favor.*

Porém, não importava o quanto ele apertasse os dedos nem o nível de sinceridade em suas súplicas, os sentidos do sapo começaram logo a falhar depressa, e em questão de alguns instantes de tensão... seu corpo ficou mole nos braços de Runny.

— Flackwell? — chorou ele, enquanto assistia à vida desaparecer de seus olhos. — Sapo? — perguntou de novo, mas seu sapo já estava morto.

— Não vai ter clemência nenhuma da minha parte — disse Finn.

Runny ficou vendo as lágrimas se misturarem ao sangue de seu sapo caído e sentiu uma ira ferver dentro das veias, como não fervia desde a primeira noite em que pisou naquela câmara fatídica. Ele deitou o corpo de Flackwell no chão e se forçou a ficar de pé. Quando começou a marcha em direção ao raposo, bradou:

— Todas as suas vinganças. Toda a sua crueldade e suas perdas... e para quê? *Para quê?* Uma alma a mais para o espírito levar?! Um buraco a mais no meu coração?! Uma coisa bela a menos para iluminar esta... esta floresta horrenda?! *Para que,* Raposo?! — Estava a um passo de Finn então, com os dentes cerrados e a sobrancelha tomada de amargor. — Responde, seu mons...

As palavras de Runny foram reduzidas ao nada quando Finn cravou a última flecha em suas entranhas. E ao sentir o sopro de espanto do coelho vibrar seus bigodes, inclinou-se pertinho e disse:

— Sinto muito, meu velho amigo, mas acho que chegou na hora de seguirmos caminhos diferentes. Eu te desejo paz nos campos do além.

A boca do coelho pendeu aberta ao entender que estava mortalmente ferido. Havia tanto que queria desesperadamente falar, mas tão pouca força restante para dizer, e quando caiu de joelhos e sentiu o calor do próprio sangue escalando as ranhuras da garganta, Finn arrancou a flecha de suas costas, encaixou na corda do arco e girou para Eamon, só para encontrar o estilingue de Flackwell engatilhado e apontado para sua cabeça.

— Nanico... esperto — murmurou ao se esforçar para focar o único olho bom em seu alvo.

— Você matou seus amigos... fácil assim? — desafiou Eamon.

— Para ser absurdamente honesto, eu nunca tinha pensado nisso até agora, mas... sim. Acha que consegue me derrubar com esse estilingue antes de eu soltar a flecha?

— E você acha mesmo que consegue me acertar no coração com só um olho bom, ainda mais daí? — retrucou Eamon, enquanto começavam a rodear um ao outro.

— Você tem algo que me pertence e que eu gostaria muito de ter de volta — disse o raposo, assentindo para a adaga enfiada no cinto de Eamon.

— Então não deveria ter deixado ela cravada no meu amigo.

— É, provavelmente não. Como ele está, a propósito? — Eamon não disse nada, mas o raposo não precisava de palavras para captar a verdade, pois estava gravada no arco da sobrancelha e no apertar de lábios de seu inimigo. — Você não sabe, não é? Ah, Eamon, abandonou seu amigo? Não é engraçado como a gente se acostuma? As coisas que aprendemos sem perceber. — Os olhos de Eamon faiscaram de raiva com o lembrete de sua história, mas continuou sendo paciente. — Sabe, eu até gostava do seu pai. Parecia um sujeito bacana. Sem interesse nos privilégios que sua família poderia trazer. Acabou virando um rebelde no meio do clã dele. Bom, do *seu* clã. Sinceramente, acho que poderíamos ter sido bons amigos se as coisas fossem diferentes. Uma pena aquele sobrenome, no entanto.

— O sobrenome dele era Buckley. E o meu também é.

— Você pode escolher seu nome, mas não o seu sangue — respondeu Finn. O elástico do estilingue ficou mais firme enquanto Eamon considerava atirar sua única esfera a cada palavra do raposo, mas sabia que um erro lhe custaria a vida. — Sabe por que ele veio para cá, Eamon? Veio porque eu lhe ofereci uma oportunidade de ficar livre do que mais temia. Sua herança. E tudo o que ele precisava fazer era me matar. Sabia disso? Todos os outros vieram em massa para exigir o que lhes pertencia por direito de nascença, mas o seu pai... seu pai só queria ficar livre de tudo. Queria que *você* ficasse livre de tudo. Diga-me, você o odiou por isso?

O estratagema de Finn estava tão claro quanto se podia esperar, e mesmo assim Eamon não conseguia impedir a mente de ceder às distrações do passado. Não conseguia ignorar a dor da ferroada dos comentários do raposo. Não conseguia evitar responder silenciosamente à pergunta, de novo e de novo, até se tornar tudo o que podia escutar com o redemoinho girando entre as orelhas. Mas Finn era um raposo velho... e toda criatura tem sua própria história.

— E você? — disparou Eamon de volta. — Quanto da sua vida viveu para Edward? Mesmo depois que ele morreu, continuou controlando você. Te ditando o que fazer. O que pensar. O que sentir. Pelo que viver... pelo que lutar... pelo que *morrer.* Quantas noites passou em claro, espumando de raiva pela forma como ele te retratou como um covarde para o mundo todo ver?

— Eu não sou covarde.

— É uma pena todos que achavam isso estarem mortos, não é? — retrucou Eamon, sacando uma arma que o raposo não sabia que ele carregava...

Mas, ao ver a fera à frente do rebanho, pelo menos cinco vezes seu tamanho
Suas pernas falharam no mesmo minuto, e ele caiu de joelhos à frente do bruto

— Não ouse recitar essas palavras para mim! — Finn apertou o arco com força e puxou mais a corda enquanto continuavam rodeando um ao outro, mas seu foco estava lento para firmar e ele simplesmente não tinha como avaliar direito com um olho só.

Estava perdido sem a adaga e sem a visão... sem suas habilidades e sem um plano, e Eamon, percebendo o desconforto, continuou cutucando:

— Acha mesmo que é melhor do que ele? Forçando aqueles perdigueiros a fazer o trabalho braçal enquanto fica sentado numa colina com o seu arco? Parece que Edward acertou em cheio.

— Pois bem — disse Finn. — Que tal eu te fazer a mesma oferta generosa que fiz para o seu pai? Nariz com nariz, dente com dente, estrelas no alto e a terra à frente. Parece muito adequado para o último búfalo. Só eu e você. Chega de jogos. Chega de arco. Chega de estilingue. E você pode ficar com a minha adaga até eu a tomar de volta. Acho que, quando isso acabar, estaremos *os dois* livres, de uma forma ou de outra. O que me diz? Quer ser livre?

DEZENOVE

A caminhada pela propriedade foi cheia de trepidações, e cada passo parecia soltar outra peça de incerteza do autoconceito em estado de choque de Eamon. Havia sido uma noite de revelações tanto cativantes quanto abomináveis, mas ele ainda parecia encontrar certa paz na verdade, mesmo que incontáveis pilares de sua história houvessem caído em ruínas com o terremoto das palavras de terceiros. Tanto o arco quanto o estilingue haviam sido deixados na sala de troféus, e embora Eamon ainda tivesse a adaga, e Finn nada além da própria sagacidade, ainda não era vantagem suficiente para ele se sentir sequer perto de confortável.

— Sabe como eu ganhei essa faca? — perguntou Finn enquanto subiam a lateral de uma colina coberta pela relva. Eamon estava muito alerta caso o raposo agisse de alguma forma inescrupulosa, mas, para a sua surpresa, ele parecia estar honrando a proposta do desafio. — As pessoas da nossa terra uma vez viram meu pai derrubar um cervo a cem metros de distância no meio de uma ventania com um único tiro do arco, e dali em diante o consideraram um espírito guerreiro. Começaram a lhe deixar oferendas para dar boa sorte numa caçada e, um dia, um jovem da tribo apareceu na cabana dele pedindo por coragem na missão de vingar o massacre de sua família... e ele lhe levou essa adaga que você está carregando como tributo. Imagino que nada seja mais justo do que eu a ter de volta quando terminar de vingar o massacre da minha.

Eamon suspeitava para onde estavam indo, dada a direção e a familiaridade do terreno, mas só teve certeza quando chegaram ao topo da elevação e a luz da lua revelou o labirinto de sebes cortando um quadrado perfeito no meio do vale.

— E acha que seu pai ia querer esse caminho para você? — perguntou Eamon enquanto desciam a caminho do labirinto.

— Acho que teria entendido. Eu era o mais velho de sete irmãos, todos tinham esposas... filhos... assim como eu. Todos são troféus agora. Todos quinquilharias — respondeu Finn quando pararam pouco antes da parede de sebes e olharam para o exército de trepadeiras velhas e mortas que ainda sustentava tudo. — E o *seu* pai? Não acha que ele ficaria irritado de ter dado a vida só pro filho acabar morto exatamente no mesmo lugar?

— Ele teria dito para eu fugir — comentou Eamon ao examinar o exterior do labirinto que tinha duas entradas, uma na frente de onde cada um deles estava.

— Homem esperto. Claro que não foi o primeiro homem esperto a morrer aqui. E tenho certeza de que não será o último — disse o raposo ao se virar para encontrar o olhar de Eamon. — A vida é um negócio engraçado, não é? A gente gasta nosso tempo esperando por um momento ofuscante de clareza... aquele fio mágico que costura tudo junto. E aí, um dia, a gente acorda uma coisa velha, mais velha do que jamais imaginou que seria, e percebe que desperdiçou todos os dias procurando algo que nunca existiu. Não existem soluções nesta vida, Eamon. Só existem momentos sob o sol... e momentos às sombras... e o grande macete é entender onde é nosso lugar antes que seja tarde demais para chamá-lo de lar. Eu te desejo paz nos campos do além, porque aqui você não vai ter nenhuma.

Sem dizer mais nada, Finn disparou para dentro, e embora o instinto de fugir tenha varrido Eamon de cima a baixo, ele sabia que seria uma tentativa inútil, pois não havia caminho de volta para casa e não era possível saciar o apetite do raposo por aquilo que ele considerava justo. Então, com o futuro e o passado colidindo diante de uma incansável e crescente tempestade, Eamon olhou para o céu estrelado uma última vez... e avançou sob o pórtico.

Serpenteou a caminho do centro do labirinto com a faca na mão. Estava pronto para lutar, embora soubesse que estaria longe de ser um combate justo, pois com certeza havia um motivo para Finn ter sugerido aquela arena para o duelo. Os corredores eram apertados, com pouco espaço para manobrar, e a noite estava escura como piche, principalmente debaixo da cobertura de trepadeiras e cardos, e mesmo que um dos olhos de Finn estivesse inutilizado, Eamon sabia que o outro ainda conseguia navegar pela noite como se fosse dia. Sabia que seu nariz ainda conseguia rastrear qualquer cheiro através das paredes de folhas e que as orelhas ainda podiam escutar com clareza o farfalhar de seus passos, mesmo do outro lado do campo... mas, acima de tudo, sabia que o raposo já estava calejado naquele jogo, e isso bastava para fazer seus joelhos vacilarem. A desvantagem era gritante, mesmo com uma lâmina afiada a seu dispor, mas Eamon era igualmente sagaz, e ao ver uma valeta no chão que ainda tinha água da chuva, esticou o braço para tatear o emaranhado de trepadeiras ao seu redor e ficou animado ao descobrir que já haviam secado com o vento.

Os passos de Finn eram ágeis e silenciosos, e embora sua sugestão de levar o duelo até o labirinto não parecesse ir além de uma sábia estratégia de guerra, eram os resquícios de batalhas passadas que realmente o atraíam. Destinado a enfrentar a própria lâmina em um teatro tão confinado, o raposo agiu depressa para expandir seu alcance e logo procurou o lugar onde Bispo havia morrido com um golpe da lança de Caroline. Ao encontrar a arma onde ainda esperava depois de ser arrancada das entranhas de seu perdigueiro, Finn a pegou do chão e se permitiu um momento para acostumar com o balanço, girando-a no ar e localizando o centro de massa com a pata. Não chegava nem aos pés de sua adaga finamente elaborada, mas ele sabia que seria suficiente para virar o jogo em uma luta entre aquelas paredes. De lança em mãos, o raposo escalou a sebe mais próxima e deslizou pela copa de trepadeiras para encontrar um poleiro, mas assim que atravessou para o ar fresco no topo, ficou surpreso de ver o clarão violento de um sinalizador cortar pela noite... e tudo o que pôde fazer foi ficar olhando enquanto aterrissava atrás de si e fazia o arbusto acender em chamas.

Eamon encharcou a camisa de cima na poça a seus pés e, depois de vestir outra vez a jaqueta corta-vento, enrolou o pano recém-molhado no rosto para se proteger do que estava por vir. Puxou um segundo sinalizador do bolso de trás e riscou para acender. Enquanto corria pela base das sebes, sentiu conforto com a cena das chamas escalando as trepadeiras e espalhando-se pela copa, sabendo que seu rastro se perderia com o cheiro de fumaça e seus movimentos seriam abafados pelo estalar do fogo. Seguiu mais para dentro do labirinto, na expectativa de encontrar um borrão de pelos passando a cada curva, mas só descobriu sombras aproveitando seu último respiro, ao passo em que o inferno crescia feroz o bastante para vencer seus passos... a energia pura e laranja corria ao seu lado a caminho de onde ele sabia que a redoma de bambu aguardava.

— Você é mais esperto que seu pai! — gritou Finn de algum lugar do labirinto. Eamon implorou às orelhas para precisarem a localização do raposo, mas a ira da camuflagem que ele mesmo criara tornava essa uma tarefa quase impossível. — Ele pediu para me encontrar na jaula, sabia? Nariz com nariz, dente com dente, como vocês diriam! Minha pergunta para você é... vai ser valente assim também?

Era uma armadilha, tão clara quanto o dia, mas ainda assim a promessa de um final certeiro para tudo pairava doce e vivaz junto à grossa fumaça preta que infestara o ar. Eamon achou estranho Finn estar disposto a abrir mão de seus truques por um combate direto, e sabendo que ele nunca teria feito tal oferta sem uma carta na manga, achou melhor continuar escondido e em silêncio, marchando pela vegetação que um dia já fora perfeita. Não tinha como não pensar nos dias de espreita a veados de sua infância e assumiu certo ritmo ao serpentear pelas voltas e curvas da selva feita sob medida, com os sentidos alerta e a arma pronta para matar. Mas assim que escutou a tosse de alguém com os pulmões tomados pela fumaça do outro lado da parede, o farfalhar de seus pés foi engolido pelo batucar acelerado de sua pulsação, e soube que estava a meros instantes de cruzar uma linha da qual poderia nunca mais voltar.

Eamon inspirou o mais fundo que sua máscara permitia enquanto esperava pelo momento certo, e quando uma lufada de vento instigou as chamas acima de si, deu a volta para o outro lado na esperança de pegar Finn de surpresa, mas, em vez do sorriso com as presas à mostra do raposo, viu só a forma cambaleante de Rei emoldurada pelo fogo. O perdigueiro estava aparentemente à beira da morte, com o rosto pálido como porcelana e a silhueta curvada carregando a lança como a bandeira de um nobre, e quando tirou a mão das costelas e expôs o ferimento hediondo com o qual Eamon o abençoara, ficou fácil entender o motivo. Não estava tão claro, no entanto, porque sua postura não era de guerra, já que tinha uma arma ao lado.

Rei mancou para perto e Eamon ergueu a adaga, mas o perdigueiro apenas o dispensou com um aceno e levou um dedo aos lábios, e quando viu a dúvida nos olhos do rapaz, arregaçou as mangas da camisa gasta e revelou que havia entalhado algo na própria pele do antebraço. *Meu escape é seu escape,* pingavam os dizeres em sua asa direita. E na esquerda, gravada em detalhes igualmente arrepiantes, estava uma segunda mensagem em sangue... *e eu já estou morto.*

— Anda, Eamon! — gritou Finn, dançando pela copa de trepadeiras, movendo-se com a dose certa de agilidade para ficar à frente da maré de chamas que mordiscava seus calcanhares e ansiava para chamuscar seu pelo. — Você queria ficar livre disso, então me deixa te libertar! Não é um joguinho de criança, nanico! A hora de se esconder já passou faz tempo!

O raposo apertou os olhos para o fogo, mas era praticamente impossível identificar qualquer detalhe com só um deles funcional, ainda mais com a claridade piorando tudo. Correu pelo topo das sebes até onde as chamas permitiam, mas sem ver nem sinal de seu alvo e com a ferroada da tempestade laranja se aproximando, Finn desceu de novo da copa e começou a avançar pelo chão. O fogo era uma distração ofuscante e a criatura precisava de toda sua autodisciplina para manter o foco, mas ao ver o branco da jaqueta de Eamon passar correndo pelo final do corredor, libertou toda sua raiva e deixou os instintos assumirem o controle.

— Aí está você — murmurou ao preparar a lança no quadril e acelerar o passo pelo emaranhado de folhagens queimando.

Ele sabia que era mais rápido do que o jovem, mas a necessidade de manter o pelo longe das paredes incendiadas exigia que reduzisse a velocidade a cada curva que fazia, e toda vez acabava tendo só um vislumbre da presa desaparecendo na virada seguinte.

— Achei que você tinha cansado de fugir?! — gritou, cobrindo o rosto de uma labareda quando o vento soprou o fogo num caos ainda mais imprevisível. O calor estava começando a cobrar seu preço, e o raposo já sentia a pele arder e o senso de direção ser levado embora com a fumaça, mas, ao girar na curva seguinte e ver um longo corredor reto, mergulhou de cabeça na chance de se livrar de tudo e disparou para a frente.

Apenas ao se encontrar no escuro de novo Finn percebeu estar a caminho do centro do labirinto. Forçou o olhar a se focar na jaula de bambu que sabia estar lá, e depois de alguns passos longos, seus temores deram lugar a uma selvageria calorosa e familiar ao encontrar a silhueta do búfalo sentado lá dentro. Finn reduziu o passo a um caminhar orgulhoso ao avançar para a entrada, com a atenção saltando do par de olhos que o encarava para a sua preciosa adaga, tão próxima que quase podia senti-la na mão de novo.

— Sabe, para um búfalo, até que você daria uma boa raposa em outra vida. Tão esperto quanto é possível para a sua gente. Mas deveria ter escutado seu pai — alertou ao passar pela porta da jaula e girar a lança para calcular o balanço uma última vez. — Você deveria ter fugido, Eamon.

Finn não perdeu tempo em dar estocadas com a arma, mas quando todas foram esquivadas, teve o cuidado de permanecer paciente, sabendo que tudo o que precisava era de um movimento descuidado a seu favor. Circularam um ao outro e o raposo foi ágil em espelhar cada passo... um para a direita, de volta para a esquerda... o tempo todo mantendo a luta à distância de sua arma para evitar sentir a ferroada da própria adaga pela primeira vez.

— Eu não sou covarde — disse, ao cuidadosamente bloquear alguns golpes infelizes da faca. — Mas isso não significa que eu saia por aí puxando brigas que não tenho como ganhar.

Finn conseguia sentir a ansiedade crescendo na atmosfera da jaula, e ao ver que a mão que segurava a adaga havia começado a tremer, soube que só precisava de um empurrãozinho para encontrar sua abertura...

Valente e ousado, o búfalo avançou, sobre a terra trovejou
E pensou ser a fera mais temível que já agraciara o mundo visível
Mas a valentia tem seu custo, e todo rei se acha justo
Então o grande senhor ele se considerou, da guerra pela qual clamou

Essas palavras. Essas palavras que haviam levado os dois até ali teriam queimado o labirinto se já não estivesse em chamas. Eram algo amado que havia sido tomado. Algo puro e perfeito que havia sido destruído e moldado na própria lança que o raposo segurava, e ao ver o peito do inimigo inflar e os olhos faiscarem de raiva, ele soube que a batalha estava ganha. Finn desviou com facilidade a investida desesperada que veio a seguir, empurrando a adaga para o lado com a ponta da lança e girando-a para esmagar o nariz de sua presa com o cabo. O alvo ficou tonto com o golpe e, quando se virou para tomar um momento a fim de recuperar as forças, Phineas enfiou a lança na parte de trás de seu joelho. A criatura esperta fechou os olhos para saborear o grito angustiado do inimigo, mas assim que o primeiro gemido agudo atingiu seus ouvidos, algo no timbre da voz o fez franzir a sobrancelha... e ao puxar a arma de volta, percebeu que os pés do adversário estavam descalços e tomados de calos, com as unhas cheias de doença.

— Não — soprou, baixinho, subitamente se afogando com o peso da própria arrogância. — *Não!*

Finn virou de volta para a entrada, mas já era tarde demais, pois a única coisa que viu foi Eamon fechando a porta, e a única coisa que ouviu foi o clique do cadeado se trancando ao redor dela. Seu coração começou a acelerar com uma inconsequência que não sabia nem medir. Abaixou os olhos para o homem que acabara de sentir a mordida de sua lança e o viu desenrolar o pano que cobria o rosto. Pela primeira vez desde que se lembrava, encontrou um sorriso nos lábios de Rei. O perdigueiro mutilado tirou a jaqueta que Eamon lhe havia dado e, ao começar a sentir o calor do fogo que se aproximava lamber suas costas, levou a faca de Finn ao peito e entalhou algo na própria pele. H-O-N-O-R-A... F-A-M-I-L-I-A-M.

Esperou por tempo suficiente para o raposo ler várias vezes seguidas. Tempo suficiente para Finn não querer nada além de atravessar seu coração com a lança, e quando teve a certeza de que o único consolo que restava àquela coisa perversa era tomar-lhe a vida uma segunda vez, Rei passou a lâmina na própria garganta... e se deitou para encontrar os campos do além.

Finn correu para a grade de jaula, nariz com nariz e dente com dente com Eamon, que não disse nada enquanto o fogaréu atrás de si pegava carona com o vento das sebes até as trepadeiras secas que cobriam cada centímetro da prisão de bambu. Eamon ficou assistindo enquanto os olhos do raposo se enchiam de clarões de amarelo e explosões de laranja, e o rosnado em seu rosto lentamente se derreteu a uma evidente resignação de lábios apertados. E embora tivesse a lança de Rei na mão e a pudesse ter enfiado em Finn como a criatura fizera com Mark, ele se contentou em deixar o fogo levá-lo. Não falou palavra alguma enquanto as chamas escalavam as mangas do casaco do raposo e inundavam seu pelo, e embora houvesse muitas coisas que Finn quisesse dizer e uma tempestade de gritos sanguinários acumulados em sua garganta, ele também não falou nada. Também ficou quieto e solene, na esperança de que o inferno queimasse a desgraça de sua derrota antes de transformar seus ossos em cinzas. Também viu todas as coisas que estavam por acontecer e abriu os braços para recebê-las. Para ficar livre.

Eamon correu pelas labaredas do labirinto, mas a cada curva e cada beco sem saída, só se sentia mais perdido. Disparou por corredor atrás de corredor, mas, com cada impulso desesperado e cada inspiração em pânico, só sentiu seu tempo acabando no ar que ficava cada vez mais escasso. Ele se pegou preso entre a necessidade de respirar e o horror dos pulmões engasgando com o peso das cinzas e da fuligem, e avançou cegamente pelas folhagens emaranhadas na expectativa de que cada passo o cuspisse para um chão ainda não chamuscado, mas cada um se mostrava em vão. Sua garganta começou a se fechar e o peito a queimar como se houvesse engolido as brasas dos próprios deuses, e quando o vento achou adequado lançar um golpe de chamas em seu rosto e a copa de trepadeiras começou a desmoronar numa chuva implacável, só pôde cair de joelhos e se arrastar para a curva seguinte. Mas quando a vista de Eamon ficou tão comprometida quanto sua respiração, e quando chegou ao final da passagem, sentiu um soco no estômago ao descobrir que não tinha para onde ir.

Uma tosse horrenda chacoalhou todo seu corpo, e conforme a convulsão ficava mais e mais violenta a cada crise, a ideia de que cada arfada poderia ser a última começou a se cristalizar na mente de Eamon. Ele sabia que não tinha tempo de se virar e ficar perdido no labirinto de novo, e tinha certeza de que o arbusto queimado não aguentaria seu peso se tentasse escalá-lo como havia visto o raposo fazer, então não tinha escolha senão atravessar direto pelo fogo para escapar. Eamon puxou a camisa sobre o nariz e usou a lança para abrir um buraco precário nas folhagens em chamas, e depois de se esforçar para passar pela sebe imensa, tropeçou do outro lado, ensanguentado, coberto de fuligem, e cuspiu uma poça de cinzas opacas. Implorou para o ar ao seu redor lhe permitir só uma inspiração livre, mas o fogo não havia deixado nada para trás, e ele sabia que, se não conseguisse reunir forças para marchar adiante, teria que encontrar um cantinho macio de terra onde morrer.

Eamon disparou através da parede seguinte sem nada remanescente nos pulmões, com a pele riscada de cortes dos cardos e coberta de queimaduras escuras, mas mesmo assim não parou. Ele forçou passagem uma segunda e uma terceira vez, impulsionado puramente pela adrenalina, mas quando ficou preso no emaranhado da quarta parede, não conseguiu mais resistir e inalou um bocado de fogo fétido... que correu por cada centímetro do seu ser e queimou-lhe as entranhas dos pés à cabeça. Embora fosse a dor mais singular que Eamon já havia sentido na vida, não lhe levou ar algum... e ele não teve escolha senão inspirar de novo. *Respire. Por favor.* Ele engasgou e tossiu e arfou, mas não havia ar para puxar em meio às garras do fogo. Não havia estrelas para guiar seu caminho e nem remédios ancestrais para esfriar suas queimaduras, e sem saber se estava a um instante ou a uma maratona da liberdade, ele se sentiu cair quando tudo ficou preto.

VINTE

Foi a sensação de vômito escorrendo pelo queixo que finalmente despertou Eamon, e quando terminou de livrar o organismo de todas as cinzas pretas e sugou grato a vida do ar puro, ele se deitou de novo e ficou olhando a fumaça do fogo ainda violento espiralar para o céu. Havia caído a poucos centímetros da beirada do labirinto, mas lhe pareciam quilômetros. Poderia ter esticado o braço e tocado a coisa se quisesse, mas sua percepção era de ser um verdadeiro oceano de relva verde e selvagem, e conforme seus sentidos voltavam e Eamon começava a se lembrar da provação pela qual acabara de passar, foi tomado pela mais presente sensação de vitória. Era intensa e reveladora, e um bálsamo quase poderoso o bastante para curar suas feridas e limpar o sangue da pele parcialmente cozida, mas, acima de tudo, era algo seu, e apenas seu.

Pela primeira vez na vida, Eamon se sentiu livre. Livre do peso do passado e das dificuldades do presente. Livre das dúvidas que sempre pareciam encobrir o futuro e do terror que sempre vinha com cada pitada de sorte que caia em seu caminho, e embora soubesse que essas emoções eram falsas e logo desapareceriam, ele se permitiu deleitar nelas mesmo assim.

Mas era uma paz pura e irreconhecível, então não se surpreendeu quando preocupações mais pragmáticas começaram a sangrar para o santuário de seus antolhos e a névoa da conquista começou a se dissipar. Os pensamentos de Eamon logo se voltaram para Mark e Caroline e como estariam se saindo em suas próprias batalhas. Ele se perguntou se teria a chance de convalescer ao lado deles quando voltasse à terra firme ou se encontraria apenas Caroline esperando por ele nos corredores de algum hospital onde não deveria estar. Foi então que Eamon sentiu o familiar gosto de bile que sempre acompanhava seus maiores arrependimentos, e assim que se sentiu mais uma vez rodeado pelo amargor enquanto as coisas pareciam flutuar a caminho de certa normalidade da maneira mais previsível possível... o rouco grito de guerra de um urso quebrado cortou o ar como a mais implacável das flechas do raposo.

Era um lamento de dar dó. O urro antes feroz de Bing era agora só uma prece de sua garganta dilacerada enquanto ele descia pela colina, arrastando penosamente uma pata na frente da outra, com o martelo riscando o chão como uma âncora atrelada ao pulso. A armadura havia sumido e o espectro total de suas cicatrizes estava à vista para Eamon contemplar, embora elas fossem difíceis de distinguir dos ferimentos mais recentes que cobriam quase todo centímetro do pelo com um sangue que havia engrossado de maneira horrenda na jornada de volta da costa. A postura do bruto era triste e curvada e seu braço livre pendia do corpo como uma manga para a qual não tinha utilidade, e quando Eamon se levantou e pegou a lança do chão, a fera construtora parou e soltou um rugido de partir o coração que salpicou de vermelho e de rancor cada parte de seu inimigo. Não havia tempo de fugir, mas a alma de Eamon não suportava mais a vergonha de tal ideia, e sua mente não tolerava a tortura do desconhecido que certamente viria a seguir, então, com o fogo do labirinto às costas e o próprio Golias de Addington à frente dos olhos, ele se preparou para uma última luta.

O primeiro golpe do martelo do urso foi frio e desengonçado, e como foi dado com apenas uma mão, Eamon só precisou pisar para fora do caminho a fim de se esquivar. A cabeça pesada da arma desceu no chão com um baque antes de Bing reunir forças para tentar de novo, e dessa vez o cabelo de Eamon foi soprado para trás quando a arma passou rente ao seu rosto. Mas ele continuou em guarda, com a lança na altura do quadril, e quando a fera tentou lhe acertar com o martelo uma terceira vez, desviou-se depressa para o lado, olhando enquanto Bing cambaleava com o peso da própria arma. Deu então uma estocada com a lança no flanco da criatura quebrada, fazendo-a soltar tanto sangue quanto um gemido de dor.

— *Ei!* — gritou Eamon, e esperou o olhar do bruto encontrar o seu antes de continuar: — Você não precisa mais fazer isso! Eles estão todos mortos. Isso pode acabar aqui, se quiser.

Ele tinha certeza de que Bing entendia, mas quando o urso abriu a boca e gritou guerra em sua cara, teve a certeza de que lhe dera sua resposta.

— Eu vi a sua caverna — tentou Eamon, recuando de costas do avanço cambaleante da criatura. — Eu vi a sua família. Entendo pelo que você luta. Mas esta ilha é *sua* agora. Eu nunca mais vou voltar aqui, ninguém vai. Você não quer um pouco de paz? Não quer um pouco de...

Bing balançou o martelo e errou o alvo por meros centímetros, mas quando a arma aterrissou com força na terra, ele soltou o cabo e golpeou a cabeça de Eamon com as costas da mão, fazendo o jovem voar para o chão, tonto. Contorcendo-se, demorou para recobrar a consciência, e quando pôde focar a visão, o bruto já estava em cima dele, com a silhueta gigante bloqueando a luz da labareda que emoldurava sua forma. Eamon se virou e tentou se levantar, mas Bing já havia se mexido, e quando as garras do urso se fincaram em seu tornozelo, ele agarrou a grama, mas foi arrastado para trás mesmo assim.

A dor era lancinante e tudo o que Eamon conseguia fazer era gritar ao sentir as garras da fera cortando fundo suficiente para arranhar os ossos. Mas ainda teve a perspicácia de pegar a lança, e no momento em que sentiu Bing soltá-lo para preparar outro ataque letal, virou-se e ergueu a arma para o céu bem a tempo de o urso empalar a pata. A criatura se levantou sobre as pernas de trás e soltou um rugido frustrado, então pegou a lança na boca e a partiu em duas antes de arrancá-la de sua carne. Eamon ficou de pé com esforço, desarmado diante do bruto, e olhou para as cicatrizes que cobriam sua forma e o sofrimento nos infinitos olhos marrons; a fera apenas o encarou de volta e bateu o punho no próprio coração. Era um gesto simples, mas dizia muito. Como se Bing agora tivesse certeza de que o último búfalo compreendia, jogou a lança partida no chão aos pés dele e bateu no coração de novo.

E Eamon de fato compreendia, ali, à luz do labirinto em chamas. Pegou a arma quebrada e a girou nas mãos, sentindo o calor do sangue do urso em sua pele. Entendia que, enquanto os outros haviam aprendido sua língua durante o tempo na ilha, pois era só o que ouviam... Bing aprendera apenas violência, pois era só o que via. Entendeu que o urso passara a vida entre o desejo de vingança e o desejo de estar livre dela, e sendo a fera mais resiliente que o espírito já pensara em plantar no mundo, não havia ninguém que pudesse lhe dar o que desejava com tanto ardor. Ele entendia seu desejo de lutar, mas, acima disso, compreendia seu desejo de partir... de ser embainhado e guardado num canto, como uma espada de lâmina cega que deixou de ser útil. Desgastar-se até o fim e saber que era por algo digno, exatamente como no livro de Addington.

O coração de Eamon se partiu pelo gigante que envelhecera sem conhecer nada além da guerra, e mesmo assim ansiava por nada além da morte. Sua humanidade transbordava de pena do bruto tão indestrutível que, não importa quão ferozmente lutasse pelo próprio fim, sabia que ele nunca viria. Decerto não havia outro motivo para uma coisa tão capaz se entregar a tantas balas, tantas vezes. Eamon se lembrou da primeira vez em que o vira no escuro da sala de cinema de Addington, afogando-se em vinho aromatizado, e agora entendia que, embora Bing estivesse assistindo para ver sua casa como costumava ser, também assistia para ver a si mesmo tombado contra a grande árvore ao final... enfim livre de sua história e de suas dores. Agora entendia que Bing com certeza havia visto Gene subir a doca com o revólver engatilhado, e que erguera o martelo não para tomar outra vida, mas sim na esperança de que a sua lhe fosse tomada.

— Sinto muito — disse Eamon, levantando os olhos para encontrar os dele.

Mas as palavras eram tanto um pedido de perdão quanto um reconhecimento, e agora que compreendia o conflito mortal do urso, sabia o que certamente viria a seguir. Bing investiu contra ele como o bruto que um dia foi, e embora as veias de Eamon estivessem tomadas pela recém-adquirida empatia pela coisa que voava para atacá-lo, isso não mudava o que sabia que precisava fazer. Esperou o urso puxar o braço de volta para atacar, e assim que ele o fez, esquivou-se para baixo de sua forma massiva. Bing cambaleou para a frente quando a pata não encontrou nada ao final do golpe e, caindo sobre um joelho, descobriu que precisava de mais que um momento para reunir forças e levantar o corpo pesado do chão de novo. Seu peito inflou e os pulmões varados por chumbo tiveram dificuldade em sustentar sua determinação, mas Bing não quis saber, e só quando olhou para baixo a fim de se empurrar de volta para cima, viu outra sombra engolir a sua.

Eamon jogou o corpo exausto sobre as costas imensas do urso e se firmou lá, forçando o cabo da lança quebrada ao redor de seu pescoço. O grande bruto se debateu enquanto Eamon esmagava sua traqueia, jogando o corpo para um lado e para o outro, mas por mais que ele tentasse tirar o parasita das costas, o jovem só cerrou os dentes e segurou com mais força. Bing logo começou a ofegar e Eamon sentia seu peito bombear enquanto lutava por ar, e mesmo quando a fera construtora esticou o braço para trás e cravou as garras em seu ombro, ele se recusou a soltar... e no momento em que escutou a cartilagem da garganta do urso se partir, soube que tudo o que precisava fazer era continuar segurando.

Os gemidos da criatura eram sombrios e sofridos ao cair de joelhos. Eamon fechou os olhos como se isso fosse silenciá-los, pois não houve sensação de vitória ao sentir o peito do urso parar de mexer, e não houve libertação reveladora ao olhar seus membros ficarem moles. Levou mais um momento para Eamon sentir os músculos do pescoço dele relaxarem e ver sua cabeça pender como algo derrotado, e quando forçou pela última vez para ter certeza de que estava terminado, Bing caiu de costas, imóvel como um urso no inverno.

O corpo de Eamon ficou preso debaixo da grande fera e, quando seus membros começaram a perder a sensibilidade, ele achou admirável que Bing houvesse dado um jeito de lutar até na morte. Era realmente agridoce, seu fim. Entrelaçado com tudo, de tristeza a triunfo, e enquanto jazia deitado sob o peso absurdo do bruto que havia acabado de matar, não teve como não pensar nas palavras que Finn compartilhara pouco antes de desaparecer entre as sebes... e teve esperanças de que, agora que Bing havia partido para os campos do além, talvez pudesse sentir o sol brilhar sobre seus pelos mais uma vez. Eamon tentou deslocar o corpo, mas os braços mal mexiam a carcaça, e ao deitar a cabeça de volta na terra para pensar por um momento... escutou uma voz vindo da direção do fogo...

O rei bisão, por seu povo e seu filho falecido, teve certeza de que o duelo estava vencido
E se virou para instigar a multidão reunida a ver a sua grande presa abatida
Com a espada ainda no coração do construtor, urrou e bateu no peito com ardor
Mas Bing, o urso, com toda sua potência, era forte de corpo e de persistência

O pelo de Finn estava em brasas ao se aproximar de Eamon com o fogo ainda rugindo às costas, sentindo a adaga preciosa devidamente na mão, pronta para atacar. Era uma imagem fantasmagórica de si, nu e queimado da cabeça aos pés, caminhando com um mancar terrível, os olhos faiscando de ódio e os lábios vibrando com sede de sangue ao redor das presas. Eamon tentou depressa se soltar, mas simplesmente não tinha tempo para se livrar do abraço do urso, e ao se esticar para pegar o pedaço da lança que jazia perto, Finn só colocou um pé sobre seu pulso e disse...

Um último inspirar bestial ele deu, e as patas valentes de urso ergueu
Arreganhou os dentes e então, do meio dos ossos, tirou a lâmina do bisão
Ficou de pé, rugiu e agarrou o aço, e, espantado, o búfalo recuou um passo
E um golpe foi tudo o que bastou, o monarca de seu trono tombou

— Oh, Eamon, você estava esperando um final feliz? — perguntou o raposo, com um sorriso sarcástico. Mas Eamon não ia lhe dar a satisfação de uma réplica, mesmo que significasse encontrar seu fim alguns instantes mais cedo. — Bom, imagino que seja feliz para um de nós.

Eamon fechou os olhos ao sentir a ponta da adaga de Finn rasgar sua camisa e afundar no peito, preparando-se para receber a dor de uma morte lenta e horrenda na expectativa de que seu silêncio de alguma forma fosse recompensado com misericórdia, mas não haveria misericórdia por parte do raposo. Eamon sentiu o peso da pata de Finn pressionar a lâmina mais para dentro de sua carne e soube que a coisa estava quase em seu desfecho, mas, ao olhar para o céu e ver o mesmo infinito cobertor de estrelas que o aquecera durante a infância, pensando que era algo belo o suficiente sob o qual morrer, o disparo de um rifle ecoou pelo vale... e tudo o que Eamon ouviu a seguir foi o farfalhar de um corpo sem vida tombando ao seu lado.

Runny estava no topo da colina, uma coisa quebrada como o urso ao pé dela. Ele deixou o rifle cair e agarrou o grave ferimento na barriga, e ao tirar a pata e ver que ainda estava coberta de sangue fresco, o murchar de suas bochechas e o descer da sobrancelha diziam tudo o que havia para ser dito sobre as coisas que coelhos velhos sentem no fim de seus dias. Ele partiu sem falar nada para Eamon, como se, pela primeira vez na vida, não soubesse o que dizer. Não existia um discurso sagaz que pudesse tornar tudo melhor, nenhum brindar de taças que desfaria o que havia sido feito, e nenhum poema, não importa o quão amável, que pudesse colorir a história de qualquer um deles em um tom que não fosse cinza. E assim, com os lábios selados para sempre, Runny partiu para seu cantinho tranquilo no bosque.

Carregou seu corpo quebrado pela floresta e para além do lago, e quando o sol começou a espiar sobre as colinas do leste, Runny se deitou no campo de centeio e desenrolou o cachecol da orelha para que ela sentisse o vento da ilha e provasse de um ar que não estivesse fétido. Ele fechou os olhos e seus pensamentos vagaram para dias melhores no Vale, onde podia correr com seu sapo de pântano em pântano sem preocupação, com as mentes aflorando infinitas possibilidades do que poderia existir para além dos arbustos. Havia vezes em que essas coisas eram certamente selvagens e maravilhosas, e chamavam por eles como sereias, e vezes em que eram assustadoras e horríveis o suficiente para mantê-los a não mais do que alguns pulinhos da porta de casa. Mesmo agora, Runny não tinha como não pensar no quanto as coisas teriam sido diferentes se tivesse ficado lá... o quão irreconhecível sua existência seria se nunca houvesse escutado o nome Addington e nunca tivesse sentido a aura do homem. Era uma questão importante, mas totalmente exaustiva, e nem ele, nem o centeio silvestre ainda tinham resiliência para isso.

A cabeça do coelho tombou para o lado e sua bochecha descansou na relva verde do espírito, e quando as bordas de sua realidade começaram a sangrar branco, pôde jurar que conseguia sentir o aroma de uma das tortinhas de figo com cebola de Flackwell, claro como o dia. Era doce e sutil, simples e sublime, e embora estivesse a milhares de quilômetros e a cem anos dali... cheirava exatamente como seu lar. O Vale sempre estivera lá para eles, do partir ao nascer do inverno, e, de certa forma, continuava lá agora, vibrante e sem o filtro das palavras daqueles que nunca conheceram sua verdade. E quando o ar deixou as graças de Runny e suas orelhas penderam murchas para a terra, ficou feliz por o centeio acolher seu fardo sem o peso de onde ele estivera ou o que havia visto. Pois era um coelho velho... e os dias de verão eram longos... e havia pouco a fazer agora, exceto descansar.

PARTE CINCO

OS CAMPOS DO ALÉM

Os búfalos suas cabeças abaixaram, o rei morto sobre o centeio contemplaram
Enquanto Bing, logo ao lado, inspirava o último suspiro, acabado
Eles gemeram e choraram seu lamento, e diz a lenda que naquele momento
Estremeceram pela vida do urso inimigo, tanto quanto por seu rei amigo

Mas palavra dada é palavra honrada, e tomaram então a atitude adequada
Viraram-se e tomaram assim seu caminho, que seguia para oeste, além do moinho
Deixaram seu rei e tomaram sua gente, acalmaram as feras da mente
E devolveram tudo que restava, até o último grão da última fava

E quando a poeira abaixou, e homenagens a Bing sua gente prestou
As criaturas do Vale olharam seu lar e se puseram a chorar
Abraçaram-se com força, bem apertado, e cada bebê e filhote animado
Naquela noite sonhou com mingau e torta de cebola ao molho provençal

Quando veio a manhã e o sol raiou, e toda criatura adorável despertou
A promessa do Dia da Cevada estava de novo confirmada
Os sapos assaram e cozinharam, as corujas voaram e cantaram
As raposas deixaram os filhos brincar, correr e se esconder até cansar

Os ursos construíram a mesa com maestria, os coelhos puxaram uma cantoria
E assim que começou a desfilar o cheiro de torta pelo ar
Os anciões tomaram seu vinho de cevada, e então, com a mente esvaziada
Perceberam que dentre os parentes, havia quatro que não estavam presentes

Runny no centeio se escondeu, se revirou, chutou, remexeu
E questionou por que subira a colina, tão imprudente deixara sua campina
E Flackwell, o Sapo, precisava cozinhar, mas a dor no coração transbordou pelo olhar
Quando viu Runny, todo amargurado, sentir na alma por seu ato descuidado

Lá do alto ficou assistindo, com Finn, o raposo, que tinha vindo
Mas ele ainda não se desculpara pelo golpe que aprontara
Mesmo assim, sentia remorso de sua ira, pois na mesa que Bing construíra
Para mais quatro havia espaço, dos quais não se via nem um traço

De coração partido aquele dia, escutando as crianças em sua folia
Na cozinha do campo passaram, um prato cada eles pegaram
Encheram de pãezinhos, tortas, pudim e docinhos
E com Bing, sob a árvore mais majestosa, se sentaram para comer sem prosa

VINTE E UM

Eamon enterrou Olívia debaixo dos galhos de uma grande sequoia feita de ossos. Achou que a caverna era um bom lugar para ela descansar, já que pareceu tão encantada por ela durante o tempo que passaram sob as estrelas. E quando deitou depois de cavar e olhou para o teto, percebeu pela primeira vez que estavam *todos* lá, de certa forma... o grande urso, o caçador, o coelho e o cozinheiro. Eram tão memoráveis em ossos quanto eram em prosa, e embora fossem igualmente belos em meio ao granito e nas páginas do texto de Addington, Eamon não conseguia deixar de ceder à ideia de que o céu noturno não seria mais o mesmo depois de tudo pelo que passara. Até a grande copa do espírito teria um ar diferente agora que as estrelas pesavam e se moldavam à dor de outras criaturas.

Não achava certo deixar Flackwell em um lugar onde Edward podia vê-lo, então o colocou numa carriola que encontrou no abrigo de jardim e seguiu a trilha ensanguentada de Runny até chegar no campo de centeio onde o coelho havia tombado. Parecia justo deixar os dois juntos, já que se encaixavam como canetas tinteiro e filigranas desde a primeira vez em que vira seus nomes impressos no papel, e não pareceram contradizer isso nem um pouco ao aflorarem ao vivo e em cores. Eamon deslizou Flackwell dos ombros e o deitou no chão, e por acaso ele acabou caindo como se estivesse de mãos dadas com Runny enquanto os ossos descansavam no campo de centeio. Pareceu tão providencial por parte do Espírito, tão adequado, que Eamon não teve coragem de enterrar nenhum dos dois, pois os conhecia melhor do que deveria, e teve certeza de que teriam preferido assim. Teve certeza de que estiveram lá muitas vezes antes, de mãos dadas sob as mesmas estrelas e aquecidos pela certeza de que jamais mudariam.

Mas quando Eamon se sentou em meio ao centeio e se permitiu um momento para respirar, não conseguia mais os ver. Não conseguia ver a mansão nem a caverna, nem o rio ou a costa. Não via nenhuma estátua e nenhum fiapo de fumaça do labirinto ainda em chamas, e também não via o farol. Só conseguia ver o azul do céu e as sementes nas pontinhas das plantas de cereal, balançando para um lado e para o outro perto do seu nariz, e embora soubesse que os desafios da vida estavam a uma pequena viagem dali, eles pareciam menos cruéis agora que havia reencontrado seu campo. Pareciam tão cinzentos quanto seu passado se tornara, e embora estivesse ciente do esforço que levaria para ver tudo em cores de novo, estava feliz de ter, pela primeira vez, controle sobre esses tons.

Bing estava tão pesado em morte quanto em vida, então não tinha muito o que Eamon pudesse fazer por ele. E mesmo sem ter certeza se Finn merecia seu tempo ou sua consideração, ele os deu mesmo assim... não porque sentia que lhe devia alguma coisa, mas porque, de alguma maneira estranha, ele o compreendia. Pensou em carregá-lo de volta para o labirinto e deixar que as chamas enfraquecidas levassem o que restava, mas não suportava a ideia de ser sufocado pelas cinzas e fuligem mais uma vez. Considerou carregar o raposo para o topo da colina e deitá-lo sobre o pedestal vazio que agora compreendia ter sido preparado para si, mas a ideia de criar um troféu parecia indesejada e insensível demais depois de tudo pelo que passara, embora tivesse certeza de que Finn apreciaria a trivialidade poética da coisa toda. No fim, Eamon achou melhor deixá-lo onde havia caído, queimado da cabeça aos pés e com o coração aberto para o mundo ver. Embora não sentisse que o raposo merecesse nada próximo de gentileza mesmo na morte, colocou a adaga em sua pata... e torceu para que seu pai não considerasse isso uma desonra lá dos campos do além.

Eamon tentou usar as instalações da mansão para limpar as feridas e fazer curativos, mas, à frente do grande espelho nos aposentos de Addington, mal reconhecia a si mesmo com o nariz quebrado torto para o lado e a pele coberta por uma infinita coleção de cortes, arranhões, queimaduras e furos. Sentiu o mais estranho nada ao passear pela casa que teria sido sua. Nada pela tintura de cabelo estocada nos cantos da suíte principal, nada pelo fantasma da música que ainda pairava pelo salão de bailes e nada por nenhum dos mapas, retratos ou armaduras que cobriam o grande corredor. Nada pela família de raposas de porcelana espalhada pela sala de chá, nada pelas duas jaulas que ainda esperavam por seus moradores no porão e nada pelo escritório no qual sabia que Edward havia escrito o livro que o levara até lá. Estava tudo tão diluído, agora que vira a verdade. Tudo tão cinza quanto o resto.

Simplesmente lhe pareceu sensato atear fogo ao lugar, já que, de tantas maneiras, o lugar também havia ateado fogo nele, e ao se sentar na doca para assistir às chamas escalando as paredes até lamberem a grande torre, puxou do bolso o escrito de Addington que havia começado a ler quando acordou aos cuidados de Runny e retomou de onde havia parado...

... eu nasci rei e morrerei rei, já que não vejo nada acima de meu reino para onde escalar, e nenhum fosso sob a minha posição no qual seria concebível cair. Assim, são os miseráveis que eu realmente invejo, pois daria minha fortuna para ser forçado a recorrer ao furto para comer ou me tornar um golpista para comprar roupas novas, mas como não preciso fazer nenhuma dessas coisas, parece-me que não tenho nada que me faça inteiro além de meus interesses, e nenhuma escolha exceto alimentá-los, por mais intragáveis que eu ache essas coisas no momento de minha partida. Não ligo para esse tipo de premonição, e não deixarei que contamine o tom da minha existência, vibrante e agradável como é.

Eu nasci rei e morrerei rei, e não fugirei disso... dei ao mundo algo belo, e só parece justo que eu possa tirar dele uma lembrancinha ou outra que me faça sentir vivo e separado do resto. Por que um castelo teria paredes se não fossem para ser adornadas? Por que um rei teria uma vasta propriedade se não para reunir os amigos e caçar por sua extensão? Sou tão injustiçado quanto qualquer homem, e não sou imune a dificuldades, desejos e necessidades... a única diferença entre mim e eles é que tenho os recursos para saciar essas coisas... e a posição necessária para me ver livre de suas consequências. Para que sequer ter um rei se é para ele agir como um miserável? Na verdade, para isso existem os miseráveis.

Os barcos chegaram em massa para ver o que havia causado a grande coluna de fumaça na Ilha Addington, e quando levaram os botes para amarrar perto da praia, encontraram Eamon a bordo de O *Estalão*, como se houvesse apenas chegado antes dos outros. Foi bem fácil achar um capitão com uma lata extra de combustível na embarcação, e enquanto todos estavam bem preocupados com o fogo que certamente consumia a Mansão Addington inteira, Eamon apenas tomou o caminho pelo mar de volta a West Rock.

Nos dias que se seguiram, não leu nos jornais sobre nada além de um simples incêndio em uma casa há muito abandonada, então teve certeza de que os segredos e horrores da mansão haviam sido enterrados com seus mais famosos moradores. Ele havia reunido os corpos deixados no salão de bailes e colocado todos na câmara de troféus, na esperança de que, quando as chamas esfriassem e as paredes estivessem transformadas em entulho, houvesse ossos de feras suficientes para ser praticamente impossível dizer se algum deles era humano. Eamon sentia pelas famílias e amigos daqueles que nunca deixaram a ilha, e embora houvesse prometido a si mesmo que um dia encontraria todos eles e contaria a verdade sobre o que acontecera, sentia que, em meio ao luto, até as conjecturas mais absurdas seriam mais palatáveis do que a verdade da coisa, então por hora achou melhor apenas os deixar chorar a perda.

Mark sobreviveu aos ferimentos, embora por pouco, e tanto Eamon quanto Caroline sentiriam sua cicatriz retorcida nas próprias barrigas pelo resto da vida. Os três sempre seriam próximos, mas era estranho ter uma coisa tão marcante em comum sobre a qual nunca quisessem conversar. Sempre foram muito bons em se apoiar uns nos outros para se manterem firmes e inteiros, mas agora havia uma cratera no meio de cada um que os demais simplesmente não sabiam como fechar, então não tinham outra escolha senão deixá-la vazia.

Exatamente um ano depois de sua viagem à Ilha Addington, Eamon voltou à cabana decrépita do pai na floresta pela última vez. Não havia mais nada então, só uma casca vazia. As paredes estavam ruindo e a estrutura em si, coberta de pragas e tomada por mato, e embora Eamon tenha escavado os detritos para tentar encontrar algo que valesse a pena levar de volta a Boise, também não havia nada do tipo. Havia apenas a memória de onde as sombras de tais coisas um dia ficaram e o espectro da promessa de que sempre estariam lá. Mas Eamon entendia agora que a mudança não vem na sombra fresca, e que nada cresce sem o sopro do sol. E quando a noite caiu sobre os ossos do casebre onde passara a infância, as corujas começaram a cantar sua melodia... e Eamon continuou lá só por tempo suficiente para contar para elas sua história, na esperança de que, dado tudo o que haviam visto, talvez compreendessem.

E quando o sapo deixou o lado do gigante e Finn correu para algum canto distante
O coelho ficou sozinho com Bing e lamentou com um grito de dor, de anseio
Chorou pelos que haviam partido, e pelos que não sabiam seu valor
E até pelas feras grandes demais para se esconder nos campos de centeio

Ele não se aquietou, nem tocou a comida, não deu sequer uma mordida
Em nenhuma das coisas adoráveis que agora no prato esfriavam
Não conseguia comer a torta de cebola, não entendia sua emoção tola
Sentia-se tão triste e tão vazio, enquanto os outros se banqueteavam

Certamente era mais do que o urso, algo maior, mais urgente no percurso
Não entendia o motivo de tamanha dor e tanto sofrimento
A ideia de que só ele estava lá, para Bing, o urso, poder honrar
A ideia de que deixara alguma verdade óbvia escapar pelo relento

Então para lá e cá Runny andou, até que a realidade se revelou
Fora só sorte que costurara as feridas deles e mantivera o vale inteiro
Pois tão certo quanto o amanhecer, uma horda de feras iria aparecer
Algum dia ou outro eles voltariam para vingar o rei e seu herdeiro

Então o coelho seguiu a linha fina que separava o mundo de sua campina
E olhou uma última vez para o amigo e seu machucado mortal
Ao ver o pelo embolado, se pôs a suspirar, mas conteve o desejo de chorar
E prometeu a ele que faria tudo valer a pena no final

Runny tinha as patas vermelhas, devastado dos pés às orelhas
Até que chegou na trilha de rastros deixados pelo bisão
Então correu, correu com destreza, até a poeira lhe dar a certeza
De que havia alcançado enfim o final do pelotão

Eu imploro, parem, ele pediu, deem meia volta, ele insistiu
Imploro que venham se unir à nossa festa e ao nosso banquete
Venham comer nossa torta de cerejas, se servir de nossas bandejas
Se sentar sob nosso céu, provar o cozido de ostra com rabanete

Não tem por que seguir adiante, se é comida que buscam, temos bastante
E há campos de sobra um pulinho depois dos arbustos
Por que não ficam aqui com a gente? Podemos dividir nossa semente
E vocês podem nos ajudar quando vierem invasores robustos

Os búfalos estavam desanimados, sem rei, totalmente devastados
Eles conversaram entre si, até um a um a fome dominar
Consideraram a oferta boa, e não gostavam de vagar à toa
Então seguiram Runny até os campos que chamariam de lar

E naquele dia o Vale cresceu, mais cem cabeças acolheu
E todos eram bem-vindos naquele banquete de tão bom gosto
Comeram, cantaram, dançaram; contaram histórias e jogaram
E ninguém tinha como odiar o outro com um sorriso no rosto

E lá os búfalos ficaram, homenagem ao urso prestaram
Depois o enterraram ao lado do rei, abaixaram seu martelo
Encontraram um lar naqueles corações, viram passar centenas de estações
Centenas de banquetes, centenas de anos do inverno mais belo

Cem Dias da Cevada ou até mais, e todos sem guerra em plena paz
Agora que o bisão guardava a fronteira lá da colina
E tudo porque, num dia infeliz, um coelho para fora meteu o nariz
E saiu de onde pertencia na segurança de sua campina

FIM

Este livro foi impresso nas oficinas gráficas da Editora Vozes Ltda.,
Rua Frei Luís, 100 – Petrópolis, RJ.